Roland Krause
Der Tod kann warten

PIPER

Zu diesem Buch

Eindeutig Mord! Für den ehemaligen Oberstaatsanwalt Brauner hatte es in seinem letzten Fall keinerlei Zweifel gegeben. Den Täter hatte er seiner gerechten Strafe zugeführt. Schuldig im Sinne der Anklage. Doch das plötzliche Verschwinden seiner 97-jährigen Mutter aus dem Altenheim versetzt Brauner einen Schock. Die Forderung ihrer Entführer ist eindeutig: Der Verurteilte sitzt seit fünf Jahren unschuldig im Gefängnis. Der wahre Täter muss gefunden werden, oder die Frau stirbt! Hauptkommissar Josef Sandner und sein Team beginnen fieberhaft zu ermitteln, denn es zählt jede Minute. Die entführte Seniorin ist ohne ihre Medikamente todgeweiht …

Roland Krause wurde 1964 in Lindau geboren. Nach einigen Jahren in Nürnberg lebt und arbeitet er heute in München. Die Stadt mit all ihren heiteren und abgründigen Facetten menschlichen Daseins bildet den Hintergrund seiner Erzählungen. Nach »Der Sandner und die Ringgeister« und »Fuchsteufelswild« ist »Der Tod kann warten« der dritte Fall für den Münchner Ermittler Josef Sandner.

Roland Krause

Der Tod kann warten

Kriminalroman

Piper München Zürich

Mehr über unsere Autoren und Bücher:
www.piper.de

Von Roland Krause liegen bei Piper vor:
Der Sandner und die Ringgeister
Fuchsteufelswild
Der Tod kann warten

MIX
Papier aus verantwortungsvollen Quellen
FSC® C014496

Originalausgabe
Dezember 2013

Umschlaggestaltung und -motiv: Hauptmann und Kompanie Werbeagentur, Zürich
Satz: Kösel, Krugzell
Gesetzt aus der Quadraat
Papier: Munken Print von Arctic Paper Munkedals AB, Schweden
Druck und Bindung: GGP Media GmbH, Pößneck
Printed in Germany ISBN 978-3-492-30354-5

»Weil Du am Leben bist, ist jeder Tag gut.«

Henry Old Coyote – Crow

Rauchzeichen

Nicht einmal das Wetter ist gekommen. Kein Regen, kein Windhauch, kein Sonnenstrahl.

Achthundert Euro zahlst du für die Verbrennung in Tschechien. Discountpreis für das finale Einschüren.

Sie sind mit dem Reisebus gekommen. Nebeneinander mussten sie ausharren, vier Stunden lang. Kein Wort ist zwischen ihnen gefallen. Es hätte auch keiner von beiden aufheben und verwenden können. Zu Asche soll werden, was ihnen gemeinsam war. Ihr Sohn.

Merkwürdig, dass es kein unfassbarer Moment ist. Unwirklich – ja, aber es fühlt sich an, als wäre ihnen beiden längst klar gewesen, einmal genau so dazustehen. Mit hängenden Schultern und dieser Leere hinter der Stirn.

Die Jahre haben sie vorbereitet.

Wenn das Schicksal einmal beschlossen hat, sich den Schlagring überzuziehen, prügelt es immer weiter. Und du gewöhnst dich daran, die Haut wird ledern, der Geist undurchlässig wie Felsgestein.

Ein Messerstich. Mitten ins Herz. Er hat nicht leiden müssen, hat ihnen ein triefäugiger Beamter mitgeteilt. Die Worte von sanfter Stimme ummantelt, wie die scharfe Klinge durch die Scheide. Als machte das einen Unterschied – danach.

Eine Rauferei soll es gewesen sein. Gestritten hat er immer gern – mit allen und jedem sich angelegt. Ein Rumtreiber, einer der sich nichts sagen ließ. Nicht einmal Schläge haben geholfen. Und später, als die Polizei zum ständigen Gast geworden war, hat der Vater ihn rausgeschmissen. Alles hat doch einmal ein Ende haben müssen, den Krug hatten sie viel zu lange zum Brunnen getragen.

Die Frau denkt zurück – an das Baby auf ihrem Schoß. Warm, glucksend vor Vergnügen und voller Neugier auf den Augenblick. Kurz legt sie ihre Hände auf den Bauch.

So lange her und doch schmerzlich nah.

Das grummelnde Förderband setzt den Sarg in Bewegung. Kiefer aus Rumänien. Chopins Trauermarsch beginnt, aus den Boxen zu scheppern. Es wird ihren Leibern warm.

Der Boandlkramer hat sich zuletzt des Burschen angenommen – für ihn ist ein jeder bedeutsam. Achtsamkeit ist sein Motto.

Und so sät der Sensenmann, dort, wo er gemäht hat, auch all die Gespenster und Fratzen, die verblichenen Träume und Hoffnungen, das Leiden und die Schuld.

Manchmal dauert es nur einen Augenblick, bis sie austreiben und bittere Früchte tragen – manchmal fünf lange Jahre.

Aber es passiert. Und immer gibt es jemanden, der ernten wird.

Kriegspfad

Die Gegner belauern sich. Ihre Augen sind weit aufgerissen. Schweißtriefende Oberkörper schaukeln hin und her, als wären es fleischerne Bojen auf hoher See.

Sie kennen sich genau. Den linken Fuß vorgestellt, die Leiber unter geduckter Anspannung, stoßen sie zögerlich Fäuste heraus, die wirkungslos auf die Deckung prallen. Das Patschen der gepolsterten Handschuhe klingt nicht saftig genug, um zu beeindrucken. Zermürbungstaktik, warten auf die Lücke – oder nackte Vernunft angesichts drohender Prügel.

Zu viel Ritual, zu wenig effektive Aggressivität zeigt der geringschätzige Gesichtsausdruck des blumenohrigen Zuschauers an. Vom »Punch« ganz zu schweigen. Der Mann hält sich neben der Ringmatte auf und leidet sichtlich. Als wäre er gezwungen, zickende Möchtegern-Models im TV zu beglotzen. Seine hellwachen Augen begleiten jede Nuance des Schauspiels. Die Stirn unter kahlem Schädeldach gefaltet, zucken seine Schultern, antrainierten Bewegungsimpulsen folgend, immer wieder nach vorn.

»Was soll des darstellen, Mädels? Geht's doch ins Ballett!«, schmeißt er seine heißere Stimme in den Ring. »Steck dir a Rosen in den Oasch, Sandner!«

Lebende Blumenvase zieht der angesprochene Hauptkommissar nicht in Erwägung. Tänzeln und Fintieren ist seine Sache nicht. Die Füße flach in die Plane gestemmt, versucht er, sich seiner Haut zu erwehren. Gerade hat er genug damit zu tun, Luft zu bekommen. Seine halbherzigen Schwinger verprügeln die abgestandene Luft. Salziger Schweiß brennt in seinen Augen. Die Arme werden schwer und schwerer, als hätte er Hufeisen in den

Handschuhen verborgen. Seiner Schlagkraft könnte es nicht schaden. Jeder Fausthieb wird begleitet von tierhaftem Ächzen. Klingt nach Paarungsritual der Riesenschildkröten. So ein Panzer wäre dem Sandner recht. Kopf einziehen und sorgenlos.

Zehn Zentimeter größer als der Sandner und zumindest zehn Kilo leichter kommt sein Gegenüber, der Miran, daher. Drahtig und beweglich. Nicht ganz auf Augenhöhe, die beiden Kampfhähne.

Trotz seiner eins achtzig boxt der Hauptkommissar im Schwergewicht. Knapp fünfundachtzig Kilo, ohne Schuhe. Minotaurus-Stil. Kompakt, den Kopf gesenkt, die Schultern nach vorn. Seit dem Vierzigsten hat sich die letzten sechs Jahre noch das eine oder andere Kilo zur Polsterung hinzugesellt, trotzdem wirkt der Mann nicht füllig. Aber selbst wenn das dunkelblonde Haar noch jedem Kamm trotzt und die Stirnfalten einstellig sind, so schnauft er doch wie der Marathonläufer auf den letzten Metern. Nur noch ein paar Minuten durchhalten – und Schluss für heute mit der Schinderei. Für diese Woche. Für diesen Monat.

»Herr Sandner!«

Der scharfe Schrei schlitzt den Hallenmief auf, wie ein Metzgermesser die Sau. Sandners Blick jagt für den Bruchteil einer Sekunde umher. Was zum Kuckuck …?

Der Leberhaken kommt wie aus dem Nichts. Wamp! Unter den Ellenbogen gesetzt – Volltreffer. Chirurgische Präzision, wie der Fachmann kommentieren würde.

Augenblicklich weicht alle Luft aus seiner Lunge. Aus! Ihm wird schwarz vor Augen, die Knie knicken ein. Nach einer Vierteldrehung sinkt er hin. Gefällt wie eine morsche Eiche. Ein Yoga-Guru hätte Sandners Haltung vielleicht als Schlusssequenz der »tibetischen Niederwerfung« interpretiert – inklusive aufgesetztem Schädeldach. Dumpfer Schmerz verteilt sich großzügig. Jede Faser im Körper soll von der Gaudi etwas abbekommen.

Im Mencheninneren tummeln sich Dutzende Organe. Beim Sandner scheinen alle gemeinsam einen Tumult anzuzetteln. Als wollten sie heraus aus dem Häuflein Fleisch, Knochen und Elend, das auf dem Gummiboden kniet und japst.

Er speit den Mundschutz aus.

Die Stimme ist unverkennbar gewesen.

Jetzt kauert sich ihr Besitzer neben ihn – legt den Kopf schräg, um ihm in die Augen zu schauen, zwei Fingerbreit über der Matte.

Es ist der Kommissar Hartinger. Für den rothaarigen Jungspund der Münchner K11 kann es nur einen Grund geben, beim Faustkampf das Zünglein an der Waage zu spielen: ein Todesopfer in München. Mit dem Verkünden einer Gewalttat hätte der Kommissar es nicht so eilig haben müssen. Seinem Chef hat er einen schmerzhaften Vorgeschmack kredenzt. Der dankt auf Knien.

»Alles okay?«, vergewissert sich der Hartinger. Ausgestattet mit solch einer Beobachtungsgabe könntest du die nächste Leich am Tatort genauso gut fragen: »Geht's wieder?«

»So war es recht, Miran«, schnarrt die Stimme des Boxprofis anerkennend dazwischen. »Ned rumkasperln, gleich drauf auf den Mann.«

Der besagte »Mann« sagt nichts. Jeder ausgekeuchte Buchstabe wäre Quälerei. Er dreht den Kopf zur Seite, schaut dem jungen Kollegen in die arglose Visage. Stirn und Augenbrauen formulieren eine Frage.

»Es pressiert«, versichert ihm der Bursch, »wirklich!«

»Wenn nicht …«, grunzt der Sandner und versucht, sich hochzustemmen. Die Knie leisten Widerstand. Der unvollendete Satz schmiegt sich dem jungen Polizisten wie eine hungrige Python um den Kragen. Zeit für die Fütterung.

Standesgemäß im grauen Everlast-Jogginganzug stakst der Sandner neben dem Kollegen zum Dienstwagen, als hätte er nicht bloß einen dornigen Stängel in der Rosette, sondern den kompletten Rosenstock. Duschen ist ausgefallen. Keine Zeit –

und zu bewegungsintensiv. Dass es um Leben und Tod ginge, hat sein polizeilicher Begleiter dramatisiert.

Der Hauptkommissar hatte sich in der Boxhalle nicht auf Diskussionen einlassen wollen. Die Neugier allenthalben wäre zu gerne abgefüttert worden. Hier klopfte sich manch ein Journalist seinen Frust von der Seele – die Ohren auf Stand-by. Ärzte und Anwälte gab es epidemisch. Neben dem kopflastigen Studieren musst du die niederen Instinkte berücksichtigen. Das Tier in dir spüren, den Moschusochsen brüllen lassen. Mindestens Geländewagen solltest du fahren oder ein Trekkingbike in der Garage haben.

Die Frage von Leben oder Tod ist in Sandners Gewerbe zweifelsfrei beantwortet worden – vom Gerichtsmediziner. Um das Sterben in all seinen Formaten ist es gegangen. Der Tod fordert dich zum Tanz auf, wenn du Ermittler bei der Münchner Mordkommission bist. Manchmal Tango, manchmal Capoeira, immer trampelt dir der Boandlkramer schmerzhaft auf die Zehen.

Der Miran hatte ihm zugeraunt, er solle bloß nicht mit »Ablenkung« als Ausrede daherkommen – die zwanzig Euro würde er trotzdem kassieren. Sein begleitendes Grinsen konnte den Leberschmerz locker übertrumpfen.

Die männliche Eitelkeit kennt kein Alter. Die strotzt vor Energie, wenn sie dich am Wickel hat. Würde und Weisheit taugen nicht zur Doppeldeckung.

Malträtiertes Fleisch fleht den Sandner an, nicht mehr den Peter Pan zu geben. Der Chor der geknechteten Muskeln rechnet ihm die Lebensjahre vor. Er hatte den inneren Schweinehund angezählt und sich motiviert, an der Fitness zu arbeiten – da kam die knallharte Rechte. Die großspurigen Vorsätze abgekocht und ausgeknockt. Vielleicht wäre eine Mikadorunde die Alternative.

Der Sandner schleicht belämmert über den Parkplatz.

An seiner Seite wacht der Rotschopf. Seine erhobenen Hände

hält er in zupackender Bereitschaft. Altenpfleger-Attitüde. Nicht, dass ihm sein Chef aus den Latschen kippt. Großes Zutrauen scheint er in dessen Konstitution nicht zu haben. Kein Wunder. Niedergeschlagen, im reinsten Wortsinn.

Betätscheln lässt sich der Hauptkommissar nicht, dagegen wirkt ein abwehrender Knurrlaut. Meter für Meter schleppt er sich dahin.

Den Dienstwagen hat der Hartinger ums Eck abstellen müssen. Nichts ist in München kostbarer als ein fußläufig erreichbarer Parkplatz. Aber was heißt schon erreichbar für den Sandner? Endlich vor dem Fahrzeug, schnauft er durch. Der Kragen seines Sweatshirts ist feucht. Alles hat seine Zeit. Der Rotschopf lässt bereits den Motor aufheulen.

»Woher hast du überhaupt gewusst, wo ich bin?«, will der Kriminaler von ihm wissen, nachdem er die Beifahrertür des Dienst-BMWs zugezogen hat. Das Angurten ist ein mentaler Kraftakt. Empfange den Schmerz wie einen Bruder. Der Sandner wäre diesbezüglich lieber Einzelkind.

»Ich sollte rasch bei Ihnen vorbei, weil Ihr Handy ausgeschaltet war. War ein Versuch. Vor Ihrem Haus ist eine alte Frau gestanden, wohl Ihre Nachbarin ...«

Eine der Ratschn! Er ist sich sicher, niemand im Haus ahnt, dass er mehr mäßig als regelmäßig beim Boxtraining vorbeischaut. Du brauchst nicht allüberall Überwachungskameras, Facebook und Paybackkartengschiss. Letzten Endes bist du sowieso der gläserne Bürger. Bei ihm unterm Dach haust der hundertäugige Argus. Schmerz und Ärger verbrüdern sich.

»Sie hat mir gleich aufs Brot geschmiert, Sie wären mit Sporttasche los«, unterbricht der Hartinger seine Grübelei, »hat wohl gerochen, zu wem ich wollte. Und der Brauner hat gemeint, er wisse, dass Sie mal geboxt haben – früher. Zumindest sich darin versucht.«

Jugendliche Überheblichkeit produziert ein Lächeln, das prompt an Sandners versteinerten Zügen zerbröselt.

»Versucht? Pass auf, was du daherredst – und wieso der Brauner? Also was ist los – sag?«

»Zu dem müssen wir – der wartet.«

Während der Hartinger samt Fahrgast gen Obermenzing prescht, versucht er sich im Multitasking. Er gehört zu der Sorte Menschen, die ihre Reden gestenreich untermalen. Wenn du die Hände am Steuer lassen solltest, ist der pantomimische Ansatz kontraproduktiv. Er steigert nur die Herzschlagfrequenz beim Mitfahrer.

Der Sandner kauert auf dem Beifahrersitz. Probehalber bewegt er den rechten Arm, ballt die Faust. Taub fühlt der sich an, bis zur Schulter. Häuserzeilen rauschen an ihm vorbei, als wäre er im ICE unterwegs, bis der Petueltunnel ihm kurzzeitig die Sicht nimmt. Der Hartinger beherrscht die Kunst, sich selbst in zähem Verkehr durchzuschlängeln, als hätte das Auto eine Aalhaut. Immer am Limit.

»Hartinger! Ich hab nicht gewusst, dass es um Leben und Tod bei mir gehen soll! Reiß dich zam.«

Bis zum Gasfuß des jungen Kollegen dringt die Mahnung nicht vor. Der scheint ein autarkes Leben zu führen.

»Dem Oberstaatsanwalt Brauner haben sie die Mutter entführt!«, platzt es endlich aus dem Hartinger heraus.

Der Sandner fährt im Sitz hoch und starrt den Fahrer an, als hätte der sich vor seinen Augen in einen sprechenden Kohlrabi verwandelt.

»Was sagst du? Bist du narrisch! Die lebt immer noch? Die muss doch schon bald hundert sein.«

»Keine Ahnung, aber jedenfalls ist sie abgängig, und die Entführer haben sich beim Brauner schon gemeldet.«

»Entführer? Sakrament – was wollen die? Und was haben wir damit zu tun? Ich hab nicht einmal Bereitschaft. Kreuzkruzifix.«

»Ich weiß nicht mehr darüber. Der Brauner hat nach Ihnen verlangt – subito.«

Der Sandner versinkt in Schweigen. Nach ihm verlangt hat er also, der ehemalige Oberstaatsanwalt. Kein Grund zu hyperventilieren.

Zum Knecht taugt er nicht. Da hat er ein Wort mitzureden. Das muss der Brauner gut begründen können, sonst geht es wieder retour. Warum sollte jemand das alte Waiberl eintüten? Anders als bei der schönen Helena kann man schmachtende Liebe als Beweggrund für ein Kidnapping ausschließen. Rache? Bei einer gebrechlichen Alten ist das Risiko hoch, dass sie die Geschichte nicht an einem Stück übersteht.

Dann hast du eine überflüssige Leich und das Malheur. Meistens weißt du nicht, wohin damit. Es gibt ja keine Container wie beim Altglas – vielleicht ein zukunftweisender Gedanke. Zumindest für Urnen, falls der Platz knapp wird. Braun, silber und schwarz getrennt.

Möglicherweise hat der Miran dem Sandner die Birne weich gekloppt. Mit der Konzentration hapert es gewaltig. Kein Wunder, wenn deine Leber dir suggeriert, sie hinge an der Steckdose.

Falls der Tod der alten Brauner von den Entführern einkalkuliert wäre – dann gut Nacht. Lösegeld? Besonders wohlhabend kommst du mit der Beamtenpension nicht daher.

Den Brauner kennt er seit zwanzig Jahren. Bis zu seiner Pensionierung war er eine charismatische Figur innerhalb der Staatsanwaltschaft – quasi Legende. Ein dickköpfiger, gefürchteter Grantler, aber ein kompetenter Kopf – und was für den Sandner essenziell war: Er hat alle Fünfe gerade sein lassen können und ihm manches Mal den Kopf aus der Schlinge gezogen. Ohne dessen Fürsprache wäre er mutmaßlich Ampelersatzkraft oder dürfte in schicker Uniform Katzenaugen an Fahrrädern zählen.

Nach Obermenzing schafft es der Hartinger in zwanzig Minuten – ohne Blaulicht.

An der Würm lässt es sich aushalten. Das haben sie schon vor viertausend Jahren gewusst. Aus der Bronzezeit ist das entdeckte

Hockergrab in Obermenzing gewesen. Es lässt sich also auch gut sterben am Fluss. Daran wird der Brauner nicht gedacht haben, als er vor vierzig Jahren seine Zelte hier aufgeschlagen hat. Er wird dereinst kein Bronzeschwert mit ins Grab bekommen, höchstens ein Strafgesetzbuch. Die Zeiten ändern sich und damit das Handwerkszeug für die Rechtsprechung.

Ein gemächliches, sattes Fleckerl Erde. Schloss Blutenburg im stolzen Wappen. Den alten Zehentstadel gibt es noch, allerdings könnten die Bewohner heutzutage schwerlich ihre bäuerliche Abgabe leisten. Sense und Dreschflegel hängen als museale Relikte zur Dekoration in der Stube. Statt Schwielen an den Händen haben die Leut im Stadtteil höchstens Blasen vom Geigeüben.

Brauners Domizil liegt in der Finsterwalder Straße.

Weder finster noch Wald. Gediegene Einfamilienhäuser in Reih und Glied aufgepflanzt. Kein Pomp, keine Kristallkugeln oder tönernes Viechzeug in den Vorgärten. Den soliden Wohlstand der Sechziger strahlen sie aus, die cremefarbigen Gemäuer. Wenn du ein Studierter gewesen bist, damals, oder leitende Arbeitsbiene, ist ein Häuserl drin gewesen – zwei Kinder dazu und fertig verschnürt war der Lebenstraum. Heutzutage musst du eine perverse Ader haben, wenn du dich mit dem Erwerb von Wohneigentum im Münchner Einzugsgebiet beschäftigst. Der Gedanke ist schmerzlicher als die Neunschwänzige – falls dir nicht bereits als kleiner Hosenscheißer die Bauklötze durch Goldbarren ersetzt worden sind.

Im Braunerschen Garten ist der Rasen kurz rasiert, wie das Haupthaar vom Eigentümer, der auf ihr Läuten hin die Tür aufreißt. Als hätte er im Flur auf sie gelauert. Das letzte Mal hat ihn der Sandner zufällig in einem Gasthaus getroffen, bei der turbulenten Verhaftung eines Mordverdächtigen. Der Trachtenjanker scheint derselbe zu sein – der Mann nicht. Gebeugt kommt er daher, gelbliche Gesichtsfarbe, die Augen tief in den Höhlen.

Den Lack hat sie ihm abgeschmirgelt, die Geschichte, und darunter werden die Rostlöcher sichtbar. Selbst argloses Opfer zu werden hätte er sich nicht vorstellen können. Das bringt den Motor zum Stottern.

Ohne ein Wort hinkt der Hausherr vor ihnen her ins Wohnzimmer. Schwer stützt er sich auf seinen Stock.

In der Stube umzingeln deckenhohe Bücherregale die dunklen Kolonial-Sitzmöbel. Seine Klassiker hat der Brauner gelesen. Gewichtige Wälzer in gefärbtes Schweinsleder gebunden. »Wallenstein« von Golo Mann besetzt aufgeschlagen einen Sitzplatz. Wohl der Lesesessel samt passendem Fußschemel und Stehlampe. Ein muffiger, musealer Geruch liegt in der Luft.

Dem Sandner kommt es vor, als müsste er sie mit Händen zerteilen, um sich fortzubewegen. Zum Staubwedeln scheint der Alte nicht oft zu kommen. Auf einem Tisch im Eck ruht ein Hackbrett. Der Oberstaatsanwalt pflegt die Stubenmusi.

Die beiden setzen sich an den Wohnzimmertisch. Massiv und unverwüstlich ist der, gleich seinem Besitzer.

»Wieso hat das so lang gedauert?«, wird der Hauptkommissar angeraunzt, vom eisernen Blick festgenagelt. Der Ledersessel mutiert zur Anklagebank. Noch ehe der Ermittler Einspruch erheben kann, winkt der Brauner ab. Sich aufs Wesentliche zu besinnen fällt ihm sichtlich schwer. Die unruhigen Finger hat er ineinander verknotet. Knorrige Wurzeln, die aus seinen Hemdsärmeln zu wachsen scheinen.

»Zur Lage«, beginnt er, sich an die vertraute Floskel klammernd. »Um sechs hab ich einen Anruf bekommen. Sie hätten meine Mutter, hat der Mann am Telefon gesagt. Ich hab geglaubt, das ist ein depperter Scherz. Was will jemand mit meiner Mutter? Wenn du die näher kennst, überlegst du dir das zweimal. Aber der Sauhund hat bloß gesagt, der Fuhrer Benedikt säße unschuldig im Gefängnis. Ich solle den wahren Mörder finden, und meine Mutter käme frei. Wenn ihnen die Polizei auf den Pelz rückte, müsst meine Mutter sterben. Und aufgelegt.

Ich ruf also im Altenheim an. Die haben erst nachschauen müssen, verstehst. Nachschauen! Da lach ich doch in Wald nei.

Und dann haben sie gesagt, sie könnten sich das nicht erklären – die wäre tatsächlich weg. Ja, so eine Überraschung. Das Gschwerl! Da können die Spitzbuben reinspazieren und die Leut mitnehmen, wie es ihnen passt.«

Er ist außer Atem und wischt sich über die Augen.

Der Sandner verkneift sich die Bemerkung, dass im Allgemeinen keiner die lästigen Greise wiederhaben will, wenn sie einmal geparkt sind. Altenheim ist kein Leihhaus.

»Wer ist das, der Fuhrer Benedikt?«, will der Hartinger wissen. Er hat sich unauffällig neben der Tür aufgestellt. Hierarchisches Gespür für den optimalen Platz – quasi Hundedecke.

Die beiden Männer reagieren nicht.

Der junge Polizist räuspert sich entschlossen.

»Haben Sie das Telefonat vielleicht aufgezeichnet, Herr Brauner?«

Von den »Senioren« wird ein Blick auf ihn abgeschossen, als hätte er sich die Hose heruntergerissen, um einen lauten Furz zu lassen.

»Was ist denn das für eine depperte Frage?«, braust der Brauner auf. »Ich weiß gar nicht, wie das geht an dem Glumptelefon. Normalerweise hebst du ja nicht den Hörer ab und schneidest alles mit.«

»Na ja, hätte ja sein können – wäre hilfreich.« So leicht lässt sich der Rotschopf nicht den Maulkorb umhängen. Die Zeiten wandeln sich.

Aktuell hat ihn der Ruheständler offensichtlich als Sandners Chauffeur abgespeichert. Er hat noch nie mit ihm fahren müssen. Da erscheint das Jenseits in Sichtweite. Der Sandner verzichtet, wann immer möglich. Selten genug.

»Ist der fähig, dein Mitarbeiter, oder bloß ein Dampfplauderer?«, wendet sich der Brauner an den Hauptkommissar.

»Horch zu, da gibt's Routinen«, knurrt der Angesprochene, die Frage ignorierend. »Spezialisten, Fachleute für Kidnapping. Verhandlungsprofis, was immer du willst. Dir muss ich doch nicht erzählen, wie das abläuft bei einer Entführung. Dokumentierte Vorgehensweisen aus dem Qualitätshandbuch und das ganze Technikgrafl. Wenn die Mutter von einem Staatsanwalt wegkommt, steht München Kopf. Da haut sich jeder Beamte rein, als wär's das eigen Fleisch und Blut. Da stampfen sie ruckzuck eine Soko aus dem Boden. Also, was heckst du aus, Brauner? Warum sollt ausgerechnet ich her? Da müsst doch gerade eine Hundertschaft das Altenheim auseinandernehmen, bis auf die Grundmauern.«

Der Brauner schnauft auf und rutscht unruhig auf seinem Sessel hin und her. Nach einer Prise Schnupftabak legt er los.

»Ich hab der Heimleitung klargemacht, die polizeiliche Untersuchung leite ich in die Wege. Damit waren sie zufriedengestellt. Da ruft jetzt keiner von denen auf der Dienststelle an. Ich weiß, dass man die Leute immer beruhigt, die Polizei regelt das, und man soll ihnen vertrauen und eiapopeia, Kind schlaf ein. Hab ich selber oft genug erlebt und vorgebetet. Aber es ist meine Mutter und …«

»Wir sind als Ermittler da – oder?«

»Ja, schon irgendwie – und du als Freund – verstehst? Ich brauch jemanden, dem ich vertrauen kann. Keine fremden Gschaftlhuber, die sich bloß wichtig machen. Von denen kommt mir keiner ins Haus!«

Dem Sandner schwant Böses. Für solch eine Vorahnung brauchst du in niemandes Gedärmen lesen oder Knöchelchen werfen. Er dürfte nicht hier sein, der Hartinger ebenso wenig. Und trotzdem werden sie sich alles anhören und mitentscheiden. Hinterher könnte er immer noch den korrekten Weg veranlassen – oder dem Brauner Vernunft einbläuen. Hinterher.

Red dir nichts ein, Sandner. Es gibt kein Hinterher, nur ein Mittendrin. Sie waren bereits auf dunklen Pfaden unterwegs. Die Show hatte begonnen, und ob sie alle mit heiler Haut und ohne dienstliche Schrammen davonkommen würden, stand auf einem anderen Blatt.

Die Entführung der alten Dame hatte mit Brauners letztem Fall zu tun. Er musste ihn übernehmen, weil damals die Influenza drei Viertel der Staatsanwaltschaftsbelegschaft ins Bett geworfen hatte. Kein Standvermögen, die jungen Burschen. Aber herausgeputzt wie die Brauereigäule zur Wiesnzeit. Seidentüchlein und Lackschuh im Gerichtssaal – und Duftwässerchen und Puderchen, dass du meinen könntest, die Reinkarnation vom Sonnenkönig defiliert an dir vorbei.

Er hatte seinen Schreibtischinhalt bereits in der Schuhschachtel verstaut. Eine versilberte Schnupftabakdose mit Monogramm von den Kollegen überreicht bekommen und ein Reserve-Bürgermeister hatte ihm die Hand getätschelt. Er hat längst vergessen, welcher es war. Fünf Jahre her. Das Haifischlächeln nebst gewollt sportlichem Händedruck ist ja bei allen Politikern identisches Handwerk.

Und dann dieser Fall:

Ein kleines Licht aus dem Harthofviertel hätte bei einer Rauferei seinen Kontrahenten abgestochen. Zwei Stiche, einer exakt ins Herz. Wohl ein Zufallstreffer. Glück gehabt. Eine erfolgreiche Aktion mit zwei Promille im Blut. Da könntest du getrost im Kasino zocken. Wobei sich Glück unterschiedlich definieren lässt. Keine große Sache – ermittlungstechnisch eindeutig. Abgefüllt bis zur Oberkante, vom Tatort geflüchtet, und das Messer wurde später in seinem Kellerverschlag gefunden. Andere Täter kamen nicht infrage. Bingo. Noch Fragen, Herr Richter? Dass der Mann bis zuletzt seine Unschuld beteuert und einen Unbekannten als Täter benannt hatte, war nur eine Randerscheinung gewesen. Typischer Täterreflex. Jeder Zweite gibt die Scheherazade und probiert es mit einem Märchen aus Tausend und einer Nacht. Die wenigsten sind unterhaltsam. Schützt daher vor Strafe nicht. Letzten Endes Indizienprozess, zwölf Jahre Stadelheim.

»Und jetzt haut mir jemand die alte Geschichte um die Ohren«, schließt der Alte seine Erzählung ab, »wie ein Springteufel hupft die aus dem Kasterl.«

Brauners Mutter lebt seit neun Jahren im Altenheim. Damit dürfte sie sich hierarchisch und überlebenstechnisch weit nach oben gearbeitet haben im Bewohner-Ranking. Du brauchst eine Portion Fatalismus oder musst religiös gut unterfüttert sein. Wenn du zuschauen darfst, wie die jüngeren »Golden Agers« sich himmelwärts davonmachen, fragst du sonst am Ende gar nach Sinn.

Der Sandner hat sie und ihren Sohn einmal getroffen – überraschenderweise in einem Jazzclub in Haidhausen beim Gastspiel der »Al Porcino Big Band«. Anders als der Oberstaatsanwalt, der bayrisches Liedgut vorzieht, ist sie der zeitgenössischen Musik aufgeschlossen gegenübergestanden. Louis Armstrong und Ella Fitzgerald hat sie vergöttert – aber die heutigen Jazzgrößen durchaus nicht verschmäht. Der Brauner hat in den sauren Apfel beißen müssen. Es ist ihr Geburtstagswunsch zum Fünfundneunzigsten gewesen. Er wäre lieber zum Obermenzinger Musikantenstammtisch im »Grünen Baum« gegangen.

Die alte Frau und ihr Sohn sind früh verschwunden an jenem Abend. Weil er nebst anregender Begleitung am Nebentisch gesessen ist, hat der Sandner ab und zu einen Blick auf sie geworfen. Ein ums andere Mal ist der Seniorin, trotz treibender Rhythmen und virtuoser Trompetensoli, der Kopf auf die Brust gesunken. Wie sie beide synchron mit ihren Gehstöcken von dannen gezogen sind, hätte man sie fast für ein Paar halten können. Im Alter nähert man sich halt immer weiter an.

Kurz hatte sich der Sandner mit der Frage beschäftigt, ob er wohl in dreißig Jahren genauso daherhatschen würde, als exotisches Exemplar zwischen feierndem Jungvolk. Oder wäre er längst von Spinnweben überzogen, auf seinem Couch-Stammplatz vor dem brüllenden Fernseher festgeklebt? Bei Mutter Brauner war offensichtlich noch genug Saft in der Batterie gewesen.

Brauners Vater Justus ist aus dem Zweiten Weltkrieg nicht mehr heimgekommen. Serbische Partisanen haben ihm das

Kerzerl ausgeblasen. Da hat sein Stammhalter gerade die ersten Wörter gebrabbelt. »Papa« hat er nicht mehr lernen brauchen.

Überhaupt ist die männliche Verwandtschaft dezimiert worden in jener Zeit. Ein Onkel hat die Nazi-Polizeihaft in der Ettstraße nicht überlebt, einen anderen hätte die Tuberkulose weggerafft – wurde ihnen von Amts wegen bescheidet. Beiden ist ihr Rückgrat zum Verhängnis geworden. Kein Wunder, dass ein Streben nach Gerechtigkeit im jungen Brauner-Bursch aufgekeimt ist.

Die Mutter hat den Jungen allein groß bekommen und das Studium der Rechtswissenschaften ermöglicht. Er hat nie geheiratet. Vielleicht aus Verehrung für die Frau, die ihn zu dem verholfen hat, was er darstellt. Da wird er keinen Ersatz gefunden haben, der diesem Anspruch standgehalten hätte.

Er ist ein Eigenbrötler. Tisch und Bett hättest du als Eheweib mit Aktenbergen teilen müssen. Die Antwort auf die Frage, wem er lieber Zeit und Energie auf der Matratze opfern mag, hätte jede halbwegs fleischeslustige Frau tief gekränkt auf Abwege getrieben.

Der Sandner könnte nur spekulieren, ob das eine oder andere Hurenhaus eine alternative Geschichte über den Brauner zu erzählen wüsste. Schlamm drüber – über die Untiefen.

Im Pasinger Altenheim hat seine Mutter ein Einzelzimmer bezogen, weil sie zuletzt ihre Gedanken nicht immer in die richtigen Schubladen sortieren konnte. Der Brauner hätte das nicht stemmen können – Reibereien inklusive, wie sie vorkommen bei zwei dickköpfigen Alleinherrschern. Eine stolze Frau, die sich aber für keine Arbeit zu schade gewesen war und gewusst hat, wie man Überleben buchstabiert.

Dem Polizisten erscheint sie vor dem inneren Auge, mit ihren schlohweißen Haaren, der aufrechten Haltung und ihrem Forscherblick aus klaren, graublauen Augen, den sie an ihren Sohn weitergegeben hat. Sonst sollte er in absehbarer Zeit nichts erben müssen.

Persönliche Betroffenheit ist in Sandners Geschäft ein sumpfiger Untergrund. Aber hier und heute wird er dem Brauner und seiner Mutter zur Seite stehen – Sumpf hin oder her.

Und nicht nur er.

Die Sandra Wiesner rekelt sich in der Badewanne. Ein Schnappschuss vollendeter Entspannung. Doch sollte man die Vorstellungskraft nicht in die falsche Richtung lenken. Sie ist allein mit Schaum und Wasser. Einzig dem Badspiegel ist der Anblick vergönnt. Wer ist die schönste Oberkommissarin im Lande? Die Blonde vom Münchner K11. Oh mei. Sag jetzt nichts, Spieglein, was du hinterher bereust. Alles wird gegen dich verwendet.

Das Radio spielt Barbra Streisands geniale Version von Cole Porters »What is this thing called love«. Sie greift gerade nach dem Glas Rioja, als ihr iPhone »Für mich soll's rote Rosen regnen« aufspielt und die Streisand rüde übertönt. Grandiose Idee, es mit ins Bad zu nehmen. Alte Gewohnheit.

Sie hört eine Weile unschlüssig der Melodie zu, bevor sie zugreift. Der Sandner! War nicht anders zu erwarten. Alles liegen und stehen lassen soll sie. Natürlich polizeilicher Kontext. Dennoch kocht Wut in ihr hoch – fast hätte sie das Handy gegen die Fliesen gedeppert. Die Mannsbilder führen allerweil den gleichen Tanz auf. Als wären sie das Auge des Sturms, und du darfst um sie herumwirbeln, wurscht, ob du gerade verschnaufen willst oder das Leben für dich woanders eine zünftige Weise fiedelt.

Im Fernsehen hat sie einmal ein Rindviech gesehen, das mittels eines Hurrikans durch die Luft geblasen wurde, wie ein Fetzen Papier. So schaut es aus. Natürlich alles nicht wichtig!

Der Sandner ist darin Spezialist. Sein augenblickliches Herzblatt hat Glück, dass es achtzig Kilometer weg wohnt. Ruhig in der Badewanne planschen könnte sie, seine Bad Kohlgruber Trulla. Die könnte sich der Hauptkommissar nicht einfach herbestellen wie eine Pizza, wenn er Appetit bekäme.

Die Wiesner versucht, einen Gang herunterzuschalten – es

geht ja nicht um den Sandner. Um dem nicht unrecht zu tun – seine Ansprüche sind wenigstens geschlechtsunabhängig. Ob Weiblein oder Männlein, alles soll tanzen nach des Meisters Pfeife. Dienstlich hat er das Motto ausgegeben: »Du sollst keine Götter haben neben mir.« Das Augenzwinkern dabei nicht vergessen. Herrschen heißt teilen. Und die Wiesner hat sich längst ihren Teil genommen. Leider kannst du dir Emotionen nicht auswählen wie das schmeichelnde Lieblingsgewand. Ihre Gefühlswelt gleicht einer Vulkanlandschaft. Krater, Eruptionen, Verwerfungen, Erdbeben und Geröll – alles dabei. Zur Tropeninsel hat es bei der Polizistin nicht gelangt.

»Beeilst du dich, ja?«

Bevor der Sandner das Gespräch abrupt beendet, sorgt er noch für zügigen Lavafluss. Zehn Minuten später ist die Wiesner gedressed und geschniegelt. Ein Kleid hat sie sich ausgesucht. Schwarz und eng. Aus Trotz leert sie noch das Weinglas, bevor sie die Wohnung in Schwabing verlässt.

In Obermenzing kündigt sich derweil ein neuer Gast im Hause Brauner an.

Ein dezentes »Ding-Dong« lässt den Sandner hochfahren. Understatement. Der bayrische Defiliermarsch hätte dem Charakter des Oberstaatsanwalts mehr entsprochen. Der Mann ist kein Leisetreter.

»Des wird der Wenzel sein«, verkündet er.

Der Sandner, schon halb bei der Tür, verharrt auf der Stelle. Der »Ochs am Berg« hatte sich ihm zugewandt. Er wagt nicht einmal zu blinzeln.

»Der wer?«

»Bist du taub – der Staatsanwalt Wenzel – mach ihm auf!«

Dass ein schlichter Name Gänsehaut auslösen kann, kennt man sonst von Tolkiens Sauron oder vergleichbaren dunklen Herrschern. Sprich ihn niemals laut aus!

Den Sandner und den Staatsanwalt Wenzel fesselt ein Strick

aus intensiver Abneigung zusammen. Nicht zu lösen, der Gordische Knoten ist ein Dreck dagegen. Jedes Zusammentreffen der beiden wäre für Konfliktforscher eine sprudelnde Quelle an Erkenntnissen. Angefangen damit, dass der Wenzel mit der Exfrau des Hauptkommissars liiert ist, bis hin zu körperlichen Auseinandersetzungen, ist alles im Programm. Klassische Daily Soap. Es kann halt nur einen geben.

»Wieso ausgerechnet der?«, kann der Sandner bloß herauspressen. Niveau: mauliges Kind. Noch immer bewegt er sich nicht.

Der Hartinger hockt auf dem Scheißhaus. Den hat seine Verdauung aus der Affäre gezogen. Einer muss den Portier geben. Vielleicht kann man das Schicksal durch Tatenlosigkeit bezwingen, und der Wenzel verzupft sich wieder nach Hause. Nichts wäre passiert.

Der Brauner klopft mit dem Stock auf die Eichenbohlen. Herrische Geste. Lauf, Sandner, lauf!

»Weil wir einen Staatsanwalt brauchen und ich ihm vertrauen kann. Ich kenn seinen Vater gut. Burschenschaft – verstehst? Verbindung. Und jetzt machst ihm endlich auf! Kruzifünferl!«

So sei es. Der Hauptkommissar führt den Befehl aus. Letztes Jahr hätte ihn fast jemand erhängt, schlimmer könnte es kaum kommen. Zumindest physisch.

Offenbar hatte sich der Wenzel darauf vorbereitet, wen er antreffen wird. Der Gesichtsausdruck ist auf »gönnerhafte Herablassung« eingestellt. Für seine Verhältnisse neutral. Im Gegensatz zum Eau de Toilette. Schon olfaktorisch ist der Mann für den Sandner eine Zumutung. Mischung aus ranzigem Iltis und Vanilleschoten. Damit bezirzt du im Tierpark jedwede Spezies. Wenzels brauner Boss-Anzug samt modischer Krawatte lässt den Jogginganzug des Polizisten noch etwas grauer erscheinen. Straßenstaubgrau.

Der hagere Staatsanwalt geht auf Tuchfühlung, schiebt sich am Sandner vorbei, um in die Stube zu gelangen. Dass er dabei die Nase rümpft, führt der Sandner auf seinen ehrlichen, kernigen Männerschweiß zurück. Für den Staatsanwalt wohl die erste Begegnung mit greifbarer Wildnis. Der Polizist nimmt sich im Flur einen besinnlichen Moment, bevor er nachkommt.

»Servus, Björn«, hört er den Brauner brummen.

»Grüß dich, mein lieber Beppo«, wenzelt es zuckersüß zurück.

Zu viert dürfen sie sich um den Couchtisch gruppieren.

Der Wenzel nimmt sich gleich das Wort, als hätten alle seinen geistigen Ergüssen entgegengefiebert. Es soll Menschen geben, die glauben, jeder ihrer formidablen Sätze gehöre mindestens auf ein Plakat an die Litfaßsäule.

»Also, wenn du mich fragst – Großfahndung. Wir konzentrieren uns voll auf die Entführer. Fehler macht jeder. Im Altenheim hat sicher wer was mitbekommen und das LKA ...«

»Nimmt deine Mutter Medikamente?«, haut der Sandner dazwischen.

»Freilich«, knurrt der Brauner, »grad genug, genau wie ich. Weiß der Teufel, was alles und wozu. Damit die Pharmaindustrie sich die Hände reibt und immer fetter wird. So kann man die Alten wenigstens noch abmelken.«

»Aber wenn sie die nicht bekommt? Wird's dann eng?«

»Ich ruf gleich ihren Hausarzt an.« Der Brauner ruckt hoch und greift zum bereitliegenden Telefon. »Ich hab seine Handynummer.«

»Auch ein schlagender Verbindungsbursch?«

Der Alte nickt dem Sandner finster zu und geht mit dem Telefon nach draußen.

Schweigen macht sich im Wohnzimmer breit.

Der Wenzel öffnet seine Aktentasche und entnimmt ihr einen dicken, blauen Ordner. Er wirft ihn auf den Tisch und breitet die Arme aus, als hätte er die Zehn Gebote vom Berg Sinai mitgebracht. Genau dahin wünscht ihn sich der Hauptkommissar gerade – ohne Rückflugticket.

»Das sind die wichtigsten Akten zum Fall Benedikt Fuhrer«, doziert der Staatsanwalt. »Eindeutige Sachlage. Täter-Opfer-Vorbezug, Motiv, lückenlose Indizienkette. Da brauchen Sie nicht anzusetzen. Ich weiß beim besten Willen nicht, warum der Herr Brauner ausgerechnet Sie ...«

Der Erwähnte erscheint wieder. Schweißtropfen rinnen an seinen Schläfen herab. Mit langsamer Bewegung lässt er sich in den Sessel fallen.

»Wenn sie ohne Medikamente bleibt, wird's kritisch. Besonders Blutzucker und Blutdruck. Lebensbedrohlich, hat der Doktor gesagt. Die Haderlumpen werden sie verrecken lassen! Die werden sie verrecken lassen!«

Der Sandner hat den Aktenordner aufgeschlagen und blättert darin, um seine Hände zu beschäftigen. Bei Fuhrers Foto bleibt er hängen. An dem Mann ist nichts außergewöhnlich. Mittelblond, hohe Stirn, fleischiger Hals, die Augen zusammengekniffen. Durchschnittsmensch, Dutzendware, Allerweltsmörder, keinerlei Hang zu satanischer Überhöhung.

»Wenn ich aus Überzeugung einen Unschuldigen befreien will, mag ich dafür keine gebrechliche Frau auf dem Gewissen haben – oder? Vielleicht wird sie gut versorgt«, meint Sandner.

»Aha, Gutmenschen, sagst du«, schnarrt der Brauner zurück. »Vielleicht schicken die mir morgen ihre Ohren in einem Packerl! Was sagst du dann? Das war nicht bös gemeint? Sie hat eh schlecht gehört. Drecksäu sind das, dreckerte, sonst nix!«

Darauf weiß der Hauptkommisar nichts zu erwidern.

Der Pensionär will keine verbalen Beruhigungsmittel schlucken. Der kennt sich aus. Aber die Fassade bröckelt. Ganz alte Schule versucht er, seine Gefühle im Griff zu behalten. Das kennt der Sandner auch anders, inklusive Heulen und Zähneklappern. Der Mann ist eisern. Nur keine Schwäche zulassen. Immer Haltung bewahren. Ob du den Hausschlüssel verlegst oder sie dir die Mutter kidnappen, ist einerlei. Drinnen sieht es anders aus. Da fegt der Sturm die Möbel um.

»Also«, wirft der Hartinger mutig dazwischen, »wir müssten uns mit dem Fuhrer befassen. Ihn befragen, seine Besucherliste, seine Freunde und Verwandtschaft, Frau, Kinder, Knastbekanntschaften durcharbeiten. Und zwar so, dass alle denken müssen, wir arbeiten an seinem Mordfall. Vielleicht hat er Verbindungen zu den Entführern.«

»Da muss es ja irgendeine Verbindung geben«, bekräftigt der Brauner und wirft ihm einen kurzen Blick zu. Immerhin.

»Sandner, ich möcht, dass du den Fall Fuhrer wieder aufnimmst.«

Der Hauptkommissar klappt den Aktenordner zu und zieht die Hände weg, als könnte man sich an ihm verbrennen. Er schüttelt vehement den Kopf.

»Es gibt keinen Fall! Das ist doch Schmarrn. Du glaubst doch nicht, ich find morgen einen anderen Mörder. Da ist ermittelt worden, und ihr habt ihn eingnaht. Aus die Maus! Mehr als die alten Akten durchackern kann ich auch nicht. Meinst wohl, die Zeugen erzählen mir fünf Jahre später brisante Neuigkeiten? Oder soll ich's unter Hypnose befragen?«

»Dann ackern wir die Akten halt durch! Weißt du was? Das eine ist, dass die verreckten Dreckhammel meine Mutter haben – und morgen liegt sie vielleicht schon im Sterben. Und das andere ist, dass die das Risiko eingehen, jemanden zu entführen, nur damit wer den Fall anschaut. Weißt du, was das heißt? Ich will es genau wissen. Wenn's da Zweifel gibt, Sandner, musst du da nachbohren. Verstehst du? Du musst!«

»Sterben muss ich, sonst nix.«

»Ja, früher oder später. Und meine Mutter? Soll die heut dran sein?«

Jetzt weiß der Sandner, warum der Brauner diese Versammlung einberufen hat. Warum er nach ihm verlangt hat. Er wird dem Brauner nichts abschlagen, und der alte Fuchs weiß das genau.

Der Wenzel verzieht das Gesicht. »Ein Justizirrtum? Lächerlich.«

»Wäre bestimmt nicht der Erste«, murmelt der Sandner.

»Und wenn wir einen falschen Täter präsentieren?«, will der Hartinger wissen.

Der Hauptkommissar winkt ab. »Die Lösung heben wir uns auf. Letzte Option. Des kannst du nicht in den ersten Tagen machen. Hoppla, da haben wir ja den echten Mörder – sorry. Die Entführer werden nicht so deppert sein und darauf reinfallen. Heut ist Donnerstag – vielleicht am Montag.«

»Das kommt eh nicht infrage!«, entrüstet sich der Wenzel. »Was glauben Sie, was da los wäre, mit der Presse und so weiter. Wir leben nicht in einer Bananenrepublik. Das geht alles nach Vorschrift, auch wenn Ihnen das, wie immer, egal zu sein scheint. Vorschriften kommen nicht aus dem Nichts! Die gibt es, weil sie sich bewährt haben.«

»Die gibt's, damit niemand Schuld hat, wenn's danebengeht«, sagt der Hauptkommissar, »und damit man vom Denken verschont bleibt.«

Der Staatsanwalt holt Luft, kommt aber nicht zu Wort.

»Wenn das meine Mutter lebend aus irgendeinem Loch holt, scheiß ich auf die Vorschrift, bis sie nimmer rausschaut«, schreit der Brauner den Wenzel an und greift nach dem Stock. Knüppel aus dem Sack! Der Sandner ist nicht sicher, ob er einschreiten würde, wenn er dem Wenzel den Rücken bläute. Möglicherweise müsste er dringend pinkeln.

»Du bist ja auch in Pension«, blökt der Staatsanwalt zurück, »und früher war das halt anders.« Sein Schädel färbt sich rot – harmoniert gut mit der Krawattenfarbe. »Wenn es dir nur um deinen Arsch geht, du Würschterl, dann naus aus meinem Haus! Dein Vater hat wenigstens Eier in der Hose gehabt«, giftet der Brauner.

Die hatten ihnen den Wenzel junior beschert, sinniert der Sandner. Selbst das Gehänge hat zwei Seiten, und nicht jede davon glänzt.

Wenzel junior schüttelt den Kopf, sinkt zusammen.

»Also was machen wir?« Die Erwähnung seines Vaters lässt

ihm die Luft heraus. Auf den Felgen fährt er nicht mehr so forsch dahin.

Das forsche Fahren liegt der Wiesner im Blut. Einer ihrer Brüder ist deswegen schon in der »Bams« aufgetaucht. Halbseitiges Farbbild. Crash mit hundertachtzig und von der Autobahnbrücke gesegelt – der GTI hat ausgesehen wie eine umgestülpte Mopsschnauze, aber der Bursch ist annähernd unverletzt ausgestiegen. Sein Schutzengel ist Workaholic.

Seine Schwester lässt es geruhsamer angehen. Trotzdem schafft sie es, den Hartinger zu unterbieten. Anstatt dem Domina-Ton der Navi-Stimme zu gehorchen, schiebt sie ihre neueste Errungenschaft in den CD-Player und zieht die Lautstärke nach oben. »On and on« besingen ihre Geister:

»Everyday the ghosts will come, every way I'll go with them.«

So ist es. Sie lässt sich in deren Klangwelt saugen, bis sie von den Tönen zur Gänsehaut gestreichelt wird. Allerweil prickelnder als das, was der Geist von Obermenzing ihr anbietet. So wie der Sandner am Handy geklungen hat, ist der bereits besessen. Wird sich zeigen, ob sie die Exorzistin geben kann. Bremsen ist nicht ihre Stärke – zumindest auf der Straße.

Die Oberkommissarin stößt gerade rechtzeitig zur Truppe, um drei Alpharüden in einer Verschnaufpause anzutreffen. Neben dem Wenzel auf der Couch ist noch ein Platz frei. Billiger Rang.

Der Sandner brütet vor sich hin, der Brauner stiert in die Akten, als stünde zwischen den Zeilen eine geheime Botschaft. Der Staatsanwalt, die Nasenwurzel zwischen Daumen und Zeigefinger, generiert sich in denkerischer Pose. Platz hätte er in Hülle und Fülle im Hirnstüberl für den einen oder anderen Gedanken. Nur der Hartinger, dem Welpenschutz gerade entwachsen, überfällt sie mit einem Redeschwall. Innerhalb zweier Minuten ist sie umfassend in Szene gesetzt, dafür brauchte er nur zweimal Atem zu schöpfen.

»Als sie den Benedikt Fuhrer festgenommen haben, ist der mit zwei Promille im Bett geflackt und hat immer von einem schwarzen Mann gefaselt. So wie der beieinander war, hätten das auch weiße Mäuse sein können. Die Tatwaffe im Keller, Zeugen haben ihn vom Tatort flüchten sehen. Ein handfester Streit zwischen ihm und dem Opfer. Blutspuren auf dem Gewand. Blöd für ihn, dass es ein Tranchiermesser gewesen ist. Das hast du ja nicht durch Zufall in der Hosentasche. Neunzehn Zentimeter Klinge. Damit kannst du jede Kreatur zu Aufschnitt verarbeiten. Da hat es nicht hingereicht, für Totschlag im Affekt. Das sind die Fakten.«

Der Sandner ist sich sicher, dass er vor seinem Mietshaus niemanden unbemerkt abstechen könnte. Du würdest dich schon schwertun, dich unbespäht am Hintern zu kratzen. Er taucht wieder aus dem Gedankenmeer auf.

»Wenn es den schwarzen Mann gegeben hätte, wie soll der verschwunden sein?«

»Der Fuhrer hat gesagt, der wäre sofort verschwunden. Also irgendwo in einen Wohnblock rein«, sagt der Brauner.

»Aber da war alles unauffällig?«

»Ja. Die Beamten vor Ort haben das kontrolliert.«

»Der ominöse schwarze Mann müsste also im Block verkehrt haben oder einen Schlüssel haben?«

»Exakt. Es sei denn, der Fuhrer, in seinem Seier, hat sich getäuscht und der Täter ist ganz woandershin. Über alle Berge oder hinterm Baum versteckt. Weiß der Kuckuck. Worauf willst du hinaus?«

»Ich weiß noch nicht. Falls es der Fuhrer gewesen ist, verkopfen wir uns eh nur.«

Die Wiesner schlägt vor, zumindest festzustellen, wer von den heutigen Bewohnern damals schon in der Siedlung gewohnt hätte.

»Falls es eine hohe Trefferquote gibt ...«

»Da kannst du sicher sein«, unterbricht der Hartinger. »Alles Sozialbau. Schaffst du dich selten nach oben. Wenn du arbeitest, kannst du die Miete nicht zahlen und musst in irgendein Loch umziehen, also wofür solltest du schuften? Bleibst lieber, wo du bist. Würde ich auch. Vielleicht sind ein paar gestorben oder rausgeschmissen worden, aber sonst …«

»Vorurteile hast du keine, Hartinger?«

»Nein, wieso? Ist doch die Wahrheit.«

»Die Wahrheit kommt nie in der Einzahl daher, Hartinger«, mischt sich der Sandner ein. »Aber wenn du meinst – und was haben wir davon?«

Er hat nicht bemerkt, wie sich das Netz um ihn zugezogen hat. Gepackt ist er jetzt vom Jagdfieber. Keinen Gedanken verschwendet er mehr daran, dass BKA, LKA oder weiß der Geier welche Spezial- oder Sonderkoryphäen die klügere Adresse wären. Der Brauner hat das Blatt ausgeteilt, und sie hatten die Karten aufgenommen. Die Frage ist nur, wie die Trümpfe verteilt sind.

Seine Finger klopfen einen schnellen Rhythmus auf dem Aktendeckel. Zuerst gilt es, im Altenheim aufzuschlagen, und dann, den Fuhrer zu befragen. Wie kämen sie zu neuen Erkenntnissen aus dem Wohnblock? So wie ihn seine Kollegin anschaut, wird der Sandner zum Gedankenleser. Der erste Dominostein prallt gerade auf den nächsten. Er steht auf und macht ein paar Schritte hin zu den Regalen. Sogar Senecas Schriften hat der Brauner dort stehen. »Es hat keinen großen Geist ohne eine Beigabe von Verrücktheit gegeben.« Nero lässt grüßen. Gerade wäre der Sandner gern ein polizeilicher Kleingeist. Wobei das vor Verrücktheit nicht schützt.

Er reibt sich mit Daumen und Zeigefinger über die Brauen. Dann dreht er sich zu den vier Gestalten am Couchtisch um. An der Wiesner bleiben seine Augen hängen.

»Die sitzen da, und jemand trägt das Wissen vielleicht seit fünf Jahren mit sich herum – zumindest der mutmaßliche Mörder oder die Entführer«, wendet die sich an ihn.

»Und wir sitzen da, und wissen nix«, ergänzt der Brauner.

»Und wenn sich wer dazusetzen tät zu ihnen?«, fragt die Wiesner, »und gut hinhört?«

Alle Blicke sind plötzlich auf den Sandner gerichtet. Er schaut von einem zum anderen, bevor er sich wieder im Sessel niederlässt. Langsam, weil sein Fleisch nach der Boxeinlage schnelle Bewegungen schmerzhaft bestraft.

»Nicht euer Ernst.« Abwehrbereit verschränkt er die Arme. Sandnersches Felsgestein. Nichts zu holen.

»Des müsst aber augenblicklich sein«, meint der Brauner und jagt sich euphorisch den Schnupftabak in den Zinken. Kein ruhiges Händchen, die Hälfte des dunklen Pulvers bleibt als Bärtchen unter der Nase kleben. Gibt seinem Erscheinungsbild ungewollte Komik. Sein Taschentuch vertreibt den braunen Schlonz.

»Eine verdeckte Ermittlung?« Beim Wenzel fällt der Groschen. »Etwa ohne Genehmigung? Das muss jemand autorisieren.«

»Nur zu«, knurrt der Brauner. »Mach dich nützlich.«

»Momenterl«, bremst der Sandner, »angenommen, ich würd das machen. Angenommen sag ich rein hypothetisch, da müsst ich irgendwie hausen, sonst bringt das nix. Wenn ich hin- und herfahre, würde ich kein Gespür kriegen und die Leut nicht erwischen. Wenn man die Wohnungsgesellschaft fragen wür…«

»Bekommst du vielleicht eine leere Wohnung«, fällt ihm die Kollegin ins Wort. »Das wäre aber unglaubwürdig, wenn du nicht wirklich einziehst. Außerdem – so kurzfristig nicht zu machen und wir müssten Figuren einweihen, die wir nicht einschätzen können.«

Wenzels Zeigefinger schnellt mahnend in die Höhe. »Hören Sie mal! Wenn Sie da auftauchen und Fragen stellen und der Entführer ist aus dem Umfeld, müsste er bescheuert sein, um nicht eins und eins zusammenzuzählen. Er könnte merken, dass Sie hier ermitteln. Er wird Sie manipulieren wollen!«

Der Sandner schaut ihn überrascht an. Nicht wegen des klugen Einwandes, sondern weil er diesen Geistesblitz dem Breznsalzer nicht zugetraut hätte.

»Sie haben recht – wenn er kein Stroh im Kopf hat«, knurrt der Hauptkommissar widerwillig, »aber das Risiko müsst man eingehen – wenn man es macht.«

Langsam zerbröselt der Konjunktiv.

»Also geht es nicht«, resümiert der Wenzel und klopft damit den guten Eindruck, den er vor einer Minute hinterlassen hatte, in die Tonne. »Ich finde das eh nicht richtig durchdacht. Schnellschüsse helfen nichts! Wir sollten uns der bewährten Methodik zuwenden.« Er scheint erleichtert.

Falscher Spruch zur falschen Zeit. Der Ehrgeiz vom Sandner ist geweckt. Ein Veto vom Wenzel fordert ihn heraus, wie eine Ohrfeige mit dem Handschuh. Vielleicht hätte der eine oder andere am Leben bleiben können, wenn es dieses Zusammentreffen der beiden Kontrahenten nicht gegeben hätte.

Bei Dramen läuft so etwas unter dem Motto: schicksalhafte Begegnungen. Sie schaffen Reibung und Bewegung. In etwa wie Hundehäufchen in den Isarauen oder die Steuererklärung. Nichts, was man vermissen würde, aber wehe, du beachtest sie nicht adäquat. Dann klebt dir Scheiße am Schuh.

Der Sandner würde nie zugeben, dass seine Motive von der Aversion gegen den Staatsanwalt geleitet werden. Den folgenden Satz und die dazugehörige Entscheidung sollte er allerdings noch bereuen.

»Vielleicht hätte ich was in petto.«

Der Brauner schickt ihm einen herzzerreißenden Hundeblick.

»Leut, ich vertrau euch. Ich bitt euch, bringts mir mei Mutter wieder heil zruck!«

Der Satz schwingt noch in Sandners Schädel nach, wie er seine Wohnungstür in der Lohstraße aufsperrt. Der Hartinger hat ihn brav nach Untergiesing gefahren und ihn seinem Schicksal überlassen. Er wird sich später mit der U-Bahn auf den Weg machen. Mit dem Dienstwagen kann er nicht im Harthof auftauchen, und ein eigenes Auto ist für ihn etwas, das man hätscheln und pflegen müsste, als hätte man sich ein Haustier oder ein Baby zugelegt – je nach Pannenstatistik. In München wäre das für ihn so sinnlos wie Trüffeln suchen im Westpark. Schließlich wohnt er in der

Zivilisation, und die ist von U-Bahn und Straßenbahngleisen durchzogen, als würde die Stadt unter Krampfadern leiden.

Er schaut sich um, als würde er den Flur und die Stube zum ersten Mal wahrnehmen. Seufzend leert er seine Sporttasche aus, um sie mit dem Nötigsten für seinen Ortswechsel vollzustopfen. Viel wird er nicht mitnehmen. Das, was er wirklich braucht, findet sich nicht in seinem Kleiderschrank. Zufall, Glück und Erfahrung müssen eine Verbindung eingehen. Zur richtigen Zeit am richtigen Platz stehen und Augen und Ohren auf Empfang – falls es den richtigen Platz überhaupt gäbe.

Der Brauner vertraut ihm. Worauf hat er sich da eingelassen? Er wird also den verdeckten Ermittler geben. Allen ist klar gewesen, dass nur er infrage käme, im Harthof herumzugeistern. Hält ihn jeder für ein deppertes Chamäleon? Ein dünner Strohhalm, an den sie sich klammern – vor fünf Jahren abgesenst worden, verwelkt und verrottet. Unwahrscheinlich, dass der Sandner ihn zum Austreiben und Wachsen bringt.

Einsätze dieser Art werden für gewöhnlich akribisch vorausgeplant, jedes unvorhergesehene Ereignis wird bedacht und ausgeschlossen. Tagelange Einsatzbesprechungen. Und er? Schiebt sich die Zahnbürste ein und ab damit. Zeit ist Mangelware. Sie brauchten schnelle Ergebnisse – ums Verrecken. Es wird kein Wellnessurlaub sein, was Brauners Mutter widerfährt.

Lieber hätte er jetzt die Beine ausgestreckt, sich ein Glas Rotwein eingeschenkt und mit ein paar gezupften Klängen auf seiner Jazzgitarre das Abenddösen eingeläutet. Das Wochenende hätte er gern mit seiner Maria verbracht in Bad Kohlgrub. Immer wenn sich der Polizist zu ihr begibt, ist es für ihn ein Kurzurlaub. Hätte er sich nicht vorstellen können, dass er sich einmal ins Oberbayrische verbandelt. Vielleicht die einzige Beziehungsvariante, mit der ein Josef Sandner hantieren kann. Kein »muss«, viel Raum fürs individuelle Treiben, auch wenn ihm die Fahrerei nicht behagt und Spontaneität zum Fremdwort wird.

So bald wird es nichts werden mit der Vergnügungsreise nebst

Sättigung fürs durstige Herz und dem ausgehungerten Leib. Er wird über den Harthof herfallen, und der Fall Brauner ist sein Bettgefährte. Keine echte Alternative.

Er legt eine CD ein, fläzt sich für einen Moment aufs Sofa. Das muss sein.

Buddy Guy grollt seinen Blues voller Inbrunst und Einsamkeit heraus. Auf den wird er die nächsten Tage verzichten müssen. Den Blues kann er dafür live erleben.

»I'm so lonely«, jammert Buddy.

Flenn nicht rum, mit dem Gefühl bist du nicht allein. Mann oder Memme?

»Oh Lord, I'm so tired.«

Vielleicht sollte der Polizist seine Tochter, die Sanne, anrufen, damit sie sich keine Sorgen machte. Schmarrn – klassischer Irrtum. Er allein macht sich Sorgen, ob sie sich Sorgen machen könnte. Ewiges Vaterdilemma. Die Sanne wird sich gleich mit ihrem enthaarten Philharmoniker ins Wiener Nachtleben stürzen. Der Flötenhansel gibt den Solisten, Eltern sind bestenfalls Background-Vocals, sofern sie ihren Einsatz nicht verpfuschen. Hauptsache, du akzeptierst deine Rolle.

Der Hartinger hat ihm für alle Fälle eine falsch registrierte Simcard vom Discounter mitgegeben, falls er eine Nummer bräuchte zum Weitergeben. Kummernummer. Warum der Bursch so etwas besitzt, bleibt sein Geheimnis. Vielleicht versucht er sich als Heiratsschwindler oder ruft in einsamen Nächten befriedigende Hotlines an. Praktisch ist es jedenfalls.

Er schließt den Reißverschluss und greift nach der Jacke. Showtime. Auf geht's. Raus in die Ferne aus dem Untergiesinger Lummerland. Hier zwischen Auer Mühlbach und Isarauen, zwischen Ömers Dönerbude und griechischen Biergartenlauben ist der Sandner zu Hause. Und das gerne – heute besonders.

»Wir wollen in die Stadt marschieren, und drinnen unser Glück probieren«, hat Nestroy einst gedichtet. Ob man Glück mit Sandners Tätigkeit verbinden kann, ist zweifelhaft. Zumindest hat es selten schlimmer kommen können als am Anfang. Ausnahmen bestätigen die Regel, hat die Resi gemeint, als ihre ausblieb.

Der Sandner marschiert los.

Mit der U-Bahn vom Kolumbusplatz aus macht er sich auf den Weg. Es bleiben ihm zwanzig Minuten, alles im Kopf zu sortieren. Ab Hauptbahnhof mustert er die Fahrgäste in der Hoffnung, ein Gespür zu bekommen, wer und was ihn im Harthofviertel erwartete. Ein Versuch, der Atmosphäre Kontur zu verleihen. Vergebliche Mühe. Nur, dass die Mehrzahl der Mitreisenden keine prallen Tüten mit modischen Fetzen vom hippen Klamottentandler nach Hause trägt, registriert er. Das erhöht ihren Sympathiewert, auch wenn das Loch im Geldbeutel die Ursache sein könnte. Herausgeputzt wie ein Pfingstochs bist du weder weiser noch freundlicher. Ochs bleibt Ochs zu allen Jahreszeiten.

Ihm gegenüber sitzt ein junges Pärchen. Die beiden kleben aneinander, als wenn sie sofort verwelken müssten, falls sie wer trennt. Vielleicht ist es so. Der Sandner stellt sich vor, wie die Gesichter fahl und faltig werden und ihnen die Haare büschelweise ausfallen, sobald sie sich nicht mehr umhalsen. Aber es besteht keine Gefahr. Sie haben sich festgesaugt, wie zwei Neunaugen. Die Zukunft ist rosarot. Gemeinsam stehen sie auf, als auch der Sandner zur Waggontüre geht. Vor ihm zockeln sie, siamesischen Zwillingen gleich, Richtung Rolltreppe. Sogar die Jeansjacken und rotweißen Joggingtreter sind identisch.

Die Dohle und der Schwan wählen einen Partner für ihr Leben. Der Münchner eher selten. Der Versuch zählt.

Zum Harthof fährst du nicht zur Freizeitgestaltung, sondern aus Mangel an Alternative. Blühende Vorzeigegärten und protzige Gemäuer findest du anderswo. Beim Gang durch das Viertel siehst du, wo sie den Speck herausschneiden, aus dem sie keine zehn Kilometer weiter schicke Gürtel zusammennähen.

Anders als in den Isarauen, wo die Leut in hautenger Funktionswäsche zu jeder Zeit sporteln und den Rassehund präsentieren, überlegst du dir hier jeden Schritt zwei Mal. Nichts umsonst machen – obwohl hier viel Zeit herumzuliegen scheint. Aber weil sie nutzlos ist, hebst du sie nicht auf. Die wird vertrieben oder einfach totgeschlagen.

Wenn die Münchner Stadtteile Schuhwerk wären, könnte man Sneakers, Gesundheitslatschen, Pradasandalen, Lackstiefel, High Heels und vieles mehr entdecken. Für jeden etwas dabei, ganz nach Vorliebe oder Fetisch. Der Harthof kommt als betagter Wanderschuh daher. Das Leder ist runtergeritten und die Sohle abgelaufen. Ein fleißiger Schuster bringt dir das in Ordnung. Neue kannst du dir nicht so einfach zusammensparen. Tanzen kannst du mit den klobigen Tretern nicht, nur hatschen. Aber besser als barfuß über Schotter, und bewährt haben sie sich oft genug.

Einfamilienhäuser und Kleingartenverein stemmen sich gegen die Baggerarmada, die vereint mit langhalsigen Krangetümen nach dem Land grapscht und einen Wohnklotz nach dem anderen in die Höhe stemmt. Längsstreifen sind aufgepinselt, das soll ja schlank machen. Warme Farben überall – gelb, ocker und orange leuchtet es, als würde die Originalsonne hier nicht hinreichen und du müsstest das Viertel alternativ bescheinen. Aber selbst wenn du ihnen »Happy Village« aus dem Boden stampfst, werden die Leut noch lange nicht grinsen wie die Legoköpfe.

Es wimmelt von Baugerüsten, Projekten und aufhübschendem Firlefanz. Doch kaum den Flickenteppich angehoben findet man genügend der uralten, zweigeschossigen Arbeiterhäuser, in denen man haust wie aus der Zeit gefallen. Bunt zusammengewürfelt erscheint das Quartier. Als hätte ein Bub in seine Legokiste gegrapscht und wahllos Häuschen aufgebaut. In allen Größen und Formen. Noch schaut es lebendig und kräftig aus und nicht nach Wohnkäfigen vom Reißbrett. Architektonische Verbrechen findest du andernorts in der Stadt genug.

Der Sandner hat sich längst abgewöhnt, die Leute nach den

Gassen zu beurteilen, in denen sie hausen. Gerade in München wäre das ein fataler Irrtum. Bei dem damischen Mietwucher kannst du dir dein Viertel nicht auswählen. Hauptsache vier Wände. Bald wirst du nur im Leichenschauhaus komfortabel wohnen – wenigstens kannst du dich ausstrecken.

Er ist nicht zum ersten Mal im Harthofviertel. Es wird sich hoffentlich niemand an ihn erinnern.

Letztes Jahr hatte er in einem Todesfall hier ermittelt. Keine spektakuläre Geschichte, höchstens ein Fünfzeiler für die Presse. Es sind oft kleine Begebenheiten, die sich einbrennen ins Hirn. Beziehungstat. Die kommt so häufig vor wie ein Heimsieg der Roten. Von daher keine Überraschung. Und doch ist es immer besonders. Besonders, weil der Sandner hinabtauchen muss in diesen blutigen Tümpel aus Leben und Verrecken, aus Entwürdigung, Schuld und abgrundtiefem Hass. Jeder ist einzigartig befüllt. Das Schicksal würfelt einen Pasch und raus bist du. Gleichalt wie der Ermittler ist das Opfer damals gewesen. Die Sicherheitsschlösser an ihrer Wohnungstür hatten der Frau nichts genützt. Eine scharfe Klinge, gekränkter Stolz und ein falsches Wort zur falschen Zeit. Ein tragisches Spiel beginnt, dessen Endergebnis die Mordkommission aufnotieren darf.

Den Miran von der Dringlichkeit zu überzeugen war ein hartes Stück Arbeit gewesen. Der Sandner hat auf ihn vertraut. Sein Spezl war für die unkonventionellen Lösungen zuständig. Ursprünglich Änderungsschneider am Kolumbusplatz ist er ein grandioses Organisationstalent mit dem Hang zu halblegalen Verrichtungen. Diesmal jedoch mit Einschränkungen und ungewohntem Zaudern.

»Nimm es mir nicht übel, Sandner, aber wenn sich rumspricht, dass ich einem den Bullen ins Nest gesetzt hab, quasi eine Bettwanze lanciert, dann nimmt keiner mehr a Stückerl Brot von mir. Dann kann ich zampacken.«

»Des muss niemand erfahren. Ich sperr bloß die Lauscher auf, kennst mich doch, und meine Kollegen packen zu. Zier dich ned, Zenzi.«

»Eben, weil ich dich kenn, Sandner – aber ich denk mal nach.«

»Aber hurtig, wenn's geht!«

Er hat ihm schließlich, für genügend Bakschisch und das Versprechen auf drei gemeinsame Sparringskämpfe, einen Schlafplatz neben Fuhrers ominösen Häuserblock besorgen können. Nur über das Wochenende. Der Gastgeber wäre ein gemeinsamer Kumpel von ihm und Ömer, Sandners bevorzugtem Dönerbudenbesitzer. Die Verbindung zu Ömer wäre aber geschäftlich und daher kein Gesprächsthema. Der Sandner war mit allem einverstanden gewesen, selbst mit der Klausel, illegale Handlungen des Gastgebers kommentarlos zu akzeptieren.

»Wie heißt der?«

»Chingachgook.«

»Der letzte Mohikaner? Ja verreck. Kannst du mir das buchstabieren?«

Wie der Sandner aus dem U-Bahnhof Harthof herauskommt, fällt ihm als Erstes auf, wie grün es ist. Er steht inmitten eines Parkes. Die Natur hat mit beiden Händen zugepackt und verschenkt großzügig ihre Gaben. Es mochte sein, woanders in der Stadt hast du die angesagteren Läden vor der Tür, aber die würde der Sandner sofort eintauschen gegen einen Büschel Grashalme und eine alte Eiche. Eine schönere Möglichkeit, um aus der U-Bahn-Röhre zu krabbeln, musst du lange suchen in der Stadt. Er nimmt einen tiefen Atemzug, bevor er loshatscht. Der Aufzug zum U-Bahnsteig kommt dem Sandner wie ein Indianerzelt aus Stahl und Glas vor. Als wäre es das Wahrzeichen eines Reservats. Platz für die Aussortierten, die Wohnungsflüchter und Stammsteher.

Weit hat er nicht zu gehen. Worauf hat er sich da eingelassen? Alles mit heißer Nadel gestrickt. Seine Legende ist einfach. Das

Ehegespinst hat ihn zu Hause rausgeschmissen und er kein Dach über dem Kopf. Männerwohnheim scheidet aus.

Vielleicht könnte er fremdgevögelt haben? Er verwirft die absurde Vorstellung. Natürlich gäbe er ihr die Schuld. Kommt immer realistischer, die einseitige Sichtweise, garniert mit Selbstmitleid. Diese dumme Trutschn! Alles hab ich für sie gemacht! Nicht einmal den Hochzeitstag vergessen, obwohl an dem Tag Pokalfinale gewesen ist. Das ist alltagserprobt. So kommt es ins Drehbuch.

Auffüttern kann er die Geschichte immer noch bei Bedarf. Eine melancholische Gestalt soll er abgeben, vom Leben gezeichnet. Aktuell fällt die Verwandlung nicht schwer. Er erhöht unwillkürlich sein Marschtempo. Die Dämmerung weicht dem Einbruch der Nacht. Jede verplemperte Minute könnte die alte Brauner dem Grab näher bringen.

Der Sandner ist bei der Kirche Sankt Gertrud abgebogen. Zwischen in die Jahre gekommenen Arbeiterhäusern läuft er die Straße entlang. Das eine oder andere erstrahlt in neuem Glanz und ist natürlich kein »Sub Standard«, wie die Broschüren es anpreisen.

Sobald er in eine der schmalen Seitenstraßen einbiegt, werden die Fassaden brüchiger. Links und rechts sind lang gezogene, betagte Wohngebäude auf den Rasen gepflanzt. Höchstens zweihundert Reichsmark hast du für die Arbeiterwohnung gezahlt, seinerzeit. Sub Standard.

Er marschiert durch die Siedlungslandschaft, staunend wie ein Kind im Märchenpark. Als würde er auf einem Laufband hatschen und sich nicht vom Fleck bewegen. Hat er diesen Zeilenbau nicht schon gesehen? Diesen Baum? Diese Ecke? Selbst das alte Waiberl mit dem Gehwagen mag er bereits überrundet haben. Nur die Nase schaut unter ihrem Regenponcho hervor. Dabei fällt kein Tropfen vom Himmel. Vielleicht ist sie Hellseherin oder Wetterhexe. Sie lässt ein »Grüß Sie Gott« vom Stapel. Der Ton so dünn wie eine Spinnwebe. Mit einem Nicken erwidert er den Gruß.

Aus einem ebenerdigen Fenster im Gebäude zur Linken schwingt ein spindeldürrer Kauz mit Unterhemd und Zigarre seine Füße und springt hinaus. Er nimmt keinerlei Notiz vom Passanten und pafft draußen vor sich hin. Sieht zu, wie die Rauchwölkchen gen Himmel verschwinden. Er will wohl seinen Anteil an der Klimaerwärmung sehen. Auch ein Hobby.

Eine schwarze Katze mit bimmelndem Glöckchen um den Hals begleitet ihn ein Stück des Weges, bis ihr der mürrische Geselle zu langweilig wird. Noch eine Seitenstraße zur linken, mehr ein gepflasterter Weg – und vor ihm taucht es auf.

Gebaut in den ersten Nachkriegsjahren scheint der Wohnklotz fast allen Renovierungsversuchen getrotzt zu haben. Unverändert in seinem abgeplatzten, schäbigen Charme. Olivfarbene Wände unter rotem Ziegeldach. Zweigeschossig, verwitterte Fensterläden. Man sollte die Sprache der Gemäuer verstehen können. Falls die sich überhaupt herablassen würden, mit den Leuten, die sie beherbergen, zu sprechen. Weise und ruppig stellt sie sich der Sandner vor.

Hier ist also die Hausnummer vierzehn. Gardinen werden beiseitegeschoben, um einen Blick auf den Kerl mit der Sporttasche zu werfen.

Das Gebäude ist dem Sandner sympathischer als seine runderneuerten Genossen, denen sie noch ein strahlend weißes Geschoss aufgepappt haben. Das Satteldach vermittelt Gemütlichkeit. Eine verwitterte Bank steht auf der Rasenfläche unter einer Linde, jemand hat ein kleines Blumenbeet angelegt. Es muss nicht alles makellos und geschleckt sein – aber wahrscheinlich hat er gut reden. Seine Dusche funktioniert, und im Winter wird es warm in der Stube.

Der Ermittler ist ein paar Meter vor dem Eingang stehen geblieben. Was vor dem Haus auf der Straße thront, gehört da nicht hin. Nicht jetzt!

Neben dem üblichen Fahrrad-Fuhrpark, hauptsächlich geschundene Kinderbikes, parkt ein Fahrzeug. Du könntest dich im Lack spiegeln.

Ein Streifenwagen! Den hat der Sandner so nötig wie Taubenschiss auf der Frisur.

Besetzt ist er mit einem Uniformierten. Schmal, unscheinbar, pickelige, ferkelfarbene Wangen. Der Polizeischule kaum entwachsen, der Bub. Er würdigt ihn keines Blickes. In seinen Schoß starrt er, daddelt bestimmt Tetris auf dem Smartphone.

Die Fahrertür ist geöffnet. Sein Kollege ist nirgends zu sehen. Der scheint sich im Haus herumzutreiben. Hoffentlich nur eine Banalität. Zu wem will der Miran ihn stecken? Wenn sie ihm bloß nicht seinen Schlafplatzvermieter abführen. Dann wäre er angeschmiert.

Nach kurzem Zögern setzt er sich in Bewegung. Ein Holzkeil hält die verwitterte Haustür offen.

Kaum tritt er in den Hausgang, wird er rüde angerempelt. Ein schmerbäuchiger Polizist wollte quasi durch den Sandner hindurch nach draußen.

Das Überraschungsmoment ist beiderseitig. Mit einem schnellen Blick scannt der Sandner die Gestalt, bevor er den Kopf senkt. Niemand, der ihm bekannt vorkommt. Was nichts heißen will. Wenn du jeden Tag an die Pinnwand im Kopf neue Bilder picken musst, verblasst schon mal das eine oder andere.

Im Vollmondgesicht seines Gegenübers zuckt kein verräterischer Muskel.

Der Sandner muss darauf vertrauen, dass der Kontext der Begegnung das Wiedererkennen erschwert. Einen leibhaftigen Hauptkommissar wird der Uniformierte hier nicht erwartet haben.

»Wenn der Slatko auftaucht, rufst du mich an«, schnarrt der durchs Treppenhaus. Über ihnen wird eine Tür zugeworfen. Der Sandner schaut unwillkürlich nach oben. Er will den hölzernen Stiegen nach, aber ihm wird der Weg verstellt. Die massige Gestalt des Uniformierten baut sich vor ihm auf. Zu nah.

Der Hauptkommissar linst über dessen Schulter hinweg zur Wand. Leicht gebeugte Haltung. Keine Muskelspannung. Die Arme baumeln herab. Er gibt den mickrigen Wicht. Unbedeutend wie ein Käfer unterm Schuh. Sein Puls galoppiert. Ärger ist das Letzte, was er jetzt gebrauchen kann. Er scheint »Herrn Wichtig« über den Weg gelaufen zu sein. Kruzifünferl! Die Kategorie kennt ein jeder. Beug dein Knie und huldige »Ihrer Majestät«.

»Und du? Zu wem?« Der Feiste schenkt dem Kriminaler seine ganze Aufmerksamkeit. Dank schön. Er wird beäugt wie eine übrig gebliebene Salzkartoffel auf dem Teller. Die wird noch verputzt. Aus der fleischigen Nase quellen die Härchen. Ein Hauch von Zwiebeln und Schweiß umwölkt den Sandner.

Der beherrscht sich meisterhaft. Als Sahnehäubchen gelingt ihm ein angedeutetes Lächeln. Gesichtsmuskeltraining für Fortgeschrittene. Mit dem Kinn weist er zur Treppe hin.

»Sprichst du kein Deutsch. Ruski, Kosovo?«

»Nein, nein«, beeilt sich der Hauptkommissar zu sagen, »Eugen Schwind besuch ich.«

»Na also, geht doch – den Vogel also, den verrückten Indianer. Na dann.«

Gleich dem Sheriff aus No-Name-City tippt sich der Polizist an die Mütze. Howdy-Doody-Time.

»Das Leben ist hart, aber noch härter, wenn du dumm bist«, hat John Wayne einstmals resümiert. Für Sandners Gesprächspartner scheint es aus Granit zu bestehen.

Entweder Staub im Auge oder hat ihm der Uniformierte zugeblinzelt? Wahrscheinlich ist das Licht zu grell ohne Spiegelbrille. Das Harthofviertel scheint einen eigenen Sheriff zu haben.

Der Sandner nickt ihm zu und macht sich in Zeitlupe an die Stufen. Er muss ins Dachgeschoss. Im ersten Stock kann er beobachten, wie vorsichtig eine Tür geöffnet wird und sich ein Kopf herausschiebt. Eine Frau undefinierbaren Alters. Rosarotes T-Shirt, das blond gesträhnte Haar zum Zopf gebändigt. Aus der Wohnung dringt der Geruch von kalter Asche und Gebratenem.

Das Geträller von Beyoncé bildet den Soundtrack dazu. Manchmal sind sechs Sinne nicht wirklich notwendig.

Die Augen der Frau suchen das Treppenhaus ab. Wie sie den Sandner erspäht, zuckt sie kurz zurück.

»Ist er endlich weg?«, zischt sie.

»Wer? Der Polizist?«

»Der Scheißkerl. Wer sonst?« Jetzt erscheint sie ganz. Die Pupillen in feuchtem Glanz, hagere Gestalt, die Haut ein dezentes Grau, als wären Kippen ihr Hauptnahrungsmittel. Vielleicht sollte man die mit Vitamin C anreichern – bevor Skorbut um sich greift, weil Salat nur noch vom vereinsamten Blatt im Burger bekannt ist.

Von Nahem stellt der Kriminaler fest, dass die Frau höchstens Mitte dreißig sein kann. Sie sieht nicht aus, als wäre ihr Dasein bisher eine rauschende Party gewesen. Eher nach dem Morgen danach. Immer wieder fährt sie sich beidhändig durchs Haar. Ihr Gesicht verzieht sich, als hätte sie ein Kisterl Zitronen abzulutschen.

»Ah – mit dem Slatko gibt es immer Problem. Immer Problem.«

Der Sandner ist nicht sicher, ob er der Ansprechpartner ist oder zufällig mit ihr gemeinsam an der Klagemauer buckelt. Hinter ihm wird noch eine Tür aufgerissen.

»I hob dir immer gsogt, schmeißn naus, den Slatko, tu dir des ned an«, kräht eine Xanthippe aus düsterer Höhle hervor. Die Nase gleich einem Geierschnabel, schwarze, wallende Gewänder verhüllen barmherzig die unförmige Gestalt.

»Ah – sei still. Du weißt ja nicht«, wird sie abgefertigt.

»Jetzt soll ich still sein, und dann kommst wieder dahergeschlichen wie a prügelter Hund.«

»Ist ja nicht leicht für den Slatko.«

»Denk an dei Tochter! Die nehmen's dir noch weg. Ich sag dir, wenn du den ned ...«

Der Sandner empfiehlt sich. Slatkos Leben wird zwar eine

Großbaustelle sein, aber auf der muss der Hauptkommissar nicht hackeln. Im Kopf geht er die Mieterliste durch. Die beiden Grazien im ersten Stock wohnen seit mehr als fünf Jahren im Haus. Potenzielle Zeuginnen. Er könnte sich später mit ihnen befassen.

»Einen schönen Tag noch«, wünscht er ihnen.

Sie nehmen keine Notiz, verhakeln sich in Für oder Wider von »Problemmännern« im Allgemeinen. Es könnt ja immer alles derber kommen beim Nächsten. Du steckst nicht drin. Besser wird's nur in der Phantasie. Das Thema ist ausgelatscht, wie ein alter Schlappen.

Am einzigen Eingang im Dachgeschoss ohne Namensschild befindet sich die Zeichnung eines Kreises, der von Strichen in acht Teile zerlegt wird. Die Bedeutung erschließt sich dem Sandner nicht. Der grobe, maisfarbene Fußabstreifer wirkt, als würde er dir die Sohlen gleich mit abschmirgeln. Das muss die richtige Adresse sein. Wie der Polizist läutet, dauert es eine Weile, bis die Tür geöffnet wird.

Der Mann ist größer als der Sandner. Vielleicht Anfang dreißig, geschmeidig in seinen Bewegungen. Naheliegende Berufung: Tangotänzer oder Raubkatze. Eine auffallende Erscheinung. Zur löchrigen Jeans trägt er einen farbenfrohen, mexikanisch anmutenden Poncho – der Schädel ist kahl rasiert und glänzt wie frisch gewienertes Linoleum. Der Polizist wird von bergbachklaren, blauen Augen unter buschigen Augenbrauen gemustert. Zu Füßen des Glatzkopfs kauert eine rostbraune Terriermischung und starrt ihn ebenso durchdringend an wie das Herrchen. Keinen Mucks macht das Zamperl.

»Josef?«

»Ja.«

»Komm.« Weder Mann noch Hund geben einen ergänzenden Laut von sich. Plaudertaschen sind das definitiv keine.

Die Wiesner kann sich über mangelnde Gesprächsbereitschaft nicht beschweren. Sie hat ein anderes Vogerl gefangen. Singvogel. Auch optisch ist ihr augenblickliches Gegenüber das Gegenteil von Sandners Chingachgook. Klein, dicklich, das weiße Hemd klebt an dem Mann, als wär er damit gerade der Badewanne entstiegen. Die spärlichen Haare sorgfältig über die kahlen Stellen drapiert, die Zähne vom Nikotin gelblich eingefärbt.

Beim Pflegedienstleiter des Altenheims lässt Nervosität die Worte springen und übereinanderfallen gleich Zwergerln in der Hüpfburg. Dass so etwas noch nie vorgekommen wäre, sie alle Standards einhielten und die Heimaufsicht und die Sorge um die Frau Brauner, so sprudelt es dahin. Er kann seine sächsische Herkunft nicht verleugnen. Die Stimme quietscht der Wiesner im Gehörgang, als würde ein Schimpanse auf der Tin Wistle üben.

Mit dem Hartinger ist sie vor ein paar Minuten im Pasinger Altenheim aufgetaucht. Erstaunlicherweise ist es keine »Residenz«, wie sich so viele zynisch benennen. Der Duden erklärt das Wort als Wohnsitz eines Staatsoberhauptes, Fürsten oder eines hohen Geistlichen. Die Vorstellung, im Alter in eine Wohngemeinschaft mit solchen Gestalten gepfercht zu werden, ist Abschreckung genug.

In Pasing ist es ein schlichtes Heim. Letzter Wohnsitz für Senioren. Eine passable Ecke hat sich der Betreiber ausgesucht, ganz in der Nähe des Stadtparks. Zehn Minuten weg von Brauners Häuschen in Obermenzing, sofern du noch einen Führerschein hast. Etwas begrünt, aber doch städtisch genug, um nicht in der Pampa die Grashalme zählen zu müssen.

Wie die beiden Kriminaler zuvor beim Haupteingang gestanden sind, haben sie sich einen vielsagenden Blick zugeworfen. Sobald du durch die Gänge schlurfst, katapultiert sich dein Hirn im Zeitraffer in die Zukunft und du rupfst deine verbleibenden Lebensjahre ab wie die Blätter vom Gänseblümchen. Im Falle der Wiesner, die im Dezember den Dreißigsten feiern wird, reicht ein

Blümerl zum Glück noch nicht. Der Hartinger, in jugendlicher Blüte, glaubt noch über die saftige Blumenwiese zu galoppieren, gleich einem Fohlen, und ist dementsprechend unbeeindruckt.

Natürlich ist das hier keine Verwahranstalt. Freundlich-helle Farben, Pflanzenkübel allüberall, automatische Glastüren, lindgrünes Linoleum. Sogar »Der Kuss« von Klimt hängt als Druck an der Wand, mehr Erinnerungsstütze denn Anregung. Gleich daneben: »Sonnenuntergang am See.« Fehlte nur »Das Jüngste Gericht« von Rubens – als Zukunftsvision. Niemand soll sagen, im Seniorenheim besteht Kultur nur aus Kegeln an der Wii und der Samstagskomödie bis zum Einnicken um neun.

Sie waren erwartet worden. Ein bulldoggengesichtiges Faktotum im hellblauen Kittel, nebst Birkenstocksandalen und bronzenem Heilarmreif, hat sie in Empfang genommen und ist ihnen mit großen Schritten vorangeeilt bis zum Büro des Pflegedienstleiters. Die übliche Höchstgeschwindigkeit in Pflegeeinrichtungen, als ginge es ständig um Leben und Tod. Ihr Führer hat seine Profession nicht preisgegeben. Entweder Putzkolonnen-Kapo oder Hausmeister. Schweigsam wie ein Kartäusermönch. Der falsche Brillant in seinem Ohrläppchen hat ihnen als leuchtender Stern den Weg gewiesen.

Um diese Uhrzeit scheinen die Bewohner Bettruhe zu praktizieren. Das Licht gedimmt, kein überflüssiger Ton zu hören. Im Alter wirst du wieder zum Kind. Zeit zum Schlafen. Dient der Gewöhnung an die ewige Ruhe.

Jetzt ist der Pflegedienstleiter bei der Historie der Einrichtung angelangt. Natürlich ist noch nie zuvor jemand abhandengekommen und die Polizei im Haus eine unangenehme Premiere. Das Personal wäre handverlesen und pflichtbewusst. Nicht wie anderswo. Namen wolle er nicht nennen – könne er aber bei Bedarf.

Über dem Schreibtisch des Mannes hängt das Porträt eines ernst dreinschauenden Schnauzbartträgers. Vielleicht Mitarbeiter des Monats. Daneben das deutlich kleinere Bildnis eines deutschen Ex-Papstes. Ein Pontifex an der Wand macht sich immer gut. Beinahe ein Segen. Der Rahmen ist Eichenimitat.

Die Wiesner nutzt den Moment, an dem ihr Gegenüber nach Luft schnappen muss.

»Wir brauchen die Daten aller Mitarbeiter inklusive der ehemaligen und die Liste der Bewohner nebst Angehöriger.«

»Glauben Sie, jemand hat sich die Frau Brauner mit nach Hause genommen?« Er erlaubt sich ein dezentes Feixen. Ein Fehler.

Zeichen für die Wiesner, hochzurucken und sich vor ihm aufzubauen. Hände in die Seiten gestemmt, durchdringender Blick, ganz polizeiliche Drohkulisse.

»Hören'S gut zu, Herr ... wie war noch mal Ihr Name? So wie mir die Frau Brauner geschildert wurde, spaziert die nicht zur Tür hinaus und nimmt den Bus, um Powershoppen zu gehen. Es sind auch nicht vier maskierte Grattler aufmarschiert. Also wie ist sie weg – ohne Hilfestellung? Sie wissen es nicht? Nein?« Kurze Kunstpause. »Schad. So – jetzt möcht ich bitt schön die Leute sprechen, die Dienst hatten. Fix.«

Das Grinsen hat ihm die Ermittlerin wie einen Skalp abgenommen. Seine schmerzliche Miene harmoniert dazu.

»Zwei warten nebenan«, befleißigt er sich zu sagen. Kurz pustet er durch, dann schnellt er aus seinem Chefsessel. Kugelblitz. Das scheint seine übliche Masche zu sein. Seine Hände fuchteln herum, als wäre es der Beginn einer Zaubershow für Arme. »Die anderen hatten wichtige Termine – Kinder und so. Das Leben geht ja weiter. Sie verstehen? Sie haben gerade das Schichtende verpasst. Ich hab gedacht ...« Der Satz bleibt angefangen in der Luft hängen. Er wartet auf ein Lob. Angedeutetes Nicken der beiden Ermittler. Das muss genügen.

»Das ist dein Bett.«

Der Sandner beschaut die Matratze zu seinen Füßen. Seine Augen werden schmal. Er nagt an seiner Unterlippe. Rückenfreundlich schreibt sich anders. Eher vom Wertstoffhof, die Gute. Seine Gedanken zappen sich zum folgenden Morgen. Es wird ein schmerzhaftes Erwachen geben. Er möchte nicht wissen, wer sich auf der Liegestätte schon alles zur Ruhe gebettet hat. Möglicherweise hat er den Schlafplatz vom Terrier übernommen. Der Hund wird erleichtert sein. Keine Kreuzschmerzen mehr in der Früh.

»Passt schon«, meint er. Das entspricht der Rollenerwartung.

Die rostrot gestrichene Kammer ist spärlich möbliert. An der Wand hängt ein Kuhfell, das mickrige Schrankerl schaut wie selbst gezimmert aus. Neben einer verstaubten Djembe liegen ein paar vergilbte Bücher. Anaïs Nin, liest der Sandner, »Das Delta der Venus«. Keine Abendlektüre für einen geschassten Ehemann – oder genau das Richtige. Kommt auf die Einstellung an. Der letzte Schlafgast hatte wohl die Passende.

Ein gigantischer Traumfänger baumelt von der Decke. Erinnert an eine Fischreuse. Kein Vergleich zum magischen Gegenstand seiner Maria in Bad Kohlgrub. Der hier scheint konzipiert für die gesammelten Albträume der Wohnanlage. Vielleicht hält er böse Geister vom Leib. Gerade auf die ist der Sandner neugierig.

Chingachgook drückt ihm einen Schlüssel in die Hand.

»Ich muss weg.« Und draußen ist er samt Hundsviech.

Der Sandner schnauft kurz durch, bevor er seinen Schlafsack ausbreitet. Zum letzten Mal wurde der gebraucht, als sein Freund aus der Gerichtsmedizin, der Doktor Aschenbrenner, nach durchzechter Nacht bei ihm kampiert hat. Für seinen Gastgeber wäre wohl ein Wigwam samt Bärenfell die angemessene Behausung.

Als Auskunftsquelle kann er den vergessen. Die muss woanders sprudeln. Eine Oase braucht er. Sprudeln ist das Stichwort. Halb zehn. Die Uhr tickt für die alte Brauner. Er mag sich nicht vorstellen, dass sie gerade gefesselt in irgendeinem Loch flackt. Er öffnet seine Sporttasche und steckt die Namenslisten der langjährigen Mieter ein. Kurz fällt sein Blick auf die Dienstpistole. Er schiebt sie sich in die Jackentasche. Der Häuptling mag ihm vertrauen, umgekehrt wird noch kein Schuh draus. Trau, schau wem. Besser nichts herumliegen lassen, was nicht mit der Sandnerschen »Arme-Wurst-Identität« harmoniert. Falls Chingachgook Waffen schätzte, sollte er sich lieber einen Bogen schnitzen.

Lang hat der Polizist es nicht in seiner Kammer ausgehalten. Bei seiner Maria in Bad Kohlgrub hat er kurz angeläutet, aber keinen Erfolg gehabt. Der Anrufbeantworter eignet sich nicht für das, was er der Frau zu sagen hätte. Du hast das Gefühl, etwas in die Welt zu posaunen, was gerade jetzt nur von zwei Ohren gehört werden sollte – und nicht irgendwann von irgendwem in digitaler Qualität. Jedes leckere Mahl sollte heiß und frisch genossen werden. Die Maria ist kein Handyfan. Ständige Verfügbarkeit ist für sie ein Horror. Der Sandner versteht es – auch wenn es ihn ein ums andere Mal fuchst. Einen lieben Gruß hat er ihr hinterlassen. Wie er von Chingachgooks Wohnung ins Treppenhaus tritt, lauscht er einen Moment. Stille. Die Gemüter haben sich offenbar wieder beruhigt. »Tritt ein«, steht auf dem Fußabstreifer einen Stock tiefer. Die Tür? An der hängt ein Blätterkranz aus Plastik.

Vielleicht schaut »dein Freund und Helfer« hier täglich nach dem Rechten. Anderswo in München ist es hartes Brot, die Ordnung zu hüten. Du bräuchtest Bankzugriff und einen direkten Draht zu den Kaimaninseln. Es ist leichter, arme Schlucker zu häuten. Die liefern gleich einen Grund frei Haus. Und wenn's nur ihre Geburt wäre.

Aber deswegen ist der Sandner hier. Gründe sucht er. Und Zeit hat er keine zu verlieren. Er springt die restlichen Treppen hinab wie ein Jungspund. Zwei Stufen auf einmal. Seine Hüfte meldet sich schmerzhaft. Nicht übertreiben. Eine Tür wird kurz aufgerissen und genauso schnell wieder geschlossen. Hat gereicht für einen neugierigen Blick.

Auf dem asphaltierten Pfad vor dem Wohnblock schaut er sich um und zieht die Luft tief in die Lunge. Er ist allein. Die Hände in den Taschen macht er sich zielstrebig auf den Weg. Er wird sich zurechtfinden – instinktiv. Eine ganz bestimmte Pinte sucht er. Wessold und Fuhrer hätten sich hier laut Akten in der Tatnacht in die Wolle bekommen.

»Beim Ansi«. Er hat eine Weile hatschen müssen. Klassisches Etablissement. Findest du in jeder Ecke der Welt. Hier vier Straßen weiter. Der Leuchtturm, um in den Heimathafen zu finden. Erblickst du sein Licht, weißt du, dass du wieder zu Hause bist.

Irgendwo muss er anfangen, seinen Wissensdurst zu stillen. Warum nicht bei der amtlichen Tränke? Das Bier löst dir im Allgemeinen die Zunge. Feuerwasser ist gut für weißen Mann.

Die Theke ist nichts für Anfänger. Jede Rolle ist besetzt. Der Schweigend-melancholische, der Clown, ein paar redselige Trinkkumpanen, der Immerbreite.

Wie soll er das Casting gestalten? Gleichgültige Blicke bekommt der Polizist zugeworfen. Keine Neugier. Wer hier durch die Tür kommt, macht das nicht, weil beim Drei-Sterne-Koch seiner Wahl heute Ruhetag ist. Die Kategorie ist klar wie die Erwartung ans kulinarische Erlebnis. Möglichst Nahrung in flüssiger Konsistenz.

Der Sandner drängt sich an einem Stehtisch vorbei und wuchtet sich schwerfällig auf einen freien Thekenplatz. Der Hocker macht einen soliden Eindruck – arschfreundlich rundgeschmirgelt. Ebenso die Ausstattung. Praktisch, kein Schnickschnack. Hinter dem Tresen die aufgereihte Flaschenarmada. Alles, was du brauchst – und ein bisserl mehr. Daneben angepinnte Ansichtskarten, von Mallorca bis Phuket. Sogar Australien ist vertreten. Oder das abgelichtete Känguru haust im Stuttgarter Tierpark. Tom Jones schmettert sein »Delilah« durch den Raum. Der Song passt auf die Glitzerbühne in Las Vegas wie in die Kaschemme im Harthof. Manche Dinge sind unvermeidbar. Hier heißt die Delilah halt Jennifer oder Tamara. Jedem die Seine.

Ein bäuchiger Kerl in weißem Hemd, knallenger Jeans und blondierten Löckchen wendet sich ihm zu. »Was möchtest du?«

»A Halbe.« Zehn Sekunden später hat er die Flasche vor sich stehen. Wenn er sich nicht täuscht, ist er von Ansi himself bedient worden. Sein Arbeitsalltag hinter der Theke hat ihm schwarze Schatten unter die Augen gemalt. Er beweist die routinierte Souveränität, die den Thekenfachmann auszeichnet. Kein Handgriff zu viel, die Wünsche seines Publikums vorausahnend, niemand soll auf dem Trockenen sitzen. Ab und zu wirft er einen Satz ins Geschehen, wie ein Stückerl Brot, um die Enten bei Laune zu halten. Aber es ist ihm anzumerken, dass er sich nicht einfangen lässt vom Gerede, er planscht nicht mit im Tümpel. Was immer ihm im Kopf herumspukt, scheint nichts mit dem Tresengesülze zu tun zu haben, selbst sein Auflachen wirkt wie hingeschminkt. Es scheint nicht der Tag zu sein, an dem er seinen Job mit besonderer Hingabe versieht. Die Stirn ist beständig gerunzelt, als müsste sie sich bemühen, etwas Schweres zu umklammern, das sofort herauskugeln würde, falls sie den Griff lockerte.

Der Sandner schaut dem Mann nach, wie er hinter einem Vorhang in einem angrenzenden Kabuff verschwindet. Am Tresen wird er durch eine Frau ersetzt. Das gleiche Weiß, identische Löckchenpracht, nur zäher, hagerer. Solariumgedörrtes Fleisch. Sie wird in Sandners Alter sein. Die tiefen Augenringe glitterblau verziert, zieht sie in routinierter Manier die Mundwinkel in die Höhe. Ein Muttermal trägt sie über der Oberlippe, wie die aufgepeppten Schönheitsflecken in den Fünfzigern. An ihrem Finger prunkt das Gegenstück zum goldenen Ring des Wirtes. Es scheint sich demnach um Ansis Gemahlin zu handeln. Ihr Blick bleibt an Sandner hängen. Ein kurzes Aufblitzen der Augen, undefinierbar für ihn. Vielleicht eine Spur von Neugier, gemischt mit einer Prise Argwohn. So schnell wieder verschwunden und vom Ausdruck geschäftsmäßigen Interesses ersetzt, dass er es nicht packen und anschauen kann. Nur ein Funken.

»Wohnen Sie hier?«, will sie mit rauchigem Timbre von ihm

wissen. Ohne seine Antwort abzuwarten, dreht sie sich um, greift nach einer Flasche Jägermeister im Regal und füllt einige Gläser mit dem braunen Gesöff. Zusammen mit Cola wohl die Standardmischung im Laden. Fahrig kommt sie ihm vor, aber das könnte dem drängenden Durst der versammelten Gemeinde geschuldet sein. Da kannst du außer Atem geraten.

Sein Nebensitzer rückt den Hocker zurecht und wirft ihm einen aufmunternden Blick zu.

»Ja, seit heut«, sagt der Sandner Richtung Wirtin und greift nach der Bierflasche.

»Ich wohn da heraußen seit achtavierzig Jahr«, hakt sein Nachbar ein. Der Sandner nickt anerkennend, wie es der Erwartung entspricht. Wenn das keine Leistung ist.

»Is auch ned anders wie anderswo«, gibt er zum Besten. Gesprächseröffnung.

Der Mann nimmt dankend an. Endlich frisches Blut für den klassischen Labervampir. Auf die Ohren des neuen Opfers kann man sich stürzen. Das kennt all die kleinen Geschichten und den Tratsch noch nicht in- und auswendig.

Er schiebt sich näher, saugt sich fest. Seine graue Trachtenstrickweste verleiht ihm einen exotischen Touch unter all den Sweatshirt- und Karohemdträgern. So einen prächtigen Schnauzbart hat der Sandner auch schon lange nicht mehr aus nächster Nähe bewundern können – zumindest in der Heterogemeinde ist kreative Körperbehaarung vom akuten Aussterben bedroht –, selbst beim klassischen Polizeibeamten.

»Wirst scho merken, des is scho recht hier. Wobei«, der Mann senkt die Stimme, »früher war ned so viel Gschwerl da. Die kommen daher, als tät ihnen alles gehören. Auf dem Bürgersteig sollst noch Platz machen, und ihre rotzfrechen Gören laufen umanand wie die letzten Huren von Babylon und keinen Respekt vor gar nix.«

Huren von Babylon? Der Sandner hat keine Lust, das Gespräch um »die« zu vertiefen. »Die« sind ja immer die dreckigen anderen. Egal, wo du hinkommst, einer ist immer schon da, der das beklagt. Die alte Leier.

»Ich kenn's schon, mir brauchst du nix erzählen«, sagt er und nimmt einen tiefen Zug. »Ich war ja schon öfter da heraußen – früher.«

»Ich hab dich aber no nie gseng.« Jetzt vertieft sich der Mann ins Bierglas – knüpft aus seinen Gedankenfäden einen Teppich. Den wird er feilbieten, wie auf dem Basar. Du kommst nicht mit einem »Nein danke!« davon.

»Ein Freund von mir hat da gewohnt«, bemerkt der Polizist.

Wissendes Nicken bekommt er für den Satz geliefert. »Wahre Freunde sind ein seltenes Geschenk, sog i dir.«

Wenn ihm der Dampfplauderer nicht bloß die Zeit stehlen will! Herrgottsakrament. Er leert die Flasche mit einem Zug.

»Was ist Ansi eigentlich für eine Abkürzung? Ansgar?«

»Na – der Ansi wollt einfach nicht mehr Hansi heißen. Ohne Haa, verstehst? Er hat bloß einen Buchstaben wegtun müssen. Weil die Leut alle ihre damischen Vögel so nennen würden, hat er gemeint. Dabei ist er selber ein schräger Vogel.«

Der Sandner wiehert lautstark mit. Der Schluckspecht neben ihm ist ein Spaßvogel. Oder Schnapsdrossel.

»Auch an Schnaps?«, fragt Sandner ihn.

»Freilich – ich bin der Vinzent.« Förmlich streckt er ihm die Hand herüber.

»Josef.«

»Auf geht's, Seppe, bestell!« Das raue Lachen geht unter im schlagartigen Lärm aus den Boxen. Tom Jones bekommt deutsche Konkurrenz. »Verdammt, ich lieb' dich!« Der eine oder andere formt die Lippen stumm zum Refrain. Der Sandner braucht den Schnaps – am besten intravenös. Dringend. Schon Hemingway hat festgestellt, dass kein Mann zu seinem Vergnügen trinkt.

Die Wiesner hätte sich gerne etwas zu trinken gegönnt, zum reinen Vergnügen – weil kein Mann. Ein oder zwei Gläschen Wein in angenehmer Atmosphäre zum Beispiel. Stattdessen trabt sie mit Kollege Hartinger nächtens durch die Pampa.

Die heimeigene Gartenanlage wird besichtigt. Ihre müden Augen versuchen, mit dem unregelmäßigen Lichtschein fertigzuwerden. Ihr zu Ehren ist die Festbeleuchtung im Park angeschaltet worden. So schlendern sie von Lichtkegel zu Lichtkegel. Sie hat sich mit zwei eingeschüchterten Pflegehelferlein auf Exkursion begeben. Zum Lieblingsplatz der Mutter Brauner. Ein Bankerl im kleinen Park unter einer Trauerweide. Hier hätte sie sich wohl nach dem Abendessen aufgehalten. Wahrscheinlich. Wie jeden Tag, solange das Wetter noch so mild wäre.

Von dort führt ein gekiester Pfad bis zum Rand des Grundstücks zu einem kleinen Tor. Natürlich nicht verschlossen. Dahinter bahnt sich eine schmale Straße den Weg zwischen verstreuten Mietshäusern. Eine Drogerie mit angehängter Apotheke hat sich gegenüber breitgemacht. Daneben ein Tagescafé. Ungünstige Konstellation, um Zeugen aufzutreiben.

Der Wiesner fällt eine Amor-Statue aus weißem Stein auf. Zwei Meter hoch mit Flügelchen und Bogen. Warum auch nicht? Der schießt seine Pfeile bedenkenlos in Herzen jeden Alters. Sie seufzt kurz. Nur ist er nicht immer treffsicher. Kurzsichtiger Götterlehrling.

»Schauen Sie da draußen nicht nach den Leuten?«

»Doch, aber das ist nicht Gefängnis«, antwortet ein junges moldawisches Madl. Es ist offenbar zur Sprecherin auserkoren, zwecks Deutschkenntnissen. Die Zweite, deren Gesicht im Zwielicht unter dem Kopftuch kaum zu erahnen ist, bleibt still. Im Gegensatz zu ihren Füßen. Es trabt auf der Stelle, als wäre der Harndrang nur noch Sekunden zu kontrollieren. Die Aufregung sucht sich immer ein Ventil.

»Frau Brauner kann spazieren gehen, das macht nichts, und sie hat eigenen Kopf. Wir hüten nicht wie Schafe«, erklärt das Madl.

»Hat sie Freunde hier?«

»Hatte eine – ist tot. Nicht lange her. Kriegen wir Anzeige?« Die junge Frau zittert vor Aufregung. Bei dem Wort Anzeige drängen sich die beiden aneinander wie die Zicklein im Frost. »Haben ja unsere Arbeit gemacht, wie immer. Ist ja harte Arbeit, musst du viel laufen. Kannst du die Augen nicht überall haben. Sind Menschen.«

»Ja, keine Schafe, das wissen wir schon. Alles wie immer«, kommentiert der Hartinger, »und dabei kommt jemand abhanden. Schwups, einfach weg. Das ist aber nicht wie immer – verstehen Sie?« Ihm ist die Beißhemmung anzusehen. Die Moldawierin hat ein hübsches Gesicht. Darin paart sich Erschöpfung mit Lebenshunger. Attraktive Mischung. Weckt den Beschützer und das Tier. Der Hartinger fällt unter die erste Kategorie. Familiäre Prägung.

Seine Kollegin versucht, abwechselnd in den Mienen zu lesen. Trotz spiegelt sich darin. Trotz und Misstrauen. Was wisst ihr schon?, sagen die Blicke. Ein Tag voller Routine und Hektik, bis das Kreuz und die Füße protestieren und alles an dir nur noch todmüde ist – und dann das Unerwartete. Plötzlich verschwindet jemand. Niemand kann das vorhersehen.

»Können Sie sich vorstellen, dass die Frau Brauner allein weggegangen ist?«, fragt die Wiesner das junge Mädchen.

Die Angesprochene überlegt kurz und schüttelt dann zögerlich den Kopf.

»Und gesehen haben Sie keinen Fremden hier in der Anlage?«

Wieder Kopfschütteln.

»Aber«, ergänzt die Zweite mit Piepsstimme, »kann sein, kann nicht sein.«

Der Hartinger ächzt auf und faltet die Hände zum Gebet.

»Sie halten sich zu unserer Verfügung«, beschließt seine Kollegin das karge Gespräch, »kann sein, wir kommen bald einmal bei Ihnen zu Hause vorbei – oder kann nicht sein.«

Sie lassen die beiden im Park stehen und hasten zurück zur Pforte. Es gibt Gebäude, in denen willst du dich nicht länger als nötig aufhalten – vor der Zeit. Mindestens drei fallen jedem ein.

»Herrgott! Das war nix«, flucht der Hartinger los.

»Findest du?«, fragt die Wiesner. In ihrem Peugeot blättert sie nachdenklich durch die Kopien mit den Daten, die ihnen der Pflegedienstleiter überlassen hatte.

»Wieso?«, fragt der Rotschopf.

Sie seufzt auf. »Erstens glaub ich nicht an die Mär von den Unbekannten, die vorbeikommen und die Frau einsacken. Die könnten gesehen werden – oder die Brauner zickt und will nicht mit. Was machen's dann? Chloroform? Niederschlagen?

Zweitens müssen die Entführer irgendwie erfahren haben, dass die Mutter vom Oberstaatsanwalt hier einsitzt. Und zwar erst vor Kurzem. Warum hätten's sonst so lange gewartet mit ihrer Idee? Das Geheimnis steckt in diesen Listen.«

Der Hartinger gibt Gas Richtung Dienststelle Hansastraße.

»Wie viele Manschgerl sind da drauf? Hundert? Und wie viel sind wir?«

»Hast du heut Nacht noch ein Date gehabt? Sag es besser ab. Und morgen früh besuchst du gleich die anderen zwei Gretln, die heimgegangen sind.«

Das Auge des Sturms kann sie auch geben. Mal schauen, wie graziös der Hartinger fliegen kann.

»Wir machens nach dem Ausschlussprinzip. Und schauen, wie es sich verästelt. Da muss es eine Verbindung geben.«

»Verästelt? Oh Mann«, kommentiert ihr Begleiter. »Und wenn nicht?«

Die Wiesner beantwortet seine Frage nicht. Sie ist gedanklich schon weitergejagt.

»Morgen früh hab ich einen Termin in Stadelheim, mit dem Benedikt Fuhrer.«

»Morgen könnte die Brauner schon tot sein. Ich mein …«

»Ja – besser, wir findens schleunigst und bringens heil zurück – ins wilde Leben. Der Tod kann ja warten.«

Der Hartinger wird aus dem Tonfall der Oberkommissarin nicht schlau.

»Der wartet eh auf jeden, dem wird's nie fad dabei«, sagt er und lässt den Wagen an.

Von Pasing ins Westend bist du nicht lange unterwegs. Selbst wenn du nicht wie ein Hartinger deinen Wagen knüppelst.

Das vorübergehende Nest der K11 ist zwischen Bürokomplexen, Restaurants und Freudenhaus eingepasst, ein gewöhnliches Geschäftshaus ohne besondere Kennzeichen. Sie sind im Totschlagbusiness. Du brauchst heutzutage kein trutziges oder alterswürdiges Gebäude mehr wie die »Löwengrube«, um deine Arbeit zu verrichten. Gehört zum Alltag.

Die einen brezeln morgens in der Backstube oder hauen die Leute mit Wertpapieren übers Ohr, der andere beschäftigt sich mit den Ermordeten. Was halt zwangsläufig liegen bleibt, wenn eineinhalb Millionen Menschen täglich aufeinanderprallen und jeder Vorfahrt haben will in seinem Leben.

Eine Viertelstunde brauchen sie, bis der Hartinger den Dienstwagen vor der Tür abstellen kann. Um diese Zeit ist es ruhig geworden im Gebäude. Nicht, weil alle um fünf das Werkzeug fallen lassen, sondern weil die polizeiliche Personaldecke bloß ein löchriger Fetzen ist. Da hat es der Bäcker leichter. Der braucht sich nicht täglich die Haare zu raufen, wie er die ganze Arbeit hinbekäme. Höchstens müsste er sich kümmern, dass der Lehrling sich nicht allerweil zum Rauchen verdrückt.

Der Wenzel und der Polizeirat erwarten sie auf dem Gang im Erdgeschoss. Zweiter im Trachtenanzug. Original Hirschhornknöpfe, kein Plastiktand. Es hat wohl einen repräsentativen Anlass gegeben, bei dem er bayrische Akzente setzen musste. »Mir san mir.« Politisch motiviert offenbar. Jetzt schaut er zerknirscht aus der Wäsche. Die Nacht haut er sich lieber um die Ohren, wenn alles Hand, Fuß und Fundament hat und du dich nicht als Geheimniskrämer verschwörst.

»Bis Sonntag«, begrüßt er sie schroff. »Dann volles Programm. Brauner hin oder her. Der Doktor Wenzel hat mich umfassend informiert. Und ich will genauso umfassend von euch informiert sein. Nicht bloß die Happen, die ihr mir immer vorwerft – sonst schnapp ich nach euch. Und das tut sakrisch weh – glaubt mir. Und richtet das auch dem Sandner aus. Ich hab keine Lust, unvorbereitet vor der Presse zu stehen wegen stümperhafter Ermittlungen in dieser depperten alten Geschichte – verstanden? Ich fahr jetzt heim. Ihr erreicht mich auf dem Handy. Wenn es was Neues gibt, sprecht es ab! Ich wünsch euch, dass ihr die Frau schnell findet – ich wünsch es uns! So etwas kann man nicht lang zurückhalten. Das ist brisant. Eine Tretmine. Ihr kriegt alles, was ihr braucht – aber nicht mehr Zeit. Nicht eine Minute!«

Der Wenzel nickt allerweil dazu, gibt den domestizierten Schoßhund. Dann bricht sich die nahe Verwandtschaft zur Hyäne doch noch Bahn. Er kann halt nicht aus seinem Fell.

»Haben Sie endlich was?«, keckert er los.

Die Wiesner schaut an ihm vorbei ins Leere. Oder ist das ein Blick in sein Hirn? Eine cremefarbene Rigipswand mit gräulichen Streifen? Würde sie nicht wundern. So muss sich der Siegfried gefühlt haben mit dem Hagen im Kreuz. Der Wenzel würde sie für den eigenen Vorteil bedenkenlos aufspießen. Den ekelt die Aufdeckung eines möglichen Justizirrtums genauso an wie unkonventionelle Vorgehensweisen. Da könntest du ihm gleich Küchenschaben in den Fressnapf werfen. Gerade fesselt ihn die Burschenschaftsbande seines Vaters an den Brauner. Wer weiß, wie viel so ein Halsband aushält.

Sie begnügt sich mit einem: »Müssen wir noch auswerten. Auf den ersten Blick nix Spektakuläres.«

»Dann tun Sie das«, herrscht er sie an.

Der Polizeirat wirft ihm einen irritierten Seitenblick zu. »Das tun wir eh, auch ohne Ihre Sprüche, keine Sorge, Herr Staatsanwalt«, bellt er.

Offenbar das größere Gebiss. Der Wenzel schafft eine halbe

Drehung auf den Absätzen. Ob er das heimlich vor dem Spiegel übt? War bestimmt ein Reißer beim Tanzkränzchen.

Sein »Guten Abend noch« würgt er hervor wie Gewölle. Dass ihm wer verbal auf die Pfoten klopft, schmeckt ihm keineswegs. Lautlos verdrückt er sich.

Der Polizeirat legt dem Hartinger die Hand schwer auf die Schulter.

»Dann tun Sie das«, brummt er, bevor er sich auf den Weg macht. Während des Laufens zerrt er sich die Trachtenkrawatte vom Hals und öffnet den Kragenknopf. Eng scheint es ihm geworden zu sein um die Kehle. Mochte das Thema sein.

Die Wiesner probiert sich im Gedankenlesen. Aktuell keine große Kunst.

Zum Polizeirat wirst du nicht ernannt, weil du ohne Gedächtnis geboren worden bist. Ist ja nicht der BND. Im Gegenteil ist seines ausgezeichnet in Form und wird ihn ordentlich piesacken. Sandners Team im reißenden Strom – wieder einmal. Gefährliches Spiel. Das verheißt Ärger. Irgendwann würden sie vielleicht absaufen – und er? Könnte der Polizeirat im Trockenen bleiben?

Dynamisch marschiert er voran. Setzt die Füße auf, als wolle er Abdrücke im Linoleum hinterlassen. Das Trampeln sollte er sich nicht zur Gewohnheit machen. Seine Gemahlin ist in Krefeld beheimatet. Dort waren Haferlschuhe noch nie sexy.

Die beiden Polizisten sehen ihm schweigend nach, bis er um die Ecke verschwunden ist. Hören können sie ihn noch länger. Er hat ihnen eine Brücke gebaut, aber einem Sturm hielte das windige Gebilde nicht stand.

»Jetzt wissen wir wenigstens Bescheid«, murmelt der Hartinger.

Das träumst du, Hartinger, denkt die Wiesner. Sie sagt nichts.

»Hölle, Hölle, Hölle«, grollt es los. Der alte Schlager ist kein banaler Ohrwurm. Eher eine fette, milchig weiße Made, die sich durch Sandners Gehörgang frisst. Hört sich an wie eine surrealistische Variante von Nabuccos Gefangenenchor. »Die Erinnerung allein gibt uns Stärke zu erdulden, was uns hier bedroht«, hat Verdi einst gedichtet. Der verdeckte Ermittler ist beim vierten Schnaps, hilfreich unterstützt durch das zweite Bier. Falls die Erinnerung es nicht alleine packt.

Sein Thekennachbar versucht, ihn für eine Mär um den Radunfall eines Bauarbeiters zu gewinnen. Der Sandner hat den Einstieg verpasst und nickt mechanisch. Zu seiner Linken sind zwei Männer ins Gespräch verstrickt. Ein wieselgesichtiges Wesen nebst fransigem Kinnbärtchen redet lautstark auf einen kurz geschorenen Lederjackenträger ein, der das Gesagte mit finsterem Geschau kommentiert. Das Wiesel scheint ordentlich getankt zu haben. Wild fuhrwerken seine Arme herum, immer wieder wird der Sandner von ihm gerempelt. Der Ermittler beschließt, die Sache zu beschleunigen.

»Hier ist doch mal einer abgestochen worden?«, will er vom Nachbarn wissen.

»Was sagst?«

»A-b-g-e-s-t-o-c-h-en!«, plärrt der Sandner in die plötzlich eintretende Stille zwischen den Liedern hinein. Klassiker. Er hat den Schluss verpasst. Alle Blicke rucken herum. Gläser und Kippen verharren auf halbem Weg zum Ziel. Genauso gut hätte er ein Messer in den Tresen rammen können.

»Haben sie doch hier mal einen«, ergänzt er fast unhörbar.

Jeder wartet gespannt auf die Antwort.

»Da hat's keinen Falschen erwischt«, bemerkt sein Saufkumpan unter der nickenden Zustimmung seiner Umgebung. »Stimmt's ned?«, wirft er mit verwaschener Stimme in den Raum, »des war doch a Drecksau, a elendigliche.«

Die Musik setzt wieder ein. »Ich hab es bloß gehört, von meinem Spezl. Von wegen Weibern und so weiter.«

»Ah«, der Vinzent winkt ab. »Da hätt's viele Gründe geben. Hat halt amal jemandem gereicht. Der hat sich aufgespielt wie der Al Capone. Gschäfterl hier und Gschäfterl da. Und wer gemuckt hat, den hat er gepiesackt. Der hat sich ned krumm legen müssen fürs Geld, des sag ich dir. Der hat gerochen, wo es rumliegt. Und die Bullerei hat die Augen zugmacht bei dem. Ja, jetzt schaugst – glaubst es ned?«

»Freilich, den Bullen trau ich alles zu. Und der, der ihn abgestochen hat?«

»A arme Haut. Der Wessold hat überall rumposaunt, seine Frau wär eine Hure. Eine billige Pritschn. Allzeit bereit – von vorn und hinten und wieder retour, wenn du mich verstehst. Aber des hat ned gestimmt. Zumindest ned so ganz.«

»Was meinst du mit – nicht so ganz?«

»Ich sag amal so: Wenn du beispielsweise neue Zähne brauchst, könnt es ein Vorteil sein, wenn du ein Weib bist, und dann noch knusprig und a Holz vor der Hütten. Kannst mir folgen?«

»Sie hat eine Ermäßigung – herausgeschlagen?«

»Die Kasse zahlt ja nix mehr. Der AOK is es schnurzwurscht, was du im Maul hast. Musst halt lutschen vor dem Beißen.« Sein Auflachen hat sich seit Jahren nicht gewaschen. »Kannst du jetzt glauben oder nicht. Das Maul zerreißen sich viele.«

»Und da gibt's an Zahnklempner, der das so macht? Ja verreck!«

Der Vinzent hält sich kurz den Zeigefinger vor den Mund.

»Des hast du ned von mir. Meine Lippen sind versiegelt.«

»Was redest du wieder für einen Schmarrn daher, Vinzent«, misch sich der Wirt ins Gespräch. Er lehnt sich über den Tresen und fixiert den Sandner.

Der bekommt einen tiefen Einblick ins Dekolleté. Wuscheliges Brusthaar, samt goldenem Anhänger. Thors Hammer.

»Der Fuhrer Bene, der ist schon recht gewesen«, erklärt der Kneipier. »Ein feiner Kerl. Nur ein bisserl verliebt in die Flasche, wenn du verstehst. Innige Freundschaft. Wie er mit dem Wessold gestritten hat, hab ich den Falschen nausgeschmissen. Ich denk immer, sonst wär nix passiert, und er säße noch hier am Tresen.«

Oder im Krankenhaus rechts der Isar, denkt sich der Sandner, so ein Leib ist halt kein Bierfass.

Der Ansi ist noch nicht fertig: »Aber eins ist klar. Der hat keiner Fliege was zuleide getan. Weißt du, als Wirt bist du immer auch der Beichtvater. Das hätt ich gewusst, wenn der so was könnt. Das ist kein kaltblütiger Mörder.« Er beugt sich nach vorn und starrt dem Sandner beschwörend in die Augen. Als möchte er ihm seine Worte direkt ins Hirn implantieren, wie ein indischer Guru. Kurz erwidert der Hauptkommissar den Blick, bevor er einen Schluck vom Bier nimmt. Den Beichtvater hat das Schicksal vom Fuhrer anscheinend gescheit gebeutelt. Wahrscheinlich ist auch Schuldgefühl dabei, weil er den Streit in seiner Kneipe falsch eingeschätzt hat. Hätte der Fuhrer sich an jenem Abend beim Ansi ungestört volllaufen lassen können, wer weiß, was passiert wäre. Du steckst nicht drin.

»A Schmeißfliege, a Schmeißfliege war der Wessold«, keift der Vinzent ihn an.

»Und was für Gschäfterl hat er sonst so gemacht?«, bringt der Sandner das Gespräch wieder auf Spur.

Der Vinzent wirft einen Blick über dessen Schulter und verstummt kurz. Offenbar hat er jemanden entdeckt. Der Sandner kann nichts Auffälliges wahrnehmen.

Von der Thekenlady energisch am Arm zurückgezogen, poliert Ansi mit mürrischem Gesichtsausdruck in ihrer Nähe Gläser auf Hochglanz. Immer wieder wirft er einen forschenden Blick auf den Sandner. Dabei reibt und werkelt er an den Trinkgefäßen herum, als wär er vom Putzteufel besessen. Wäre hier keinem wichtig. Es will weder jemand durchschauen noch sich darin spiegeln können. Hier willst du nicht sehen, wer du bist. Hier geht es ums Vergessen.

Jetzt beugt sich sein Nachbar nah zu ihm. Er spürt dessen Atemhauch am Ohr. Ihn durchfährt die Angst, ein feuchtes Zungenspitzerl könnte sich gleich in die Muschel bohren. Ein Reflex lässt ihn den Kopf einziehen.

»Fragst andere«, nuschelt der Vinzent, »dahinten den Gwamperten mit dem gestreiften Pulli. Der hat mit seinem Bub auch keinen Hauptgewinn gezogen. Den hat der Wessold mit reingerissen in seine dreckigen Geschäfte. Der brummt in Stadelheim. Da bist du als Vater machtlos.« Der Vinzent nimmt einen Schluck vom Bier und zieht die Stirn in Falten. »Wieso interessieren dich eigentlich Wessolds Gschäfterl? Siehst ja, was es ihm einbracht hat. So a Messerstich is ned grad a Rendite, würd ich meinen. Brauchst du dringend a Geld?«

»Geld bräucht ein jeder, oder?«

Die Flüsterrunde ist vorbei.

»Wärst halt Zahnarzt geworden«, brüllt der Vinzent los, »kriegst noch die Weiber umsonst dazu.« Das Lachen wird wieder ausgepackt. »Ich weiß davon nix – aber die Misthund sand eh wie die Kakerlaken. Zertrittst du eine, kommen fünfe nach. Die findest du überall.« Er nimmt eine kleine Kunstpause wahr, um die Kehle richtig mit Bier zu befeuchten. »Sogar hier herin«, ergänzt er bedeutungsvoll nickend. »Ist doch wahr.«

Der Sandner bestellt sich ein Wasser.

»Hast dich heut noch ned gewaschen?«, will der Zecher neben ihm grienend wissen.

»Mein Arzt sagt, wenn ich weitersauf, verabschiedet sich die Leber.«

»Auf die gschissene Leber, Seppe«, bekommt er zur Antwort. Sein Nachbar gönnt sich noch einen kräftigen Schluck. Mit dem Wasserglas hält der Sandner dagegen. Mit einem Zug leert er es und knallt es auf den Tresen.

Ihm gehen die klaren Gedanken verloren. Schlagartig. Er hätte nicht übertreiben sollen mit der kompletten Anpassung an die Kneipenatmosphäre. Er hat sich gedacht, es schade nichts, dem Vinzent die Zunge zu lösen, aber als Preis dafür macht sich in seinem Hirn die Nebelsuppe breit. Schnaps ist nicht sein täglich Brot. Und dieser Brand hier ist kein Vergleich zum Bierschnaps der Maria. Dafür darf er sich aktuell wie in der schaukelnden

Dschunke auf hoher See fühlen. Das Hirnstüberl ist seekrank. Ab jetzt nur noch Wasser. Neben ihm plappert der Vinzent munter weiter. Der benötigt offensichtlich nur ein handliches Paar Ohren neben sich. Wenn die ihm wer schenkt, ist er im Paradies.

Aus den Augenwinkeln sieht der Sandner den Arm des Wiesels neben sich ausholen. Seinen Ellenbogen, der sich dem randvollen Longdrinkglas nähert – es vom Tresen fegt. Das fliegende Objekt nähert sich. Es dauert eine schnapsgetränkte Millisekunde zu lang, bis die Botschaft bei ihm ankommt und im Hirn verarbeitet wird. Ballistische Berechnungen nützen nichts. Er kommt nicht mehr weg! Er kann gerade noch zucken und das Glas fangen. Verkehrt herum. Jägermeister-Cola. Er hat das Gesöff auf dem Schoß, bevor sein Fluch den Mund verlässt. »Scheißdreck!« Dieser besoffene Narr! Der Sandner rutscht vom Hocker. Ein großer Fleck breitet sich zwischen seinen Schenkeln aus.

»Ja verreck«, lallt das Wiesel, »des is jetzt saubled.« Ihm tut's wohl um den Drink leid. Der eine oder andere Lacher setzt ein.

Kommentarlos bahnt sich der Sandner den Weg zur Toilette. Gerade schaut er aus, als hätte er den richtigen Zeitpunkt dafür verpasst. Beim Laufen muss er sich konzentrieren, den Beinen akkurate Befehle zu erteilen, den Blick starr auf die Scheißhaustür gerichtet. Alles andere hat er ausgeblendet. Das dumpfe Gefühl im Kopf ist sein treuer Begleiter.

»Nix für ungut«, plärrt ihm eine Stimme hinterher.

Er hat nicht einmal eine Ersatzhose beim Indianerwigwam im Gepäck. Die pappige Mischung muss er sich sofort abwaschen, sonst käme er daher, als wäre es sein erster Tag ohne Windel.

Im WC schnappt er sich hektisch eine Klorolle und versucht mit eingeweichtem Papier, das Schlimmste zu verhindern. Dafür bekommt er jetzt die Flusen als Applikation auf den Stoff. Der installierte Handföhn kommt mangels artistischer Fähigkeiten nicht infrage. Er könnte das besoffene Wiesel am Kragen nehmen und durchbeuteln, bis die Knochen als Klangspiel ertönen. Oder im Colabad langsam auflösen. Jetzt kann er mit feucht-klebrigem Schritt den Kneipenabend bestreiten. Immerhin wird mit Sicherheit in ihm keiner den verdeckten Ermittler vermuten, eher den klassischen Suffkopf. Für beste Tarnung wäre gesorgt.

Die Scheißhaustür öffnet sich schwungvoll. Der von Vinzent erwähnte Gestreifte erscheint, der geplagte Vater. Er stiert dem rubbelnden Sandner zwischen die Beine. Was er da erblickt, scheint für ihn als Normalzustand durchzugehen. Er zuckt mit den Schultern. »Na sauber«, knarzt er.

Während er weiter zum Pissoir torkelt, hat der Hauptkommissar seine Reinigungsaktion weitestgehend abgeschlossen. Wird sich später zeigen, welche Spuren der Magenbitter hinterlässt. Immerhin hat die Cola nicht den Stoff gebleicht oder weggeätzt. Hätte ihn bei den Inhaltsstoffen nicht gewundert.

Der Gestreifte gibt ein Rülpsen von sich, das sich anhört, als hätte sich ein paarungswilliger Elch hierher verirrt. Der Polizist sollte dringend die Blase entleeren. Kleines Gespräch unter Gleichgesinnten im Nasszellenambiente.

Nebeneinander lassen sie es laufen. Der Kerl an seiner Seite schnauft erleichtert, die Nüstern blähen sich. Er schwankt vor und zurück. Tropfen landen auf seinen Schuhen. Nebenan, hinter geschlossener Tür, furzt einer die Tonleiter rauf und runter. Unterscheidet sich unwesentlich von der Musik im Schankraum.

»Ich hab den Fuhrer Bene gut gekannt«, wirft der Sandner in den Raum. Beide Männer beglotzen das hellblaue Fliesenmuster. »Schad, dass der so lang einsitzt, wegen so einer blöden Geschichte. Todkrank ist er ja auch.«

»Des is ned schad – des is a Sauerei«, kommt die gegrölte Erwiderung, während der Angesprochene mit dem Hosenstall kämpft. Sein Gleichgewichtssinn ist im Kampfeinsatz.

»Eine große«, bestätigt der Sandner.

»Ich sag bloß eins.« Der Mann hält dem Sandner seinen Zeigefinger unter die Nase und unterdrückt ein erneutes Rülpsen. Das letzte Mal hatte sich dem Sandner ein Gesicht so dicht dem eigenen genähert, als seine Maria ihn abbusseln wollte. Der Verdacht kommt hier nicht auf. Der Mann konzentriert sich. Die Augäpfel drängen aus den Höhlen. Der gereckte Finger stupst dem Sandner auf das Brustbein, als wäre eine Zielscheibe aufgemalt. Wenn er bloß nicht losspeit! Zwei Anläufe braucht er für den ersten Buchstaben.

»Der war's ned!«, bringt er heraus. Er schüttelt den Kopf. »Na, na.«

»Sondern wer?« Der Sandner fragt beiläufig, während er an seinen Hosenknöpfen fummelt. Er tritt einen halben Schritt zurück. Weiter geht's nicht, er spürt die Fliesen im Rücken. Der Gestreifte quält nochmals die schwere Zunge.

»Wurscht, aber der ned, so wahr ich da vor dir steh.«

Nur leider steht er nicht mehr, sondern ist schon wieder draußen aus dem Scheißhaus. Ohne Händewaschen. Der Sandner lässt sich Zeit. Kaltes Wasser schöpft er sich ins Gesicht. Ein gutes Gefühl. Er seufzt auf. Den Gestreiften wird er sich noch vorknöpfen. Vielleicht nur ein Windei – vielleicht auch nicht. Er schickt der Wiesner eine SMS. Neuigkeiten? Kann er sich kaum vorstellen.

Wie er wieder aus dem stillen Örtchen herauskommt, ist sein Hocker besetzt. Überraschung! Sein Nachbar hat sich verzupft. Dabei hatte der nach Kneipenmobiliar ausgesehen. Zwei junge Burschen fläzen sich auf den warm gesessenen Hockern über den Tresen. Strähnig-blonde Schöpfe, blasse Gesichter, Kreolen im Ohrläppchen. Könnten Brüder sein. Gerade stellt ihnen der Wirt das Weißbier vor die Nase. Synchron setzen sie die Gläser an.

Der Sandner hat dafür keinen Blick. Er sucht seine Jacke. Die ist über der Lehne gehangen. Vor drei Minuten noch. Nichts. Er greift einen der Männer bei der Schulter.

»Wo ist meine Jacke hin?«

»Keine Ahnung.« Der Bursche schüttelt die Hand ab. So darfst du ihm nicht kommen.

»Die war doch grad noch da«, beharrt der Polizist.

»Glaubst du, wir ham sie gfressen, oder was?«

»Die muss da sein!«

Die beiden lassen sich herab, einen Blick zu ihren Füßen zu werfen.

»Niente. Vielleicht irgendwo vergessen? Kommt vor.«

»Redets keinen Schmarrn!«, knurrt der Sandner und wirft wilde Blicke durch den Raum.

Von beiden Tresenhockern wird er angegafft, wie ein vorlautes Kind. Die Männer nehmen vorbereitend gerade Haltung an. Wer nach Ärger fragte, bekäme hier die passende Auskunft gratis. Der Schalter ist justamente geöffnet worden.

Der Sandner hat die Burschen ausgeblendet. Er ist fassungslos. Schweiß bricht ihm aus. Von der Jacke keine Spur! Geschweige denn von ihrem Inhalt.

Die Dienstwaffe! Das darf noch nicht wahr sein! Seine Schockstarre dauert nur einen Augenblick. Wie kann man so brunzblöd sein und seine Jacke in einer Pinte wie dieser unbeobachtet zurücklassen? Es hätte nur zwei Sekunden gedauert, sie sich überzuhängen. Nur zwei verdammte Sekunden! Bloß weil dieses dämliche Wiesel … hockt auch nicht mehr an seinem Platz. Er ist schlagartig nüchtern. Gedanken schießen ihm durchs Hirn, als wären's Blitze im Gewitter. Und er gibt den passenden Sturm dazu.

Er legt los. Wie ein gejagter Footballer sprintet er, die Stehenden beiseite stoßend, zum Eingang und reißt die Tür auf.

»Hey!«, schreit er in die Dunkelheit. In seinem Rücken braut sich etwas zusammen.

»Ja hallo, Freunderl! Erst zahlen!«, keift eine Stimme aus dem Hintergrund.

Jemand packt ihn fest am Arm. Schraubzwinge. Er versucht, ihn abzuschütteln. Immer mehr Hände sind um ihn, zerren ihn zurück. Er schafft es nicht vor die Tür. Nicht allein. Die Meute hängt sich wie Kletten an ihn. Nur einen Blick! Herrgott, einen verdammten Blick nach draußen! Keine Chance. Kurz windet er sich, dann gibt er auf. Er hebt die Arme und steht still.

»Ist ja gut«, keucht er heraus.

Nach und nach lassen die Leute von ihm ab. Das Stimmengewirr vervielfältigt sich. Das Gesprächsthema rauft sich die Haare. Statt zu ermitteln, wird der Kriminaler abgewatscht wie ein blutiger Anfänger. Was sie hier drin von ihm halten, steht auf einem anderen Blatt. Depp, kann man da lesen, mit zwei Ausrufezeichen.

Ein großer, breitschultriger Bartträger schiebt sich zwischen ihn und die Tür. Er lächelt ihm zu. Auf Brautschau scheint er nicht zu sein. »Relax«, hört der Polizist ihn brummen, als wäre es der Beginn einer Meditationsübung. Auf seinem Bauch verrenkt sich der arg in die Breite gezogene Batman. Aktuell keine Hilfe.

»Jemand ist mit meiner Jacke davon«, tobt der Polizist los.

»Das träumst du«, ruft einer ihm zu. Aus dem Hintergrund sind erste Lacher zu vernehmen. Du brauchst kein Pay-TV, wenn ein talentierter Live-Komiker auftritt.

»Hast kein Geld einstecken, oder was? Lass dir eine bessere Geschichte einfallen.«

Der Geldbeutel steckt in seiner Hosentasche, anders als die Waffe. Nachdem auch der letzte Zechbruder seine Griffel von ihm gelassen hat, wedelt er mit einem Zwanziger und hämmert ihn wütend auf den Tresen.

»So! Wo wohnt der Vinzent? Der neben mir gesessen ist?«

Niemand macht den Mund auf. Schulterzucken. Endlich bequemt sich Frau Wirtin um Auskunft.

»Der hat ein kleines Haus bei den Schrebergärten, aber der klemmt Ihnen bestimmt nicht Ihren Fetzen. Der wär schön blöd, der ist ja jeden Abend hier«, vermeldet sie. »Morgen könnens ihn ja fragen, ob er was gesehen hat.«

»Was interessiert mich morgen? Ein Haus hat der – wo genau?«

Er lässt es sich von der Blonden beschreiben.

Misstrauisch mustert er die Umstehenden. Er kann sich nicht erinnern, ob ein Gesicht akut fehlt, außer dem Wieselgesichtigen und seinem düsteren Gesprächspartner. Der Gestreifte ist jedenfalls noch da. Das hätte niemand registriert, wenn ein verhuschtes Manschgerl, mit Sandners Jacke behangen, die Kneipe verlassen hätte. Der Laden ist bevölkert wie die Innenstadt von Mumbai. Es ist ja kein rosa Plüschmäntelchen mit Bommelchen dran. Gediegener, schwarzer Stoff. Er hätte ein Schildchen dazustellen sollen: »Kost nix, greif zu.« Unfassbar! Die Dummheit hat sich die Biere gern schmecken lassen und die Schnäpse dazu. Nüchtern wäre ihm das nie und nimmer passiert. Wegen dämlicher Flecken auf der Hose! Dafür würde ihm selbst Ninkasi, Göttin des Bieres, nur die wohlgeformte kalte Schulter zeigen. Wenn jemand durch seine Waffe auf schräge Gedanken käme, wäre das Feuer unter seinem Oasch das marginalste Problem. Hölle! Hölle! Hölle!

»Wir könnten die Bullen rufen. Aber das sag ich Ihnen gleich – die freut so eine Geschichte nicht. Da ham'S mehr Ärger als Spaß. Vielleicht war es bloß ein Versehen«, meint Frau Wirtin. Diesmal hat er sich ihre volle Aufmerksamkeit gesichert. Eine steile Falte bildet sich über der Nasenwurzel. Nervös fährt sie sich durch die Lockenpracht, ihren forschenden Blick auf sein grimmiges Antlitz gerichtet. Sie kaut auf ihrer Unterlippe herum. Willst du Ärger machen?

Der Sandner winkt ab. Einmal am Tag die Polizei reicht. Er hat nicht vor, sich zu erkennen zu geben. Der Dieb wird nicht lange Freude haben.

Er macht sich auf den Weg zu Vinzents Haus, ausgelacht vom vollen Mond und etwas wacklig auf den Beinen. Ums mit Nestroy zu sagen: »Der Wanderer macht mir eine gar finstere Miene, er scheint mir eine Sliwowitz-Ruine.«

In Sandners Fall kann man Pflaumenbrand durch Gerstengebräu ersetzen. Fast Mitternacht und die Hände leer. Seit sieben Stunden ist Brauners Mutter in Gefangenschaft.

Zehn Minuten Fußweg hatte Frau Wirtin gemeint. Die braucht er, um auf die Durchgangsstraße Richtung U-Bahnhof zu finden. Die hastet er entlang, an einer stacheldrahtverzierten Mauer vorbei, bis er gegenüber die Gartenanlage erkennen kann. Die Häuser in der Umgebung sind dunkel. Als er beim beschriebenen Grundstück ankommt, schlagen in der Nachbarschaft einige Hunde an. Die Stimmlagen sind differenziert. Vom hochtourigen Kläffen bis zum heiseren Grollen ist alles dabei. Der Sandner vertraut darauf, dass die Viecherl gut verstaut sind, und nähert sich der Eingangstür. Er läutet Sturm. Nichts. Nicht einmal das Licht geht an. Ratlos schaut sich der Mann um. Du kannst nicht in ein Haus einbrechen, weil du vermutest, jemand könnte sich deine Jacke geborgt haben. Der Wutschrei klettert ihm langsam den Hals hoch, verstopft ihm die Kehle. Der muss raus, bevor er platzt wie ein angestochener Luftballon. Augenblicklich! Der Sandner brüllt. So könnte es sich anhören, wenn du einem Grizzlybären den Lachs aus dem Maul reißt. Der Schrei erhebt sich in die Luft, kreist über den Häusern und macht sich davon.

Ein Fenster öffnet sich im Nachbarhaus des Vinzent. »Schau, dass du weiterkommst, du greislicher Brüllaff!«, kreischt eine hohe Stimme.

Aus der Schwärze der Nacht gesellt sich ein Tenor hinzu: »Verschwind, du Depp, du trauriger, und schlaf deinen Rausch aus!«

Treffender hätte man das nicht in Worte fassen können.

Der Kriminaler dreht sich ratlos um die eigene Achse, haut die Hände auf die Schenkel.

Den Weg zurück zur Kneipe trabend, gibt er sich düstersten Überlegungen hin. Wenn er jetzt seine Dienstwaffe als gestohlen meldet, gilt das Projekt sicherlich als gescheitert. Verletzung der Sorgfaltspflicht. Da wirst du in Öl gesiedet. Der Wenzel wird sich mit Eifer darauf stürzen. Nicht, weil er dem Brauner die Mutter nicht vergönnt, der Sandner ist es, an dessen Malheur er sich sattfressen würde. Mastfutter fürs Wenzelsche Ego. In der Kneipe den Bierdimpfl geben, das würde ins Bild passen, das sich der Staatsanwalt von ihm gemacht hat. Abgesehen vom ganzen Papierkram und der Untersuchung, die seine Tarnung auffliegen lassen und ihn auf der Dienststelle festnageln würde, wie den

Christus im Herrgottswinkel. Ja, kreuzigt ihn, den tumben Narren. Wie hatten sie vor Kurzem gespöttelt über den Beamten, der auf dem Klo einer Autobahnraststätte seine Dienstwaffe auf der Ablage hat liegen lassen. Wahrscheinlich hat er Angst gehabt, sie könne ihm beim Scheißen in die Schüssel fallen. Jetzt kann der Sandner mittanzen im Narrenreigen. Es fängt an zu regnen. Nein – das ist eine unkorrekte Beschreibung. Der Himmel holt sein gewaltiges Gemächt hervor und pieselt sich ordentlich aus. Innerhalb einer Minute könnte man den triefenden Sandner zum Trocknen an die Leine hängen. Verdreckter Ermittler. Was noch? Die Nacht ist jung, wie wäre es mit einem Erdbeben? Die entfesselte Natur kippt ein Jauchefass über den Hauptkommissar. Pechmarie der anderen Art.

Als er endlich die Lichter vom Ansi erblickt, schaut er sich nach einem Versteck um. Viel Mühe muss er sich nicht geben, ein passendes Nest zu suchen, die Dunkelheit hilft mit. Zwei Gebäude weiter geht er unter einem Dachvorsprung in Stellung. Von hier aus behält er die Eingangstür der Eckkneipe im Auge. Der scharfe Geruch frischer Pisse zieht in seine Nase. Er ist nicht der Erste gewesen, der die geschützte Lage bei den mannshohen Büschen erkannt hat. Jemand hat sein Revier markiert.

Der Sandner ist über jede Art von Empfindung hinaus. Hoch konzentriert. Es kann riechen, wie es mag. Er würde sich aktuell im Scheißhaufen vergraben, wenn es nützlich wäre. Hoffentlich ist der Gestreifte noch im Lokal am Schlucken. Er will wissen, wo der haust. Vielleicht kann er ihn in der Früh abpassen. Schluss mit lustig!

Sein stilles Flehen wird erhört. Der Regen lässt nach, kaum hat er sich untergestellt. Kälte zieht in seine Glieder. Er marschiert auf der Stelle, schlägt und kreiselt mit den Armen. Einzig seine Füße sind trocken geblieben. Ein Highlight. Die Zeit plätschert dahin wie versprengte Wassertropfen, die sich auf den Blättern der Bäume zum Rinnsal vereinigen.

Fünfzehn lange Minuten später kommt der Mann in Begleitung zweier Kumpel aus der Kneipe. Sie drängen sich aneinander. Sechs Beine halten besser das Gleichgewicht als zwei. Im langsamen Trott macht sich der seltsame Käfer auf den Weg in Richtung Wohnanlage. Diese Spezies ist so alt wie die Kultivierung der Gärung.

Der schlotternde Hauptkommissar hält sich verborgen im Dunkeln. Wer genau lauschte, könnte sein Zähneklappern vernehmen. Aber der Gestreifte ist keine Fledermaus. Eine Hausnummer von Chingachgook entfernt wankt er mit den Freunden ins Gebäude. Also auch einer von hier. Bürscherl, dich hab ich im Visier.

Nicht, dass Sandners Stimmungsaktien gestiegen wären, aber eine kleine Kerze ist ihm angezündet worden. Sein Gefühl sagt ihm, dass nicht alles astrein ist bei der alten Geschichte. Möglicherweise ist der Fuhrer kein Lügner. Der erste Zweifel ist gesät. Das bringt aktuell Brauners Mutter nicht die Freiheit, aber der Hauptkommissar tastet sich näher heran.

Näher sind die Wiesner und der Hartinger dem Fall bisher nicht gekommen.

In ihrem Büro haben sie es sich gemütlich gemacht. Die Computer angeworfen, Beine auf dem Schreibtisch, Kaffeebecher in Händen. Seit ihr alter Kollege Bischoff nicht mehr in Sandners Team ist, trägt die Topfpflanze Trauer. Vielleicht lässt sie auch bloß die Blätter hängen, weil der sich ab und an mit einem Schluck Wasser um sie gekümmert hat. Während die Wiesner kaum Platz hat, auf dem Tisch die Beine abzulegen zwischen dem Sammelsurium aus Papierkram und »keine Ahnung, wozu man das braucht«, liegen beim Hartinger sogar die gespitzten Bleistifte in Reih und Glied. Er hat die Marotte, sie nach der Größe zu ordnen. Selbst die Stumpen wirft er nicht weg. Schließlich Eigentum des Freistaates Bayern.

Ein Seufzen kommt von der Frau. Sie verschränkt die Arme hinter dem Kopf und schließt kurz die Augen.

»Ich hab's Gefühl, bevor man alt wird, sollte man ein paar Fremdsprachen büffeln, sonst hast du, kommunikativ gesehen, im Heim die Arschkarte gezogen«, meint der Hartinger und gähnt. Vor ihm harren die Namenslisten der Zuwendung.

»Oder gleich die Sprache vergessen. Dann brauchst du dich um nix zu scheißen«, sinniert seine Kollegin.

»So krass auch wieder nicht.«

»Hope I die, before I get old.«

»Von wem ist das?«

»The Who. Dürften jetzt auch schon alle über sechzig sein – bloß einer hat es wahr gemacht.«

»Über sechzig? Kein Wunder, dass ich die nicht kenn.«

»Der Hartinger«, knurrt die Wiesner, »charmant wie ein Stückerl Kernseife – red ned. Prüf die Namen!«

Gähnen ist ansteckend. Sie haben die Listen beackert, bis nur noch zwei Dutzend Namen übrig geblieben sind. Die Heimbewohner der letzten vier Monate und die Pflegekräfte, die mit Frau Brauner Kontakt hatten, inklusive der ehemaligen, die noch in München geblieben sind. Dazu ihre spärlichen Außenkontakte.

»Das kriegen wir morgen nie und nimmer gebacken«, unkt der Rotschopf, mit Papieren wedelnd. »Wir brauchen mehr Leute, Sandra!«

Die Wiesner müsste ihm recht geben, will sie aber nicht. Nicht einmal die Spurensicherung hat sie zum Altenheim beordert. Vielleicht ein Fehler. Vielleicht umsichtig. Was hätte es zu entdecken gegeben? Weißt du erst, nachdem du es gefunden hast. Sie haben sich gründlich umgesehen. Natürlich nicht an jedem Grashalm geschnüffelt, aber ihr Möglichstes gegeben. Pragmatisch betrachtet und organisatorisch ein Blindflug durchs Gebirge. Kollegen, die nachts um eins nichts anderes zu tun hätten, als stillschweigend Ermittlungen der besonderen Art zu unterstützen, wachsen nicht wie die Kartoffeln auf dem Acker. Die

Betonung liegt auf »stillschweigend.« Sie sind beim Brauner im Wort. Da muss sie den Hartinger enttäuschen.

Immerhin ist es gelungen, eine Knolle ans Licht zu zerren.

Den Jonny Winter, jüngstes Mitglied im Team, haben sie nach diversen Versuchen auf dem Handy erreicht. »Arbeit ist die Geißel der trinkenden Klassen«, hat Oscar Wilde festgestellt. Und mit dieser Geißel ist der Kommissar Winter konfrontiert worden. Sie ist ohne Vorwarnung auf ihn heruntergefahren. Patsch! Nimm das! Es hat eine Weile gedauert, bis er den Wortlaut der oberkommissarischen Anweisung verstanden hat. Akustisch trotz Tanzmucken-Lärmpegel kein Problem, aber das Hirn ist im falschen Modus gewesen. Es hat sich als Zutat einer Bowle gewähnt. Er hat versprochen, sich, nach mehreren Litern Kaffee intravenös, zu Brauner zu gesellen. Vorher galt es, technisches Equipment für dessen Telefon aufzutreiben. Den nächsten Anruf der Kidnapper hätten sie gern in perfekter digitaler Qualität.

Der Jonny wird mit dem Ex-Oberstaatsanwalt die alten Akten wälzen. Seine helle Freude wird der haben, am blondmähnigen Adonis der Mordkommission, besonders an dessen aktueller Schnapsfahne und vorwitziger Klappe. Hoffentlich kann sich der Bursch zusammenreißen und kracherte Clownereien im Sack lassen. Bühne bietet das Braunersche Haus keine, eher gibt ihm der Alte den Stock zu schmecken. Es gibt Zeiten, da hast du keine Wahl. Hinter knalligen Larven haben die Leute ab und an ein konträres Gesicht verborgen. Falls das beim Jonny nicht der Fall gewesen wäre, hätte er keinen Polizeiausweis, sondern gäbe beim Trash-TV im Vorabendprogramm ein zappeliges Dummchen ab.

Dem jungen Kommissar war die Enttäuschung anzumerken gewesen, nicht an der »Front« zu werkeln. Immerhin haben sie ihm eröffnet, er wäre der Verbindungsmann zum Sandner. Wenn der Unterstützung bräuchte, hätte er seinen Außeneinsatz. Singuläre Eingreiftruppe. Ergiebig wird das Aktenwälzen nicht sein, aber den alten Oberstaatsanwalt wird es beschäftigen. Dessen Hirn braucht etwas zu fressen, damit sich die Gedanken nicht an grausigen Phantasien mästen und wie Derwische zu kreiseln anfangen. Mittlerweile ist es halb zwei. Die beiden polizeilichen Nachteulen planen ihr Morgenprogramm. An Schlaf denkt niemand.

Fast niemand. Der Sandner schon. Er schließt seine momentane Wohnungstür auf und versucht, keinen Lärm zu veranstalten. Alles ist still. Er macht sich auf die Suche nach der Küche, um einen Schluck Wasser zu trinken. Auch die ist einfach ausgestattet – bis auf die zwei überdimensionierten Kühlschränke, die den Raum beherrschen.

Der Mann hat ein Glas gefunden und bedient sich am Wasserhahn. Neben der Tür stehen zahlreiche Jutetüten, offenbar mit Lebensmitteln gefüllt. Vielleicht hat die gefakte Rothaut den Sammeltrieb wie ein Eichhörnchen oder bereitet eine Party vor. Potlatch, Fest des Schenkens. Der Polizist beschließt, sich morgen darüber Gedanken zu machen – oder besser gar nicht. Zu Gesicht bekommt er weder Chingachgook noch dessen Hund, als er sich in seine Kammer schleicht.

Schlaf soll Vergessen bringen, sagt der Volksmund. Dagegen zeichnen die Schlafforscher ein konträres Bild bezüglich Hirnaktivität. Nächtliche Bürokraten würden sich im Hirnstüberl abrackern, alles ordnen, stempeln, abheften, oder – ab in den Reißwolf. Bevor er denen die Arbeit überlässt, denkt der Sandner an seine Frau Mayer. Er bringt den ein oder anderen wärmenden Gedanken zustande – aber dann wird die Erscheinung seiner nackten, vollbusigen, ihm aufmunternd zulächelnden Maria ohne Vorwarnung von der weißhaarigen, ausgemergelten Brauner ersetzt. Fest verschnürt, die Stricke schneiden rote Bahnen ins welke Fleisch, auf einem Hocker sitzend, die rissigen Lippen zum tonlosen Schrei geformt. Abblende. Nächste Sequenz: Zoom in die zahnlose, rosafarbige Mundhöhle, fast unhörbares Geröchel. Es geht zu Ende.

Schmarrn! Es braucht einige Zeit, bis sich die Phantasie eingebremst hat. Minutenlang liegt er wach auf dem Rücken, nur die eigenen Atemzüge als Untermalung. Dann nickt er ein.

Mitten in der Nacht rumpelt er hoch. Ihm war, als hätte er einen Schuss gehört. Sein T-Shirt ist schweißnass. Seine Pistole ist ihm im Traum erschienen. Auf dem Gehsteig ist sie gelegen. Es hat geregnet. Leute sind vorbeigehastet, lauter gesichtslose Schemen. Keiner hat die Waffe aufgehoben. Mit dem Bus ist er vorbeigefahren. Ein großer Überlandbus, wie sie die Greyhoundlinie benutzt. Durchs Fenster hat er die Waffe erblickt. Er hat gewusst, irgendjemand wird sie entdecken und aufheben. Dann wäre sie für immer verloren. Sie war zum Greifen nah! »Anhalten«, wollte er brüllen, aber er konnte keinen Ton herausbringen. Als wäre die Zunge gelähmt. Zum Fahrer hat er sich vorgearbeitet. Der Bus hat geschaukelt wie auf hoher See, und er hat das Gleichgewicht verloren. Den Gang ist er auf allen vieren entlanggekrochen, der einzige Fahrgast. Es hat endlos lange gedauert. Seine Fingernägel haben sich in den Filzteppich gekrallt. Zentimeter für Zentimeter hat er sich vorangearbeitet. Der Bus ist derweil dahingerast. Er hat gewusst, er müsste kilometerweit die Straße zurücklaufen, um die Stelle zu finden. Die Strecke war ihm unbekannt. Verzweiflung hat ihn gebeutelt. Auf einmal hat sich der Fahrer zu ihm umgedreht und den Mund zum Grinsen verzogen. Das Gesicht kam ihm vertraut vor, es gehörte jemanden, den er schon einmal gesehen oder getroffen hatte. Kruzifix, wer ist das gewesen? Die Fratze ist aus seinem Kopf verschwunden. Beim Erwachen herausgeblasen worden aus dem Hirn. Egal – die Offenbarung wird ihm sein Nachtmahr nicht beschert haben. Er heißt nicht Nostradamus. Er ist nur ein kleiner Polizist, dem die Furcht gerade das Rückgrat hinaufkriecht, als wär's ein steppender Tausendfüßler. Die werden sich schwertun, seine Hirn-Bürokraten, eine geeignete Schublade zu finden. Die Geschichte um seine Waffe geistert vogelwild umher. Der Traumfänger wäre die richtige Adresse.

Drei Uhr. Er starrt Richtung Decke und lauscht in die Dunkelheit. Die Stille hat eine andere Konsistenz als bei ihm zu Hause in der Lohstraße. Ein Luftanhalten ist es, die Ruhe, bevor der Sturm losbrechen wird. Noch verharrt die Gewalt. Als wäre er selbst entführt, rausgerissen worden aus seinem Untergiesinger Nest. Ein Gefühl von Verlassenheit macht sich in ihm breit. Er ist nicht auf einer einsamen Insel ausgesetzt, er selbst ist die Insel. Mach dich nicht verrückt, Sandner. Ois easy. Unruhig wälzt er sich hin und her, bis der Schlaf ihn übermannt und die schrägen Gedanken niederringt.

Kurz vor acht zeigt seine Uhr. Der Freitagmorgen bringt den Nieselregen und Kopfschmerzen für den Hauptkommissar. Der Schnaps war billig und er zu willig. Geweckt hat ihn die Türklingel, die alle paar Minuten schrillt. Gnadenloser Ton. Als lungerte eine Ziegenbock mit Trillerpfeife vor der Tür herum. Er streift sich die fleckige Jeans über und hatscht in den Gang.

Chingachgook verteilt gerade Joghurts, Riegel und Bananen an drei dunkelhäutige Kinder. Die beglotzen mit offenen Mündern die halb nackte, zerzauste Gestalt mit den schmuckvollen Augenringen. Kein schöner Anblick. Lieber wenden sie sich wieder Chingachgook zu. Der schaut vitaler aus. Offensichtlich kein Morgenmuffel. Er trägt den bekannten Poncho. Der Schädel scheint frisch aufpoliert, der kann mit jeder Billardkugel konkurrieren.

»Danke!«, kommt es fröhlich im Chor, dann verschwindet das Trio mit den Schulranzen im Hausgang.

»Morgenfütterung«, wird dem schläfrigen Hauptkommissar erklärt.

»Bist du so was wie eine Frühstücksfee?« Der Ermittler reibt sich Sandmanns Grüße aus den Augen und gähnt herzhaft.

Der verkappte Indianer grinst. »Machst du Kaffee?«

Er bekommt ein Nicken zur Antwort. Schweigen ist mehr als nur Gold am Morgen. Überlebenswichtig. Der Sandner schleppt sich in die Küche. Während er sich die Utensilien zusammensucht und den Kaffee aufbrüht, läutet es mindestens noch sechsmal an der Tür. Er schüttelt den Kopf, wartet auf erlösendes Koffein.

Schließlich gesellt sich Chingachgook zu ihm. Er setzt sich an den wackeligen Küchentisch.

»Die kommen alle wegen den Schokoriegeln. Aber das andere essen sie auch«, sagt er.

Der Sandner deutet auf die Tüten. »Deswegen kaufst du so viel ein.«

Der Angesprochene lächelt amüsiert.

»Wenn du meinst.«

»Nicht, oder?«

»Nein. Ich bin Jäger.«

»Aha. Und wo sind die Jagdgründe?«

»Das liegt alles rum – in den Containern. Ich kaufe kein Essen. Die Läden werfen weg, was noch gut ist. Aber das weiß eh jeder.« Er winkt ab und streckt sich.

Der Sandner schlürft am Kaffee.

»Gehörst du zu so einer Organisation?«

Der Mann schüttelt entschieden den Kopf.

»Sinnlos. Nur reden. Ich nehme mir, was ich will, und verteil es. Es nützt mir nicht, auf Facebook zu prahlen, ich wäre ein Heiliger. Ich bin Jäger. Kannst mit heute Nacht, wenn du dich nicht dumm anstellst. Ich kann immer jemanden brauchen zum Tragen. Zu zweit ist die Jagd ergiebiger.«

»Ein andermal gern.« Und das meint der Sandner ernst, weil es ihn schon interessieren würde, wie und wo so etwas vonstattenginge. Wenn es nicht noch eine Kleinigkeit zu erledigen gäbe. Die Vorstellungskraft muss genügen. Der Indianer imponiert ihm.

»Sperren die ihr Zeug nicht ein? Hab ich mal gehört.«

»Tun sie.« Der Mann deutet auf einen herumliegenden Bolzenschneider, zuckt mit den Schultern. »Kein Problem. Wir sprechen von Nahrung! Sie pressen die Erde aus dafür und werfen alles weg. Es ist unser aller Erde, die gehört niemandem. Oder kennst du den Besitzer? Es ist mein Recht, es mir zu holen – es ist meine Beute.«

Howgh, ich habe gesprochen, weißer Mann. Und jetzt bist du dran. Dem Sandner wird klar, warum der Miran die Zicke gegeben hat. Den Schnüffler will keiner im Haus. Und die Verbindung zum Ömer wird sonnenklar. Der Indianer beliefert ihn wahrscheinlich. Und da wird es kritisch. Das Zeug ist pfenniggute Ware. Der Sandner verstrickt sich in Moral versus Gesetz. Der Ömer ist kein Weltverbesserer, der sieht die Münzen, die er spart. Sein Mercedes braucht Sprit und seine vier Kinder gieren nach iPhones. Oder tut er ihm unrecht? Wenn jeder so handeln würde? Vielleicht wäre das kein Fehler. Schweigend lenzt er seinen Kaffee. Die Dosenmilch ist über dem Haltbarkeitsdatum. Schmeckt, wie sie soll.

Chingachgook dreht sich einen Joint – wirft ihm einen fragenden Blick zu. Verneinendes Kopfschütteln des Polizisten. Er nimmt sich einen Schokoriegel vom Tisch. »Darf ich?«

Der Indianer nickt und hält ihm eine Banane hin. »Nimm was Gesundes dazu.«

Etwas streift an Sandners Beinen entlang. Der Terrier legt sich vor seine Füße und schaut zu ihm hoch. Fragender Hundeblick. Kurz tätschelt er ihm den Kopf.

»Ayasha scheint dich zu mögen.« Der Indianer nimmt einen tiefen Zug. »Tiere können nicht lügen, wie wir.« Der Blick, den er dem Sandner zuwirft, ist rätselhaft. Vielleicht auch bloß vom Marihuana verschleiert.

Zeit für den Polizisten, sich auf den Weg zu machen.

Im Flur zieht er sich die Schuhe an. Gewohnheitsmäßig schaut er sich nach seiner Jacke um. Scheißdreck. In einer Sekunde zieht der ganze Abend an ihm vorbei. Er greift sich an die Stirn. Warum ausgerechnet er? Auf selbstmitleidige Fragen hat noch niemand die wahre Antwort gewollt. Kurz schüttelt sich der Ermittler, dann zieht er die hängenden Schultern nach oben. Auf ein Neues.

»Wohnungssuche?«, ruft es aus der Küche.

»Ja, auch«, antwortet der Sandner mit belegter Stimme. Kein berauschendes Gefühl, die Rothaut anzuschwindeln. Die scheint eine grundehrliche zu sein – wie ihr Terrier.

»Viel Glück«, wird ihm gewünscht.

Der Duft bewusstseinserweiternder Kräuter zieht durch die Wohnung. Der Sandner schließt die Tür hinter sich.

Im Hausgang gibt es Remmidemmi. Der erste Stock ist in Aufruhr. Die Polizei ist wieder dabei, die Ordnung zu hüten. Zumindest hört es sich genauso an. Geschrei, heulende Kinder, Türenschlagen. Der Sandner verharrt auf dem Treppenabsatz. Nicht sein Vormittagsprogramm. Er fängt an, die Banane zu schälen.

Eine tiefe Stimme fährt wie Gebell zwischen die Schafe.

»Ruhe!«, donnert sie, »und geht's mir aus dem Weg!«

Irgendwann scheint die ganze Gesellschaft ins Erdgeschoss zu poltern. Dann schlägt jemand die Haustüre zu. Der Sandner wirft einen Blick durchs Fenster im Treppenhaus.

Ein junges Mädchen und die aufgeregte Frau von gestern stehen hilflos gestikulierend neben einem Streifenwagen. Den Inhalt kann der Polizist nicht genau erkennen. Offenbar haben die Beamten einen Fang gemacht. Jetzt steigt einer der Uniformierten noch einmal aus und schreitet auf die Frau zu. Es ist der Schmerbäuchige von gestern. Dicht stellt er sich vor ihr auf. Die Hände in die Seiten gestemmt, die Beine lässig gespreizt. Seine Wampe berührt sie fast.

Sie verschränkt die Arme. Ihr Blick ist purer Hass. Wenn er ein Messer wäre, gäbe es ein Schlachtfest samt ausgebeintem Sheriff. Was sie ihm entgegenschreit, lässt den Mann explodieren. Vielleicht hat sie ihn bespuckt. Nicht erkennbar für den Sandner. Die Gesichtszüge des Dicken verzerren sich zur wütenden Fratze. Seine Hände zucken nach vorn. Er packt die Frau an den Haaren, zieht ihren Kopf mit einem Ruck zur Seite. So zwingt er sie auf die Knie. Ganz langsam. Sie sträubt sich, greift nach seiner Hand, aber sie hat keine Chance. Mit schmerzverzerrter Miene sieht sie hoch zu ihrem Peiniger. Dessen Gesicht nimmt einen befriedigten Ausdruck an. Beinahe Wollust. Als würde er gerade leckere Weißwürscht auszuzeln.

Das Mädchen an ihrer Seite stößt einen Schrei aus, rührt sich aber nicht. Ihr Glück. Wer weiß, was für sie auf dem Programm stünde.

Dem Kriminaler bleibt die Luft weg. Fast hätte er sich an der Banane verschluckt. Er reißt das Fenster auf und fegt dabei einen verstaubten Kaktus vom Brett.

Der Uniformierte wirft einen Blick nach oben, ohne den Griff zu lockern. Ihre Augen treffen sich. Einen Augenblick lang starren sich die beiden an.

Der Mann nickt kurz und seine Zunge leckt über die Oberlippe. Als sollten alle Sinne die Szene auskosten dürfen. Mit einer schnellen Bewegung zerrt er die Frau am Haar zur Seite, bis sie das Gleichgewicht verliert. Dann lässt er sie los. Eine lässige Geste – scheinbar öfter erprobt. Nicht der Rede wert.

Der Streifenwagen nimmt ihn wieder auf. Die Show ist vorbei. Türen schlagen zu, das Fahrzeug rauscht ab. Als wäre nichts gewesen.

Die Frau sitzt auf dem Asphalt. Unkoordiniert sind ihre Bewegungen, als wäre sie betrunken. Aber davon kann keine Rede sein. Einen Moment verharrt sie noch in kniender Haltung, bevor sie sich wieder erhebt. Das Mädchen ist nah bei ihr. Es zittert. Kein Kind mehr. Es legt ihrer Mutter die Hand auf die Schulter. Beide starren stumm dem Auto hinterher. Es gibt nichts zu sagen.

Kurz überprüft der Hauptkommissar seine Wahrnehmung. Er hat nicht am Joint gezogen. Das ist Realität gewesen.

Es mag Situationen geben, in denen dich die Leute zur Weißglut treiben. Gerade solche Lumpen, die selber gern die Mitmenschen drangsalieren. In diesen Fällen ist auch der Sandner nicht geschützt vor spontanen Eingebungen, die ihn übers Ziel hinausschießen lassen. Da fährt ihm ein Blitz ins Hirnstüberl. Lämmer kommen anders daher. Aber eine wehrlose Frau an den Haaren herunterzureißen wie ein Viech, nur so zur Gaudi? Der Sheriff ist Menschenschinder erster Güteklasse. Ein Drecksack, aufgebläht vom Machtrausch. Im geistigen Notizblock des Hauptkommissars wird eine frische Seite aufgeschlagen. Noch steht da »unerledigt«.

Er hört, wie die Haustüre aufgesperrt wird und Schritte auf der Treppe, begleitet von Schluchzen. Langsam geht er die Stufen nach unten und trifft auf die zwei vor deren Wohnungstür. Scheint, als ob der Besuch des Sheriffs bei Slatkos Perle erfolgreicher verlaufen ist als gestern Abend. Zumindest aus polizeilicher Sicht. Mutmaßlich darf der Slatko gratis im Streifenwagen mitfahren. Wäre ihm zu wünschen, dass er heil am Bestimmungsort ankommt.

Das Mädchen verschwindet ohne ein Wort im Inneren der Wohnung.

»Ich hab es gesehen«, lässt der Ermittler die Frau wissen.

»Was?«

»Was der Bulle ...«

Sie winkt ab. »Der ist so. Was willst du? Pass lieber auf, dass der Scheißkerl dich in Ruhe lässt.«

Die Tür schließt sich hinter den beiden. Ruhe kehrt ein.

Von irgendwo ertönt türkische Musik. Ahmet Özhans »Gülü susuz seni aşksiz birakmam«. Der Sandner kennt es. Özhan ist der einzige Künstler, den sein Lieblingsgastwirt Ömer neben Elvis toleriert. Nicht eben die Art Songs, bei der dir dein Döner besser den Schlund hinunterrutscht. Die deutsche Entsprechung wäre für den Sandner der Roy Black. In seinem Laden treibt Ömer damit jugendliche Gäste auf die Straße. Ältere Semester singen dagegen gerne mal mit oder klatschen den Takt. Der Miran hat einmal gemeint, so stellt er es sich im Altenheim vor, beim bunten Abend. Vom Ömer kam nur die Bemerkung, dass ihn der Gedanke beruhigen sollte, das Essen wäre dann ja tadellos – sofern er im Alter noch Zähne im Maul hätte zum Kauen. Mit seiner vorlauten Klappe wäre das eher fraglich. Gesund und munter ins hohe Alter zu kommen, scheint im Harthof auch nicht an der Tagesordnung zu sein – insbesondere wenn die Polizei dich aufsucht.

Der Ermittler tritt vors Haus und schaut sich um. Zwei Mädchen in glänzendschwarzen Stretchhosen lümmeln an einer Holzbank und kichern, als sie ihn sehen. Werfen sich in coole Jungmädchenpose. Hände in die Seiten gestemmt, Hüften vorgereckt, wie ihre Trallala-Vorbilder. Eine streicht sich mit exaltierter Geste die Haare aus der Stirn. Ihre Freundin fummelt eine Zigarette aus der Schachtel. Keine Schule heute?

Der Sandner fängt ihren taxierenden Blick nicht auf, schlendert zum Nachbarhaus. Hier hat er also gewohnt, der mutmaßliche Mörder. Die Tür ist nur angelehnt. Drinnen ist er. Am Schwarzen Brett hängen diverse Mahnungen der Hausverwaltung bezüglich Müll, Lärm und Schmierereien an den Wänden. Jemand hat mit rotem Edding »Arschloch« auf eines der Pamphlete geschrieben. Die Telefonnummer des Hausmeisters ist unterstrichen, daneben steht mit Bleistift: »Ich blase jeden.« Es riecht nach verbranntem Gummi. Irgendwo über ihm knallt eine Tür. Kindergeschrei wird durch eine schrille Frauenstimme abgelöst. Die Sprache ist dem Sandner unbekannt. Harte, zischende Konsonanten. Zusammen mit wummernden Bässen ein experimentelles Hörspiel.

Ein junges Paar springt die Treppe herunter und wirft ihm ein synchrones »Guten Morgen« zu, bevor es sich nach draußen macht. Frisch, fröhlich und sauber kommen sie daher, gehüllt in bunte Stoffe und einer Wolke von Eau de Toilette. Nicht jedem haut der Morgen gleich ins Kreuz, manche streichelt er mit Samtpfoten in den neuen, üppigen Tag. Der Sandner blickt den beiden versonnen hinterher, bevor er sich wieder seinem Geschäft widmet.

Die Tatwaffe wurde in Fuhrers Kellerverschlag gefunden. Der Polizist tappt die Treppe hinunter und zieht sein Mobilteil aus der

Tasche. Zwei Minuten später kann er das Lagefoto des Messers auf dem Display betrachten. Der Jonny ist offenbar hellwach. Braver Bub.

Die eiserne Zwischentür ist nicht abgeschlossen. Weiter geht's. Der Lichtschalter ist Makulatur. Er schiebt den daneben liegenden hölzernen Keil unter die Metalltür, um etwas sehen zu können. Einen Moment lauscht er. Alles still. Leise und verstohlen schleicht er den Gang entlang. Als könne in dunklen Ecken jemand auf ihn lauern. Er verwirft den dramatischen Gedanken. Allerhöchstens tummelte sich die eine oder andere Ratte im Gewölbe. Auf beiden Seiten stapelt sich hinter den Verschlägen Ausgemustertes und undefinierbar Brauchbares. Vom Grill über fransige Decken bis zu Plastikgerätschaften aller Art. Drei Fitnessbikes zählt er. Vorhangstangen, Skistöcke und diverse Holztrümmer ragen in den Gang, als liefe hier ein Konsolenspiel, bei dem es ums Ausweichen geht. Jede Berührung ein Leben weniger. Ein Abteil ist mit schwarzem Stoff abgehängt – wie eine Entwicklungs- oder Folterkammer – vor neugierigen Blicken geschützt.

Vor einem der Bretterverschläge geht der Hauptkommissar auf die Knie. Das muss Fuhrers Kellerabteil gewesen sein. An eine der Latten ist ein Stück brauner Pappe angenagelt. Ein »Fu« kann der Sandner darauf erkennen. Der Rest ist von Flecken überdeckt. Durch die breiten Ritzen könnte man das Messer problemlos ins Innere werfen. Keine artistische Leistung. Nicht weit von den Hölzern entfernt ist es gelegen. Ganz offen, sofort zu entdecken. Wenn es der Fuhrer selbst versteckt hat – nicht nobelpreiswürdig.

Wie er sich wieder aufrichtet, bemerkt er eine Gestalt hinter sich. Er ist zu sehr vertieft gewesen in die Messergeschichte. Seine Antennen waren nicht auf Empfang.

Eine Frau. Sie steht einfach da, die Arme verschränkt, und schaut ihm zu. Vielleicht schon eine ganze Weile. Jetzt sollte er einen erklärenden Satz auf Lager haben, aber ihm fällt nichts Gescheites ein.

»Mir sind zwei Euro daruntergerollt«, stammelt er. »Weil ich die Münzen immer … in die Hosentasche einschiebe und wie ich … na ja.«

Die Frau zieht bloß die Augenbrauen zusammen, holt einen Schlüsselbund hervor und sperrt das Abteil auf. Das muss die Fuhrer sein, sapperlot. Er weiß, dass sie Ende dreißig ist. Die enge Jeans, nebst zierlicher Figur, gibt ihr ein kindliches Erscheinungsbild. Allerdings rückt das Gesicht diesen Eindruck wieder gerade. Ernste Augen und betonte Kerben neben dem Mund zeugen davon, dass in ihrem Leben nicht nur die Sonne gelacht hat. Trotzdem eine Frau, die Männerblicke auf sich zieht, wahrscheinlich genau deshalb.

Der Sandner darf sie gerade von hinten betrachten, was seinen Eindruck nicht schmälert. Sie ist attraktiv. Auf ihre Art. Keine Unschuld vom Lande.

Unbedarfte Naivität ist nur für Leute reizvoll, die unbedarft und naiv sind. Weil da nichts Spannendes dahintersteckt. Ein leeres Blatt Papier brauchst du nur, wenn du es selber vollkritzeln willst. Als wenn du ein Gästebuch für dich allein hast. Vielleicht, weil die Furcht im Hinterkopf lauert, es könnte sonst etwas drinstehen, was du nie überschreiben kannst. Bei der Frau Fuhrer ist es kein leeres Blatt. Mindestens ein kleiner Roman. Und nicht alles ist leicht zu begreifen. Einiges davon hat auch das Amtsgericht aufnotiert. Jugendsünden. Da wirfst du nicht den ersten Stein. Fahren unter Alkoholeinfluss, Kreditkartenbetrug wegen Klamotten, Diebstahl wegen Kosmetika und Körperverletzung, weil sich eine andere vermeintlich an ihren Burschen rangeschmissen hat. Nase zweimal gebrochen und Schneidezähne ausgeschlagen hat sie der Rivalin, unter Zuhilfenahme des zufällig vorhandenen Toilettenwaschbeckens in einem Club nahe dem Hauptbahnhof. Sonst Kleinkram. Aber die letzten zehn Jahre war es vorbei mit dem derben Treiben. Nicht einmal den Kinderwagen falsch geparkt. Hausfrau, Mutter und Noch-Ehefrau eines verurteilten Mörders. Möglicherweise bald Witwe.

»Schau mer mal«, sagt sie, sich umblickend. »Ich seh nix liegen.« Angenehm tiefe Stimme, kein fiependes Mausilein.

»Vielleicht nach hinten gerollt. Nicht so wichtig. Wenn sie es mal zufällig finden …«

»Sind Sie der Mieter aus dem Erdgeschoss? Ich hab gedacht, da käme jemand aus Togo – hat der Hausmeister zumindest gesagt.«

Immerhin wirft sie ihm ein Stichwort zu.

»Na, aus Togo bin ich nicht.«

»Die Togolesen hier sind alle superfreundlich und hilfsbereit.«

Er streckt ihr die Hand hin. »Ich werd mich anstrengen. Josef Sandner.«

Sie scheint überrascht. Leicht verzögert greift sie zu.

»Theresa … Fuhrer.« Die Frau lässt der Vorstellung ein schelmisches Lächeln folgen. Unbestimmt. Kann alles bedeuten. Sie lässt ihn stehen und macht sich in ihrem Kellerabteil zu schaffen. Ein größeres Paket undefinierbaren Inhaltes schleift sie schließlich auf den Gang.

»Warten'S, ich helfe Ihnen tragen«, bietet er an.

»Das müssen Sie nicht.«

»Freilich, mach ich gern.«

Er wuchtet sich ihr Paket auf die Schulter und stampft damit durch den Gang. Schnaufend nimmt er die Treppen in Angriff. Schwer ist es. Schnapsidee. Die Luft wird ihm knapp. Wie hätte sie das hochgeschafft, allein? Er spürt seine Muskeln prickeln. Die haben ihm das gestrige Sporterlebnis noch nicht verziehen. Wo war er jetzt, der hilfsbereite Togolese?

Im ersten Stock ist Schluss. Sie sperrt eine Wohnungstür auf und geht durch bis in die Küche. Der Sandner folgt brav.

»Dank schön. Stellen Sie es einfach da ab.«

»Gern.«

»Ich hab mir grad Kaffee gemacht, auch eine Tasse?«

Der Ermittler wuchtet den Karton in eine freie Ecke. Erleichterung pur. Er hätte nicht gewusst, wie er unaufdringlich ins Gespräch gekommen wäre. Unwillkürlich schaut er ihr auf den Mund. Ob sich der Beischlaf-Einsatz für die Zähne gelohnt hat? Strittige Fragestellung. Seiner Kollegin sollte er damit nicht kommen – sofern er seine behalten will. Den Sandner trennt ein breiter Fluss vom neuen, sensiblen Mann. Brücke nicht in Sicht. Er hat weder Schafwollpantoffel noch greint er sich bei »Mannsein-Workshops« aus, zwecks Neudefinition seiner Rollenerwartung. Wobei: Leben und leben lassen. Wem die alte Rolle ständig zwischen die Beine schlägt, bei dem ist der Spaß auch unbekannt verzogen.

Eng ist es in der Wohnung, obwohl es sich um eines der renovierten Häuser handelt. Der schmale Flur ist durch die Garderobe schon üppig befüllt. In der Küche reicht der Platz für eine Zeile mit Geräten und Schränken und einen kleinen Tisch samt Eckbank mit Karomuster und passenden Stühlen. Über der Bank hängt ein Bild der Fuhrers. Das Hochzeitsfoto. Mit Weichzeichner. Beide strahlen, in seinen Blick ist Skepsis gemischt, als würde er sich in einem Traum befinden. Du weißt, du schläfst, aber du genießt es. Doch morgen früh verschwinden Weichzeichner, Farbe und Blumen wieder, und es wird hart und grau. Als hätte er eine Vorahnung gehabt, der Mann. Seine Gemahlin trägt Weiß und hält einen Rosenstrauß in den Händen. Die Finger energisch geschlossen um die Stängel. Packen muss man das bisserl Glück, dass es sich nicht heimlich davonmacht.

Wie sich die Frau Fuhrer wegdreht, um die Tassen zu holen, greift der Sandner zu. Ihr Handy schiebt er sich unter den Hosenbund.

»Darf ich mir schnell die Hände waschen?«

»Das Bad ist hinten links«, antwortet sie, ohne sich umzuwenden. Wenn das Gelump jetzt aufspielt, hat er verloren. Es bleibt stumm. Einen Atemzug später ist er im Bad. Sie scheint allein mit ihrem Sohn zu hausen. Zwei Zahnbürsten in den Bechern, neben der Waschmaschine ein Stapel Kinderhosen, T-Shirts, bunte Söckchen und ein Stringtanga obenauf in einer Plastikwanne. Nichts, was auf männliche Anwesenheit hindeutet.

Der Sandner glotzt in den verschmierten Spiegel und verzieht das Gesicht zur Grimasse.

Er lässt den Wasserhahn laufen und klickt sich ins Adressbuch. Eine Prise Fortune brauchst du manchmal. Die Kugel rollt. Und bleibt liegen auf Z wie Zahnarzt. Fein säuberlich. Er schickt dem Jonny die Nummer. Einen Zahnarzt wechselst du nicht wie das Laiberl. Die meisten Leut sind beständig. Für Schmerz braucht man Vertrauen. Allerdings – wenn er dir jedes Körperteil abklopft, bis er ein Loch findet, ist das manchem vielleicht doch zu gründlich. Das muss man mögen.

Es schellt an der Tür. Die Fuhrer geht öffnen. Dem Sandner bleiben ein paar Sekunden, das Handy am alten Platz zu deponieren. Er hat es gerade aus der Hand gelegt, da jodelt es los. »Girls just wanna have fun«. Herrgott! Die Melodie von Cyndi Laupers Achtzigerhit hätte ihm fast einen Infarkt besorgt. Er hat den quäkenden Song nie gemocht. Jetzt weiß er endlich, warum. Das Herz klopft an der Schädeldecke an.

Die Fuhrer erscheint wieder, zwei Frauen mittleren Alters im Schlepptau. Sie greift nach dem Mobilteil, während der Hauptkommissar, an die Spüle gelehnt, seelenruhig von seinem Kaffee nippt.

Ein kurzes Gespräch. Ja, sie käme nachher vorbei. Das war's.

Die Neuankömmlinge könnten Zwillinge sein. Die gleichen Röhrenjeans, rötlich gefärbte Lockenpracht und rauchige Stimmen. Wie Bart Simpsons Tanten. Abwechselnd stoßen sie ein kurzes bellendes Husten hervor. Oder es ist ihre Version von herzlichem Lachen. Die Küche füllt sich. Er hält sich an der Tasse fest und trägt nicht viel zum Gespräch bei. Auch den beiden darf er kundtun, dass er leider nicht aus Togo kommt. Dann geht es um Kinderlärm, Kaugummi in Türschlössern und Schimmelbekämpfung im Bad.

Alle drei wirken, als hätte die Vorsehung für sie eher den Wühltisch denn das exklusive Sortiment bereitgehalten. Man muss schnell zugreifen, eh ein anderer danach grapscht, wurscht, ob es was taugt. Trotzdem sind sie von einer Lebenslust und einem Humor beseelt, wie sie da munter zusammenglucken. Die ließen sich nicht unterkriegen.

Dem Sandner kommt so mancher misstrauischer, griesgrämiger Geizkragen in den Kopf, der ihm über den Weg gelaufen ist. Komisch, dass die Leut, an denen sich das Schicksal immerzu die Schuhe abputzt, oft die sympathischeren sind. Wenn du dagegen alles haben willst, musst du dafür das Menschliche eintauschen. Das wäre eh nur hinderlich, um wahre Besitztümer gewissensfrei zu genießen. Nur der Neid und die Furcht verlassen dich nie. Dicke Kumpels, die beiden.

Zuhören macht träge. Manchmal formt sich Geplapper zum weichen Kopfkissen, und du könntest augenblicklich wegnicken. Kennt ein jeder. Der eine aus der Arbeit, der andere vom Ehegespinst. Erst als die Polizei zur Sprache kommt, fällt die akustische Müdigkeit von Sandner ab.

»Den werden'S schon noch kennenlernen, den Kastelmeyer«, meint die Fuhrer zu ihm.

»Der ist mir heut schon begegnet. Sympathisch ist anders.«

»Der hat keine, die auf ihn wartet, sonst würd er nicht immer hier herumschleichen. Der kommt nie zum Schuss.«

»Könntest du dir des vorstellen, mit der fetten Sau?«, will eine der Rothaarigen rhetorisch wissen.

Gemeinschaftliches Gegröle. Anschließend kurzer Austausch über die Wahrscheinlichkeit von Potenzstörungen und sonstige körperliche Unzulänglichkeiten des Polizisten. Der Polizisten generell. Pistole als Penisersatz. Sublimierung, frei nach Meister Freud. Kennt man ja. Dazwischen bekommt der Sandner Blicke zugeworfen, die darauf hindeuten, dass sie bei ihm nichts dergleichen vermuten würden. Womit sie recht hätten. Sein Ersatzpenis ist abgängig. Er wirft ein halblebiges Grinsen in die Runde. Immerhin ist er gerade Teil ihres Tratschkartells. Der Kastelmeyer bekommt sein Fett weg. Wenn auch nur verbal. Die Realität bleibt schwer und unförmig.

»Meinst, mir graust's vor gar nix«, schließt die Fuhrer den Themenkomplex ab.

Ihr Mann, der Fuhrer Bene, ist kaum auf der Welt gewesen, da hat ihm das Leben die Tür vor der Nase zugeschlagen. Nur für Mitglieder. Im Heim ist er groß geworden, weil seine Eltern nicht von der Nadel gekommen sind. Immer wieder probiert hat es die Mutter, und phasenweise hat er bei ihr wohnen dürfen. Vielleicht wäre er immer noch da und hätte sich um sie gekümmert, wenn sie nicht irgendwann in die Psychiatrische nach Haar gekommen wäre. Auf dem Bau hat er sich durchgeschlagen, aber sein Lieblingswerkzeug ist allerweil die Flasche gewesen. Universalwerkzeug. Macht dir alles auf, hält dich warm und klopft dir die Seele fest, wenn sie wieder mal verrutscht ist. Seine Theresa ist einfach in sein Leben gekommen und geblieben. Ängstlich ist er immer gewesen, ob ihm das überhaupt zustünde. Und gelauert hat er, wann es endlich so weit wäre, dass ihn das Leben wieder hinausschmeißt, weil er sich eingeschlichen hat, durch die Hintertür. Aber die Theresa hat ihn ernst genommen, gehakelt mit ihm und ihm die Schnapsflaschen versteckt. Vielleicht hätten sie es geschafft zusammen, weil die Frau gewärmt hat, wie kein Alkohol das vollbringt, und auch nicht so gelogen hat. Und dass sie schwanger war, hat ihm ein Glück beschert, an das er nicht mehr geglaubt hat. Aber dann ist der Wessold dahergekommen mit seinen Geschichten. Und ein jeder hat hinter ihm getuschelt. Ob er überhaupt der Vater wäre? Sauberer Ehemann, sauberer Vater, der so etwas zulässt. An jenem verhängnisvollen Abend war er beim Ansi gewesen. Seit Monaten wieder mal stramm. Als dann der Wessold gekommen ist, hat es kein Halten gegeben. Aber der Ansi hat keinen Streit geduldet und ihn vor die Tür gesetzt.

Er hat auf den Wessold gewartet. Eine Stunde im Regen. Wie der dann zurück zu seiner Wohnung wollte, hat er ihn sich gepackt. Sie haben gerangelt. Und dann wäre da plötzlich ein schwarzer Schatten gewesen, wie aus dem Nichts, und der Wessold wäre zusammengebrochen. Überall Blut. Er wäre dem Schatten nachgerannt, brüllend, aber der ist verschwunden gewesen.

Wie er zurückgehen wollte, waren da überall Leute und Polizei, und er hat nicht aus und ein gewusst. Er ist nach Hause gerannt, ins Bett, und da haben sie ihn schließlich verhaftet. Im Verhör haben sie auf ihn eingeredet, da wäre niemand gewesen – nur er. Den Wessold hätte er umbringen wollen und ihm heimtückisch aufgelauert. Und das Messer ist in seinem Keller geflackt. Was willst du noch reden? Es interessiert niemanden. Besser, du schweigst. Mehr als vier Jahre sitzt er jetzt im Knast, und viel mehr werden es nicht mehr werden, weil die Leber schon schlappgemacht und sein Speiseröhrenkarzinom keine gute Prognose hat. Damit wirst du nicht alt.

Das alles weiß die Wiesner, hat sie nachgelesen heute Nacht, mit überreizten Augen, das Blut durch schwarzen Kaffee ersetzt. Aufgewacht ist sie auf ihrer zu kurzen Couch, neben ihr auf dem Boden die aufgeschlagene Akte Benedikt Fuhrer. Das Licht hat gebrannt, ihre Augen auch. Draußen vor dem Fenster hat die gefiederte Schar getschilpt und gezwitschert, als hätte sie was zu feiern. Möglicherweise Weltvogeltag. Guten Morgen! Duschen, Koffein, Aspirin. Soll niemand sagen, dass sie nach gefühlten drei Stunden Schlaf kein ernst zu nehmendes Arbeitstier geben kann. Der Fuhrer wird eine erholsamere Nacht gehabt haben. Wahrscheinlich geschlafen wie ein Baby in seiner Zweimannzelle auf der Pritsche. Immerhin hatte er die Ehre, ihre letzten Gedanken vor dem Einschlafen und ihre ersten nach dem Aufwachen zu bestimmen. Schaffen nicht viele Mannsbilder.

Sie hat das Gefühl, gerade gelebt zu werden. Von einem gleichgültigen Fremden. Kein Interesse hat der, sie das Leben spüren zu lassen, nur mit der Monotonie kennt er sich aus. Im Kreis dreht sie sich, ein Karussellpferd, das nicht vom Fleck darf. Festgeschmiedet. Den Spaß haben die Reiter. Vielleicht ist es ja bloß die Müdigkeit, die schwarze Gedanken hervorzerrt. Das sind die Zeiten, in denen die Ermittlerin ihren Job verwünscht und sich am liebsten die nächsten Tage im verdunkelten Schlafzimmer verkrochen hätte. Stattdessen hat sie sich ins Auto gesetzt und ist in den Knast gefahren. Immerhin nicht eingefahren. Es ginge noch trister. Das Glas ist halb voll.

Justizvollzugsanstalt Stadelheim – oder Sankt Adelheim, wie der Volksmund den Namen früher verkleidet hat. Kurort für die Auserwählten. Einfaches Dasein in gesiebter Luft. Manch einer findet sich dort besser zurecht als in der damischen Welt draußen. Weil es schwindlig macht, wenn sie sich dreht und kreiselt und dich nicht aufspringen lässt. Allerweil nur den geifernden Gaffer zu geben, bis dir die Augen aus dem Kopf fallen – da musst du speien und dreinschlagen, bis sie dich endlich wieder abholen und wegsperren.

Wie eine Warze prangt das Gefängnis mitten im Gesicht der Stadt in Obergiesing.

Tausendfünfhundert Menschen sitzen aktuell ein. Manch eine Gestalt schaut jeden Herbst vorbei, um im Warmen zu überwintern. Falls du dich nicht benehmen kannst, kümmert sich die Sicherungstruppe im Kettenhemd samt Spezialpistole mit Pfefferspray-Gel um dich. Schließlich hast du einen richterlich garantierten Schlafplatz, rausschmeißen ist nicht vorgesehen.

Jetzt sitzt die Ermittlerin dem Fuhrer gegenüber. Zwei Stühle, ein Resopaltisch, eine Telefonanlage, ein Justizbeamter im Eck. Sosehr sie sich auch vorbereitet, der klaustrophobische Moment schlägt immer zu. Als wenn ihr ein unsichtbarer Kobold die Gurgel abdrückt oder auf ihrem Brustkorb sitzen würde. Ihr schützendes Mantra ist der Gedanke, bald wieder draußen zu sein, bei Regen und Wind.

»Grüß Gott, Herr Fuhrer.«

»Grüß Gott, Frau ...?«

»Wiesner, Oberkommissarin, Mordkommission.«

»Mordkommission, aha. Wie komm ich zu der Ehre?«

»Ich hab mich bei den Ärzten erkundigt. Das sieht ja nicht so gut aus.«

Der Fuhrer schaut an ihr vorbei und zuckt mit den Schultern.

»Sterben müssen wir alle, Frau Oberkommissarin, auch Sie.«

»Stimmt schon. Aber höchstwahrscheinlich lass ich Ihnen dabei den Vortritt. Sie wird es bald vom Stangerl hauen.«

Ihr ungerührtes Lächeln scheint ihn nervös zu machen. Das hat er sich selbst eingebrockt. Er beginnt, an den Fingernägeln zu kauen, wirft ihr dabei immer wieder einen Blick zu.

»Herr Fuhrer, gibt's was von Ihrer damaligen Aussage, was Sie verändern wollen?«

Der Mann reißt die Augen auf und nimmt den Zeigefinger aus dem Mund. Er klatscht mit den Handflächen auf die Tischplatte und lehnt sich nach vorn.

»Soll ich beichten, bevor ich abkratz? Ich hab gedacht, da kommt der Pfarrer. Ich hab nix zu beichten. Außer, dass ich froh bin, dass den Wessold wer abgestochen hat. Froh – verstehen Sie. Ich tät ihm gratulieren, auch wenn ich wegen ihm da sitz.«

»Der Unbekannte – wie soll der ausgesehen haben?«

»Ich hab das alles schon hundertmal gesagt. Herrgott – ich weiß es nicht. Ich war besoffen. Er war in Schwarz. Das war ja höchstens eine Sekunde. Das hat nie jemanden interessiert. Aber wissen Sie was? Inzwischen ist es egal. Vielleicht war ich es ja doch. Könnt sein, oder?« Er kratzt sich in gespielter Nachdenklichkeit am Kopf. »Ja, jetzt fällt es mir wieder ein. Ich war es.«

»Breit oder schmal?«

»Was?«

»Der schwarze Mann.«

»Ziemlich massiv. Hätten Sie halt meine Aussage gelesen, Ihre Hausaufgaben gemacht, Frau Oberdings.«

»Da gibt's Leut, die glauben, dass Sie unschuldig sind.«

»Ja? Kann schon sein. Ich frag mich, warum Sie hier sind.«

»Der Wessold, was hat der so gemacht? Der hat ja rumerzählt, Ihre Frau ...«

»Die Theresa ist keine Hure. Das darf niemand behaupten! Und Sie halten das ...«

»Reden wir über den Wessold.«

»Drogen hat er verkauft, jeder hat das gewusst. Und gestohlene Ware. Das hat die Polizei nicht interessiert.«

»Wir wissen von diesem Zahnarzt.«

»Die Theresa ist keine Hure! Meinen Sie vielleicht, ich hätte das zugelassen, wenn ich es geahnt hätte? Das Geld hätte ich schon irgendwie aufgetrieben. Scheißegal wie. Sie hat sich Sorgen gemacht, wegen dem Kind und so – alles ist so scheißteuer. Die Zähne hätt ich diesem Scheißzahnarzt ausgeschlagen. Jeden einzelnen.«

»Warum haben Sie das nicht? Hätte ich verstanden.«

»Die Theresa. Sie hat gesagt, ich darf nicht so blöd sein. Unser Sohn braucht mich.« Der Häftling starrt ins Leere und nickt. Sein Atem geht schwer, seine Hände sind zu Fäusten geballt. Vielleicht schwelgt er gerade in der Phantasie, wie er den Doktor unter sich hat und auf ihn eindrischt. Schade. Das hätte die Theresa nicht verhindern sollen, denkt sich die Wiesner. Die alttestamentarische Lösung. Zahn um Zahn. Der Arzt hätte lernen können. Begreifen, dass die Würde den Leuten etwas bedeutet, auch wenn es in diesem Fall eine rustikale Lektion gewesen wäre. Unantastbar ist sie nicht nur hinter der Wohlstandsfassade. Die Entschlossenheit der Polizistin nimmt zu, dem Zahnarzt die vorenthaltene Abreibung zu verschaffen. Den Saubären galt es festzunageln, ob er in den Tod Wessolds verwickelt wäre oder nicht.

»Woher hat der Wessold das gewusst? Und wie heißt der Arzt?«, will sie vom Fuhrer wissen.

Der erwacht aus seinem Tagtraum. Ernüchterndes Erlebnis.

»Ich will wieder in die Zelle. Ich bin krank.«

So käme sie nicht weiter, das sieht sie dem Mann an. Der Schalter ist geschlossen.

»Hat er Freunde gehabt, der Wessold, in der Siedlung?«

Der Fuhrer springt plötzlich auf, lehnt sich über den Tisch.

»Hinsetzen, Fuhrer«, herrscht ihn der Justizbeamte an.

Die Wiesner streckt beruhigend eine Hand nach hinten aus.

»So einer hat keine Freunde, höchstens Lakaien«, zischt ihr Gegenüber. Das Gelb seiner Augen gibt ihm ein seltsames Aussehen. Als käme er von einem anderen Planeten. Kommt er auch. Vom Planeten »Hoffnungslos«. Keine weite Reise, ein Katzensprung.

»Sein Speichellecker ist der Hofer Peter gewesen«, fährt er fort, »kurz nach mir ist der eingefahren. Ich hab ihn gesehen – hier. Das war eine Freude, Frau Oberkommissarin.«

»Und Ihre Freunde? Haben die Sie vergessen?«

Der Fuhrer zeigt ein ungepflegt-fleckiges Gebiss, lehnt sich zurück und verschränkt die Arme. Die Wiesner starrt auf einen gesplitterten Schneidezahn.

»Darf ich jetzt endlich zurück, Frau Oberkommissarin?«

Verwirrt sitzt die Ermittlerin im Wagen. Fuhrers Rolle bleibt rätselhaft. Wenn er von der Entführung gewusst hätte, wäre er kooperativer gewesen. Er hat nichts Erhellendes beigetragen. Wenn er es nicht weiß, warum diese Reaktion bei Erwähnung seiner Freunde? Seit sechs Monaten besucht ihn nur noch seine Frau. Davor, eher spärlich, ein paar Gestalten aus der Siedlung. Keine Verwandtschaft. Ein schwarzes Schaf ist praktisch, damit dein weißes Wollkleid heller strahlt. Zu schaffen haben möchtest du mit ihm nichts.

Vielleicht ist er wirklich der Mörder, weiß von der Entführung, hofft, die Polizei präsentiert einen falschen Täter und lässt ihn frei. Viel zu kompliziert gedacht. Da sitzt ein todkranker Mann, der nichts erwartet. Der hat abgeschlossen mit allem. Als Drahtzieher kommt das Würschterl nicht infrage. Aber sie hat einen

Namen. Der Wessold hatte also einen Gehilfen, einen kleinen Igor. Den Hofer Peter. Mal sehen, was der zu erzählen hat. Sie beschließt, sich ein Café zu suchen. Nicht in Blickweite des Gemäuers. Möglichst groß, mit viel Raum um sie herum. Sie hat noch etwas Zeit. Später werden sie beim Brauner zusammentreffen, um die nächsten Schritte abzusprechen.

Das eiserne Tor öffnet sich. Ein Mann tritt heraus. Unsicher schaut er sich um. Eine abgeschabte Reisetasche hält er in Händen.

Die Wiesner sucht in seinem Gesicht nach Erkennungsmerkmalen. Niemand, den sie einmal festgenagelt hatten. Ganz gut aussehend. Etwas blass um die Nase. Den Stoppelschnitt kann er tragen, verleiht ihm herbe Männlichkeit. Die tierische Note.

Er zieht sich die Kapuze seines Sweatshirts über den Kopf, als der Regen stärker wird. Ein Taxi hält vor ihm und nimmt ihn auf. Auf der Rückbank sitzt ein langmähniges Wesen, das ihn gleich umhalst. So einfach. Die Mauern geben dich frei, und das Spiel beginnt erneut. Oder der Kreislauf geht weiter.

So leicht wird es für den Fuhrer nicht werden. Wenn der Mann Pech hat, kommt er waagerecht nach draußen. Begnadigung wegen Krebs ist nicht vorgesehen. Vielleicht könnte er nächstes Jahr Freigänger werden. Seiner Haftstrafe könnte er sich durch vorzeitiges Sterben entziehen. Vielleicht sein letzter Herbst.

Im Harthofquartier hat sich der Sandner auf den Weg gemacht. Die Haustür hat ihm ein Farbiger aufgehalten, ein freundliches Lächeln verziert ihm das Gesicht, seine klaren Augen blitzen unternehmungslustig. Könnte der neue Mieter sein, mutmaßlich Togolese. Der Hauptkommissar will noch einmal beim Haus seines Zechkumpanen vorbeischauen und dann nach Untergiesing. Undercover mit Atempause. Ohne Jacke ist es kühl. Abgesehen davon macht es wenig Sinn, hier umherzuflippern wie eine Springmaus. Er muss mit dem Team beim Brauner die mageren Erkenntnisse sortieren, sich absprechen.

Dass ihm wieder keiner aufmacht, hat er sich fast schon gedacht. Die Jalousien sind heruntergelassen. Der Mann wird seinen Rausch ausschlafen.

Der Hauptkommissar wird bis zum Nachmittag warten müssen – und dann wieder beim Ansi aufschlagen. Der Schießprügel muss her!

An der U-Bahn-Haltestelle Harthof ist Betrieb. All das Jungvolk, das heute nicht in die Schule mag. Als könnte es kaum einer erwarten, von hier wegzukommen. Eine Viertelstunde Fahrtzeit bis zur Haltestelle »Aufgeblasene Illusion«. Die Innenstadt, wie unter der großen Zirkuskuppel mit bunt-billigem Klamottenfirlefanz, den stampfenden Rhythmen, die aus allen Läden dröhnen, und dem Geplapper und Geschnatter, als wäre Seehundshow im Tierpark. Kommen Sie näher, schauen Sie rein! Dressiert und auf Hochglanz gebürstet solltest du schon sein, damit es zum Flair passt und du manierliche Kunststücke zeigen darfst. Applaus – wenn du die Münzen herauskullern lässt in Reih und Glied. Das Haferl Kaffee kostet drei Euro neunzig, wenn du es kommod haben willst. Fast vier Euro für etwas Gedankenlosigkeit und Geschau. Billiger, du nimmst den Styroporbecher vom Fastfood Tandler und baust dich davor auf, als wärst du tatsächlich lebendig.

Das deprimiert den Sandner. Die Indianer haben sich um Glasperlen angestellt. Heutzutage tust du das für Elektronikgraffel und knallbuntes Nichts. Kein Unterschied. Der Glanz macht dir weder den Magen noch das Herz voll.

Am Kolumbusplatz angekommen, läuft er in Richtung seiner Wohnung. Zehn Minuten, wenn du nicht rennst. Genau die richtige Zeitspanne. Dass der Platz nach einem zähen Entdecker benannt ist, hat dem Sandner immer zugesagt. Auch der tragische Irrtum, den Kolumbus Zeit seines Lebens mit sich herumgeschleppt hatte. Jedes Ding hat zwei Henkel, an einer Seite kannst du es tragen, an der anderen nicht, hat Goethe einst bemerkt, wahrscheinlich als seine Köchin krank darniederlag.

Dass sich in Untergiesing die Conquistadores breitmachen wollen, um sich fett zu mästen, kannst du verfluchen. Aber es gibt Dinge, die nicht zu plündern sind. Zum Beispiel das Gefühl, gedankenlos an der Isar zu sitzen und aufs Plätschern zu lauschen, in Ömers Dönerladen zu schmausen oder im Zeitungskiosk der plaudernden Stammkundschaft zuzuhören. Es geht um die »Sechzger« oder um Baugerüste. Alles wie immer. Bloß ein bisserl Sonne dazu, und du kannst ihnen in die Fratze lachen, der Geschäftigkeit und der Gier und den hochtrabenden Architektenplänen. Wer die für bedeutsam hält, ist wieder beim tragischen Irrtum angelangt. Das falsche Land entdeckt und nie der Erste.

Für den Sandner ist aktuell der Weg das Ziel. Die Pilgersheimer Straße entlang, Meter für Meter vertrautes Gebiet. Als hätte er an jeden Strauch seine Marke gesetzt.

Der 54er-Bus nimmt vor seiner Nase eine Kinderhorde nebst Begleitung auf, bevor er sich Richtung Marienplatz davonmacht. Die Kleinen werden vielleicht später die Stiegen im »Alten Peter« hinaufkraxeln, um das Innenstadtgewühl als Ameisenhaufen zu betrachten. Beste Perspektive. Ein paar Schritte weiter beschimpft ein altes Weiberl lautstark imaginäre Grattler, während zwei angebundene Zamperl vor dem Discounter ein gekläfftes Duett zum Besten geben. Über alldem das Rattern eines nahenden Güterzuges. Untergiesinger Soundtrack.

In der Lohstraße angekommen, spürt der Sandner, wie die Last auf seinem Buckel leichter geworden ist. Fast hätte er noch bei Ömers Dönerladen reingeschaut, auf einen Plausch, aber er ermahnt sich zur Eile.

Weitergekommen scheint er nicht zu sein. Faktisch. Sein Bauchgefühl hat sich auf den Weg gemacht. Der Fuhrer wäre nicht unbedingt sein Hauptverdächtiger gewesen – trotz Indizien. Der Wessold hat sich so viele Feinde beschafft – als wäre General Custer allein Sitting Bulls Horden entgegengetreten und hätte ihn derbleckt. Auf zum letzten Gefecht. Zu Hause holt er sich eine Jeansjacke aus dem Schrank und legt eine CD in den Player. Das »Tangaria Quartet« mit Richard Galliano. Es gibt niemanden, der das Akkordeon virtuoser bearbeiten kann. Dabei kommt die Musik als Einheit daher – aus einem Guss, keine Schnörkel, kein unnötiger Firlefanz. So hätte er es gern bei dieser Geschichte. Die spielt auf, und es durchströmt dich. Davon sind sie im Moment meilenweit entfernt. Als würden sie noch die Instrumente stimmen. Aber die Lieder sind längst geschrieben worden und warten, dass sie erklingen dürfen.

Noch eine Stunde Zeit. Der Sandner spürt fast körperlich, wie ihm die Fransen und ausgerissenen Ecken zusammengenäht werden, bis er Kopf und Bauch wieder beieinanderhat. Fast wäre er eingenickt. »Nichtstun ist besser, als mit viel Mühe nichts schaffen«, hat schon Laotse gewusst.

Dreimal hat der Hartinger klingeln müssen, bevor der Sandner reagiert hat. Ächzend erhebt er sich von der Couch. Bevor er die Wohnung verlassen kann, muss er ins Bad. Das Gesicht hält er sich unter den Wasserhahn. Fast ein Reinigungsritual. Auf ein Neues. Der Altusrieder steht an den Dienst-BMW gelehnt. Wie das blühende Leben schaut der Bursch nicht aus, eher wandelnde Nahtoderfahrung. Die Haare noch verstrubbelter als sonst – Marke Vogelnest –, das Kinn stoppelig und die übliche rosa Wangenfärbung fehlt. Wortkarg ist er obendrein. Aber er hält dem Sandner den Schlag auf. Der führt es darauf zurück, dass sein optischer Zustand für den Hartinger nach Hilfestellung schreit. »Substandard«.

Der Hauptkommissar schließt während der Fahrt nach Obermenzing die Augen. Höchster Vertrauensbeweis für Hartingers Fahrkünste – oder die Müdigkeit hat gesiegt. »Reiß dich zam«, murmelt er trotzdem. Lieb gewordene Gewohnheit. Vielleicht nagelt der Rotschopf seinen Fuß aufs Gaspedal, um Aufmerksamkeit zu erhaschen. Weil der Sandner nicht als Kinderflüsterer daherkommt, döst er lieber, als Gedanken daran zu verschwenden.

Exakt eine halbe Stunde später hocken alle beim Brauner um den Couchtisch.

Die Entführer hätten sich nicht gemeldet, berichtet der Jonny, und die Akten wären ergiebig wie ein Werbeprospekt vom Billigtandler. Der Oberstaatsanwalt ist enttäuscht. Man sieht ihm die Ermüdung an. Er scheint kein Auge zugemacht zu haben. »Ihr sitzt da, wie die drei Affen, nix hören, nix reden, nix sehen. Herrschaftszefix nochamal. Soll mei Mutter verrecken?«

»Hör zu, Brauner. Das ist nicht so einfach, seit gestern Abend machen wir nix anders wie rumrennen. Des sind aber grad mal zwölf Stunden«, fährt der Sandner ihm in die Parade. »Du brauchst uns wirklich nicht antreiben – wir wissen, um was es geht.«

Er schildert den anderen noch einmal seine nächtlichen Abenteuer beim Ansi, mit dem Vinzent und dem Gestreiften. Die gestohlene Jacke darf kein Thema sein, da muss er sich auf die Zunge beißen.

Der Jonny ergänzt seine Ausführungen mit Name und Adresse des Zahnarztes. Die Nummer aus dem Handyadressbuch von Frau Fuhrer passe zu einem Doktor Baltus Gruber.

Die Wiesner trägt die Altenheimbefragung und den Besuch beim Fuhrer bei.

Der Sandner seufzt tief auf und greift sich an den Kopf.

»Was ist?«, will die Wiesner wissen. »Passt was nicht?«

»Alles bestens. Nur dass ich umsonst deppert im Regen rumgelungert hab. Mein Gestreifter ist mit Sicherheit der Vater von Wessolds Igor. Die Adresse hätt ich auch leichter haben können. So ein Dreck.«

»Frag mich halt.«

Was der Sandner brummt, bleibt zum Glück für die Ohren der jungen Kollegen unverständlich. Die Wiesner versteht ihn auch ohne Worte. Er grinst sie unschuldig an.

»Gut – hast eine Idee?«

»Wir fühlen den Leuten auf unserer Liste auf den Zahn.« Sie hat sich gleich die Adresse des notgeilen Zahnarztes gerafft. Er wird es mit ihr zu tun bekommen.

»Auf den Zahn fühlen klingt gut. Wenn du den Igor vom Wessold besuchst, diesen Peter Dingsda …«

»Peter Hofer.«

»Ja genau, den Hofer. Da möchte ich gern dabei sein. Seinen Vater hab ich ja schon erlebt. Gemeinsam auf dem Klo – das verbindet. Jonny, hast du was?«

Der junge Mann lehnt sich im Sessel zurück, schlägt die Beine übereinander. Kleine Kunstpause. »Oiso«, beginnt er, »man kann ja immer in zwei Richtungen ermitteln. Ich will beweisen, dass da ein Dritter im Spiel war, oder ich will es für absurd erklären. Damals war es zweiteres. Vor Gericht hat niemand nach einem Dritten suchen wollen. Den Fuhrer habens zum Lügenmaul gestempelt.«

»Bursch, jetzt hast es genau beinand…«, fährt der Brauner hoch.

»Lass ihn ausreden, das darf der eh nicht oft«, meint der Sandner und greift dem Ruheständler an die Schulter. Der schnauft tief und lässt sich zurück in den Sessel fallen.

»Da hätte sich der Anwalt verbeißen müssen«, ergänzt der Jonny. »Das wär sein Job gewesen, aber da war niente. Der Fuhrer ist im Regen gestanden, ohne Schirm.«

»Ist das alles? Der Anwalt – habt ihr Kontakt aufgenommen?«

»War ein Pflichtverteidiger. Da bräuchtest du jemanden, der mit dem Jenseits kommunizieren kann. Findet man in München bestimmt, so einen Tischerücker. Der Mann ist letzten Juli in Guatemala überfallen worden. Er hat in die Maya-Stadt Tikal gewollt, hat sein Partner mir mitgeteilt, und kam im Zinksarg zurück.«

»Tragisch. – Noch was?«

»Eins ist komisch.«

»Was?«

»Die Aufstellung der persönlichen Gegenstände. Handy, Zigarettenschachtel und so weiter, alles da, sogar der Kaugummi – aber kein Hausschlüssel. In der Wohnung ist nix gefunden worden«, ergänzt der junge Beamte.

»Keine Drogen, kein Geld, nix?«, will der Sandner wissen.

»Nein. Jemand, der Dreck am Stecken hat wie der Wessold, räumt doch nicht vorher alles weg, oder? Es sei denn, er träumt seinen Tod – wie Julius Cäsar.«

»Das war Cäsars Frau«, berichtigt der Brauner.

»Dann hat vielleicht wer aufgeräumt.«

»Frau, Frau, Frau«, brummt der Sandner vor sich hin. Irgendwas huscht durch seinen Hinterkopf wie ein Mäuserl durch die Speis, aber er kann es nicht packen.

»Könnte also wer etwas weggeschafft haben aus Wessolds Wohnung. Mit dessen Hausschlüssel in der Tasche«, meint die Wiesner. »Dafür scheidet der Fuhrer aus. Der war vielleicht Wessolds Mörder, aber nicht seine Putzfrau. Der schwarze Mann käme auch nicht infrage. Der soll ja gleich davongerannt sein, sagt Fuhrer.«

»Dann könnte den Schlüssel sich jemand gegriffen haben, der am Tatort aufgetaucht ist, nach dem Mord. Als Erster. Vielleicht bloß ein Leichenfledderer. Aber gut, Jonny, immerhin hast du noch ein Tröpferl rausgemolken aus der vertrockneten Akte.«

Der Angesprochene richtet sich stolz auf.

»Nach dem Mord ist auch in China ein Fahrradl umgfallen«, knarzt der Brauner. »Vielleicht kümmerts ihr euch lieber darum, wer den Wessold abgestochen hat. Glaubst ihr vielleicht, die Entführer interessiert's, wer ihm die Wohnung rausputzt hat? Herrschaftsverreck! Wenn du einen besoffenen Streithansel vor Gericht hast, der wem auf der Straße ein Trumm Messer reinrennt, wegen einer Weibergeschichte – da tändelst du nicht lang rum wegen einem Schlüsselbund. Hätt ja am Mord nix geändert. Liegt ja alles auf der Hand.«

»Von der Geschichte verabschied ich mich grad, Brauner. Weil unter der Hand spielt sich zu viel ab.« Der Sandner schaut ihm ins Gesicht. »Oder sollt ich dich anlügen?«

»Ach Scheißadeckl«, brummt der Alte und stiert vor sich hin.

Eine halbe Stunde dauert die Zusammenkunft. Hin und her rollen sie die mageren Ergebnisse, wie einen Mürbteig. Er bleibt bröselig. Für einen Kuchen langt es nicht. Der Jonny wird auserkoren, den Wenzel sowie den Polizeirat auf dem Laufenden zu halten. Rudimentär. Er freut sich wie ein Schneekönig.

»Soll ich auch die Stube rauswischen, bis ihr wieder da seits?«

Dass es sein erster nützlicher Beitrag wäre, bekommt er dafür vom Brauner serviert. Knurrend – bedrohlicher Unterton. Der Stock liegt griffbereit. Mit Zynismus sollte der Bursch dosiert umgehen. Der Oberstaatsanwalt a. D. ist dem Tagesgeschäft entfremdet, und wenn das Leben der eigenen Mutter am seidenen Faden hängt, bist du wenig empfänglich fürs Heitere. Die Anspannung zeigt sich auf den Gesichtern. Gleichzeitig springen sie auf.

Die drei Musketiere werden getrennte Wege gehen. Der Sandner darf mit dem Hartinger zumindest zurück in die Münchner »Zivilisation« fahren. Bei der nächsten passenden U-Bahn-Station wird der seinen Fahrgast verabschieden. Er wird sich mit den Altenpflegerinnen beschäftigen, unangekündigte Hausbesuche, seine Kollegin will sich Frau Fuhrers Zahnarzt widmen. Dienstausweis statt Krankenkassenkarte. Für den Hauptkommissar steht eine neue Harthof-Erfahrung auf dem Programm.

Der Brauner und der Jonny stehen auf dem Rasen und sehen ihnen nach. Interessantes Gespann, einer neidisch, der andere grimmig. Immerhin will ihnen keiner der beiden eine gesunde Brotzeit mitgeben oder wirft ein »Pass auf dich auf!« hinterher – vom Abschiedsbussi nebst Winken ganz zu schweigen.

Isabella Weihrich wohnt in Sendling. Von Sandners Untergiesinger Heimathafen müsstest du nur die Isar überqueren, dann wärst du im Stadtteil.

Ein Zimmer in einer Wohngemeinschaft hat die Altenpflegerin in der Lindwurmstraße, nicht weit vom Denkmal des Schmieds von Kochel. Ein Protagonist der Sendlinger Mordweihnacht. Die Legende sagt, dass er sich mit seiner zentnerschweren Nagelkeule an der Spitze der bäurischen Aufständischen gegen die Besatzungstruppen des Kaiser Josefs gestemmt hatte. Letztendlich wurden alle tausendeinhundert Mann rund um die alte Sendlinger Pfarrkirche niedergemetzelt. Eine heroische Statue ist es, einen Schmiedehammer hat die halb nackte, muskelbepackte Gestalt in der Faust, gleich Vulkanus, Gott des Feuers. Dazu die Fahne, unabdingbar für einen Helden. Neunzehnhundertelf ist der gegossene Schmied dort aufgesockelt worden, vielleicht als Ansporn für den bevorstehenden Vaterlandskampf. Der eine oder andere Hasenfuß mag ein Mahnmal darin sehen, sich nicht mit der Obrigkeit anzulegen. Da könntest du im Freistaat jederzeit für verrückt erklärt werden.

Heutzutage wird das bronzene Standbild nicht mehr beachtet. Dafür ist diese Ecke Münchens zu beschäftigt. Dich mittels einer Nagelkeule auf dem Weltmarkt durchzusetzen kannst du vergessen. Das ahnen mittlerweile sogar die Nordkoreaner. Sendling ist ein Sinnbild für den Saft in der deutschen Batterie. Die Leut sind emsig bei der Arbeit, unter anderem beim mächtigen Elektronikriesen, der hier die allerersten Hochhäuser fürs Personal hingeklotzt hat. Wie im Bienenstock brummt und summt es überall. Als wäre die Sendlinger Großmarkthalle über das ganze Viertel gewuchert und stünde in voller Blüte.

Davon will sich der Hartinger nicht anstecken lassen. Er lauscht den »Sportfreunde Stiller«-Hymnen und summt dazu, während er mit dem Auto dahinkriecht. Als Fußgänger kannst du die Geschwindigkeit der Blechschachteln locker halten, so deine Lunge nicht kollabiert. Das ist kein Feinstaub, da wird mit grobem Dreck geworfen, der die Umgebung einfärbt wie die Schlammpackung eine Wildsau. Aber du kannst ein Wunder erleben. Hautnah dabei. Kamel an Kamel presst sich an den Verbindungsstraßen durchs Nadelöhr. Ob die Reichen deshalb einen Platz im Himmel ergattern werden, bleibt abzuwarten. Tendenziell unwahrscheinlich.

Für den Hartinger stellt sich die Frage bei seinem Gehalt eh nicht. Auch die Weihrich-Isabella, der er einen Besuch abstatten will, wird den Traum vom Reichtum aufs nächste Leben verschieben müssen. Es wäre ja weggeworfenes Geld, die Leut, die sich um die Alten kümmern, noch vernünftig zu entlohnen. Wenn du in der Position bist, darüber zu entscheiden, wirst du eh nie im Zweibettzimmer landen. Glaubst du. Wünschst du dir.

Natürlich kann er nirgends parken. Fünfmal fährt er alle Nebensträßchen ab. Wie ein Geier kreist er ums Karree. Als er endlich den Dienstwagen abschließen kann, hat er zwanzig Minuten vertändelt. Im ersten Stock eines schlichten Mietshauses wohnt die Altenpflegerin.

Er hat sein Kommen nicht angekündigt. Dementsprechend überrascht öffnet sie ihm die Tür. Kurz reißt sie die braunen Augen auf, wie er ihr den Dienstausweis entgegenreckt. Einen farbenfrohen Sarong hat sie an und ein T-Shirt, das blaue Linien eines Tattoos auf ihrer Schulter freilegt. Das Gesamtgemälde bleibt zu erahnen.

Der Hartinger kann nichts dagegen machen, dass sich der Puls beschleunigt. Er spürt, wie es ihm die Wangen einfärbt.

»Darf ich reinkommen?«, fragt er.

Die junge Frau fährt sich durch den schwarzen Wuschelkopf und nickt. Sie gibt ihm die Tür frei und geht voran in eine Wohnküche. Mischung aus Inbusschlüssel-bewährtem Sperrholzfirlefanz und Secondhand oder von der Oma geerbtem Trödel. Ein vorsintflutliches Couchgetüm lädt zum Sitzen ein. Sie deutet darauf.

»Sie haben ja Zeit gehabt, nachzudenken über das Ganze«, beginnt er und schaut sich im Raum um. Geschirr stapelt sich in der Spüle, Werbeplakate aus den Sechzigern schmücken die Wände. In einer Ecke liegen Pizzaschachteln vom Lieferservice. Die Grünpflanze am Fenster lechzt nach Wasser. Auf dem Kühlschrank sind magnetische Buchstaben zu Wörtern geformt. »Keine Milch«, kann er entziffern und »Morgenritt bringt feuchten Schritt«. Er wendet seinen Blick hurtig Richtung Gastgeberin. Die lächelt ihm zu.

»Kaffee?«, fragt sie, »oder vielleicht Tee? Darjeeling hab ich.«

»Gern«, sagt er. Gern? Das Wort ist herausgeschlüpft aus ihm, ohne zu fragen. Er ist kein Teetrinker! Seine Mutter hatte ihm bei jedem Kinkerlitzchen harmonisierendes Gesträuch aufgießen wollen. Gebrühtes Kind scheut den Beutel.

Um sich nicht weiter zu überraschen, zieht der Polizist ein Filofax hervor.

»Zu gestern Abend«, sagt er.

»Zucker?« Sie stellt ihm eine Tasse vor die Nase. Ein getöpfertes Huhn, der Henkel zum Kopf geformt.

»Kein Zucker.«

Sie hat nicht viel zu ergänzen. In der Sofaecke sitzt sie, die Knie angezogen, und mustert ihre blanken Füße mit den schwarz lackierten Nägeln. Alles wäre wie immer gewesen. Routine halt. Erst als der Brauner nachgefragt habe, wäre das Fehlen der alten Dame aufgefallen. Sie hätten natürlich das ganze Haus und den Garten auf den Kopf gestellt. Jemand wäre auch die Straßen der Umgebung abgefahren.

Ob ihr an den Kollegen was komisch vorgekommen wäre, will der Hartinger wissen. »War irgendwer besonders nervös oder hat was Seltsames gemacht?«

»Wir waren alle nervös – dann.«

Er könnte es auf sich beruhen lassen und gehen, aber die Tasse ist noch halb voll. Einen Eindruck verschaffen von den Lebensumständen soll er sich, hat die Wiesner gemeint. Na denn.

Die Frau zündet sich eine Zigarette an. Ihre Bewegungen sind von katzenhafter Unbefangenheit. Das konträre Gegenstück zu Hartingers Staksigkeit. Mutter und Schraube. Warum sie nichts in der Zeitung darüber gelesen habe, will sie von ihm wissen. Und dass die Frau doch irgendwo aufgetaucht, gesehen worden sein muss. Das wäre doch sehr seltsam.

Der Hartinger gibt ihr recht, weicht aus, lobt den Tee, will wissen, wie lange sie in München wäre und Pipapo.

Dass er der erste Polizist wäre, mit dem sie sich so unterhalten würde, erfährt der Hartinger, sonst sähe man nur die in Uniform, die immer ein schlechtes Gewissen machten. Ob sie denn eines hätte, erkundigt er sich.

»Natürlich nicht«, betont sie grinsend und zwinkert ihm zu. »Ich bin brav – meistens.«

Ihr Blick lässt seinen Schädel heiß werden wie den Darjeeling. Seinen Vornamen will sie noch wissen, bevor er sich langsam aus der Couch schält.

»Ich denk noch ein bisschen nach, vielleicht fällt mir noch was ein.«

Er gibt ihr ein Kärtchen mit seiner Handynummer. Sie wedelt grübelnd damit herum.

»Wenn mir nichts einfällt, dürfen Sie trotzdem wiederkommen – wenn Sie möchten. Ich muss erst am Sonntag wieder arbeiten.«

Er hat nichts im Repertoire, was er darauf sagen könnte, außer »Wiederschaun«. Auf der Zunge sind noch mehr Wörter gelegen. Aber sie sind ihm nicht über die Lippen gekommen. Angst hat er gehabt, dass er es nicht mehr stoppen kann, wie das Hochwasser, das den Damm einreißt. Und dann schösse ihm ein Schwall aus dem Mund, dabei will er die Frau nicht überschwemmen. Nicht einmal seinen Blick hat er kontrollieren können. Der ist im Antlitz der Frau hängen geblieben wie das Eisen am Magnet. Ihre Lippen, die immer einen Spalt geöffnet waren und das Weiß ihrer Schneidezähne ahnen ließen, als wäre die Frau in beständigem atemlosen Erstaunen über sich und ihre Umgebung gefangen, könnte er mit verbundenen Augen rekonstruieren. Ihr Gesichtsausdruck wird ernst und nachdenklich, in ihren Iriden tanzen winzige Schatten. Das Losreißen ist eine schwere Übung gewesen.

Wie sich die Tür hinter ihm schließt, kommt ihm ein Lächeln aus. Seine Ohren glühen. Manchmal ist die Arbeit keine Arbeit.

Dreißig Minuten später nimmt er den Satz zurück. Er sitzt inmitten quirliger Kleinkinder im vollgestellten Wohnzimmer eines Obergiesinger Wohnblocks, während die rumänische Altenpflegehelferin ihn bequatscht. Sie malträtiert dabei mit dem Bügeleisen die Wäsche, als wäre sie Schuld am Verschwinden von Frau Brauner.

Der Hartinger bekommt von pappigen Kinderhänden ständig Spielzeug und Krimskrams auf den Schoß geworfen, um es zu kommentieren.

»Schau mal, Auto.«

Erkenntnisgewinn gleich null. Allerdings ist die Wohnung kärglich und schmucklos eingerichtet. Wände und Fußboden annähernd kahl. Sie könnten einen Zuverdienst gebrauchen. Auf dem überdimensionierten Flatscreen, der das Wohnzimmer beherrscht, flippen animierte glupschäugige Scheußlichkeiten herum. Ihre Piepsstimmen plappern von wahrer Freundschaft daher. Der Hartinger muss seinen Blick davon abwenden, bevor es ihm das Hirn eindampft.

Ihr Mann wäre Fernfahrer, erzählt die Frau, immer nur ab und zu da. Weite Touren auf den Balkan. Hartes Brot. Und die Kinder erkältet, sonst in Krippe und Kindergarten. Gefühlte siebenundzwanzig Mal muss er ihr versichern, dass sie keinen Ärger bekommen wird. Eine Litanei ohne meditativen Charakter. Immer aufgeregter wird sie. Zum Schluss hätte er ihr jederzeit einen Ablassbrief ausgestellt, mit polizeilichem Siegel, allein, um die Wohnung wieder verlassen zu können.

Die Kinder haben mit Staunen in den Augen zu ihm aufgesehen, als ihre Mutter zum Lamentieren angesetzt hatte. Es hat den Polizisten eine Viertelstunde gekostet, vom Häuflein Elend die unbegründeten Ängste auszusieben. Vom Rest hat er sich dann verabschieden können.

Wie er wieder im Fahrzeug sitzt, schnauft er tief durch. Auf seiner Hose sind Flecken unterschiedlicher Herkunft, Schweiß steht ihm auf der Stirn.

Mit den Pflegekräften würden sie nicht weiterkommen. Von denen hatte keiner die alte Brauner daheim sitzen oder im Keller verpackt. Schnapsidee von der Wiesner. Er kontrolliert sein Handydisplay. Eine SMS hat er bekommen. Von der Isabella. »Wie wär's mit heut Abend?«

Ein Stück vom Glück, ab und an – damit sich das Aufstehen lohnt. Er will darüber nicht nachdenken. Denn wenn erst das Zaudern daherkäme, müsste er es niederringen. Und das wäre ein Kraftakt. Es steht immer wieder auf. Es hat so viel Erfahrung gefressen, dass es bärenstark geworden ist. Du kannst es nur von hinten überrumpeln.

Ein großes »G« tippt er in die Tasten. »G« wie gern.

G wie Gruber. Doktor Baltus Gruber. Die Wiesner parkt den Peugeot nicht weit von Sandners Schlafstätte entfernt am Straßenrand. Vom Wohnblock des Indianers wären es mit dem Bus zwei Stationen. Unscheinbarer sechsstöckiger Block in strahlendem Weiß in einer unscheinbaren Straße. Selbst das Zahnarztschild an der Fassade ist erst auf den zweiten Blick zu entdecken. Als würde er sich verstecken wollen, der Doktor Gruber, oder nur Initiierte einladen. Totenstill ist es im Gebäude, nur die Schritte der Ermittlerin hallen durchs Treppenhaus. Mit dem Aufzug fährt sie in den dritten Stock.

Es ergeht dem Zahnarzt nicht anders wie dem Polizisten. Wenn du auf ihn triffst, hast du meistens ein Malheur. Weihnachten kommt anders daher. Die Wiesner allerdings spürt stille Vorfreude. Wenn halbwegs stimmt, was sie eruiert hatten, wird es der Herr Doktor schwer haben mit ihr. Vielleicht sollte sie sicherheitshalber ihre Dienstwaffe entladen. Unfälle sind ruckzuck passiert. Die Kastration eines Zuchtebers mit Doktortitel wäre eine pralle Schlagzeile. Allerdings schlechte Presse fürs K11. Nein, sie wird nicht die Nerven verlieren. Sie wird auch nicht überreagieren. Fraglich, ob ein Straftatbestand vorhanden ist. Aber es war die Ursache für den Streit von Wessold und Fuhrer.

Allerdings sind vor Gericht die originellen medizinischen Behandlungsaspekte nicht zur Sprache gekommen. Für die Ärztekammer vielleicht nicht uninteressant, ebenso für die mutmaßliche Frau Gruber. Hohes Risiko für den Herrn Doktor.

Der Trieb wird gerne durch Russisch Roulette gesteigert, ob bei der Helena in Troja oder beim Zahnarzt am Hart. Siehst du allein schon an diversen Machtkreaturen, denen es regelmäßig den Hosenstall zerreißt, sobald ein Madl in Reichweite ihrer Tentakeln gerät. Die Straße kommst du mit Vernunft und Gesellschaft nicht weiter, das ist ein schlammiger Pfad. Da ist der Schwellkörper der Antrieb – womit sich der Kreislauf zur Medizin schließt.

Sie ist weder unbefangen noch vorurteilsfrei. Der Sandner kennt die Wahrheit. Sie sieht sich noch beim Hauptkommissar am Küchentisch sitzen und erzählen – zwei Jahre ist das jetzt her, als ein Mordfall alles wieder hochgebracht hat, wie eine plötzliche Eruption. Die haarigen, groben Hände, das vertrauliche Zuzwinkern, der makellose weiße Kittel. Wie die zwölfjährige Wiesner Sandra die »ärztliche Untersuchung« über sich hat ergehen lassen müssen, vom geliebten Doktor ihrer Mutter. Und die Mama draußen vor der Tür warten sollte, und die kleine Sandra nicht hat rufen können, weil es ihr die Kehle verschnürt hat, vor Scham und Angst und Wut. Das brennt sich dir ein, wie das mittelalterliche Schandmal. Da gehst du nicht durch die Welt und verkündest: »Es war einmal«, und schon wäre es in ein Märchen verwandelt. Da gibt es niemanden, der dem bösen Zauberer das Schwert ins steinerne Herz stößt.

Aber der Sandner hat keinen Einspruch erhoben, als sie gemeint hatte, den Zahnarzt würde sie übernehmen. Ob ihm die alte Geschichte überhaupt in den Sinn gekommen ist? Dankbar ist sie ihm für sein Vertrauen – sie ist Oberkommissarin der Mordkommission, und der Rest bleibt im Kammerl.

Einen kniffligen Moment hat es gegeben, als der Jonny ihr vorgeschlagen hatte, »undercover« zu agieren. Sie könne ja eine Zahnreinigung umsonst rausschlagen. Ihre Contenance war des Meisters Yoda würdig, sonst hätte der Bursch jetzt keinen Kopf mehr aufsitzen.

Die Praxis macht einen sauberen, soliden Eindruck, die ältere Dame an der Theke strahlt Gelassenheit aus.

Die Wiesner wedelt mit dem Dienstausweis. Sie wird ins Wartezimmer komplimentiert, weil der Herr Doktor gerade mitten in einer Behandlung wäre. Hoffentlich mit geschlossenem Hosenstall. Die Patientenschar ist durchwachsen. Zwei ältere Männer, eine Frau in Begleitung eines Teenagers, offensichtlich ihre Tochter. Die Wiesner trommelt sich ungeduldig auf die Oberschenkel. Zehn Minuten später wird sie ins Behandlungszimmer gebeten. Die Wartenden schicken ihr verblüfft-empörte Blicke hinterher.

Der Sandner hat sich zurück zu seinem Kurzzeitrefugium begeben, besser gesagt zum Nachbarhaus seines Indianers. Er hat sich aufgemacht, um den Gestreiften zu besuchen, Balthasar Hofer, den Vater von Wessolds Igor. Wenn es noch einen Zweifel gegeben hätte, wurde der mit einem Blick aufs Klingelschild ausgeräumt. Ein Hofer ist vorhanden. Die übrigen Namen sind im deutschen Sprachraum eher ungebräuchlich. Es dominiert das C. Vokale werden überschätzt.

Der Gestreifte öffnet ihm selbst. Er trägt sogar noch denselben Pulli. Die Duftnote reicht, um im Viertel eine kräftige Marke zu setzen oder mit dem Wenzel zu konkurrieren ums goldene Skunk.

»Ja und?«, will er wissen. Seine Äuglein sind schmale Schlitze, rot unterlaufen und wässrig, als könnten sie jederzeit aus den Höhlen fließen.

Möglicherweise war sein Erinnerungsvermögen eingetrübt. Wenn die Nächte sich klonen, wird das eh überschätzt.

»Wir haben uns gestern beim Ansi gesehen«, klärt ihn der Polizist auf.

Der fragende Ausdruck im Gesicht seines Gegenübers bleibt erhalten. Kein Aha-Moment. Braucht er offensichtlich wie Kopfläuse, den ungebetenen Besuch.

»Ja und?«, kommt es erneut.

»Ja und – meine Jacke ist weggekommen. Ich wollt fragen ...«

»Soll ich die ham, oder was?« Die Alternative zum »Ja, und« klingt nicht ermutigender.

»Na – ich wollt fragen, ob Sie was gesehen haben.«

Er scheint wirklich nachzudenken, legt den Kopf schief. Vielleicht könnten so ein paar Ereignistrümmer des vergangenen Abends nach vorne rutschen.

»Nein«, verkündet er das Resümee. Und jetzt schau, dass du Land gewinnst, lautet die nonverbale Botschaft.

»Noch was«, sagt der Sandner ungerührt, »gestern haben wir über meinen Spezl, den Fuhrer Bene geredet, und Sie haben gemeint, der ist es nicht gewesen.«

Aus dem Hintergrund krächzt eine männliche Stimme. »Wer ist denn gekommen, Balthasar?«

Der Hofer dreht den Kopf zur Seite.

»Niemand, passt schon«, bescheidet er seinem Gast, um sich dann dem Sandner wieder zuzuwenden – abschließend. »Ich weiß nimmer, was ich gestern alles dahergeredet hab. An Schmarrn halt. Vergessen Sie des, ist lang her.«

Und die Tür ist zu. Der Sandner schmiegt sein Ohr ans Holz.

»Was schaust du so zwider?«, hört er eine Stimme fragen und dann Gebrumm.

»Ein deppertes Rindviech bin ich. Aufgeschnappt hat er was. Neugieriger Gleufi.«

»Was?«

»An Schmarrn halt. Wer sollt ...« Die Stimmen entfernen sich aus dem Flur. Nichts mehr zu erlauschen. Von der Tür gegenüber hört er ein Geräusch. Der Lauscher ist belauscht worden. Der hat den Rat des Wilhelm Busch beherzigt: »Wer zusieht, sieht mehr, als wer mitspielt«. Doch was wird überhaupt gespielt, und wer hat das Regelheft eingeschoben? Ein Rindviech? Was soll er wissen?

Der »Niemand« dreht sich um und nickt lächelnd Richtung Türspion. Ein Kratzen ist zu hören, dann Stille. Pfeifend trampelt der Polizist die Treppen wieder hinab und tritt ins Freie.

Seine Jacke fährt an ihm vorbei. Auf einem Mountainbike.

»Was kann ich für Sie tun?«

Irgendwie hat die Wiesner sich das leichter vorgestellt. Dass dem Weißkittel das Schuldbewusstsein angeschrieben steht auf dem Hirn. Oder, dass der Geifer ihm aus dem Maul tropft. Nichts. Der Blick, den er ihr schenkt, ist neutral, kein Taxieren, kein visuelles Abgrapschen. Dass sie ein Dirndl ausfüllen könnte, will er ihr auch nicht kundtun. Ein dummdreister Schwollschädel ist das nicht.

Vertrauensvoll deine Hauer anvertrauen könntest du dem freundlichen Vierziger. Lachfältchen, ein bisserl Übergewicht, die hellbraunen, spärlichen Haare sprießen wie verstreute Büsche aus karger Steppe. Der sympathische Mann von nebenan. Wobei sie aus Erfahrung weiß, unter der Kategorie »Sauhund« ist selten einer gewesen, der die dazugehörige Optik mitgebracht hätte.

Was kann er für sie tun?

»Wir sind bei Ermittlungen in einem Mordfall auf eine Frage gestoßen, die Sie bestimmt beantworten können.«

»Nur zu.« Sein Gesicht bekommt ein neugierig-zugewandtes Lächeln aufgepappt. Die Augen bleiben ernst. Er bleibt in Deckung.

»Eine Frau Fuhrer ist bei Ihnen in Behandlung.«

»Auch Zahnärzte unterliegen der ärztlichen Schweigepflicht«, kommt es wie aus der Pistole geschossen. Wachsam ist er, wie der Hütehund unter Lämmern. Zeit, dem Köter das Fell über die Ohren zu reißen.

»Das war eine Feststellung, keine Frage.«

Das Lächeln verzieht sich. Sein Oberkörper kommt in Bewegung. Er fasst sich kurz an die Nase. Der Name Fuhrer scheint keine angenehme Erinnerung zu wecken. Er überlegt wohl, was sie wissen könnte. Damit hält sie nicht hinter dem Berg. Frontalangriff.

»Wir wissen, dass die Frau Fuhrer Sonderkonditionen bei Ihnen hatte.«

Weit aus dem Fenster gelehnt, vom Wissen ist sie weit entfernt. Tagesreise.

»Hat sie das gesagt? Würde mich wundern. Aber manchmal komme ich den Patienten ein bisschen entgegen, wenn sie es arg knapp haben. Ich sollte das nicht, aber ...«

»Schauen'S, Herr Doktor Gruber, ich bin nicht wegen der Berufsethik da. So was machen andere – hoffentlich. Ein Mann ist erstochen worden, nachdem er ausgeplaudert hat, wie es in Ihrer Praxis zugeht. Wir wissen beide, wovon ich rede. Wessold hieß der. Und wir fragen uns, ob Sie den Mann auch gekannt haben.«

»Sie behaupten einfach irgendetwas. Wessold, sagen Sie? Ich hab was mitbekommen. Ist aber schon lange her. Der Mörder ist doch in Haft, oder?«

»Herr Doktor, das ist nicht kooperativ. Ich gebe Ihnen zwei Minuten, dann geh ich wieder. Und ich red mit ein paar Journalisten, such mir eine Patientin von Ihnen, die eidesstattlich aussagt, und schick der Ärztekammer einen Brief. Jetzt sind es noch eineinhalb Minuten.«

»Das ist nicht so, wie Sie denken. Ich sag Ihnen das nicht, weil ich muss. Sondern damit Sie das verstehen. Ich muss mir nichts vorwerfen lassen.«

Durch diese Formel eingeleitet, ist es garantiert haargenau so, wie sie es sich gedacht hat. Es klingt nach dem, was sie hören will.

Er reibt die Handflächen aneinander. Schweißperlen zeigen sich auf seiner Stirn. Seine Zunge leckt nervös über die Lippen, als hätte sie es mit einem Komodowaran zu tun. Das wäre angenehmer. Der hätte nur giftigen Speichel zu bieten.

»Ich frag nicht nach so etwas«, würgt er halblaut heraus.

»Was fragen? Sie reden von sexueller Dienstleistung?«

Er schnappt nach Luft, sucht an der Decke nach Beistand, bevor er fortfährt.

»Sehen Sie, die Preise für Zahnbehandlung sind ja exorbitant gestiegen. Das schafft doch keiner, jahrelang darauf zu sparen. Die Leute sind auf Naht genäht und haben nur noch Ruinen im Mund. Nur das Allerbilligste darf es sein. Das ist der eigentliche Skandal. Und ja – die Frau Fuhrer hat mir ein Angebot gemacht und ich bin darauf eingegangen. Mein Gott, ja! Ich hab sie nicht bedrängt. Es war für sie eine Möglichkeit, verstehen Sie, ohne sich zu erniedrigen oder zu betteln. Es war ihre Entscheidung. Tauschhandel.«

»Entschuldigung, ich kotz gleich.« Manchmal ist das nur ein Spruch, bei der Wiesner ein körperliches Gefühl. In seinen Augen liest sie nichts. Der scheint tatsächlich zu glauben, was er dahersagt. Samariter mit reiner Weste. Dankbar müsste ihm die Fuhrer sein für das Opfer, das er gebracht hat.

»Und der Wessold?«, will sie wissen.

Der Arzt kann nicht wissen, was sie ermittelt haben. Sie pokert ohne Blatt auf der Hand.

»Ja, dieser schmierige Typ war bei mir in der Praxis. Er hat gesagt, er würde es an die große Glocke hängen, wenn ich ihm nicht zehntausend Euro zahle. Lächerlich. Ich hab ihn rausgeworfen. Ich tue nichts Illegales, und niemand klagt mich an. Es ist eine Win-win-Situation.«

»Wegen dieser Win-win-Situation soll der Herr Fuhrer den Wessold erstochen haben.«

»Das tut mir leid. Das hab ich so nicht gewusst. Aber dafür trag ich natürlich keine Verantwortung. Jeder trifft seine eigenen Entscheidungen im Leben, oder?«

Die Wiesner schaut auf seine Hand mit dem Ehering. Er registriert ihren Blick.

»Hat der Wessold gedroht, zu Ihrer Frau zu gehen?«

»Es geht Sie zwar nichts an, aber wir führen eine offene Ehe. Sie können mit ihr sprechen.«

»Da brauch ich nicht Ihre Erlaubnis. Schauen'S, Herr Doktor Gruber, wie Sie gleich mitteilsam werden, nachdem ich ein bisserl gedroht habe. Ich glaub Ihnen nicht, dass der Wessold Sie so kaltgelassen hat.«

»Noch mal – ich hab mir nichts vorzuwerfen. War es das? Ich möchte meine Patienten nicht warten lassen.«

»Für heut schon.«

Sie dreht sich um und verlässt das penibel saubere Behandlungszimmer. Sie mag sich nicht vorstellen, wie Herr Doktor hier die Hosen herunterlässt.

Der Wessold ist ein Sauhund gewesen. Nach dem Rausschmiss beim Zahnarzt wird er die Fuhrer als Hure hingestellt haben. Woher hatte er das Wissen? Und hätte der Arzt ein Motiv gehabt? Wenn der Wessold ihm auf den Pelz rückt, durchaus. Vielleicht hat er auch bezahlt, und es hat ihm nichts genützt. Wenn sich der Wessold festgebissen hat, dann kriegst du ihn lebendig wohl nicht mehr los.

»Auf Wiederschaun«, zwitschert die freundliche Arzthelferin ihr Lied.

»Bestimmt«, säuselt die Wiesner zurück. Wer stellte in diesem Laden die Rechnungen aus? Sie wirft der Dame noch einen Blick zu, dann ist sie gottlob draußen. Der Herr Dentist lässt sich aus altruistischen Motiven seinen Bohrer lutschen und Schuld daran wäre die AOK. Den Tauschhandel hätte er im Bordell problemloser bekommen können. Aber das wäre wohl nicht der Kick, den jemand wie der Gruber benötigt.

Sie braucht frische Luft. Sofort. Sie braucht irgendetwas, irgendjemanden. Zuschlagen könnte sie jetzt, bis die Fingerknöchel blutig sind, um sich den Baltus Gruber wieder aus dem Hirn zu hauen. Sie weiß, der wird dort lange seinen Platz behaupten.

Frische Luft hat der Sandner im Überfluss. Er hat einen Moment gebraucht, bis er handeln konnte. Er hechelt wie ein Bernhardiner in der Sommerhitze. In seiner Vorstellung war kein Platz für dieses Szenario gewesen.

Wertvolle Sekunden hat er verloren, bevor er losgejoggt ist.

In seiner Jacke ist ein Halbwüchsiger gesteckt. Und der ist ums Hauseck verschwunden. Malefizbub.

Er sieht ihn nicht mehr. Seine Augen haben ihm keinen Streich gespielt. Er war sich sicher, dass es seine Jacke gewesen ist. Fast sicher. In die Pedale ist der Bub getreten, als wäre der Teufel hinter ihm her. Nahe an der Wahrheit.

Die Grünflächen sind entseelt. Nichts. Niemand. Er trabt noch ein wenig den Weg entlang, späht in jede Ritze. Als wäre Django in der Stadt. Schnell die Fensterläden zu und fort von der Straße. Nicht einmal jemanden zum Fragen kann er auftreiben. Am liebsten hätte er die Leut aus den Wohnungen gebrüllt. Antreten zum Appell und durchzählen! Hopp, hopp!

Zwischen orangefarbenen Häuserblöcken läuft er hin und her, bis ihm die Puste ausgeht. Herrschaftszeiten, der Bursch konnte sich doch nicht in Luft aufgelöst haben. Als wäre es ein Trugbild gewesen. Das Viertel macht ihn langsam, aber sicher mürbe wie einen alten Keks. Alles für die Katz!

Der Radler ist gestern sicher nicht in Ansis Spelunke gewesen. Höchstens fünfzehn mochte der sein. Das Kleidungsstück ist um ihn herumgeschlottert. Vogelscheuche auf zwei Rädern. Das beruhigt den Sandner kurzfristig. Wenn die Jacke jemand entsorgt hätte, dann mutmaßlich ohne den brisanten Tascheninhalt. Hoffnung sieht zwar anders aus, aber immerhin.

Er marschiert retour. Den Gestreiften hat er nicht zum letzten Mal heimgesucht. Vater und Sohnemann bekommen ein dickes Ausrufezeichen. Interessante Familie. Der Vater behauptet, der Fuhrer wäre unschuldig, sein Ableger ist Wessolds Hiwi gewesen. Da müsste er sich sehr täuschen, wenn die beiden nicht Licht ins Dunkel bringen könnten. Und wenn's nur Streichhölzer wären. Langsam wird ein Schuh daraus. Das Leder hat er schon vor sich. Nichtsdestotrotz hat er noch keinen Leisten. Und zum Thema Werkzeug ist sofort seine Dienstwaffe präsent. Wer knüpft gerade eine Beziehung zu Heckler & Koch? Und was, zum Kuckuck, würde er damit anstellen?

Vor dem Eingang zu seinem Domizil sieht er eine braun bezopfte Frau mit einem halbwüchsigen Mädchen diskutieren. Er erkennt das Duo wieder. Im ersten Stock wohnen sie. Protagonisten im Schauspiel um Slatkos Verhaftung, nebst brutaler Aktion des Sheriffs.

Die Frau greift jetzt nach der Steppweste des Mädchens. Wird ihre Tochter sein. Die reißt sich los und stapft wütend davon. Die Bezopfte ruft ihr irgendwas hinterher, was der Sandner nicht versteht.

»Verpiss dich doch«, plärrt das Madl. Sie läuft direkt auf den Sandner zu. Stämmige Figur, die kurzen dunkelbraunen Haare beinahe ganz unter einer Baseballmütze versteckt, vielleicht dreizehn oder vierzehn. Silberknopf auf der Oberlippe. Herausfordernd stemmt sie die Arme in die Hüfte und schnaubt wie ein Pferd auf der Weide.

»Ham Sie eine Zigarette?« Demonstrativ wirft sie ihrer Mutter einen Blick zu.

»Des tät deiner Mutter nicht gefallen, glaub ich.«

»Ach die – bitte.«

»Ich rauch nicht.«

Sie geht nicht weiter. Der Sandner auch nicht, und ihre Mutter bleibt am Eingang verwurzelt, die Arme verschränkt. Drei Standbilder.

»Schaut nach Ärger aus«, meint der Polizist zu den schwarzen Wolken, die sich am Himmel zusammenrotten.

»Ich brauch jetzt ne blöde Zigarette – kann ich mal Ihr Handy?

»Kein eigenes?«

Sie wirft wieder ihrer Mutter einen Blick zu. »Kein Guthaben.«

Der Sandner zieht sein Mobilteil aus der Tasche. »Aber kurz.«

Erster Einsatz für Hartingers Geheimkarte.

Es wird kurz. »Wo bist du, Malaga? Mama gibt mir kein Geld. Ich geh Sendlinger Tor. Komm da hin. In ner halben Stunde.« Sie reicht ihm sein Teil zurück.

»Danke.«

»Schon okay.«

Tränen hat sie in den Augen. Sie schaut erneut zurück zu ihrer Mutter. Der ganze Trotz und die Hilflosigkeit liegen in diesem Blick. Das Madl gehört einfach in den Arm genommen.

Das redet sich leicht. Dem Polizist kommt seine Tochter, die Sanne, in den Sinn. Nein – die ist mit dreizehn nicht herumgestanden und hat wildfremde Männer um eine Kippe angehauen. Da hat sie noch mit Lego gebaut – oder verklärt er gerade die Vergangenheit? Wahrscheinlich. Es ist hoch hergegangen mit Wutausbrüchen und Pipapo. Eigensinnig und mit zähem Willen ausgestattet ist die Sanne dahergekommen. Von wem sie das wohl hatte? Aufeinandergeprallt sind sie mit ihren Hörnern wie rangelnde Schafsböcke im Frühling.

Aber dem Madl hier stehlen sie gerade die Kindheit. Und du kannst dafür niemanden auf die Finger klopfen. Weil – der Dieb ist geschickt und schleicht sich überall ein. Wenn du dir als Kind Sorgen machen musst, was auf den Tisch kommt, wo das Geld bleibt und wo du morgen wohnen wirst, da scheißt du irgendwann auf die Puppen und Legosteine. Wenn es welche gäbe. Und da ist keiner und sagt: Ich kümmere mich schon – und macht die Tür zu, dass von draußen nicht jeder reinschauen kann, die Zähne fletschen und die Träume zerbeißen. Kein Wunder, wenn alle um dich strampeln und rudern, damit sie nicht untergehen. Das Wasser steht eh immer bis zum Kinn. Wenn sie dir die Verantwortung auf den Buckel schnallen wollen, kannst du das Kind in dir zu Grabe tragen und die Frau geben.

»Da ist einer rumgeradelt vorhin, mit schwarzer Jacke – kennst du den?« Nachdem er ihr sein Handy geliehen hat, wird's Zeit für die Gegenleistung.

Irritiert streicht sie sich eine widerspenstige Strähne aus der Stirn.

»Wieso – was wollen Sie von dem?« Ihr Blick wird misstrauisch, die kajalumrandeten Augen schmal.

»Den muss ich was fragen. Dringend.«

»Was fragen, okay. Sie meinen, glaub ich, Aktan.«

»Aktan? Wie noch?«

»Yilmaz oder Yilmiz oder so ähnlich. Keine Ahnung. Aber der ist ein Assi. Das Rad war bestimmt geklaut. Voll hässlich ist der. Sonst noch was?«

Der Sandner schüttelt den Kopf.

Weg ist sie. Kleine, schnelle Schritte, den Kopf hochgereckt. Ihre Energie hatten sie ihr noch nicht ausgetrieben.

Der Sandner ist stumm geblieben. Keine Belehrung. Besser so. Weil sie nur eine Art Männer kennt. Männer, die nie das Kind sehen. Ihre Antworten hätten die Hilflosigkeit herausgekitzelt und die Leere – weil's immer so weitergeht, immer jemand nachkommt und er immer hineinpacken muss in die Scheiße.

Sein Blick fällt auf die geparkten Kinderwagen.

Er schlendert, Hände in den Hosentaschen, auf die Frau zu, die immer noch am Platz verharrt. Sie holt ein Päckchen Zigaretten hervor und zündet sich eine an.

»Von mir aus hätten sie geben können«, sagt sie und versucht ein Lächeln. »Mir egal. Der kann ich nicht verbieten. Macht, was sie will.« Vielleicht ist das besser, als wenn sie täte, was sie soll. Aber das sagt der Sandner nicht.

»Ihr Mann hat Probleme, oder?«, fragt er stattdessen in die Rauchwolke hinein, die sie einhüllt.

»Ist nicht mehr mein Mann, geht niemanden was an.«

Sie dreht sich von ihm weg.

»Der Polizist, der Kastelmeyer, macht der das öfter so?«

Ein heftiger Zug von der Zigarette, es scheint die letzte erhältliche auf der Welt zu sein. Als wenn ein eisiger Wind durch die Wohnanlage fahren würde, zieht es ihren Körper zusammen.

»Ich hab gesagt – ist egal. Hören Sie auf zu fragen. Niemand legt sich mit dem an. Der macht, was er will. Der ist Arschloch – und ist Polizei.«

Sie wirft die Kippe ins Gebüsch und verschwindet im Haus. Das muss nicht zwingend einhergehen, hätte ihr der Sandner gern erwidert. Aber mutmaßlich ist er auch ein polizeiliches Arschloch – zumindest Unruhestifter.

Der Indianer ist ausgeritten – vielleicht Kriegspfad – und der Sandner setzt sich an den Küchentisch und kaut gedankenverloren an einem Schokoriegel. Dann ruft er die Wiesner an.

»Wie sieht's mit unseren sozialen Dienstleistern aus?«, will er wissen. Dass der Hartinger keine neuen Erkenntnisse mitgebracht hätte, erfährt er. Und die News vom Zahnarzt.

»Alles nicht prickelnd. Da müssen wir noch ein Schauferl zulegen. Dampf machen. Ich müsste ein paar Türen aufbrechen«, resümiert er.

»Hast du dich ausgesperrt?«

»Ja, so fühlt sich das an, Sandra.«

»Ich hab grad mit der größten Drecksau im Gau gesprochen. Ich muss jetzt duschen, von innen.«

»Trink einen Schnaps für mich mit.«

»Was ist das bloß für eine dreckige Geschichte?«

»Das ist doch immer so, wenn man nur tief genug wühlt. Ein gutes Zeichen.«

»Wenn das dein Optimismus ist, möchte ich nicht wissen ...«

»Pscht – frag nicht.«

Jetzt erzählt ihr der Sandner in einem Nebensatz von seiner verfluchten Jacke samt gefährlichem Inhalt. Er muss es loswerden. Reinen Tisch machen. Mit der Waffengeschichte im Hinterkopf kann er nicht über den Fall diskutieren, als wäre es alltägliches Geschäft. Es ist zu seinem persönlichen Geschäft geworden, und mit etwas Pech wartet auf ihn schon der Konkurs.

Einen Moment lang ist Schweigen in der Leitung. Nur den

schnellen Atem seiner Kollegin kann er hören. Er gibt ihr Zeit, die Dimension des Gesagten zu verarbeiten. Worst Case, Alarmstufe Rot.

»Dank schön, Sandner.« Ihr Tonfall klingt zynisch. Seine Entscheidung hätte er ja schon getroffen. So oder so. Wenn er es nicht melden würde, hätte sie es auch nicht erfahren wollen. Was sie denn jetzt mit dem Schmarrn tun solle? Ob sie seine persönliche Telefonseelsorge wäre? Er solle sich ein eigenes Gewissen zulegen, nicht immer das von anderen ausborgen. Ihr Beichtstuhl wäre gerade in Reparatur.

Sie hat recht. Auch wenn dem Sandner das nicht schmeckt. Er schaut sein Handy an, wie sie das Gespräch plötzlich beendet hat, als ob es noch eine alternative Antwort verborgen hielte. Gerade so wie die Leute in der U-Bahn, denen ohne die winzigen Displays vor der Nase ihr Leben wie in Schwarz-Weiß vorkommen würde. Vielleicht könnte sein Handy doch eine Antwort generieren.

Er ruft den Jonny an und erzählt ihm, dass seine Jacke gestohlen worden ist. Einzelheiten erspart er sich und dem jungen Beamten. Der Name des Burschen, der sie ihm gerade vorbeiradelnd präsentiert hatte, wäre ihm bekannt. Dazu hätte er gern die Adresse. Dass er sich in einer halben Stunde wieder melden würde, bekommt er zur Antwort. Der Jonny stellt keine unnötigen Fragen.

Hunger meldet sich an. Er könnte erforschen, was der Indianer im Kühlschrank gehortet hat, entschließt sich aber für legalen Erwerb von Nahrungsmitteln beim kleinen Lebensmitteltandler. Er muss nachdenken. Gastwirtschaft kommt aktuell nicht infrage.

Es ist nicht weit. Nur ein paar Schritte. Kaum zwanzig Meter vor dem Haus soll die Tat passiert sein. Von den Fenstern aus möglicherweise sichtbar, trotz Dunkelheit. Zumindest Schemen. Spätestens, wenn jemand zur Haustür geeilt wäre, könnte man ihn erkennen. Ob der Wessold noch Zeit zu schreien hatte? Kein Zeuge hatte sich gemeldet. Schweigen im Walde. Der gesamte Block will im Wohnzimmer vor der Glotze gehockt haben oder war längst im seligen Schlummer. Große Wahrscheinlichkeit. Nach vorne raus gingen nur die Küchen – und Toilettenfenster. Nicht einer war zur Tatzeit auf dem Scheißhaus.

Der Sandner betrachtet das Rasenstück vor sich. Hier ist der Wessold verblutet. Das struppige Grün gibt ihm keine Antwort. Kurze gedankliche Rekonstruktion:

Das Opfer hatscht also fröhlich pfeifend hier entlang. Der Fuhrer erscheint auf der Bildfläche und stellt den Mann zur Rede. So sprichst du nicht über meine Frau, du Sauhund und blablabla. Kreative beidseitige Beschimpfungen. Sie fangen an zu raufen. Leichtes Spiel dürfte der Ganove mit dem Betrunkenen gehabt haben. Er hatte kaum Alkohol im Blut, der Fuhrer zwei Promille. Er schlägt also zu. Der Fuhrer zieht das Messer. Nein, unwahrscheinlich. Wo soll er das gehabt haben? In der Jackentasche, schon in der Hand? Ein Trumm von einem Tranchiermesser. Wenn er damit auf seinen Gegner zugegangen wäre – der hätte sich schön bedankt. Dem wären die Augen aus dem Schädel gepurzelt, und dann hätte er die Beine in die Hand genommen, um kein Aufschnitt zu werden. Unwillkürlich denkt der Sandner an Bierschinken. Naheliegende Assoziation.

Noch einmal: Der Wessold schlendert vorbei. Der besoffene Fuhrer kommt auf ihn zu und stößt ihm das Messer ins Herz. Ratzfatz. Ohne Ansage. Warum nicht von hinten? Weil der Wessold ein Geräusch hört und sich umdreht? Möglich. Wo soll sich der Fuhrer versteckt haben? Im Gebüsch? Und dann ist er mit zwei Promille auf den Wessold losgehechtet wie Kung Fu Panda? Neue Version: Fuhrer und Wessold kämpfen. Sind abgelenkt. Der Meuchelmörder schleicht heran. Zack und zack fährt das Messer …

»Was machst du da?« Der Knirps mochte drei oder vier sein. Er steht direkt neben ihm.

Der Sandner fährt zusammen. Mörder spielen, was sonst? Er war eingetaucht ins Geschehen, kleines Tänzchen über den Rasen. Sein ausgestreckter Arm hält eine imaginäre Klinge. Gerade hat er den Wessold abgemetzelt. Einfache Übung. Könnte ein jeder, wenn es darauf ankommt. Auch er war abgelenkt, und der Kurze ist plötzlich neben ihm gestanden.

Der Zwerg streckt den Arm aus, versucht, ihn zu imitieren. Dann geht er nahtlos zu einem Karatekampf mit Händen und Füßen gegen unsichtbare Gegner über. »Huh« und »Hah«.

Ein alter Zausel kommt hinzugeschlürft, offenbar der Großvater. Einen schwarzen Adidas-Trainingsanzug trägt er, die spärlichen grauen Haare streng nach hinten gegelt. Er mustert den Polizisten von oben bis unten. Die Lippen zusammengekniffen, die Brauen zu einem Strich gezogen. Kurzsichtigkeit oder das personifizierte Misstrauen. Recht hat er. Der Sandner lässt den Arm sinken.

»Lass den Mann in Ruhe, Kevin. Komm her«, befiehlt der Alte.

»Tai Chi«, erklärt der Polizist mit einem gewinnenden Lächeln in dessen Richtung.

»Deitschi macht der Mann«, erklärt der Kleine seinem Opa mit ernster Miene. Der scheint wenig dankbar über die Aufklärung. Der Bub wird an der Hand gepackt und weggezerrt.

»Ich will zuschauen beim Deitschimachen«, quengelt der Zwerg.

Der Alte bleibt stur. »Gemma zum Spielplatz«, verkündet er und schafft das Kind aus Sandners Reichweite. Schnelle Schritte. Keine Diskussion. Den Kleinen hat er am Arm hochgerissen, sodass dessen Füße den Boden nicht mehr berühren. »Deitschi« klingt nicht gut. Hört sich nach Krankheit an. So wie starker Schnupfen. Oder irgendwas am Kopf. Die Variante ist naheliegend.

Die Zwei drehen sich nicht mehr um. Schon bald springt der Kleine fröhlich an der Seite seines Großvaters dahin.

Heitschi bumbeitschi, was raschelt im Gestrüpp? Die Version mit einem unbekannten Täter setzt sich gerade beim Ermittler fest. Mit der könnte er warm werden.

Der Sandner verlässt den Tatort. Essen fassen.

Warm ist es auch in Brauners Obermenzinger Stube. Wie beim Topfschlagen. Ob es heiß wird, ist die Frage. Die Entführer hatten sich gemeldet. Der Jonny ist ganz aus dem Häuschen, spielt die Stimme immer wieder ab.

Die Wiesner setzt sich schweigend dazu. Nachdem im Hause Brauner offenbar wichtige Fakten vorliegen würden, ist sie sofort nach Obermenzing geprescht. Rekordzeit. Unter zwanzig Minuten. Ihr junger Kollege hat sich angehört, als wenn die Aufklärung des Falles nun unmittelbar bevorstünde.

Jetzt sitzt sie mit den beiden Hausbewohnern in der Stube. Die Möbel glänzen, die Luft ist frisch. Der Jonny scheint ein dienstbarer Geist zu sein. Vielleicht sollte sie ihn sich einmal ausborgen, zum Fensterputzen.

Erwartungsvolle Blicke ruhen auf ihr. Und? Kaffee bekommt sie kredenzt. Ein Schokoladenkeks liegt auf der geblümten Untertasse.

»Was Neues?«, hören sie sich siebzehn Mal an.

Sonst nichts. Zwei lausige Wörter.

Die beiden Männer beobachten ihre Reaktion. Sie trinkt einen Schluck Kaffee, knabbert am Gebäck. Langsamer, als sie müsste. Behutsam stellt sie danach die Tasse auf das Tellerchen. Schaut von einem zum anderen.

»Ausbaufähig«, formuliert sie schließlich einfühlsam. »Da wär noch ein bisserl Luft nach oben.«

»Ja, aber wenigstens haben wir seine Stimme«, beharrt der Jonny, vom eifrigen Nicken des Oberstaatsanwaltes sekundiert.

Wenn das als Erkenntnisgewinn durchgeht, sollte sie in ihrem Kaffeesatz die fehlenden Informationen locker herauslesen. Der Brauner hatte dem Entführer erklärt, dass er ein Lebenszeichen von seiner Mutter wolle und die Ermittlungen im Fall Fuhrer auf Hochtour liefen. Er hat noch ergänzt, selbst wenn seine Mutter jetzt freikäme, würden sie aufgrund von Zweifeln an Fuhrers Schuld weiterermitteln. Aber der Unbekannte hatte aufgelegt.

Entführungsfälle in den Fernsehkrimis werden zu hundert

Prozent mithilfe der Hintergrundgeräusche aufgeklärt. Die reale Verbrecherbagage ist in der Regel zu gewieft, solch mangelhaftes Handwerk abzuliefern. Darfst du dich ja nicht mehr blicken lassen im Gewerbe. Selbst bei der Polizei wäre es sonst ein Fall von Fremdschämen. Die Sender haben ihren Bildungsanspruch zu verwirklichen, wozu zahlte man sonst Gebühren. An Nachverfolgung war nicht zu denken. Nur diese zwei Wörter. Mutmaßlich ein Mann, dessen Muttersprache Deutsch ist. Was Neues? Ob die forensischen Phonetiker ihnen zumindest das Alter eingrenzen könnten? Sie erwartet kein opulentes Täterprofil. Dass er gerne Hendl isst, graue Sakkos trägt, Goldinlays bevorzugt und in Petershausen in der Grundschule war, wird nicht im Bericht stehen. Der Jonny wird sich auf den Weg zum Spezialisten machen. Persönlich dafür sorgen soll er, um Geschwindigkeit hineinzubringen. Der Auslauf wird ihm guttun. Er ist schon halb bei der Tür hinaus, da scheint ihm noch etwas einzufallen.

»Horch, Sandra, dein Zahnarzt lebt mit seiner Tusnelda und seiner Mutter im Haus. Die wären bestimmt nicht erbaut von seinen befriedigenden Behandlungsmethoden – oder was meinst du?«

»Nicht schlecht, Jonny.«

»Der Höhepunkt meiner Karriere. Das hör ich schon zum zweiten Mal!«

»Bild dir nix ein, vielleicht werd ich bloß dement.«

Die Tür fällt hinter ihm ins Schloss.

Die Erwähnung des Zahnarztes hat der Wiesner kurz den Puls beschleunigt. Sie atmet durch. Keine Zeit für Selbstbetrachtungen. Brauners zusammengesunkene Gestalt zeigt ihr dessen Innenleben. Sie ist sich nicht sicher, ob sie ihn hier alleine hocken lassen sollte. Er ist eine Kämpfernatur. Gerade die sind anfällig, wenn ein Schlag kommt, den sie nicht haben sehen können. Das bringt alles ins Wanken. Unschlüssig steht sie im Wohnzimmer herum.

»Haben Sie schon was gegessen, heut?«, will sie von ihm wissen.

Er wirft ihr einen Blick zu, als hätte sie sich das Gewand vom Leib gerissen, um sich selbst als Mahlzeit anzubieten.

»Ich freß mich zam, während meine Mutter verreckt? Könnten Sie das?«

»Das nützt ihr nix, wenn Sie zusammenklappen.« Worte. Es sind nutzlose Buchstabenreihen, die für ihn keine Bedeutung haben.

Sie merkt es, sobald der Satz die Luft zum Scheppern bringt. Das Einzige, was zählt, sind Handlungen. Deswegen wird sie jetzt dem Anhang des Zahnarztes einen Besuch abstatten. Das hilft dem Brauner mehr, als wenn sie sich mit Händchenhalten beschäftigt. Er wird nicht gleich verhungern. So schnell fällt man nicht vom Stangerl, auch wenn er keine Frau ist.

Handeln ist auch das, was der Sandner vorhat. Von Verhungern ist bei ihm nicht die Rede. Zwei einverleibte Käsesemmeln später treibt es ihn wieder auf die Straße. Interessant – der erste Discounter, wo du acht verschiedene Sorten Schnaps im Regal an der Kasse findest. Nachfrage bestimmt das Angebot. Mit Backwaren hat es eher rar ausgesehen.

Der Jonny hat ihm die Adresse des Jackenträgers gesendet. Es ist nur ums Eck. Alles scheint man hier fußläufig zu erreichen. Kleine Welt. Über ein Rasenstück kürzt er ab. Leichter Nieselregen setzt ein. Passend zu Sandners Stimmung.

Das Haus gehört zu einem neu renovierten Ensemble, mit stählernen Türrahmen und aufgepeppten Balkonen. Kükengelbe Fassade, der Klingelkasten chromglänzend. Yilmaz. Auf sein Läuten wird ihm mit Verzögerung geöffnet. Erdgeschoss. Wenigstens etwas.

Eine Frau lehnt im Türrahmen. In ihrem schwarzen Haar sind graue Strähnen eingewirkt, ihre Finger sind mit diversen Goldringen geschmückt. Sie dürfte in seinem Alter sein. Hinter ihr kann der Sandner Umzugskartons erkennen, die sich im Flur aufstapeln. Die Familie will offenbar das Domizil wechseln.

»Ja was?«, will sie wissen. Ihre Kiefer zermahlen einen Kaugummi, auf der Stirn manifestieren sich Dackelfalten. Die Hände in den Hüften mustert sie ihn von oben bis unten. Was sie sieht, bietet offenbar keine Anregung für freundliche Konversation. Das ergänzt sich mit Sandners Bedürfnissen. Er ist nicht gekommen, um übers Herbstwetter zu plaudern. Wobei es ihm gut gelingt, eine Gewitterwolke mimisch darzustellen.

Der Jonny hat ihm ein Bild des feinen Herrn Yilmaz gesendet. Der Sandner hat ihn gleich wiedererkannt. Ziemlich nahe bei ihm ist er gesessen beim Ansi, eine Flasche Pils in der Hand. Schwarze Lederjacke, Igelschnitt, ausgefallener Ring mit blauem Stein. Es ist der düstere Gesprächspartner des besoffenen Wiesels gewesen. Kein Zweifel. Vielleicht ist es sogar eine abgekartete Sache gewesen, wer weiß? Was hatte der Vinzent in der Kneipe noch gemeint? Sogar hier herin wären die Sauhunde, und dabei hat er am Polizisten vorbeigeschielt. Hatte er vom Yilmaz gesprochen? Die Kneipenszenerie wird an Sandners innerer Staffelei gepinselt, Strich um Strich. Alles fügt sich. Seines Zeichens kein Unbekannter, der geschickte Jackendieb. Körperverletzung, Betäubungsmittelmissbrauch, die ganze Palette. Allerdings – seit sechs Jahren scheint er sich besonnen zu haben. Kein aktueller Eintrag, ganz im Gegensatz zum Sohnemann. Der steht am Anfang einer interessanten Karriere. Schulbesuch ist dabei eher hinderlich. Anderen ordentlich die Knochen neu zu sortieren hat ihm sein Vater in die Wiege gelegt – statt der Rassel. Die wandelnde Arbeitsbeschaffungsmaßnahme fürs Orthopädenhandwerk.

Der Jonny hat dem Sandner sogar eine mögliche Erklärung mitgeliefert, warum der Filius des Yilmaz seine Jacke spazieren trägt. Erst gestern Abend ist er in eine Rauferei beim Burger-Tandler am Stachus verwickelt gewesen. Unentschieden, mit ein paar leichteren Blessuren bei den Beteiligten – sagt das Protokoll vom Polizeieinsatz. Da wird dem Burschen jemand das windige Jackerl zerfetzt oder beschmutzt haben. Vielleicht hat auch wer ein fettiges Fleischpflanzerl draufgespien – wäre kein Fehler, wenn du das nicht bei dir behalten magst. Irgendwie hat sich der arme Bub ja heute den Regen vom Leib halten müssen. Und da ein geeignetes hochwertiges Kleidungsstück rumgeflackt ist im Hause Yilmaz, hat er halt zugegriffen. Ganz der Vater. Gut, dass er sich nicht verkühlt, der Bub.

Seine Erziehungsberechtigte trägt einen grauen Everlast-Jogginganzug. Einen Moment hat der Sandner das Gefühl, die ganze Familie bediene sich großzügig aus seinem Klamottenfundus. Zumindest die gleichen Vorlieben.

»Ich muss mit Herrn Yilmaz reden«, vermittelt er der Frau.

»Der ist nicht da.« Damit ist für sie das Gespräch beendet. Sie will die Tür wieder schließen.

Der Sandner spürt, wie ihm heiß wird. Der Ärger kommt ihn besuchen. Gerade ein willkommener Gast, falls er sich an die Spielregeln hält. Manchmal ein wenig übermütig. Einen Fuß stellt er in die Tür. Sein Gesicht kommt dem ihren zum Zubeißen nahe. Er gibt das lauernde Raubtier zum Besten. Dafür muss er sich nicht verstellen.

Ihr Parfüm ist süßlich. Irgendeine Patschulimischung, die jedes Veilchen sofort verblühen ließe vor Neid.

»Was soll das?« Jetzt ist Frau Yilmaz nervös. Das sollte sie auch sein. Die Kaumuskeln arbeiten im Akkord. Über der Nasenwurzel zeigt sich ein eingekerbtes V. Eindeutiges Signal. V wie verpiss dich!

»Bist du taub, er ist nicht da.«

»Wann kommt er wieder?«

»Weiß nicht – kann dauern.«

»Wo find ich ihn?«

»Weiß nicht.«

»Handynummer?«

Sie zögert. Seinen finstersten Blick hat er ausgegraben. Hauptsache, es taucht niemand im Hausgang auf, der Beschützerqualität beweisen will.

»Polizei oder was?«, will sie wissen. »Ich muss gar nichts …«

»Schau ich so aus? Hopp, die Handynummer!« Sein Knurren kommt von tief unten. Dort, wo der Ärger im Käfig lauert. Die Tür steht offen. Shir Kan, dem Tiger, verlangt es nach einer Antwort.

Sie diktiert ihm eine Nummer.

»Sag ihm, es geht um eine Jacke, samt Inhalt«, herrscht sie der Polizist an, »und ich komm wieder.«

»Meinst du, er hat Angst vor dir? Der macht dich fertig, du Hurensohn.«

»Kann er gern probieren.«

Es geht nichts über klare Verhältnisse und direkte Sprache. So gehst du dem gängigen Phänomen der Missverständnisse aus dem Weg. Der Sandner kann damit umgehen. Das ist ihm lieber als Zeitgenossen, die sich einen Knoten in die Zunge quatschen, um jede Unfreundlichkeit in Geschenkpapier zu wickeln. Denen darfst du nie den Rücken zudrehen.

Die Frau stemmt sich urplötzlich gegen die Tür, aber er hat seinen Fuß genauso schnell herausgezogen. Der Knall sorgt für Widerhall im Hausflur. Von oben rieselt Staub auf Sandners Haupt. Keine Asche. Nachdem er ihren Angaben nicht traut, wirft er einen Zettel mit seiner aktuellen Kummernummer auf den Welcome-Fußabstreifer, bevor er sich wieder schleicht. Sie wird ihn für ihren Mann aufbewahren. Enttäuschung und Wut rangeln um den besten Platz in seinem Schädel. Wer, glaubt der Kerl, dass er wäre? Die große Nummer? Wenn der Sandner mit ihm fertig wäre, käme er einstellig daher. Er hätte sich überlegen sollen, wen er beklaut. Zu fürchten bräuchte er sich nicht, der saubere Herr Yilmaz. Schließlich dürfte er aktuell erstklassig bewaffnet sein.

Der Sandner wählt die Nummer, die ihm dessen Eheweib diktiert hat. Mailbox.

»Ruf zurück, Yilmaz«, knurrt der Polizist. »Ich will meine Jacke wieder. Und zwar samt Inhalt – sonst bist du fällig.«

Klare Ansage. Der Monolog hat ihn etwas erleichtert.

Warum nimmt der Kerl das Risiko auf sich, dem Sandner die

Jacke zu stibitzen? Wohl nicht, weil dem Sohnemann die Klamotten ausgegangen sind. Wegen der Brieftasche? Er hatte sich nach dem Fuhrer und den Geschäften vom Wessold erkundigt. Laut genug. Entweder große Geldnot oder der Yilmaz wollte wissen, wer er war, und ist unauffällig mit der Jacke verschwunden, weil er gehofft hatte, einen Anhaltspunkt zu finden. Zum Beispiel eine Brieftasche mit Ausweis darin. Eine andere Erklärung hat der Sandner nicht. Stattdessen findet der Mann eine Pistole. So eine Freude. Welchen Reim er sich wohl darauf macht? Seit sechs Jahren ist er also unbescholten, die Weste weiß wie eine Engelsschwinge – und dann macht er sich die Mühe, eine Jacke mitgehen zu lassen?

Seine Perle scheint jedenfalls Kalamitäten aller Art gewohnt zu sein. Herrschaftszeiten – und wo ist der Sinn, wo ist ein Funken an Erkenntnis?

Gedankenverloren schlendert er den Weg zurück zu Chingachgooks Behausung.

Zurück im Wigwam macht sich der Sandner daran, eine Liste zu erstellen. Da wären der Gestreifte, der an Fuhrers Unschuld glaubt, Yilmaz, der ihm mir nichts, dir nichts die Jacke klaut, ein Polizist, der sich aufführt wie die Axt im Wald, ein sexbesessener Zahnarzt, die Frau Fuhrer, der Vinzent, der alles zu wissen scheint, der seelsorgende Wirt, die rot gesträhnte Damenriege und der erstochene Wessold ohne Wohnungsschlüssel. Pfeile und Striche malt er dazu, bis das Ganze aussieht wie das Schnittmuster eines Narrenkostüms. Das könnte er jetzt gleich zusammenfieseln und überziehen. Stünde ihm ausgezeichnet. Er knüllt das Blatt zusammen und feuert es grantig in die Ecke. Wenn der Abend nicht einträglicher wäre, würde er seinen Auftritt beenden. Die Gage ist erbärmlich – vom Publikum ganz zu schweigen. Dem Brauner unter die Augen zu treten, um ihm mitzuteilen, dass seine Taschen leer geblieben sind, wäre keine leichte Aufgabe. Sie würden zumindest den Gestreiften vorladen, Yilmaz verhaften und die Dienstwaffe sicherstellen. Am besten gleich eine Fahndung nach ihm starten, ohne viel Federlesen. So hat er sich das nicht vorgestellt. Ganz und gar nicht. Aber manchmal schnippst du nur einen Kiesel ins Wasser und ganz unten in der Tiefe erwacht der gefräßige Leviathan, weil es an der Zeit ist. Und der macht sich auf den Weg.

Die Wiesner ist auch auf dem Weg. Ins Planegger Villenviertel, mitten hinein in den Münchner Speckgürtel. Dorthin, wo die Wiesen fleißig begärtnert und gestriegelt werden und du in den abgestellten Autos als Kleinfamilie locker wohnen könntest. Allerweil luxuriöser als die Wohnwaben, in die Existenzminimalisten gestapelt werden. Eine Eule hat Planegg im stolzen Wappen. Das könnte sich der Doktor Gruber an die Praxistür nageln. Dass die Viecher die Ansitzjagd bevorzugen, passt perfekt zu ihm. Warten und auf die Beute lauern, falls die so unvorsichtig ist, einen Termin in seiner Praxis auszumachen. Und dann reinkrallen ins Fleisch. Bei der Wiesner sorgt der Gedanke für Gänsehaut.

Warum sie sich in den Zahnarzt verbissen hat, da steht die Logik vor einer weißen Wand. Mit dessen Mutter in Planegg hat sie telefoniert und ihren Besuch angekündigt. Die war überrascht gewesen, besonders, da die Polizistin klargemacht hatte, im Umfeld eines Mordes zu ermitteln. Sie wird es ihrem Sohn bestimmt aufs Brot geschmiert haben. Vielleicht fiebert bereits der familieneigene Anwalt seinem Auftritt entgegen.

Das zweigeschossige Haus der Grubers bietet keine Überraschung. An anderer Stelle im Ort könnte man es als Anwesen bezeichnen, am Ortsrand ist es Gleiches unter Gleichen. Sie läutet am Eisenportal, beantwortet brav die »Ja bitte?«-Frage aus dem Lautsprecher, und das Tor gleitet gut geschmiert zur Seite. Sie braucht circa einen Liter Benzin, bis sie hausnah den Wagen abstellen kann, und bekommt dabei botanisch Anspruchsvolles kredenzt. Insel Mainau en miniature.

Die Hausherrin erwartet sie auf der Treppe, die zur Haustür

führt. In weißer Röhrenhose und Tennisschuhen. Im Gesicht dominieren harte, strenge Züge, als hätte sie den weizenblonden Haarzopf zu fest geschnürt. Ein altersloses Rundumpaket, das ihr da faltenlos entgegenlächelt.

Nach der Begrüßung führt sie die Gastgeberin ins Innere.

Die Ausstattung entspricht den Erwartungen der Ermittlerin. Wahrscheinlich vom Innenarchitekten gepimpt, bis die Nachbarn sich geißeln vor Neid. Natürlich Toskana-Flair. Lauwarme Farben. Keine geschmacklichen Ausreißer. Massive Hölzer. Alles vorhanden, um feinen Sinn zur Schau zu stellen. Exotische Masken und impressionistische Gemälde buhlen um Aufmerksamkeit. Sogar eine Cranachkopie auf hölzerner Tafel. Ein Altarbild, die Muttergottes samt Baby im Arm lächelt den Betrachter selig an.

Im Wohnraum dominiert Weiß. Vielleicht ist es nur ein Wartezimmer für unbedeutende Besucher. In einer Vitrine gibt es chinesisches Porzellan, daneben einen zwei Meter in die Höhe ragenden versteinerten Baumstamm zu bestaunen. Der Wiesner wird kalt. Als stünde sie in einer Gruft. Nichts Anheimelndes ist hier zu Hause, dem Gebäude wurde das Messer in die Eingeweide gestoßen. Hier ist nichts mehr lebendig.

Frau Gruber steuert eine lederbezogene Sitzlandschaft an und weist mit einladender Geste auf einen der Sessel. Gegenüber lässt sie sich nieder. Den Rücken gerade wie der fossile Stamm, der Kopf deutet eine leichte Schräge an, ganz Aufmerksamkeit. Gelernt ist gelernt, die Etikette scheint ihre Bibel zu sein. Sie befüllt zwei grazile Designertassen mit grünem Tee.

»Ich bin völlig ahnungslos, wie ich Ihnen weiterhelfen könnte«, sagt sie.

Wissen Sie, dass Ihr Sohn seine Praxis nutzt, um schlecht situierte Patientinnen zu Sexspielen zu nötigen? Das fragt sie die Wiesner nicht – aber sie fragt es sich. Ihrem Gegenüber wäre das wahrscheinlich keinen Gedanken wert – solange niemand darüber tuschelt. Ihr lieber Baltus hätte halt einen Hang zur Exzentrik. Liebenswerte Marotte. Wen kümmert es?

»Sie leben hier mit ...?«

»Mein Mann ist vor drei Jahren verstorben. Mein Sohn und meine Schwiegertochter bewohnen das Erdgeschoss. Warum ist das für Ihre Ermittlungen von Bedeutung?«

»Sehen Sie, eine der Patientinnen Ihres Sohnes ist in einen Mord verwickelt, und wir gehen allen Verbindungen nach – das müssen wir. Routine.«

»Ich verstehe – aber Sie haben doch schon mit meinem Sohn gesprochen.«

»Ja. Es geht hier um ein zwielichtiges Milieu. Sie sind wohlhabend. Vielleicht hat sich hier einmal jemand herumgetrieben, war auf dem Grundstück? Irgendetwas Auffälliges?«

Die Frau nippt an der Teetasse, erweckt den Anschein, über die Frage nachzudenken.

»Nein, nicht dass ich wüsste. Wollte jemand meinen Sohn erpressen?«

»Könnte das denn jemand?«

»Natürlich nicht, aber Sie sprachen von zwielichtigem Milieu. Ich habe nie verstanden, warum mein Sohn in dieser Gegend seine Praxis eröffnen wollte. Er hätte andere Möglichkeiten gehabt. Mama, diese Leute brauchen auch die beste Behandlung, so ist sein Credo. Ich hoffe, dass daraus jetzt keine Schwierigkeiten entstehen.«

»Schwierigkeiten?« Die Wiesner lehnt sich zurück und mustert ihr Gegenüber. Der Begriff »diese Leute« ließe vermuten, der Gruber wäre eine dentistische Mutter Teresa in den Slums von Mumbai. Als solche kann er sich auf den Cocktailabenden hier generieren. Der aufopferungsvolle Sohnemann behandelt die armen Zahnkranken. Kurz vor der Seligsprechung, der Mann. Nur noch ein Wunder vollbringen müsste er. Wurzelbehandlung durch Handauflegen oder so.

Von draußen sind Schritte zu hören. Spitze Absätze auf Parkett. Dann öffnet sich die Tür einen Spalt.

»Komm rein, Madlen.«

»Ich wollte nicht stören.«

»Frau Oberkommissarin Wiesner – meine Schwiegertochter, Madlen Gruber.«

Der Sandner wird auf üppig hergezüchtete Pflanzenwelt verzichten müssen. Dem Vater des ermordeten Wessold will er einen Besuch abstatten. Einen Eindruck will er sich verschaffen, vom Ermordeten. Einmal nicht mit einem seiner zahlreichen Feinde reden. Bis jetzt hat er den Toten nur als Strichmännchen präsent, eindimensional. Das reicht ihm nicht. Der alte Wessold wohnt im Hasenbergl. Der Stadtteil kommt nicht als Blumenwiese daher. Früher haben sie hier auf einem Lehmhügel die kurfürstlichen Hasen herangezüchtet, als Flintenfutter für die Jagdgesellschaft. Heute hoppelt nichts mehr mit langen Löffeln umher. Höchstens infolge falscher Erziehungsmaßnahmen. Von goldenen Löffeln ganz zu schweigen. Auch im Hasenbergl zeigt sich, dass immer nur die Leut den Gürtel enger schnallen sollen, der ihnen längst vom Leben um die Ohren gezurrt wird. Im nahe liegenden Naturschutzgebiet Panzerwiese hat mancher ein Gemüsebeet angelegt, für den Mittagstisch. Mit viel Glück, Geduld und Schlinge gäbe es Rebhuhn dazu.

Weit hat der Sandner nicht fahren müssen. Eine Station mit der U-Bahn und dann mit dem 60er-Bus hoch in den Münchner Norden. Dorthin, wo die weißen Wohntürme sich gen Himmel recken wie die Eisriesen. Zumindest hast du eine gute Aussicht. Der Bus ist prall befüllt. Greise, Paare, Kinder, Säuglinge verschiedenster Herkunft. Der Sandner hätte noch ewig mitfahren können und einfach nur beobachten. Ein gutes Gefühl, trotz der Enge. Bunter Trubel ist ihm lieber als graues Einerlei. So gesehen hatte der Turmbau von Babel auch etwas Gutes. Du musst dir mehr Mühe geben, deinen Mitmenschen zu begreifen. Hält das Hirn wach. Dem einen oder anderen hat das Leben Furchen eingemeißelt, die du nicht bekommst, wenn du es behaglich hast und Teller und Geldbörse immer voll sind. Beneiden darfst du die

Leut trotzdem, die hier residieren dürfen, weil keine Legionen von Coffee Lounges und Firlefanzboutiquen aus dem Boden schießen wie die Fliegenpilze. Ein Café ist ein Café oder höchstens eine Brotzeitstubn. Und auf den zweiten Blick findest du hier wohnliche Plätze mit Baum und Strauch drumrum, wo die Leut zufrieden scheinen wie Janoschs kleiner Tiger: »Zu Hause ist's doch am schönsten.« Da willst du weder nach Panama oder gar Schwabing, wo auf einen Hektar, statistisch gesehen, mehr Leut kommen, wie Ameisen auf einen Esslöffel passen.

Nahe der Bushaltestelle ist der Sandner am Ziel. Ein weißer Wohnklotz türmt sich da auf, umgeben von seinen Brüdern.

Er tritt vor der Haustür von einem Fuß auf den anderen. Wessold. Eine Minute lang drückt er immer wieder auf den Klingelknopf. Sinnloses Unterfangen. Seinen Besuch hat er telefonisch angekündigt – aber nichts rührt sich. Vielleicht hat der Mann einen gesunden Schlaf. Unverrichteter Dinge wird er bestimmt nicht wieder abziehen. Er zückt sein Handy, um den alten Wessold erneut anzurufen. Eine Bassstimme hinter ihm lässt ihn herumfahren.

»Die spinnt, die Klingelanlage. Scheiß Hausverwaltung.«

Ein Kerl wie ein Schrank. Genauer gesagt Kommode, breit und gedrungen. Eine Tarnhose trägt er, deren Beine er in schwarze Stiefel geschoppt hat. Aus seiner grünen Bomberjacke schiebt sich ein Hals heraus, der als Säule einer Kathedrale auch eine gute Figur machen würde. Es sitzt aber nur ein Schädel drauf, quadratisch und kantig wie beim Disneyhelden. Die Augen, kleine graue Knöpfe, das dreieckige Kinn erreicht das Brustbein.

Auch sein schwarzfelliges Viech ist breit, zumindest breiter als es hoch ist. Irgendetwas mit »Bull« im Namen und mächtigem Kiefer. Kategorie: sabbernde Kampfmaschine. Sein Besitzer sperrt die Tür auf, während der Vierbeiner aufgeregt an Sandners Bein schnüffelt. Wahrscheinlich könnte er es ihm mit einem Haps amputieren. Bist ein braver Hund! Ein knarzender Laut entspringt seiner Kehle. Vielleicht hat der Arme Schnupfen.

»Anthrax riecht was«, stellt sein Herrchen fest. »Hast du einen Hund?«

Der Sandner denkt an Ayasha. Die ist definitiv ein Hund. Die schon.

Er bleibt in der offenen Tür stehen und lässt Herrn und Tier den Vortritt.

»Oder Bullen«, feixt der Dickhals. »Die riecht Anthrax sofort. Die kann er nicht ausstehen.«

Der Bulle lacht nicht mit. Er kann Anthrax auch nicht ausstehen, aber das wird sein Geheimnis bleiben. Keine Sympathieträger, die beiden. Denen begegnest du wirklich so gerne wie dem Milzbranderreger.

Vor ihm macht sich das Duo an die Treppe. Das Viech schaut sich noch einmal nach ihm um, so, als ob es sagen wollte: Mach keinen dummen Fehler. Ich hab dich im Auge. Der Sandner zwinkert ihm zu. Ein kurzer Ruck am Nietenlederhalsband bringt den Hund wieder auf Spur. Das Leben kann so einfach sein.

Im Treppenhaus riecht es nach frischer Farbe. Ein Radiomoderator erbricht irgendwo über ihm bröckchenweise gute Laune, untermalt von gezuckertem Schubidu und Trallala.

Vor Wessolds Tür probiert er erneut die Klingel. Dann klopft er gegen das Holz. »Herr Wessold? Polizei. Machen'S bitte auf.«

Es öffnet sich eine Tür. Allerdings nicht Wessolds, sondern die daneben liegende. Sie schließt sich aber schnell wieder, als der Vater des Ermordeten endlich reagiert und den Sandner hereinlässt. An ihm vorbei tritt der in dessen Flur.

Für die Eltern des Erstochenen hat das Glück kein sanftes Bett bereitet. Kein Konfekt liegt jeden Morgen auf dem parfümierten Kissen. Die Wohnung besteht aus einer Kochnische und einem Kammerl fürs Bett. Der Wessold lebt hier allein, seine Frau ist kurz nach dem Mord an ihrem Sohn gestorben. Herzversagen.

Für den Sandner war es eine Befreiung, endlich wieder den Dienstausweis aus der Tasche zu reißen. Zwischen Papierbergen, leeren Flaschen und namenlosem Krimskrams setzt er sich auf eine frei geräumte Stuhlkante. Er traut sich nicht einzuatmen, was hier als Luft daherkommt. Keiner will sich seine Lunge zum Feind machen.

»Machma das Fenster ein wenig auf«, schlägt er vor.

Der Wessold folgt brav. Dann sinkt er irgendwo zwischen seine Utensilien und verschmilzt mit ihnen zum Ensemble. Aus trüben Augen schaut er am Hauptkommissar vorbei zur Wand. Falten sind ihm ins hagere Gesicht gekerbt, als hätte sich ein Aasgeier an ihm abgearbeitet. Vielleicht hat der es nicht erwarten können. Unruhig pflügen die Hände des Alten durchs spärliche Haar.

»Er hat sich selten blicken lassen«, wiederholt er immer wieder. »Ab und zu ist er gekommen und hat eine Flasche Cognac mitgebracht. Aber er ist nie rein in die Wohnung. Wir haben damals noch zwei Häuser weiter gewohnt. Ich hab nicht gewusst, was er tut. Aber er hat sich schon immer mit Grattlern eingelassen. Mit achtzehn haben wir ihn rausgeschmissen. Immer die Polizei – schau, dass du weiterkommst, hab ich dann gesagt – ja. Das ist ein ehrliches Haus, hab ich gesagt.« Er nickt, ganz in Gedanken.

»War es ein guter Cognac?«

»Der Beste – Hennessy XO – kennen Sie den? Was ganz was Feines.«

Der Sandner muss passen. Er gehört zur Whiskyfraktion.

»Ich hab gefragt, wie kannst du dir den leisten? Da hat er gelacht und gemeint, siehst Vater, des hättest ned gedacht. Doch, ich hab mir schon gedacht, wie er ihn sich leisten kann.« Der Wessold hustet kurz auf, schnäuzt sich ausgiebig in ein Papiertaschentuch. Zwischen den Fingern behält er es und rupft nervös daran herum.

»Ich wollt den Cognac nicht nehmen, aber meine Frau ... es war doch unser Bub, der wollt mir eine Freude machen.«

Der Sandner rutscht schweigend auf seiner Sitzfläche nach vorn.

»Einmal sind wir im Lidl gewesen, meine Frau und ich. Wie wir zurück sind, da hat er auf uns gewartet, im Auto. Das war ein großer Mercedes. Und daneben ist einer gehockt, mit einer Verbrechervisage. Da weißt du gleich Bescheid.«

Das Taschentuch kommt wieder zum Einsatz.

Der Sandner zieht zwei Bilder aus der Tasche. »Einer von denen?«

Der Wessold richtet sich auf, greift nach einer Brille. Umständlich, mit zitternden Händen, klappt er die Bügel auf. Es dauert ein paar Minuten. Er betrachtet die Bilder lange. Dann deutet er mit dem Finger auf eines. »Mei, das ist so lange her. Sechs Jahre vielleicht. Der könnte es gewesen sein, mit einem anderen Bart. Ja, der da.«

Der Herr Yilmaz. So schaut es aus. Der Sandner lässt den Wessold noch von früher erzählen, als der Bursch seinem Vater gerade mal bis zur Brust gereicht hat, und noch nicht alles bitter geschmeckt hat. Auch von dessen Beerdigung in Tschechien erfährt der Polizist, vor fünf Jahren, als die Mutter noch gelebt hatte.

Ganz in Gedanken verabschiedet er sich schließlich vom Alten. Der Mann bleibt auf dem Sofa sitzen. Er hat sich kurz aufgestützt, als wolle er sich zum Abschied erheben. Der Versuch zählt.

Durch den schmalen, düsteren Flur, zwischen Tütenbergen hindurch, bahnt sich der Ermittler seinen Weg nach draußen.

Wie er die Wohnungstür öffnet, wirft eine mächtige Gestalt ihren Schatten auf ihn. Die Frau muss auf dem Fußabstreifer gelauert haben. Wahrscheinlich das Ohr an die Tür gepresst.

»Ich will Ihnen mal was sagen«, zischt sie. Offenbar wird hier im Haus der Polizei Vertrauen entgegengebracht. Die Walküre, gewandet in eine ärmellose, geblümte Kittelschürze, boxt definitiv im Superschwergewicht. Ihre fleischigen Oberarme könnten seine Schenkel ersetzen. Sein Kopf ist auf Höhe ihrer Achseln. Der Geruch erinnert ihn an die Burger-Tandler. Als hätte sie in ranzigem Frittenfett gebadet.

Er greift nach hinten und schließt die Tür. Mit einem gewandten Sidestep bringt er sich außer Reichweite. Das Sparring mit Miran trägt erfreuliche Früchte.

Die Wohnung nebenan spuckt eine weitere Frau aus. Spindeldürr, höchstens einsfünfzig, der Hautüberzug wie ein Ledereinband von Brauners antiquarischen Wälzern.

»Ich kann alles bezeugen«, krächzt die. »Ich wohn im dritten Stock.«

»Ganz langsam«, sagt der Ermittler, »um was geht's überhaupt?«

»Der da droben, mit seinem greislichen Viech, der hascht«, flüstert die Geblümte.

»Was macht der?«

»Haschen, verstehen'S«, beschwört ihn das Dörr-Waiberl. »Da stinkt's raus aus seim Loch, dass es der Sau graust.«

Sie hat einen seiner Ärmel in den Klauen und zupft daran herum. Durch zwei schnelle Schritte schiebt sie sich zwischen ihn und der Treppe nach unten. Du – kommst – hier – nicht – vorbei!

»Aha«, sagt der Sandner und reißt sich so sanft wie möglich los. Bevor er noch etwas hinzufügen kann, wird ihm die Regie aus der Hand genommen.

Ein Bellen schallt durch den Hausgang. Nein – ein abgehacktes Grollen, als würde ein Panther unter Keuchhusten leiden. Rums, die Wohnungstür fällt neben ihm zu. Die beiden Frauen sind verschwunden wie die Schlossgespenster.

Langsam stapft der schwarzfellige Zerberus auf seinen krummen Beinen die Treppe hinunter. Die blutunterlaufenen Augen hat er auf den Polizisten gerichtet. Allein, leinenlos. Zielstrebig trabt er auf den Sandner zu. Der weicht zurück bis zur Wand. Die Treppe hinunterzuspringen wäre keine gute Idee. Im Rücken will er die Bestie nicht haben. Sie stoppt vor ihm ab und fängt an, ihn zwischen den Beinen zu beschnüffeln. Frontal ist nicht besser.

»Na, Anthrax«, murmelt der Mann, die Arme an den Körper gepresst, »bist ein Braver, oder?«

Vom Herrchen weit und breit nichts zu sehen. Er lauscht regungslos. Der Hund saugt geräuschvoll die Luft ein. Mehr ein Röcheln. Keine abrupten Bewegungen jetzt! Keinen Mucks. Wenn diese Kiefer zuschnappten, könnte er dem Männerdasein entsagen. Vielleicht wär im Tölzer Knabenchor die Solistenstelle frei.

Erdig riecht das Tier und nach ungezähmter Natur.

Endlose Minuten passiert nichts. Nur seinen Herzschlag und den Atem des Tieres vernimmt der Sandner. Er hält die Luft an und versucht, sich millimeterweise zur Seite zu drehen. Die Schnauze wandert mit. Er hat den Verdacht, sein Gehänge böte sich als Snack an.

Endlich Schritte auf der Treppe.

»Ist er wieder ausgerückt, der Schlawiner. Ich wollt bloß den Müll …«

Der Stiernackige. Statt der Stiefel trägt er Plüschhausschuhe in Dalmatineroptik. Auch schick.

»Anthrax mag's, wenn's schön ruhig ist«, schnarrt er. »Sonst wird er nervös.« Der Mann hat keinen Mülleimer dabei. Grinsend schaut er dem Sandner in die Visage, dann wirft er einen drohenden Blick in Richtung der gerade geschlossenen Wohnungstür. Ein Schaben ist dahinter zu hören. Die beiden Frauen werden um den besten Platz hinter dem Türspion rangeln. Der Sandner beäugt den Mann. Der Saubär scheint sich an dessen Anblick zu ergötzen.

Etwas Kaltes, Glitschiges spürt er plötzlich an seinem Handrücken. Die Nase des Tieres. Anthrax stupst ihn an. Er reagiert nicht. Aber der Hund lässt nicht locker. Er wagt einen Blick in die Tieraugen. Ernst betrachten die ihn. Langsam bewegt der Mann die Hand Richtung Hundeschädel. Berührt zaghaft das schwarze Fell. Mit den Fingerspitzen. Schließlich will er die behalten.

Unter seiner Hand scheint sich das Tier zu entspannen. Das

Schnüffeln hat ein Ende. Der Hund macht Sitz. Selbstsicherer geworden, krault der Hundeflüsterer den breiten Kopf, der sich ihm entgegenreckt. Dann massiert er ihm die Stirn.

Herrchen ist not amused. Dessen breiter Kopf färbt sich rot ein. Er nennt einen Kampfhund sein Eigen und kein Kuscheltier.

»Das mag ich so an den Viechern«, meint der Sandner, zärtlich weiterstreichelnd, während er mit der Linken in die Tasche fasst, »dass die nicht lügen können wie wir.«

Den Polizeiausweis reckt er seinem Gegenüber entgegen.

»Komm her, Anthrax!«, brüllt der Mann. Sein Zähneknirschen ist deutlich zu vernehmen, am Hals mutieren Sehnen zu Schiffstauen.

Der Hund dreht nur den Kopf. Mutig geworden klopft ihm der Sandner herzhaft auf die Flanke.

»Na, geh brav zum Herrchen.«

»Bei Fuß! Los!«, bellt Herrchen.

Ohne Eile erhebt sich der Schwarze und stolziert auf seinen Besitzer zu. Die Hände hat der zu Fäusten geballt.

»Von der Polizei also? Was gibt's?«

»Haben Sie den jungen Wessold gekannt?«

»Mal gesehen, ja und gehört, dass der abgestochen wurde. Sie müssen den Weibern hier ned alles glauben, des sind neutortische Tratschn. Psychos.«

»Neutortische Psychos, aha.«

Der Sandner zuckt mit den Schultern und schaut sein Gegenüber fragend an. Eine Mischung aus Angst und Nervosität kann er jetzt aus dessen Augen lesen. Der Blick flackert wie die Kerze im Wind.

»Wenn Sie über den Wessold was wissen wollen, fragen Sie doch hier an der Tür hinter Ihnen. Die Araber sind doch alle fix mit dem Messer. Weiß doch jeder.«

»Und wieso?«

»Fragen Sie einfach seine Ische, was sie nachts hinten auf dem Parkplatz in Wessolds Auto getrieben hat. Die weiß, wie's geht.«

Der Mann verzieht den Mund und präsentiert sein Gebiss. Scheint eine bislang unentdeckte Art des Grinsens zu sein. Er bräuchte dringend einen Zahnarzt. Der Sandner wüsste jemanden.

»Wiederschaun. Der Anthrax, der hat Charakter.«

Der Mann zeigt ihm seine finsterste Larve, bevor er die Treppen wieder nach oben hastet. Sein Hündchen stakst brav an seiner Seite.

Hier also sollte er Antworten bekommen. Letzte unbekannte Wohnhöhle im Stockwerk. Noch ehe er läuten kann, wird die Tür aufgerissen. Die Wände scheinen Ohren zu haben wie die Schleiereulen. Eine Frau erscheint auf der Bildfläche. Schwarze Spraymähne, vielleicht Ende zwanzig, im hautengen Top nebst lila Jogginghose und rosa Fingernägeln. Zwischen ausladenden Brüsten baumelt der Gekreuzigte in Silber. Es gibt langweiligere Plätze. Bestimmt früher ein reizendes Mädchen – mit neuneinhalb.

»Was hat der hässliche Typ über mich gesagt, hä? Der ist voll der Rassist.«

»Sandner, Kriminalpolizei. Können wir uns bei Ihnen über den Herrn Wessold unterhalten?«

»Ne, hier bitte nicht. Geht's auch drüben beim Bäcker?«, haucht sie und wirft einen ängstlichen Blick hinter sich. »In zehn Minuten oder so.«

»In genau zehn«, präzisiert der Polizist und wischt sich den Schweiß von der Stirn.

Hinter sich schließt der Barbieverschnitt leise und vorsichtig die Tür.

Gleichzeitig wird nebenan leise und vorsichtig eine geöffnet. Nur einen Spaltbreit.

Ein zweistimmig gezwitschertes »Wiederschauen« folgt ihm nach, wie er die Treppe hinunterspringt.

Die Zahnarztgattin Madlen Gruber hätte sich die Wiesner anders vorgestellt. Wieso? Weil es unwahrscheinlich ist, dass sich ein

Klischee mit der Wirklichkeit paart und du das Ergebnis zu Gesicht bekommst. Matrose mit tätowiertem Busenwunder samt Anker oder Mafiakiller mit Gelhaar samt Menjoubärtchen. Die Madlen Gruber hat weder Bärtchen noch Tattoos – zumindest beides nicht an sichtbarer Stelle. Aber sie hat einen strohfarbenen Pagenkopf, trägt ein geblümtes Kleidchen und das strahlendste Gebiss, das man für Geld bekommen kann. Sonst kann man über sie nichts sagen – und das sagt am meisten. Nach der gegenseitigen Vorstellung setzt sie sich achtsam auf die Sofakante. Mehr scheint ihr im Haus nicht zuzustehen. Die Kanten, die Reste, die Ecken. Die gestreckten Arme zwischen den Beinen, die Hände gefaltet sitzt sie da. Sittsam und aufmerksam – ein kleiner Porzellanengel. Himmel, hilf! Die Wiesner wiederholt noch einmal die Fragen, die sie zuvor gestellt hatte. Langsamer. Das Köpfchen der Madlen scheint verwirrt. Als wenn sich ein Bienchen drin verirrt hätte und fröhlich herumsummt, so schaut sie drein. Ihre Augen werden groß und größer. Natürlich kann sie nichts von Wert beitragen. Dabei glotzt sie wie der Aff, wenn's blitzt. Allerdings ist in diesen Augen noch etwas anderes zu finden. Traurigkeit ist in ihnen zu sehen, so, als wären die Iriden bewölkt. Das Leben an der Seite ihres Mannes im luxuriösen Anwesen hat sie sich anders ausgemalt. Wie sie zum Gruber gekommen ist, darüber kann die Wiesner nur spekulieren. Vielleicht ist die Verbindung von langer Hand geplant worden. Sie wirkt nicht, als ob ihre Meinung ausschlaggebend wäre. Jetzt darf sie das Schneewittchen geben, auf ewig der Stiefmutter ausgeliefert, während der Prinz sich als Frosch entpuppt hat. Besser gesagt, als schleimige, immergeile Kröte. Ihre Freundlichkeit hat demgegenüber etwas Masochistisches. Der Wiesner gruselt es. Sie nippt vom lauwarmen Tee und hört der jungen Gruber zu, die daherplappert wie ein Bergbach. Nach zehn Sätzen hat die Schwiegermama genug gehört.

»Sie sehen, wir können Ihnen nicht helfen«, leitet sie den formvollendeten Rausschmiss ein. »Natürlich rufen wir Sie an, Frau … äh, wenn wir etwas bemerken, nicht wahr, Madlen?«

Abwesendes Nicken vom Schneewittchen, bevor sie ihr Schnäbelchen in den Tee taucht. Die Wiesner reicht jeder Frau eine Visitenkarte. Eine landet auf dem Beistelltisch neben dem Zucker. Die Frau des Zahnarztes behält ihre bei sich, wie sie sich die Hände schütteln. Einen bohrenden Blick bekommt die Polizistin dabei gesandt. So als hätte die junge Frau nach einem Drogenrausch ihr volles Bewusstsein wiedererlangt. Nur einen kurzen Augenblick bekommt die Fassade einen Riss. Sofort wird er gekittet und das schüchterne Lächeln erneut ins Gesicht gezaubert. Die Wiesner ist irritiert, wie sie in ihr Auto steigt. Was immer die Rolle ist, die der jungen Madlen zugeteilt worden ist, nicht alles an ihr ist so, wie es scheint. Vielleicht sollte Grubers Mutter gut aufpassen, bevor sie ihr den Rücken zudreht – sonst wird sie bald auf glühenden Kohlen tanzen. Die Trauer lähmt dich eine Weile, bis sie sich auswächst und zum veritablen Hass mutiert. Nichts, was der Wiesner unbekannt ist. Sie ist sich sicher, dass sie die Madlen Gruber nicht zum letzten Mal gesehen hat. Früher oder später wird sie ihr wieder über den Weg laufen.

Vor der Bäckerei muss der Sandner nicht lange auf die vogelwilde Madam warten. Sie ist eine Minute zu früh dran. Mit einer rosa Fleecejacke und goldfarbenen Sneakers gewandet, gibt sie den kunterbunten Kontrast zur grauen Umgebung.

Einen Kaffee to go in der Hand, lehnt der Polizist an einem Laternenpfahl.

»Gehen wir ein Stück«, schlägt er vor. Nebeneinander schlendern sie den Gehsteig entlang. Immer wieder wirft sie einen Blick hoch zu den Fenstern im Wohnblock. Gespannt und zappelig wirkt sie, wie ein Mäuschen unter freiem Himmel. Jeden Moment könnte der Bussard herunterstoßen. Der Sandner fährt die Krallen nicht aus. Ois easy.

»Wie heißt Ihr Freund?«

»Kemal.«

Als sie ihm den Nachnamen sagt, lacht der Sandner auf.

»Ach, der Kemal.«

»Sie kennen ihn von früher, hä?«

»Ja«, lügt er, »ein alter Bekannter.«

»Der macht keinen Scheiß mehr. Ehrlich nicht. Der ist jetzt Musiker. Der ist voll konzentriert drauf. Bei Youtube und er war schon im Backstage und so.«

»Da schau her. Welches Instrument spielt er denn?« Sein Tipp wäre Triangel.

Ihr verwirrter Blick zeigt ihm: Das war eine saudumme Frage. Er zieht sie zurück.

»Wie nennt er sich?«

»Bad Kemal. Und er ist jeden Tag im Studio.«

»Songs aufnehmen? Respekt.«

»Nee, trainieren wegen den Muskeln. Braucht er wegen der Optik, verstehen Sie?«

»Okay, klar, die Optik muss stimmen. Der Kemal war ja noch nie ein Grischberl«, sagt er ins Blaue hinein.

»Wissen Sie doch. Ja, und so Texte über das Leben macht er, und wie krass es abgeht und so.«

Der Kemal hatte was zu erzählen, ohne Frage. Vielleicht Storys über die Hausgemeinschaft.

»Aha, da schau her. Und wie war das mit dem Wessold?«

Die Frage macht sie nervös. Sie fingert an der Zigarettenschachtel herum, zündet sich schließlich eine an. Heftig stößt sie die Luft aus. Wieder der Blick nach oben.

»Ich kenn den halt.«

»Ich könnt Ihren Nachbarn fragen.«

»Der hässliche Bastard, der lügt doch!«

»Mag sein, aber Sie kannten den Wessold ziemlich gut, oder? Ist ja nicht schlimm. Ich bin nicht katholisch.«

»Bloß zwei, drei Mal, ehrlich.«

Der Sandner nickt und wartet auf die Fortsetzung. Die Zigarettenkippe fliegt ins Gebüsch. Ihre Hände wissen nicht wohin. Sie zupft sich die Strähnen zurecht.

»Der hat manchmal seine Alten besucht«, sagt sie hastig. »Und mich mal angequatscht, wie ich nach Hause bin. Voll das fette Auto und so. Benz. Und er hat gesagt, er will mit mir ins P1. Einladen und so. Fette Party machen.«

»Und?«

»Wir waren dann woanders. Sein Kumpel ist da Türsteher, hat er gesagt, aber der war halt krank an dem Tag.«

Eine neue Zigarette. Die wird nicht lang überleben – die Kippe. Sie saugt an ihr wie am Strohhalm.

»Ich war halt voll abgefüllt dann. Na und?«

»Hat er was springen lassen?«

»Wie, was springen?«

»Ich meine, der war nicht gerade arm oder geizig?«

»Hat halt gelabert, er wär voll das Brain und so. Wüsste, wie er viel Kohle kriegt ohne Risiko. Er hätte ne Versicherung. Ich hab ihn quatschen lassen. Wen interessiert das hässliche Gelaber? Aber wir waren voll fett essen und Cocktails und so.«

»Wie lang ist das her?«

»Kurz bevor er ... na ja, halt gekillt wurde. Sein Vater hat es erzählt. Der hat richtig rumgeflennt und alles. Krass, oder? Kemal hat auch nen Text gemacht, wo einer abgestochen wird.«

»Waren Sie da schon mit Kemal zusammen?«

»Hey, ich war blau! Hat er voll hässlich ausgenützt. Kann ich nix dafür! Da war Kemal ne Woche in Österreich!«

»Und hat es nie erfahren?«

»Nö, bestimmt nicht. Der hätt ihn fertiggemacht. Ein Schlag und wusch. Sie kennen den doch. Der hat mal ... ach Scheiß drauf. Der Wessi hätte so was von keiner Chance.« Ihre Augen bekommen Glanz. Besitzerstolz. Schön, wenn man ein Tier zu Hause hat.

»Wahrscheinlich nicht«, bestätigt ihr der Sandner und macht sie zufrieden. »Was macht der Kemal grad?«

»Der schläft. Sie sagen ihm doch nix, oder? Der würd ausflippen, echt ohne Scheiß jetzt.«

Der Sandner bleibt stehen und neigt sein Haupt.

»Dann lassen wir Bad Kemal ausschlafen. Der braucht Ruhe, jetzt, wo er im Showbusiness ist.«

Sie gibt ihm flüchtig die Fingerspitzen, antrainierte Geste, und springt über die Straße auf den Betonblock zu. Ihren Bewegungen sieht man an, dass sie es selten eilig hat. Laufen ist nicht ihr Metier. Es erinnert an einen aufgeregten Storch im Tümpel. Der Sandner schaut der Grazie grübelnd hinterher.

Der Wessold ist bestimmt kein Geheimnisbewahrer gewesen. Warum hätte er mit seiner Eroberung nicht prahlen sollen? Und der Kemal scheint eine massive Gestalt zu sein. Der schwarze Mann?

So einer wie der Kemal – würde der nicht dem Wessold erzählen, warum er ihn gleich abstechen wird? Könnte der ein gewiefter Mörder sein, oder ist er bloß ein impulsiver Haudrauf? Und hätte er seiner Trulla nicht die Hölle heiß gemacht, wenn er sie beim Fremdgehen erwischt hätte? Wahrscheinlich. Schlau wirst du aus den Menschen erst, nachdem sie gehandelt haben. Alles steckt in jedem. Man muss es nur hervorkitzeln. Da war der Wessold Spezialist, bis jemand etwas in ihn gesteckt hat. Von was für einer Versicherung hatte er geprahlt?

Sandners Kaffee schmeckt besser, als er aussieht. Er beschließt, sich noch einen zu besorgen, während er darauf warten muss, was der Computer über den Muskelmann ausspucken würde. Er klingelt den Jonny an. Sein Mann für alle Fälle.

Er solle sich in zehn Minuten noch einmal bei ihm melden, meint der.

Der Sandner hat sich Zeit gelassen, um von Hasenbergl wieder zum Harthof zu fahren. Im Bus hat er sich dann mit dem Brauner herumschlagen dürfen. Er erfährt, dass der Jonny im Bad verschollen wäre. Aber gut, den Sandner an der Strippe zu haben. Während der Hauptkommissar den Jonny verflucht hat, musste er sich Brauners Gegreine aussetzen. Ob er überhaupt noch wisse, dass er eine Mutter habe, die gerade am Verrecken wäre? Wenn er ein gescheiter Polizist wäre, mit Eiern in der Hose, hätte er aufgeräumt im Harthofviertel. Der Sandner ist froh, dass Anthrax die seinen nicht verspeist hatte und Jonny endlich das Gespräch übernimmt. Wahrscheinlich frisch geschminkt, der Bursch.

Er lässt sich von ihm über Kemals Lebenslauf updaten. Der hatte eine einfache Konfliktlösungsstrategie: als Erster zuschlagen. Mittlerweile über dreißig, hat ihm dieser Lösungsansatz bisher sechs Knastjahre eingebracht.

Aktuell eine Anzeige, weil er mit Fahrkartenkontrollettis gerangelt hatte. Ein Mann wie Bad Kemal kauft keinen Fahrschein, ist schlecht fürs Image. Vielleicht zu viel Steroide eingeworfen, der Bursch.

Und jetzt reimte der sich einen ab, bis die Hose eng würde, vom Leben als harter Schule und alles krass hoch vier. Die Welt ist böse, ich bin böse, du Opfer! Jaja. Geschenkt. Gestammelte Schlaflieder für Kleinkinder, die Grimms Märchen schon durchhaben. Was soll man davon halten, wenn jemand penetrant, ohne Grund, Wörter quält, bloß um zu behaupten, dass er Eier in der Hose hätte wie Tarzan? Der Sandner kann sich vorstellen, was einer wie Bad Kemal seinen Ablegern erzählen würde. Sie wären die Megacoolen, wenn sie auf dem Spielplatz gewindelte Opfer um ihre Sandförmchen beraubten. Respekt! Der Kemal böte sich vielleicht als »Alternativmörder« für Montag an, um ihn den Entführern zu präsentieren. Verhaften sollte nicht das Problem sein. Einen Grund würde er ihnen garantiert liefern. Wahrscheinlich bräuchten sie nur bei ihm zu läuten und ihn anzuknurren. Bad Kemal. Ein weiterer Name auf Sandners Liste. Rot unterstrichen. Pseudomörder im Wartestand.

Die anschließende U-Bahn-Fahrt hat der Hauptkommissar ganz in Gedanken vertieft hinter sich gebracht. Genauso gut hätte ihn ein Trupp Wanderameisen zurückexpedieren können, es wäre ihm nicht aufgefallen. Nun hatscht er dahin, bis er bei seinem jetzigen Domizil ankommt. Die Regenwolken haben sich zum Auftanken zurückgezogen, und ein Fetzen Blau zeigt sich am Himmel. Inzwischen kann er sich quasi im Halbschlaf im Quartier bewegen. Seinen Wohnblock findet er auf Anhieb. Im Hausgang ist eine neue Geruchsmischung hinzugekommen. Er erschnuppert Essigreiniger. Vielleicht Putztag.

Von irgendwoher dröhnt ein Fernseher. Reifenquietschen, Schüsse, Schreie.

»Ich seh dich in der Hölle«, brüllt eine Bassstimme, worauf das Quieken einer Frau zu hören ist. Bis der Sandner ins Dachgeschoss kommt, werden weitere Bösewichte hingemeuchelt. Darauf folgen triumphale Trompetenstöße. Entweder dünne Wände oder die Batterie des Hörgeräts hat sich verabschiedet. Der Sandner tippt auf eine Mischung aus beiden.

Es dauert eine Weile, bevor er merkt, dass etwas nicht stimmt. Die angelehnte Wohnungstür ist für ihn kein Alarmzeichen gewesen. Vielleicht war Chingachgook kurz in den Keller gegangen.

Aber da ist diese Spur im Flur!

Blut. Kein Zweifel.

Sie zieht sich über das Linoleum entlang bis hin zur Küche. Deren Tür steht offen. Kein Ton ist zu hören. Automatisch greift der Hauptkommissar dorthin, wo seine Waffe stecken müsste. Er zieht seinen Gürtel aus den Schlaufen, wickelt sich ein Ende um die Hand und schwingt ihn probehalber. Wenigstens die Schnalle ist schwer. Besser wie nichts.

Zum Teufel, was ist hier passiert?

Langsam, Schritt für Schritt, arbeitet er sich voran. Setzt die Füße vorsichtig neben die rostbraunen Schlieren. Sie glänzen frisch. Als wäre etwas gerade eben über den Boden geschleift worden. Madre mia! Wenn der Indianer nicht eine bluttriefende Beute angeschleppt hatte, ist hier Grausiges vorgefallen.

»Chingachgook!«, ruft er nach ihm.

Keine Antwort. Sein Atem wird heftiger. Anspannung pur. Behutsam geht es weiter. Wie in Zeitlupe setzt er seine Schritte. Im Kopf wirbeln die Szenarien umher. Ohne den Blick von der Küchentür abzuwenden, greift er nach dem Handy. Beim Türrahmen angekommen, späht er vorsichtig in den Raum. Niemand zu sehen. Die Blutspur endet in einem Korb. Der Terrier liegt dort und winselt leise. Der Sandner pustet durch.

Er dreht sich um und durchsucht die anderen Zimmer nach Lebenszeichen. Nichts. In seinem Kammerl steht »Verschwinde!« an der Wand, mit Blut oder brauner Farbe hingeschmiert. Seine Tasche liegt dort umgekippt, seine Wäsche verstreut.

Der Hauptkommissar rennt zurück in die Küche und wendet sich dem Tier zu.

Das Fell ist blutverschmiert, offenbar hat Ayasha sich bis zu ihrem Korb geschleppt. Scheißdreck, verfluchter! Die Art der Verletzung kann er nur erahnen, aber sie muss schwer sein. Ein Unfall wird das nicht gewesen sein. Aber was sonst?

»Verdammte Drecksau!« Schlagartig wird dem Sandner klar, was sein Besuch bei Yilmaz ausgelöst hat. Mit zitternden Fingern läutet er beim Jonny an. Der soll die Tierrettung verständigen und hierher schicken. Am besten gestern.

Er bückt sich über den Hund und streicht ihm über den Kopf. Der schaut mit großen Augen zu ihm hoch, dann fällt der Schädel auf das Kissen zurück. Die Pfoten zucken reflexhaft.

Der Sandner tigert im Flur auf und ab. Wo diese Tiersanitäter bloß bleiben? Er hat keine Ahnung von lebensrettenden Maßnahmen bei Terriern. Mund-zu-Schnauze-Beatmung wird es wohl kaum sein. Keinen klaren Gedanken bekommt er zusammen.

Ist der Hund dem Yilmaz in den Weg geraten? Er wollte offenbar dem Sandner eine Botschaft hinterlassen. Verschwinde! Zeigen, wer der Herr im Haus ist. Am helllichten Tag! Was ist mit diesen Nachbarn los? Herrschaftszeiten. Alle gehörlos?

Noch vor den Rettungskräften ist der Indianer da. Er steht urplötzlich im Flur. Seine Miene ist undurchdringlich. Die Lippen zusammengepresst, die Stirn von Falten durchzogen. Er sagt nichts. Ungläubig betrachtet er sein Türschloss.

Der Sandner winkt ihn in die Küche.

Noch immer schweigend kniet er sich zu seinem Tier. Mit beiden Händen greift er nach dem Hund, versucht, die Wunde unter dem Fell zu finden. Der hat die Augen verdreht. Das Japsen wird schwächer, geht in ein kaum vernehmbares Pfeifen über. Noch immer rinnt das Blut.

Der Sandner versucht, dem Indianer mit zwei Sätzen das Wesentliche zu erklären, insbesondere, dass er nicht für den Zustand des Hundes verantwortlich ist. Höchstens indirekt.

Chingachgook nickt immerzu, ohne ein Wort zu verlieren, während er sich an seinem Hund zu schaffen macht.

»Ayasha begleitet mich sonst immer«, stößt er plötzlich hervor, wie um sich zu entschuldigen. »Jeder weiß das. Ich war bei einer Frau. Sie hat eine Tierhaarallergie – glaubt sie.«

Der Sandner starrt auf den Hundeleib. Ein Kloß sitzt in seinem Hals.

Ist er an den Isarauen unterwegs, könnte er auf die hechelnde Meute, die den banalen Spaziergänger zum Exoten stempelt, gerne verzichten. Mehr Viecher als Bäume. Hier und jetzt hat er nur den Wunsch, Ayasha möge überleben. Sie muss es schaffen! Er zögert einen Moment, dann legt er dem Mann die Hand auf die Schulter. Der nickt, bevor er sich wieder dem Terrier zuwendet.

Lange bevor sie die Wohnung betreten, hören die beiden Männer die trampelnden Schritte des Tiernotteams. Zwei Frauen, die wissen, was sie tun. Profis. Sie arbeiten blitzschnell. Innerhalb einer halben Minute ist das Viecherl in ihrem Wagen verstaut.

»Ja keine Bullen!«, zischt ihm der Indianer zu. »Das hier ist meine Sache – keine Bullen!«

Das sieht sein Untermieter anders. Ja, der Indianer mag persönlich betroffen sein, aber es ist eindeutig Sandners Sache. Zusammen mit dem Rettungspersonal verschwindet der Häuptling von der Bildfläche.

Der Polizist bleibt allein zurück. Unfassbar! Er könnte augenblicklich zum Yilmaz und ... Um was zu tun, Sandner? Er müsste die Spurensicherung hier haben. Aber angenommen, sie könnten dem Yilmaz den Einbruch nachweisen, wäre er keinen Schritt weiter. Jackendiebstahl, Einbruch und Tierquälerei. So tragisch es für die Ayasha ist – ermittlungstechnisch für den Sandner nicht ergiebiger wie ein Ordnungsvergehen bezüglich Wildbieseln. Da wird der Yilmaz kaum sagen: »Da fällt mir ein, nachdem Sie mich eh am Wickel haben, dass mit dem Wessold war ich auch. Jetzt kann ich's ja zugeben.«

Hinter der offenen Tür sieht er einige Gestalten auftauchen. Kinder. Ins Bett scheinen die nie zu müssen. Besorgt blicken sie in seine Richtung. Die drei Geschwister von heute Morgen sind auch dabei.

»Wie geht's der Ayasha? Wieso ist die weggetragen worden?«

»Die kommt wieder auf die Beine«, beruhigt der Sandner ohne große Überzeugung. »Hat eine Wunde, aber ist nicht so schlimm.«

Die Kurzen sind skeptisch.

»Wieso hat sie eine Wunde?«, will ein Schlaumeier wissen.

Der Sandner möchte die Tür zuhauen. Er reißt sich zusammen. Er denkt an sein eigenes Kind, das inzwischen kein Kind mehr ist. Die Sorgen, die sich die Kleinen um den Hund machen, rühren ihn doch. Sie haben ja recht.

»Sie hat sich verletzt«, erklärt er ihnen. »Und deshalb kommt sie in die Tierklinik. Die machen sie wieder gesund. Schaut halt morgen vorbei. Vielleicht ist sie dann schon wieder da.«

»Kann man sie besuchen?«, will einer wissen, und ein Mädchen fragt nach, ob der Hund operiert wird. Es hätte sich auch letztes Jahr das Bein gebrochen. Drei andere zeigen ihre Narben vor. Sie vergleichen die Größe. Blinddarm gewinnt gegen Fahrradlenker um zwei Zentimeter. Taschenmesser wird Dritter.

»Weiß ich nicht, ob man sie besuchen kann«, verkündet der Polizist. »Sagt amal, habt ihr vorhin jemanden Fremden gesehen, hier auf der Treppe?«

Sie schütteln vereint den Kopf.

»Nur dich«, stellt die Kleinste wahrheitsgemäß fest und deutet mit dem Finger auf ihn.

Dann scheint die Neugier fürs Erste gestillt. Sie verschwinden lautstark schnatternd. Das ist seiner Ausstrahlung geschuldet. Gute Onkels kommen anders daher.

Jetzt schließt er die Tür. Professionell ist sie aufgebrochen worden, ohne großen Schaden und Geräusch. Er hat Yilmaz falsch eingeschätzt. Natürlich hatte der schnell erfahren können, wo der Sandner haust. Hier blieb nichts lange geheim. Der Mann ist ein cholerisches Viech. Offenbar der Capo im Revier. Und der Sandner hätte begreifen müssen, dass er mit dessen Frau so nicht umspringen kann. Aber für reuevolle Erkenntnis ist der Zug bereits abgefahren.

Es hat Zeiten gegeben, da wäre der Sandner ohne viel Tamtam bei Yilmaz aufgetaucht und hätte ihn davon überzeugt, dass es eine depperte Idee gewesen ist, schnuckelige Hündchen zu massakrieren. Das Fell hätte er ihm über die Ohren gerissen, der Drecksau, der grindigen. Nicht, dass die Vorstellung seine Phantasie nicht belebt, aber nach einem Griff in die Scheiße solltest du dir hinterher nicht noch die Hände drin waschen wollen. Erfahrungswert.

Die banale Geschichte um eine Jacke hat gerade einige Karriesprossen erklommen. Yilmaz ist ein Kumpel vom Wessold gewesen. Die beiden haben Geschäftchen gemacht, der Rubel ist gerollt. Warum also kein Streit zwischen den beiden? Kommt vor. Besonders, da der Wessold wohl ein großer Schwätzer vor dem Herrn gewesen ist. Der Yilmaz nutzt die Situation mit dem Fuhrer und sticht ihn ab. Zuzutrauen wäre es ihm, Messerarbeit scheint für ihn wie Zähneputzen zu sein. Aber wie das beweisen? Der Sandner sucht sich einen Lappen in der Küche. Er macht sich daran, das Blut aufzuwischen. Viel wird nicht drin sein in so einem Viecherl. Sein Beitrag zum Thema Schuld, außerdem die perfekte Möglichkeit, darüber zu meditieren, auf welche Weise er es dem Yilmaz einschenken würde. Das unschuldige Zamperl, niedergemetzelt im eigenen Heim, gibt dem Sandner zu beißen. Er hat genug Opfer von Gewaltausbrüchen gesehen, in allen Darbietungsformen, Größen und Verletzungsattributen – trotzdem, die Rage bleibt ihm erhalten. Ein Grummeln in der Magengegend. Seine Hände sind zittrig. Beim Auswringen des Lappens hat er einen ungewaschenen Hals vor Augen.

Sein junger Mitarbeiter hat definitiv einen angenehmeren Moment in der Lebenslotterie gezogen. Lippen pressen sich auf die seinen, und der Hals, den er befühlen darf, ist von sauberer, zierlicher Natur.

Pizzaessen ist kein revolutionärer Event für ein First Date, aber der Hartinger hatte seinen Lieblingsitaliener ausgewählt. Vielleicht ist Besitzerstolz dabei gewesen. Guarda chi arriva! Er kann auch anders, nicht bloß mit Kollegen futtern oder die Allgäuer Sippschaft auf München-Trip verköstigen.

»Molto maschio«, so schaut er aus heute, der Hartinger.

Der Kommissar ist beliebt bei den Madln. Es hat immer welche gegeben in seinem Leben, die ihm versichert haben, er wäre ihr bester Kumpel. Wie halt der Hund der beste Freund des Menschen ist und nicht der Wolf.

Er hätte gern ein Lämmchen vernascht und nicht bloß verständnisvoll dem Geblöke gelauscht, Männchen gemacht und die Wunden versorgt, die von den Wölfen gerissen worden sind. Bist ein Braver und jetzt: Bei Fuß!

Geschafft hat er das dann mit der Christina. Fast zwei Jahre lang.

Sein bester Spezl, der Korbi, hat ihm die ausgespannt, sobald der frisch gebackene Kommissar nach München versetzt wurde. Sagen wollten ihm die beiden das lange nicht. Bei der Christina ist halt die Küche kalt geblieben, wenn er an den Wochenenden aufgetaucht ist. Das Testosteron ist eine körperliche Fehlinvestition geblieben. Von ihrer Psyche her, hat sie gemeint, könne sie gerade keine körperliche Nähe ertragen – so eine Psyche schafft es locker, dich bis zum Schopf ins Eiswasser zu tauchen. Fast ein Jahr hat sich das hingezogen, bis er einmal überraschend vorbeigeschaut hat, um ihr eine Freude zu machen. Klassiker. Reingeplatzt in den Tageshöhepunkt. Christinas Psyche war aktuell einen Kaffee trinken gegangen, um den Korbi nicht zu behindern.

Danach hat der Hartinger sich in Arbeit gestürzt, das Frauenthema ist in der Abstellkammer verstaubt.

Vielleicht hat er ein bisserl viel erzählt heut, der Hartinger, bei der Pizza funghi und der Weißweinschorle.

Die Isabella hat während ihrer Spaghetti mare hauptsächlich gelächelt.

Natürlich haben sie nicht über die Mutter Brauner geredet. Der Hartinger ist Profi. Nur kurz hat er durchblicken lassen, dass er sicher wäre, sie würde bald auftauchen. So sicher er ihr gegenübersäße. Er hätte ein Gespür dafür – und bestimmt die richtige Spur. Vor Hartingers geistigem Auge sind sie aufmarschiert. All jene, die nicht im Altenheim tätig waren. Die Braunerin mochte Besuche gemacht haben, zum Beispiel beim Friseur oder Masseur oder weiß der Geier. Natürlich hat er das für sich behalten und der Isabella nicht aufs Brot geschmiert. Alles eine Frage des Haarschnitts, hat er kryptisch den Themenkomplex geschlossen. Das scheint die Frau beruhigt zu haben. Zumindest hat sie nicht mehr nachgefragt. In Gedanken versunken ist sie dagesessen und hat den Nudelberg kalt werden lassen. Immerhin ist die Braunerin in ihrer Schicht davon. Das war bestimmt nicht leicht zu packen. Sie tat ihm leid.

Dass sich das Paar jetzt vor ihrem Hauseingang küsst, ist Isabellas Initiative gewesen. Spontan und einfach so, ohne Kopf und Psyche und Trallala kommen ihre Lippen daher. Züngelnd hat sie ihm den Mund geöffnet, stürmisch sich an ihn gepresst.

Überwältigt ist er von diesem drängenden Leib, von dieser fordernden Sinnlichkeit, die ihn anspringt, wie ein ausgehungerter Luchs.

Sie hält ihn am Jackenkragen gepackt und schnauft heftig. In den Ofen schiebt sie ihn, bis er glüht und schmilzt. Neu geformt wird er, sie braucht keine Esse, nur ihren Körper dazu. Weich und weicher wird er. Noch mehr Hitze, und er vergeht, löst sich auf.

Ein Moment des Zögerns, bevor er seine Hände freilässt und sie bei den Hüften nimmt. Was wird sie erwarten? Er spürt, dass der Gedanke, sich jetzt zu verabschieden und nicht mit ihr nach oben zu gehen, in ihrem Universum nicht vorgesehen ist. Das tut Mann nicht. Ihm wird so leicht, als hätte er statt der Pizza Daunen gefressen.

Die Geiger, die im Hintergrund blumige Weisen daherschnulzen, das kitschige Anbahnungsszenario samt Traumerfüllung, Schmachten, Dahinschmelzen und Pipapo kann man getrost hinter sich lassen. Andere Geschwindigkeit.

Der Hartinger ist überfordert, der Maler in seinem Kopf bringt kein ordentliches Bild zustande – Schaffenskrise. So ohne Plan im Hier und Jetzt ist für ihn wie Klettern ohne Seil. Nicht seine Spezialität.

Im nächsten Moment steht er in ihrem Zimmer. Die Treppe ist keine Erinnerung wert gewesen. Die Verlegenheit hat sich erst dazugesellt. Schulterzuckend schleicht sie sich, ohne Gruß, wie die Isabella den Mann auf ihre Matratze schubst.

Der Sandner sitzt auf Kohlen beim Chingachgook in der Küche. Ihn drängt es nach draußen, aber er zwingt sich, auf den Indianer zu warten. Meisterleistung in Geduld. Obwohl es möglich wäre, dass der bei seiner Ayasha ausharrt. Ob das Tier operiert werden müsste? Hauptsache, sie geben es ihm nicht in der Plastiktüte mit nach Hause. Es vergeht eine Stunde, innerhalb derer der Sandner vergeblich versucht, die Wiesner und den Hartinger auf dem Handy zu erreichen.

Zehn ist es mittlerweile. Jeder hat ein Recht auf Feierabend. Beim Jonny gibt es nichts Neues. Der hat sich wieder zum Brauner gesellt und spielt dessen Unterhaltungsdame. Er berichtet dem Sandner, dass der Hartinger sich auf alle gestürzt hätte, die am Leib der alten Brauner für den Kundendienst gewerkelt hätten. Morgen ginge es mit Friseur und Fußpfleger weiter. Er hätte sich um neun verabschiedet. Ebenso die Sandra Wiesner – nach der vergangenen Nacht ohne Schlaf hat der Sandner Verständnis.

»Geh früh ins Bett, Jonny«, gibt er den fürsorglichen Vorgesetzten.

»Und Sie?«, kommt es pflichtschuldig zurück.

Er hat ihm die Hundegeschichte geschildert, und die Frage hätte er sich selbst gern beantwortet. Was machst du, Sandner?

»Ich werd meinen Zimmervermieter von der Selbstjustiz abhalten – vielleicht – und dann rumstreunen in den Spelunken hier. Ich brauch Informationen. Und – mag sein, dass ich auf den Yilmaz treff.«

Minuten später steht plötzlich der Indianer in der Wohnung. Keine Leistung, da er die Tür nicht aufsperren musste. Er geht schweigend in die Küche und holt sich ein Bier aus dem Kühlschrank. Der Sandner greift sich auch eine Flasche und setzt sich. »Die Ayasha wird wieder. Sie ist zäh und stark. Es war ein Stich – wahrscheinlich Messer.«

Der Sandner nickt und trinkt einen Schluck. Dann schildert er ihm noch einmal den Diebstahl der Jacke und den Besuch bei Frau Yilmaz.

Diesmal ist es am Indianer zu nicken. In seinem Gesicht regt sich kein Muskel. Er zieht sich seinen Poncho aus und hängt ihn über die Stuhllehne. Beeindruckend gemeißelte Bauchmuskeln. Auf der linken Brust prangt die handtellergroße Tätowierung einer Wasserschildkröte, um seinen Oberarm bis über die Schulter ist eine Schlange gewickelt, die ihren Kopf unter das Schlüsselbein bettet. Chingachgook, die große Schlange. Seinen Bauchnabel umgibt eine strahlende Sonne in Orangerot. Das könnte das Harthofer Wappen sein.

Der Mann fängt an, eine Melodie zu summen.

Mit dem Bier in der Hand hört der Sandner schweigend zu.

Chingachgooks Oberkörper schaukelt vor und zurück. Er hat die Augen geschlossen. Seine Oberarme ruhen, Handfläche nach oben, auf den Schenkeln. Er ballt die Hände zu Fäusten und reckt sie in die Luft. Wild schüttelt er sie, und aus dem Summen wird ein kehliger, eintöniger Gesang. Geschlagene zehn Minuten geht das so. Endlich greift er zur Bierflasche.

»Was immer du vorhast...«, beginnt der Sandner.

Mit einer Handbewegung schneidet ihm sein Gegenüber das Wort ab.

»Meine Sache. Vielleicht töte ich seinen Sohn und schände sein Weib.«

Der Sandner sieht im Gesicht des anderen keine Spur von Ironie. Das beruhigt ihn nicht. Im Gegenteil. Wieder summt der eine Weise. Dann rezitiert er:

»Aus euren Schädeln werden wir Chicha trinken.
Aus euren Zähnen werden wir Halsketten machen.
Aus euren Knochen Flöten,
aus eurer Haut Trommeln,
und dann werden wir tanzen.«

Die Wiesner tanzt auf einer anderen Hochzeit. Unter ihrem Leib bewegt sich ein Mann. Sie findet den Schlüssel nicht, um hineinzukommen, eine Verbindung herzustellen. Als wären sie getrennte Wesen, ihr Geist und ihr Fleisch. Nur durch das Schlüsselloch kann sie sich betrachten. Es kümmert sie nicht. Sie hatte sich in Schwabing ohne Ziel treiben lassen und ist von der Flut mitgerissen worden. Dem Fieber wollte sie sich nicht entgegenstemmen. Sie hat sich vor ihrer Grenzenlosigkeit gefürchtet, aber ungeduldig auf sie gewartet. Die hat sie aufgetaut und ist mit ihr übers Feuer gesprungen.

Der Mann hatte sie in einer Coffee Lounge angesprochen. Wo auch sonst in diesem Winkel der Stadt? Die Leopoldstraße ist bepflastert damit. Du brauchst nur umzufallen, um einen Bistrostuhl unter den Hintern zu bekommen und eine schwarz gewandete Bedienungsdiva, die dir gnädigst ihre Gunst erweist.

An seinen Spruch erinnert sie sich nicht, hatte etwas mit ihren Augen zu tun, nur an den Geschmack des Mai Tai. Den spürt sie noch auf der Zunge. Seine Hände waren von der feingliedrigen Sorte.

Jetzt sind ihre Finger in seine Brust gekrallt, ihre Nägel schlitzen sie auf. Sie hat die Augenlider zusammengepresst. Über ihn gebeugt, die Beine angezogen, fährt sie derb auf ihn nieder, verleibt ihn sich ein. Wieder und wieder. Zwei Viecher. Sie will ihn reißen, wie eine Beute, nichts weiter. Jemand in ihr hungert danach. Augenblicklich! Ist sie das oder sieht sie sich zu? Auf diesem roten Satinlaken, in diesem gestylten, aufgeputzten Zimmer, mit den zahllosen Spiegeln, die den Narzissten verraten.

Sie packt den Mann bei den Haaren, drückt seinen Schädel roh ins Kissen, greift nach seiner Kehle, wie es sie loslöst, ihre Hülle abschält, bis aufs Fleisch, das bekommt, was es erwartet hat. Ihren schluchzenden Erlösungslaut hört sie, als würde er in ihrem Inneren widerhallen wie in einem leeren Saal. Er vermischt sich mit dem lang gezogenen Röhren des pumpenden Wesens unter ihr. Finaler Zweiklang des Paarungsoratoriums.

»Für mich soll's rote Rosen regnen«, spielt ihr iPhone auf. Gerade als sich der achtgliedrige Körper in zwei keuchende Wesen zurückverwandelt hat. Keine Erlösung für ihren Schädel. Es ist der dritte Anruf. Diesmal hat sie die Hände frei, um ranzugehen.

»Na endlich! Es gibt einen Toten im Harthof«, verkündet ihr ein übermüdeter Jonny. »Hat das was mit uns zu tun?« Er sagt ihr den Namen und Fundort.

Der Wiesner kommen die geröteten Bahnen in den Blick, die ihre Finger auf die Brust des Mannes gezeichnet haben. Unwirklich – vergangen – vorbei.

»Ja, hat es«, meint sie kurz, »ich bin auf dem Weg.« Sie hat noch eine SMS bekommen. »Wo bist du denn? Meld dich doch mal. Kuss. C.«

Ohne ein Wort schlüpft sie in ihre Jeans.

Der Mann im Bett beobachtet ihre Bewegungen. Sein Blick verharrt auf ihren bloßen Brüsten, als könne er damit zupacken und sie festhalten.

»Du gehst?« Kluge Feststellung, pathetische Frageform. Der Unterton pendelt sich zwischen Ungläubigkeit und verletzter Eitelkeit ein.

Sie nickt ihm zu. Kein Lächeln, kein »ein andermal«.

»Tschau«, wirft sie ihm aufs Kissen. Ihre Mundwinkel zeigen ein angedeutetes Lächeln.

Er verpasst den Moment, etwas zu erwidern. Stumm wie der Fisch, dessen Augen geborgt, beglotzt er, wie sie sich fertig macht.

Ohne Hektik, aber bestimmt. Sogar ihre Socken findet sie sofort.

Er kramt nach seiner Zigarettenpackung. Das Feuerzeug flammt auf. Sein erster Zug – die Wohnungstür schließt sich.

Sie ist draußen. Kurz muss sie sich orientieren. Kein Taxi weit und breit. Sie will sich nicht abholen lassen. Nicht hier. Nicht im Schwabinger Niemandsland. Ihr würde der Blick genügen, auch wenn es keine Fragen gäbe. Sie macht sich auf den Weg zur U-Bahn. Der Hartinger soll sie dort aufgreifen, falls er endlich an sein Handy ginge. Nicht zu Hause. Sie will nicht mit sich allein sein und warten. Besser die Nacht ginge so weiter. Auf festem Terrain, dort wo du sichere Schritte setzen kannst und nichts dich verstört. Die Toten sind es nicht, die ihr den Schlaf rauben.

Wer den Brauner aktuell um den Schlaf bringt, ist hoffentlich auch quicklebendig. Die Gedanken an seine Mutter begleiten ihn wie sein Schatten, wo immer er sich im Haus herumtreibt. So als könne er überall das matte Pochen ihres Herzens vernehmen. Ruhelos tigert er umher, hört ungeduldig dem Jonny zu, wie der versucht, das Team zusammenzutreiben wegen dieser ominösen Leiche, die gerade im Harthofviertel gefunden wurde. Gefunden wird offensichtlich genug, nur keine Spur der Braunerin. Immer neue Namen scheinen aufzutauchen, immer neue Verwicklungen und Geschichten. Selten hat sich der Pensionär so machtlos, so schwach gefühlt. Als wären die verronnenen Stunden durstig über ihn hergefallen und hätten das Mark aus seinen Knochen gezapft, wie Starkbier frisch vom Fass.

Der Jonny schnattert gleich einem aufgeregten Ganter ins Telefon. Nahtlos wechselt er zu Flüchen über, weil der Hartinger nicht an sein Handy ginge und er das Callcenter geben dürfe. Das tatenlose Herumlungern macht den Brauner wahnsinnig. Also ein Ermordeter mehr. Dieser Zustand mag bedauerlich für den Mann sein, nur nach heutigem medizinischen Kenntnisstand wäre er irreversibel. Die Leiche könnte getrost noch einige Zeit in der Kühlkammer flacken, bis ihr Gerechtigkeit widerfahren würde. Wenn der Oberstaatsanwalt wollte, dass der Sandner und sein Team sich auf seine Mutter fokussierten, müsste er die Dinge gestalten. Zuallererst ist der Jonny an der Reihe, weil greifbar. Mittlerweile hat der wohl die bedauernswerte Oberkommissarin Wiesner aus dem Bett geholt. Die wird längst geschlummert haben, nach dem ereignisreichen Tag. Lieber sollten sich die Ermittler ihre Energie einteilen.

Keiner des Teams, außer dem Sandner, kennt seine Mutter persönlich. Der Brauner humpelt zum Wohnzimmerregal, zieht eine mächtige schwarzlederne Mappe hervor und legt sie vor dem Jonny auf den Tisch. Dann setzt er sich zu ihm.

»Was haben Sie da?«, wird er vom jungen Polizisten gefragt. »Das schauen wir uns jetzt an«, bescheidet ihm der Brauner. Er wischt mit dem Hemdsärmel Staub vom Deckel und schlägt ihn auf. Ein Fotoalbum. Die Bilder ordentlich auf schwarze Seiten geklebt, mit Datum und Ort versehen. Dem Jonny bleibt die Sprache weg. Er schaut zwischen den Fotos und seinem Handy hin und her und runzelt die Stirn.

»Ich muss …«

»Das hab ich seit fünfzehn Jahren nimmer in der Hand gehabt«, unterbricht ihn der Brauner. »Schau, da war meine Mutter zweiundzwanzig, ein bildschönes Madl ist sie damals gewesen.«

Der Jonny begutachtet die Porträtaufnahme und nickt. Scheues Lächeln, die Haare zum Zopf geflochten, weißer Rüschenkragen, das Ganze in gelbstichig-verblasster Qualität.

»Ja fesch. Da werden die Burschen sauber Schlange gestanden haben … äh, ich mein, zum Foxtrotttanzen, oder so.«

»Umsonst. Der Schnabel is ihnen sauber geblieben. Nur einen hat es gegeben, den sie erhört hat, der es wert war. Was für eine stattliche Erscheinung wäre der Mann gewesen, hat sie immer geschwärmt.«

»Ihr Vater?«

Der Brauner nickt befriedigt über die korrekte Antwort und blättert weiter. »Schau, da sind sie auf der Alpspitz, auf dem Gipfel, schau nur, wie sie schaut! Sechsunddreißig ist das gewesen, drei Jahre vorm Krieg.«

Der Jonny drückt die Wahlwiederholung. Er könnte schlecht ausharren, bis das nächste Jahrtausend sich in Gestalt der alten Dame vor ihm manifestieren würde. Der Brauner blättert eine Seite weiter. »Schau nur!«

Der Hartinger ist nicht in der Schlange gestanden. Er ist gleich drangekommen – erhört worden.

Mittlerweile hat er einen tiefen Schlaf hinter sich. Das fleischliche Erlösungsthema ist umfassend behandelt worden – zur beiderseitigen Befriedigung. So umfassend, wie es der junge Polizist sonst nur aus Träumereien kennt. Nein – nicht dieses unerschöpfliche Meer aus Phantasien, in das hat er nie so tief und so zeitlos eintauchen können, wie mit Isabellas allumfassender Führung. Was ihm widerfahren ist, lässt ihn staunen. Die Frau ist Leibeskundlerin. Ist wirklich er es gewesen? Die Flut hat ihn mitgerissen, mit trommelndem Herzen und ohne den Hauch eines Gedankens. Liegt dort wirklich dieses nackte Wesen neben ihm, den Arm über seinem Bauch, als wäre er ihr Besitz. Als müsste es genau so sein. Er unterdrückt seinen Impuls, nach dem Fehler zu graben. Dieses eine Mal nicht.

Sie schnarcht leise. Mehr ein Schnurren ist es, wie das einer Katze. Genau das ist sie. Er ist in ihren Fängen gewesen. Lauern, fangen, spielen und fressen. Und er hat es geschehen lassen. Er suhlt sich in der Wärme, die sie ausstrahlt, wie ein frisch geworfenes Ferkel unter dem Heizstrahler. Nur nicht rühren.

Er braucht einen langen Moment, bevor er die Ursache registriert, die ihn erwachen ließ. Im Flur tönt sein Mobilteil aus der Jackentasche. Immer wieder. Der Anrufer gibt nicht auf. Der Hartinger schon.

Die Isabella bekommt große Augen, als er von der Schlafstätte springt. Mit einem »Tschau« käme er ihr nicht davon. Will er auch nicht. Sie streckt die Arme nach ihm aus und grinst. In ihren Augen spiegelt sich der kleine Tod, der nach dem Hartinger Ausschau hält.

Den Sandner erwischt es beim Ansi bei rechtschaffener Undercover-Arbeit. Er hat eine Halbe vor sich und schaut sich gerade nach Gesprächspartnern um – als sein Handy die Rawhide-Melodie aufspielt.

Eine halbe Stunde zuvor war er gerade auf dem Scheißhaus beschäftigt gewesen, da hat sich der Indianer lautlos verdrückt. Vielleicht sollte man den Yilmaz in Schutzhaft nehmen, bevor er zu praktischen Haushaltsgegenständen im Hause Chingachgook verarbeitet würde. Aus deinen Fingerknöchelchen mach ich Handtuchhalter oder so ähnlich.

Aber der Hauptkommissar hat sich stattdessen auf den Weg zu Ansis Kneipe gemacht. Jede Entscheidung, die du triffst, kann dir einen Abgrund bescheren – auch die vermeintlich guten. Plötzlich geht es in die Schwärze der Tiefe. Schicksal oder Bestimmung, je nach glaubenstechnischer Überzeugung.

Der Sandner hat abgewogen. Chingachgook wäre hoffentlich keiner, der zum Schlachtermesser griff. Was hätte er auch verhindern sollen? Er hätte dem Indianer reinen Wein einschenken können über seine Identität. Er wäre vor die Tür gesetzt worden – und das zu Recht. Zu Yilmaz' Behausung hetzen, um dort den Wachhund zu geben? Keine Alternative. Insgeheim hat der Sandner damit gerechnet, beim Ansi auf ihn zu treffen. Dann hätte er improvisiert.

Aber in der Kaschemme hat der Hundequäler nicht aufgeschlagen. Was auch ein Wunder gewesen wäre. Sich an zwei Stellen gleichzeitig zu manifestieren, wäre im Mittelalter ein Grund zur Heiligsprechung gewesen. Heilig wird der Yilmaz nicht mehr. Der ist nur an einem Platz, erfährt der Sandner, kaum dass er den ersten Schluck vom Bier genommen hatte, vom Hartinger per Handy. Nicht weit von hier flackt er auf einem matschigen Trampelpfad – mit einem zusätzlichen Loch im Kopf, so tot, wie man nur sein kann.

Der Sandner spürt körperlich, wie die Gülle in ihm hochsteigt und über ihm zusammenschlägt. Ganz in der Nähe liegt der Yilmaz in seinem Blut. Ganz in der Nähe! Zu Fuß könnte er hin. Jeder hier hätte zu Fuß hingekonnt. Er starrt sekundenlang sein Mobilteil an, als trüge es die Schuld.

In der Kneipe wird es unruhig. Der eine oder andere zahlt und macht sich nach draußen. Neugier oder Lust auf Action. Nicht nur der Sandner bekommt die News. Ein ums andere Mal hört er das Wort »Tod«. Es schwebt wie ein Menetekel im Raum. Kopfschütteln, Auflachen, Flüstern – alles ist vertreten. Der Tod geht um.

Der Ermittler kann sich nicht rühren – ist festgeklebt auf dem Barhocker. Die Beine gelähmt. Ist es dein Leichtsinn gewesen, Sandner? Hast du etwas übersehen? Hättest du es verhindern können? Die Fragen ziehen ihm wie ein Strick die Kehle zu. Immer enger. Der Hals ist staubtrocken, die Hände schweißig. Schluss damit!

Er wirft die Münzen fürs Bier auf den Tresen und rumpelt los. Er will, dass der Indianer zu Hause friedlich vor sich hin summt.

Er will die Sicherheit, dass er es nicht getan hat. Und er will Gewissheit, ob der Yilmaz mit seiner Dienstwaffe erschossen worden ist. Vergebliche Hoffnung, das ist ihm klar. Er hätte ihn festnehmen lassen müssen. Hätte, hätte, hätte. »Das Leben wird vorwärts gelebt und rückwärts verstanden«, hat der Kierkegaard aufgeschrieben. Das ist ja die Krux.

Der Sandner nimmt die Füße in die Hand. Unwahrscheinlich, dass jemand die Strecke zum Indianerwigwam je in kürzerer Zeit bewältigt hatte. Das Entsetzen treibt ihn voran. Entsetzen über eine Bluttat, von der er nicht weiß, wie groß sein Anteil daran ist. Die Pest hatte er dem Yilmaz an den Hals gewünscht, aber keine Kugel in den Schädel. Feiner Unterschied. Chicha trinken könnte man aus dem nicht mehr.

Vor dem Eingang zittern ihm die Knie. Die Lunge hängt ihm aus dem Hals. Hektisch schiebt er den Schlüssel ins Schloss und sprintet die Stiegen hinauf. Lass ihn da sein!

Tatsächlich findet er Chingachgook zu Hause vor. Er zieht sich gerade die Schuhe aus.

Der Sandner keucht und japst. Er braucht eine Minute, in der er die Rothaut nur anstarrt.

»Wo bist du gewesen?«, herrscht er ihn schließlich an, als wär er ein eifersüchtiger Ehemann. Warst du bei ihm?

Vom Indianer wird er angeschwiegen. Er sieht wohl keine Notwendigkeit für eine Antwort. Es könnte diverse Gründe dafür geben.

»Hast du gerade den Yilmaz getroffen?«, fragt er ihn.

»Meine Sache«, bekommt er serviert. Der Mann schaut ihn nicht an. Geht einfach in die Küche. Nimmt sich ein Bier. Plopp. Ruhig führt er die Flasche zum Mund. Keine zitternden Hände, kein Schweiß. Nichts.

Der Sandner bleibt im Türrahmen stehen.

»Nicht deine Sache«, plärrt der Hauptkommissar, »weil er nämlich tot ist, verfluchter Scheißdreck noch amal! T. O. T.!«

»Tot?« Der Mann scheint tatsächlich verblüfft. Zumindest ziehen sich die Augenbrauen marginal in die Höhe. »Damit hab ich nichts zu tun.«

»Und was hast du gemacht bei ihm – ein bisserl die Wange getätschelt?«

»Ich war in seiner Wohnung. Er war nicht da. Ich hab ihm etwas genommen.«

»Was genommen, aha – zum Beispiel das Leben? Hast du seinen Skalp, oder was?«

»Er war nicht da! Er ist bei mir gewesen, ich war bei ihm. Ganz einfach. Seine Frau und sein Sohn haben geschlafen.«

»Geht noch ein Satz mehr?« Der Sandner ist dem Wahnsinn nahe. »Du spazierst also einfach in seine Wohnung – und?«

Der Indianer deutet auf einen Plastikbeutel vom Lidl.

»Ich nahm ihm etwas, an dem er hängt. So muss es sein.«

»Was ist da drin?«

»Schau selbst nach.«

Der Sandner reißt den Beutel auf.

»Scheißdreck, das schaut aus wie Kokain in Packerln, wenn es kein Backpulver ist. Lecko mio, das müssen zwei Kilo sein. Eine viertelmillion Euro hast du da rausgeholt! Ja, spinn ich! Das ist großer Stil! Wo war das?«

Der Sandner holt einen der abgepackten Beutel heraus und wiegt ihn in der Hand. Nein, bestimmt kein Backpulver.

»Reisetasche im Wohnzimmer«, sagt der Indianer. »Wer bist du eigentlich?«

»Hauptkommissar Sandner, Tötungsdelikte.«

Der Mann schaut ihn nur an. Wenn er überrascht ist, kann er es perfekt verbergen. Er trinkt bedächtig vom Bier. Platziert die Flasche auf dem Tisch und betrachtet das Etikett. Lange. Als müsste er die Inschrift vom Augustiner-Bräu auswendig lernen.

»Hab ich gewusst, dass deine Geschichte nicht stimmt«, sagt er dann. »Kein Wort davon. Hab ich gesehen. Verlierer sehen anders aus.«

Im Moment beschleicht den Sandner das Gefühl, Verlierer sehen akkurat so aus.

»Dank schön. Hoffentlich stimmt deine Geschichte – und zwar jedes Wort davon! Sonst bist du fällig.«

»Ich lüge nicht. Soll ich mitkommen?«

»Erst bringst du den Schnee zurück.«

Der Mann lächelt ihn an.

»Was geht in deinem Hirn vor, Hauptkommissar?«

»Wenig. Ich bräucht Zeit zum Nachdenken, aber die hab ich nicht einstecken. Den weißen Schmalzler wird jemand wiederhaben wollen – vielleicht der Mörder. Wenn ich dich mitnehme, wegen Mordverdacht, krieg ich nix raus. Denk darüber nach, was passiert, wenn man den Schnee bei dir findet. So wie die Buschtrommeln hier schlagen, werden die Frau Yilmaz und ihr Sohn zum Tatort hin sein. Ich schätz, du hast höchstens zehn Minuten. Wenn es Spuren von dir gibt, wenn dem Toten der Haarschopf fehlt, gehörst du der Katz. Ein Marterpfahl ist ein Dreck dagegen, das schwör ich dir – und jetzt los.«

»Du bist ein gerissener Fuchs.«

Der Sandner lacht auf. »Mein Fell verkaufen sie gerade meistbietend, glaub mir.«

»Was heißt das? Du kommst nicht?«, will die Wiesner vom Sandner wissen. Er hätte es sich anders überlegt und würde direkt auf die Dienststelle fahren. Die Wiesner geht mit dem Handy ein paar Schritte weg vom polizeilichen Remmidemmi. Ihre Schuhe verursachen ein schmatzendes Geräusch, wie sie durch den Matsch schreitet. Keine zwanzig Meter von ihr entfernt liegt die Leiche des Yilmaz. Sehen kann sie von ihrem Standort aus nur das Gewusel der geschäftigen Kollegen. Als wäre ein Ameisenstaat um ein totes Insekt versammelt.

»Sandner, der ist erschossen worden! Denken wir das Gleiche?«, nuschelt sie hinter vorgehaltener Hand.

»Ich werde den Verlust meiner Waffe ordnungsgemäß anzeigen. Sie müssen eruieren, ob Kugeln aus der Waffe den Yilmaz getötet haben. Alles andere wäre jetzt ein Schmarrn.«

»Der wird sich nicht suizidiert haben damit.«

»Das ist mir auch klar.«

»Die schlagen dir den Kopf ab. Scheißdreck. Und der Wenzel tanzt dazu mit dem Schleier, wie die Salome. Wir könnten sagen, wir haben so entschieden, weil ...«

»Ich allein habe entschieden, die Goschen zu halten. Du hast nichts gewusst – verstehst? Du bist ja nicht meine Beichtschwester – schon vergessen? Denk an den Brauner, nur darum geht's. Vielleicht war es nicht meine Waffe – wer weiß.«

Der Sandner hat das Gespräch beendet. Alles ist gesagt.

Alles lebt nur einen Hauch lang. Unsere Zeit ist geliehen, im Nu müssen wir sie hinter uns lassen, haben bereits die Azteken festgestellt und es einst durch kreative Opferzeremonien verifiziert.

Knapp sechsundsiebzig Jahre leiht man sich statistisch berechnet als mitteleuropäischer Mann. Dem Yilmaz hat man nur die Hälfte gegönnt.

Ein Opfer, von einem Schuss in die Stirn niedergestreckt.

Über der Leiche ist ein Paravent aufgebaut, um den Regen abzuhalten. Vielleicht auch, damit den Kollegen die Kippen nicht nass werden. Für den Doktor Aschenbrenner ist das kein Thema. Der Gerichtsmediziner schaut sich gerade suchend nach seinem Freund um. »Der Sandner ist nicht hier«, erahnt die Wiesner seinen Blick.

»Ach so«, sagt er bloß, um sich wieder der Leiche zuzuwenden. Um den Arzt in Erstaunen zu versetzen, müsstest du ohne Kopf an ihm vorbeidefilieren, wie der Störtebeker, und dabei »You can leave your hat on« auf der Waldzither zupfen.

Sie blättert in der Brieftasche des Ermordeten. Die Identität scheint klar. Ausweis, Führerschein, Kreditkarten, Bargeld, Friseurbonusheft – vollgestempelt, der nächste Haarschnitt wäre umsonst gewesen. Auch der Schlüsselbund war vorhanden.

Smartphone, elektronischer Autoschlüssel mit BMW-Emblem, Zahnseide, Teppichmesser und das Foto einer finsteren Herrin in Latex, die bestimmt nicht Frau Yilmaz heißt. Alles, was der Mann – jetzt nicht mehr – braucht.

»Der liegt höchstens eine halbe Stunde«, erfährt sie vom Aschenbrenner, »und das hier – da leg ich mich fest – ist auch der Tatort.«

»Wir glauben zu wissen, dass es erst vor Kurzem passiert sein muss. Es ist ein anonymer Notruf eingegangen, vor einer knappen halben Stunde.«

»Wenn von ihm – dann aber, bevor er die Kugel gefangen hat. Hinterher sind bei ihm sofort die Lichter aus. Augenblicklicher Exitus. Sehr präzise abgehandelt.«

Die Spur Anerkennung, welche die Polizistin heraushört, ist der Freude des Mediziners geschuldet, keinen unförmigen Fleischbatzen zusammenpuzzeln zu müssen. Manchmal hast du mit grobmotorischen Metzgern zu tun, die sich am Objekt ihrer Begierde abarbeiten, sodass der Begriff »Übertötung« eine neue Dimension erfährt. Als Polizist bekämst du in so einem Fall sieben Euro siebzig pro Stunde Ekelzulage.

Von Wut oder Rage hat hier nicht die Rede sein können. Es sieht nicht nach Eskalation aus, keine Kampfspuren – eher eine Hinrichtung. Ein kleiner chirurgischer Eingriff, um diese Appendix namens Yilmaz zu entfernen. Der musste weg.

Der Täter hatte sich keine große Mühe gegeben mit der Ortswahl. Gleich neben dem ehemaligen Jaguar-Händler, vielleicht zehn Minuten von Sandners Wigwam entfernt. Eine Mauer umgibt das Grundstück, auf der noch das Raubtier-Emblem prangt, respektive prankt. Erinnerung an bessere Zeiten. Im ummauerten Gelände steht schon lange kein Prestigeobjekt mehr. Daneben ein verwilderter Grünstreifen und ein matschiger Trampelpfad. Dort liegt der Yilmaz auf dem Rücken im Dreck, nicht arg weit von der Straße entfernt. Der Ort hat für ihn keine Bedeutung. Das Sterben wär ihm auch nicht leichter gefallen, wenn er auf Schloss

Neuschwanstein im Bett von Ludwig II. gelegen hätte. Wahrscheinlich hat der Mörder nur kurz mit dem Auto angehalten. Aussteigen und bumm. Aus. Dafür brauchst du nicht mehr wie fünfzehn Sekunden. Mittleres Risiko. Nicht einmal die Gastwirtschaft auf der anderen Straßenseite hat ihn gestört. Unwahrscheinlich, gerade in diesem Moment gesehen zu werden – aber nicht auszuschließen. Der anonyme Anruf spricht dafür. Entweder der Anrufer hatte den Schuss gehört und den Mörder flüchten sehen, hielt sich weiter hinten im Gesträuch auf oder ist zufällig vorbeigekommen. Variante drei ist unwahrscheinlich, da er sonst auf den Mörder getroffen wäre. Der hatte wohl nicht die Zeit oder Möglichkeit, es von langer Hand zu planen. Warum nicht? Er könnte sich spontan dazu entschieden haben. Warum musste der Yilmaz heute Nacht sterben? Die Überraschung und der Schmerz sind dem Toten noch in die Züge eingebrannt. Diese Fassungslosigkeit, dieses Nicht-Wahrhaben-Wollen, dass alles Denken zu Brei gestampft werden wird. In diesem Augenblick, der schneller kommt als ein Fingerschnippen. Das Hirn malt noch ein letztes erstauntes »Nein«. Dann ist die Leinwand zerrissen, die Farben verblassen. Was hat er hier gewollt? Hat ihn sein Mörder mit vorgehaltener Waffe hierhergebracht, oder hat er sich freiwillig mit ihm getroffen?

Fürs Gefühl der Wiesner starrt ihr rothaariger Kollege dem Toten eine Spur zu lange ins bleiche Antlitz. Das ist keine Konzentration, sondern Beschäftigung mit eigenen Gespenstern. Memento mori. Sie könnte schwören, ihm ist vor Kurzem etwas Außergewöhnliches widerfahren. Wenn alles eng beieinanderliegt, bringt dich das zum Grübeln. Da bist du durchlässig. Sie selbst hat sich »die Haut« übergestreift. Alles perlt ab, was eindringen will an Gedanken und Impressionen, die nicht an diesen Tatort und zu dieser Leiche gehören. Lang genäht hat sie an der, bis sie perfekt passt und nicht ständig aufreißt an den Nähten. Trotzdem ist sie nicht immer verlässlich. Aktuell ist sie ein polizeiliches Destillat, sonst nichts.

Der Regen wird stärker. Sie hört den Poschner von der Spurensicherung fluchen und seine Männer in seinem unverwechselbaren Hessisch zur Eile antreiben. In ihren weißen Anzügen tummeln sie sich auf der Wiese, wie Freiland-Schäfchen auf saftiger Weide, die Nasen dicht über dem Boden. Eine Patronenhülse wird eingetütet, einige Zigarettenkippen. Eine Tüte vom Discounter, eine halb volle Chipstüte und zwei Bierflaschen finden sie in der Nähe. Alles wird im Labor landen.

Hinter der Absperrung drängeln sich die Leut. Einige haben Schirme dabei, fast alle recken ihre Smartphones in die Höhe. Es sieht aus wie ein Gottesdienst, um das Elektronikgelump zu weihen. Ein Sonnensturm wäre jetzt schick.

Die Wiesner dreht sich nach dem Uniformierten um, der ihr am Nächsten steht. Tatsächlich genau hinter ihr, wie ein Schatten. Wobei ihre Silhouette nur halb so mächtig ist. Es ist ein feister Kerl, Kaugummi kauend, die Hände am Gürtel, offenbar ein ansässiger Kollege. Einer der wenigen ohne Regenmantel.

»Schaut, dass die Leut verschwinden, und stellt einen Sichtschutz auf. Schnell. Ich hab keine Lust, das alles auf Youtube zu sehen.«

»Alles klar, Mam«, meint er und tippt an seine Mütze. Zu viel amerikanischen Trash geglotzt, der Gute. Er stolziert breitbeinig auf die Menschenansammlung zu und brüllt so, dass jedermann die Ohren anlegt. Ein verständlicher Text ist nicht von Belang. Tatsächlich zerstreut sich die Menge. Der hätte das Zeug zum Platzanweiser beim Weltuntergang. Kennt wohl seine Pappenheimer – zumindest bekommt er Respekt aus guter alter Gendarmenzeit. Der Sheriff ist in der Stadt.

Die Wiesner zuckt mit den Schultern. Hauptsache, es hilft. Gerade will sie sich wieder der Leiche zuwenden, da gibt es doch Tumult. Eine kreischende, um sich schlagende Frau wird von Polizisten daran gehindert, sich bis zum Tatort durchzukämpfen. Außer Rand und Band. Ihr gelingt es, einen der Beamten mit einem tückischen Kniestoß auszuschalten und sich loszureißen.

Selbst unbeteiligte Zuschauer verziehen, von Phantomschmerz überfallen, die Visagen – zumindest die sensiblen, männlichen. Der Kollege sinkt zu Boden.

Fast hätte die Frau es geschafft durchzubrechen, da wird sie vom diensteifrigen Sheriff umfasst. Ihr gelingt kein Touchdown. Ungerührt lässt er sie trampeln und toben. Sie kommt nicht aus seiner Umklammerung frei. Die Leute rücken näher. Endlich das erhoffte Spektakel.

»Heimbringen?«, ruft der Polizist der Wiesner zu.

Die nickt ihm zu. Es wird die Frau des Toten sein.

Die Frau zappelt noch etwas in seinen Armen, dann erlischt ihr Widerstand. Er redet auf sie ein. Offenbar findet er den passenden Ton. Schluchzend hängt sie an seiner Schulter. Er lässt sie gewähren. Nicht jeder der Kollegen würde sich so mitfühlend auf das Geschehen einlassen, denkt die Wiesner. Das kennt sie auch anders. Jetzt streicht der Beamte der Frau tröstend übers Haar. Scheint neben dem coolen Gehabe doch ganz brauchbar zu sein, der Dicke. Ein blasser Jugendlicher steht daneben, die Hände in den Taschen, den Blick starr. Seine schwarze Jacke kommt der Wiesner bekannt vor. Sanft führt der Sheriff die beiden zu einem Streifenwagen, während er weiter auf sie einspricht. Keine leichte Aufgabe, mit den Angehörigen eines Mordopfers umzugehen. Der Mann hat das richtige Händchen. Er schaut zur Wiesner. Die nickt ihm zu.

Gefilmt von Gaffern bugsiert der füllige Polizist die beiden ins Auto. Die Ermittlerin hätte Lust, die Handys einzukassieren und zerstampfen zu lassen. Polizeiwillkür oder täglich eine gute Tat? Was willst du erwarten, wenn Gedanken flach wie ein Display daherkommen? Einer vom Spusiteam fährt den weißen Kleinbus als Paravent vor die Absperrung.

Um die Geisterstunde hockt neben dem Brauner immer noch der Jonny auf der Couch. Niemand will schlafen gehen. Das Fotoalbum liegt aufgeschlagen auf dem Tisch. Als wäre es eine Mahnung. Frau Brauner, anno Zweitausendsieben bei irgendeiner Beerdigung. Im Hintergrund ein mit Kränzen bedecktes Grab. Auf einen Stock gestützt, in einen schwarzen Mantel verhüllt, wirft die Frau dem Fotografen einen verkniffenen Blick zu. Als wäre der unwillkommen wie ein Grippevirus. Ein ausgestreckter Arm, der von links ins Bild ragt, hält einen Regenschirm über sie. Wahrscheinlich gehört der zum Sohnemann. Bild mit Symbolcharakter.

Die neusten Nachrichten aus dem Harthof sind verwirrend. Zwischen dem Toten und dem Wessold hat es offenbar eine dubiose Verbindung gegeben. Keiner weiß, was der Mord an Yilmaz für die Entführer bedeutet. Sind die Karten neu gemischt, oder ist es nicht von Belang? Der Tod hat wieder Einzug gehalten im Viertel, wie schon vor fünf Jahren. Gutes oder schlechtes Omen für das Überleben von Brauners Mutter?

Ihr Sohn hat pragmatisch gemeint, man könnte diesem Yilmaz den Mord am Wessold anhängen. Dann gäbe es keine Verluste. Einen Toten würde es nicht jucken. Die beiden Männer warten gespannt, ob es eine neue Nachricht von den Entführern gäbe. Vielleicht diesmal ein längerer Text. Immerhin wissen sie, dass Brauners Mutter wahrscheinlich nicht am Polarkreis festgehalten wird. Die Phonetiker hatten einen Amselruf isoliert. Innerhalb deren Verbreitungsgebietes sollte der Anruf getätigt worden sein. Falls sich kein Inuit eine Amsel im Vogelbauer hält. Interessanter ist die Tatsache, dass der Mann zwischen dreißig und sechzig offenbar mit oberbayrisch eingefärbtem Idiom spricht.

»Jetzt stehen wir da und sind keinen Deut schlauer wie gestern. Und der Sandner hockt sich da draußen den Oasch breit und nix passiert. Und das Altenheim? Auch nix. Ich bereu, dass ich dem Wenzel nicht recht gegeben hab. Wenn ihr bis morgen früh nix zerreißt ... dann zerreißt es mich. Kreuzkruzifix!«

Seinen Stock stößt der Alte wutentbrannt auf den Boden. Der Kopf färbt sich puterrot. »Ihr kümmerts euch um jeden Dreck, um jedes Kaugummipapierl auf der Straß. Aber hilft das was? Na.

Einen Scheiß! Genauso gut hätt das die Polizeikapelle gekonnt und dazu noch einen Marsch aufgespielt. Nicht zum Aushalten ist das!«

Der Jonny sagt nichts dazu. Er schenkt sich ein Weißbier ein und schaut den Brauner fragend an. Der winkt ab. Einen Tee hat er vor sich stehen. Kamille.

»Darf ich Sie einmal was Persönliches fragen?«, beginnt der junge Polizist und betrachtet dabei nachdenklich das Beerdigungsfoto. Er will einen Themenwechsel, bevor sich der Alte noch mehr hineinsteigert.

»Weil ich sie sonst irgendwann derschlagen hätt. Das ist die Antwort auf deine Frage.«

»Das meinen Sie nicht ernst, oder?«

Der Brauner neigt nur das Haupt und presst die Lippen zusammen.

Der Jonny räuspert sich kurz.

»Na ja, ich hab halt gedacht, das Haus ist groß genug, und es gibt ja Pflegedienste und weiß der Geier. Und allein ist es schon ein bisserl einsam, oder?« Er nippt vom Schaum.

»Schau, Bursch, ich bin über siebzig. Von mir sind viele Spezln abgekratzt. Und wenn du pensioniert bist, bist du für manche gestorben. Die sehen dich nimmer, als hättst du eine Tarnkappe auf. Du nützt ihnen ja nix mehr. Ist halt so. Braucht man nicht rumjammern. Mein Bein macht nimmer richtig mit. Und meine Mutter ist immer eine starke Frau gewesen – die wollt allerweil sagen, wo es langgeht. Ein richtiger Sturkopf.

So – und jetzt stell dir vor, keiner von uns kommt mehr groß raus aus dem Haus. Niemand kommt vorbei. Wir hocken die ganze Zeit aufeinander, wie der Robinson und sein Freitag – bloß dass nie ein Schifferl kommen wird – verstehst? Des wär lebenslänglich in der Doppelzelle. Sie hat gar nie zu mir wollen – als sie noch gut beieinander war. Aber jetzt denk ich mir, was wir alles noch hätten besprechen können. Ihr Kopf ist nimmer so klar, aber …«

»So hab ich es nicht gemeint. War kein Vorwurf.«

»Ich weiß schon. Leben deine Eltern noch?«

»Freilich, die führen eine Gastwirtschaft.«

Der Brauner sagt nichts mehr. Die Augen sind ihm zugefallen. Er beginnt zu schnarchen.

Der Jonny daddelt mit dem Smartphone. Tetris.

Der Brauner weiß nur die halbe Wahrheit. Von nix zerreißen kann keine Rede sein. Zumindest hat der Sandner den Harthof zum Kriegsgebiet deklariert, Leichen inklusive. Jetzt tut er sich schwer. Stellungnahmen zu verfassen ist seine Sache nicht, insbesondere Berichte, die mit eigenem Fehlverhalten zu tun haben. Morgen früh wird es ihm an den Kragen gehen, daran hat er keinen Zweifel. Allerdings ist ihm das Ausmaß unbekannt. Die Kriminaltechniker halten sich über die Art der Mordwaffe noch bedeckt. Falls der Chingachgook pflichtgemäß gehandelt und dem Yilmaz kein Haar gekrümmt hat, wird auch dieser Kelch an ihm vorübergehen. Dass ein Schierlingsbecher seiner harren könnte, hätte er sich möglicherweise ausmalen können. Aber wenn du drinsteckst in der Scheiße, kannst du selten übers Land schauen und ihr Gewicht schätzen.

In den Clubs und Bars hinter dem Ostbahnhof, beim Gärtnerplatz oder all den anderen unzähligen Fleckerln in der noch wachen Stadt wird das Jungvolk, und wer sich noch dazuzählen mag, jetzt die Nacht und das Leben zelebrieren. Auf seine Weise. Den Tag vergessen, sich in den Armen liegen, schmusen, tanzen, saufen oder auf etwas lauern, was sie einmalig macht, diese Nacht. Und wenn es eine Prügelei hinterm Hauptbahnhof wär. Und irgendwo gibt es jemanden, für den diese Nacht die letzte im Leben sein wird. Einen gibt es immer.

Der Sandner und sein Team haben dem Spektakel Bettruhe verordnet. Beinahe gleichzeitig fallen sie auf ihre Matratzen. Jeder allein mit sich. Wenn du Erschöpfung in der Apotheke kaufen könntest, wären Schlaftabletten nichts als Ladenhüter.

Der neue Morgen kommt mit einem Regenguss daher, als müsste die Stadt noch gründlicher gewaschen werden. An den Fenstern in der Dienststelle Hansastraße sieht der Sandner dicke Tropfen hinabgleiten. Der Himmel ist grau eingefärbt, wie die Stimmung des Hauptkommissars. Qua Definition dient die Inquisition der erleichterten Aufspürung, der Bekehrung oder Verurteilung eines Häretikers.

In Abwandlung der kirchlichen Definition könnte man dem Sandner bezüglich polizeilicher Lehre schon Häresie unterstellen. Auch er beansprucht, selbst die Wahrheit richtiger zum Ausdruck zu bringen.

Das Büro des Polizeirats ist prächtig befüllt. Größtenteils orthodoxe Mitglieder der reinen polizeilichen Lehre. Staatsanwalt Wenzel, der Polizeirat himself, der Sheriff samt dessen Chefs von der Polizeiinspektion 47 sowie die Oberkommissarin Wiesner. Illustre Runde.

Der Polizeirat eröffnet mit einem geseufzten »Oh mei, Josef«.

Kein guter Auftakt. Alle Blicke wenden sich ihm zu. Keiner setzt sich. Stehempfang der anderen Art. Die Häppchen werden schwer im Magen liegen.

»Hauptkommissar Sandner hat unter meiner Regie und mit Wissen der Staatsanwaltschaft verdeckt im Harthof ermittelt, um möglichen Ungereimtheiten im Mordfall Wessold nachzugehen. Wir folgten damit einer Bitte des damalig im Fall federführend ermittelnden Oberstaatsanwaltes Brauner.«

Alle Beteiligten nicken. Der Sandner auch, offenbar soll die Entführung nicht zur Sprache kommen. Immerhin ein Lichtblick.

»Herr Staatsanwalt Wenzel hat uns gestern darüber informell informiert«, lässt sich der Inspektionsleiter vernehmen. »Wir waren jederzeit bereit, Hilfestellung zu leisten.«

Dem Sandner bleibt die Spucke weg. Deswegen das Blinzeln des Sheriffs bei ihrer ersten Begegnung.

Auch dem Polizeirat färben sich die Wangen. Der Wenzel starrt unbeeindruckt den Hauptkommissar an. Seine hergezupften Augenbrauen wandern eine Nuance nach oben. Jedes einzelne Härchen soll Überlegenheit ausstrahlen. Seine neue Frisur erzeugt die Illusion eines Helmes.

Jetzt meldet sich der »Sheriff« zu Wort: »Allerdings gibt es dazu Fragen. Die Frau des ermordeten Yilmaz hat zu Protokoll gegeben, ein Mann habe sie und ihren Gatten bedroht. Phantomzeichnung wird noch erfolgen, aber die Beschreibung passt haargenau auf den Hauptkommissar. Wenn er im Harthof keinen Zwilling hat, ist das eindeutig. Und heute Nacht, zur Tatzeit, ist ein anonymer Anruf bei der Notrufzentrale eingegangen. Möglicherweise ist der Täter bei der Tat beobachtet worden.« Der Polizist wirft dem Sandner einen durchdringenden Blick zu. »Des Weiteren haben wir heute einen Mann verhaftet, Eugen Schwind, genannt Chingachgook, der dringend verdächtig ist, in die Wohnung der Familie Yilmaz eingestiegen zu sein – in der Mordnacht. Er hat als Signatur eine Rabenfeder hinterlassen. Just bei diesem Subjekt hat sich unseres Wissens der Herr Hauptkommissar eingemietet.«

»Der Hauptkommissar Sandner gibt an, Herr Yilmaz hätte ihm die Jacke samt Dienstpistole am Tag zuvor entwendet. Das Projektil der Kugel, die Yilmaz traf, könnte identisch sein. Eine passende Patronenhülse wurde gefunden«, ergänzt der Wenzel sachlich und vorauseilend hilfreich.

Die Truppen sind in Stellung gebracht. Dem Sandner raucht der Kopf. Die Worte fliegen ihm um die Ohren, ohne dass er ihren Sinn erfassen kann. Als hätte er einen Hörsturz.

»Bei dem Toten wurde ein handschriftlicher Zettel mit einer Handynummer gefunden. Und auf Yilmaz Mailbox war ein Anruf des Hauptkommissars unter dieser Handynummer. Sie ist registriert auf den Namen: Kaspar Hauser. Handelt es sich dabei um eine illegalerweise falsch registrierte Simkarte, die Sie gebrauchten, Herr Hauptkommissar?« Der Wenzel reißt die Augen auf und legt den Kopf schief, um die Beute besser mustern zu können. Dann schnappt er zu. »Sonst bist du fällig!« Er zerkaut jede Silbe genüsslich, als wäre der Satz eine knusprige Schweinshaxe. »Das waren doch Ihre Worte? Das ist eindeutig. Sie haben den Mann massiv bedroht! War er am Ende fällig, der Herr Yilmaz?«

Keinen Ton gibt der Hauptkommissar von sich. Besser für alle Anwesenden. Er starrt am Staatsanwalt vorbei Richtung Tür und greift sich beidhändig an die Stirn. Äußerlich ist alles an seinem Platz. Nur der Verstand scheint als Vogelfreier auf der Flucht zu sein. Vom Polizeirat wird er wieder eingefangen.

»Josef, kannst du was dazu sagen?«

Noch ehe er einen Mucks machen kann, drängt sich die Wiesner ins Rampenlicht. Sein weiblicher Paladin.

»Der Hauptkommissar war definitiv gestern nicht mehr in Besitz der Dienstwaffe. Wir haben den Diebstahl durch Yilmaz bereits einen Tag früher besprochen.«

»Warum haben Sie dem Hauptkommissar nicht nahegelegt, es zu melden?«, quäkt der Wenzel. »Oder es sogar selbst getan. Das wäre Ihre Pflicht.«

Der Sandner möchte die Wiesner schütteln und aus dem Zimmer schubsen. Aber er bleibt ruhig stehen. Jeder trifft seine eigenen Entscheidungen.

»Wir haben so erwogen, um die Identität des Hauptkommissars nicht preisgeben zu müssen. Gefahrenabwägung. Wir hätten sonst keine Erkenntnisse ...«

»Erkenntnisse? Welche Erkenntnisse?«, spöttelt der Wenzel. »Mir sind keine bekannt – oder haben Sie beschlossen, die für sich zu behalten? Sie ermitteln bei der Polizei und nicht bei einem Geheimbund.«

»Ganz langsam«, fährt der Polizeirat dazwischen, »jetzt möchte ich die Darstellung von Herrn Hauptkommissar Sandner.«

Der Sandner schildert seinen Kneipenbesuch, zumindest den Teil mit der entwendeten Jacke. Auch den Schlafplatz beim Indianer bringt er zur Sprache, der ihm von einem Freund empfohlen worden ist. Dass er bei Yilmaz gewesen wäre, weil er dessen Sohn mit seiner Jacke gesehen habe und aus. Mehr habe er nicht beizutragen.

»Und zum Thema Wessold«, will der Sheriff wissen, »gibt's da Neuigkeiten?«

Der Sandner sieht ihm ins Mondgesicht und zuckt mit den Schultern. Dir sag ich nichts, denkt er sich, dir garantiert nicht.

»Die Frau Yilmaz hat Todesangst vor Ihnen gehabt, hat sie mir gesagt. Sie sind sehr bedrohlich aufgetreten. Sie könnte sich gut vorstellen, dass Sie ihren Mann getötet haben, sagt sie. Und wer sagt uns, dass Sie den Yilmaz nicht später getroffen haben und der Verlust der Waffe sich so abgespielt hat, wie Sie behaupten?«, ergänzt der Wenzel.

»Einen Moment«, setzt der Polizeirat an. Zu spät. Er kann die Lunte nicht mehr löschen. Der Sandner explodiert.

»Sowieso«, brüllt er den Wenzel an, »und dann brenn ich dem Yilmaz ein Loch in den Pelz. Schadet ja nix. Und meld meine Waffe als gestohlen. Motiv? Seine dreckerte Visage. Keiner macht sich ungestraft mit meinem Jackerl davon. Wäre ja noch schöner. So malt sich das Ihr Hirn aus? Depperter geht's nimmer, oder was?«

»Sie sind sehr leicht zu provozieren, Herr Sandner, das weiß jeder. Und so dumm will man auch nicht dastehen und sich bestehlen lassen – wie ein blutiger Anfänger. Eine Eskalation ist schnell passiert.«

Der Wenzel muss seinen Text daheim vor dem Spiegel geübt haben. Er ist vorbereitet. Er stochert im Wespennest.

Durchschnaufen. Ganz langsam jetzt. Mit ihm nicht. Er fühlt die Schweißperlen an seinen Schläfen. Plötzlich schießt Ruhe in ihn ein, als hätte er sich Valium intravenös gegeben. Mit dem Rücken zur Wand hat der Sandner allerweil die nötige Klarheit, den Blick fürs Wesentliche. Er wird nicht beidrehen, um vom Wenzel eine Breitseite nach der anderen zu kassieren. Lieber unter vollen Segeln voran. Soll der Gschaftlhuber seine Kugeln verschwenden. Schifferl versenken kann er auch.

»Und jetzt?«, fragt er den Polizeirat mit ruhiger Stimme, die Tatkraft vermitteln soll. »Der Yilmaz ist aktenkundig, haben'S seine Wohnung wenigstens durchsucht?«

»Da war absolut nichts, was uns hilft«, vermeldet der Sheriff, »der ist sauber. Und der Indianer schweigt – von dem kam bisher kein Wort.«

Herrschaftszeiten! Wohin soll das Koks verschwunden sein? Noch in der Wohnung vom Chingachgook? Oder hat Yilmaz' Eheweib den Stoff entsorgt? Der Sandner ist verblüfft. Man hätte die Wohnung observieren sollen! Statt depperte Berichte in dreifacher Ausfertigung abzufassen. Er hätte sich bei der Wohnung aufbauen müssen, verfluchter Mist! Grandios. Seine Miene ist unbeweglich, die glatte Oberfläche eines tiefen Brunnens. Schon mancher soll darin ertrunken sein.

Der Polizeirat klatscht in die Hände und weist dann zur Tür.

»Wir halten Sie auf dem Laufenden. Die leitende Ermittlerin, Oberkommissarin Wiesner, gibt Ihnen in zehn Minuten bei der Lagebesprechung noch die neuesten Erkenntnisse zum Mordfall Yilmaz. Inklusive aktueller Aufgabenstellung. Ich erwarte, dass Ihre Polizeiinspektion 47 in diesem Fall ab jetzt alle geplanten Aktionen mit der leitenden Ermittlerin abspricht und ihre Entscheidungen mitträgt. Sie ist weisungsbefugt. Die Vernehmung von Zeugen, Hausdurchsuchungen sowie die Verhaftung möglicher Tatverdächtiger inklusive. Sind wir uns da einig?«

Der Inspektionsleiter zuckt zusammen und nickt. Er leckt sich nervös die Lippen. Die Wendung des Gesprächs kommt als Überraschungspaket daher. Sie hatten sich weit aus dem Fenster gelehnt und auf der sicheren Seite gewähnt. Kooperation schreibt sich anders. Jeder will das Feld von Ruhm und Ehre beackern.

Auch der Sandner weiß Bescheid, mehr als ihm lieb ist.

Die Beamtencrew aus dem Norden der Stadt verabschiedet sich. Ein schmieriges Grinsen kann der Sandner beim Sheriff ausmachen, oder hat er nur die Zähne gebleckt wie sein Mustang daheim im Stall?

Mit einem Blick lässt sein Chef den Sandner und den Wenzel verharren. Kaum ist die Tür im Schloss, kommt sein geknurrtes »Wir sind noch nicht fertig«.

Dem Sandner reicht es. Beherrschung hin oder her.

»Wieso haben Sie alle Welt informiert, dass ich da rumspring?«, herrscht er den Staatsanwalt an.

»Um zu vermeiden, was genau jetzt durch Ihre eklatanten Eigenmächtigkeiten entstanden ist. Schwierigkeiten. Kooperation und Synergie sind entscheidende Faktoren, aber das lernen Sie nicht mehr. Sie sind ein wandelnder Anachronismus! Dazu gefährden Sie das Leben von Herrn Oberstaatsanwalt Brauners Mutter!«

»Bravo.« Der Sandner applaudiert höhnisch.

»Schluss damit!«, befielt der Vorgesetzte.

»Und was soll die Andeutung mit der Unbeherrschtheit, Kruzifix noch amal! Wollen'S mich als Mörder …«

»Sie sind nun mal …«

»Haltets die Fotzen, sag ich! Alle beide!«, werden die beiden Streithammel angebrüllt. Der Polizeirat fegt einen Stapel Papier vom Tisch. Der Schädel ist knallrot. »Niemand unterstellt dir einfach so einen Mord, Josef.«

Der Wenzel bläst die Backen auf. Da wirst du vom Polizeirat mit einem Satz vom Staatsanwalt zum Dreikäsehoch degradiert. Das kann er nicht auf sich sitzen lassen. Steht definitiv nicht in seiner Arbeitsplatzbeschreibung.

»Fakt ist, du hast grob fahrlässig gehandelt und bist auf der Dienstvorschrift rumgetrampelt wie ein saudummer Ochsenschädel!«, fährt Sandners Vorgesetzter unbeirrt fort. »Inwieweit der Tod des Yilmaz mit deiner ›Tätigkeit‹ zu tun hat, wird sich ja noch klären. Die Oberkommissarin Wiesner leitet ab sofort offiziell die Ermittlungen im Falle Yilmaz. Du bist raus! Vom Fall entbunden, beurlaubt. Aus. Fertig. Danke schön.«

Der Sandner reißt seinen Dienstausweis aus der Tasche und schmeißt ihn auf den Schreibtisch. »Darfst du behalten!«

»Ich protestiere aufs Schärfste gegen den unangebrachten Ton. Und wenn ich dazu noch etwas ergänzen …« Der Wenzel lässt nicht locker. Kleiner Wadlbeißer.

»Nein.«

»Die Oberkommissarin Wiesner hat sich auch unvorschriftsmäßig …«

»Schluss!«

»Ich finde, ein neues …«

»Hochverehrter Herr Staatsanwalt! Ich lass mir von Ihnen nicht die halbe Dienststelle diskreditieren. Tragen'S das nachts auf dem Parkplatz aus, mit dem Herrn Sandner – und ich schau gerne dabei zu. Hauptsache, es fließt gescheit Blut!«

Da soll noch mal einer sagen, der Sandner neige zu Gefühlsausbrüchen. Wenn dessen Dienstpistole auf dem Schreibtisch gelegen hätte, wäre durchaus ein Blutbad drin gewesen. So schlägt hinter dem Wenzel bloß die Tür ins Schloss. Theatralischer Abgang. »So nicht! Ich vertrete die Staatsanwaltschaft!«, hat er noch seinem Empfinden Luft gemacht – zweimalig.

Der Sandner bleibt mit dem Polizeirat allein. Der setzt sich hinter seinen Schreibtisch und wirft einen Blick aus dem Fenster. Der Himmel ist grau wie ein alter Everlast-Jogginganzug, verschwitzte Wolken lassen noch vereinzelte Tropfen fallen.

»Das wird die Staatsanwaltschaft nicht auf sich sitzen lassen. Jetzt haben wir den Salat. Du hast dem Yilmaz nix getan, Josef?«

Müdes Kopfschütteln vom Hauptkommissar. »Höchstens indirekt. Wir kennen den Auslöser nicht – noch nicht. Der Indianer muss wieder freikommen. Der hat nix getan. Dem ist nichts nachzuweisen – eine ehrliche Rothaut.«

»Schauen wir mal, wie der Haftrichter Stellung bezieht – Josef? Ich an deiner Stelle würde sicher nicht zu Hause rumflacken – ich rat es dir aber. Ich ordne es hiermit an. Aber dann steigt dir sicher der Brauner ins Genick. Wenn du etwas tust, und was du tust, will ich bestimmt nicht wissen. Zumindest der Wenzel wird Ruh geben, schließlich hab ich dich vor seinen Augen rasiert. Aber falls du noch mehr Scheiße baust, gehörst du der Katz. Da geht's um deinen Dickschädel – meinen behalt ich auf. Offizielle Verlautbarung: Du bist krank, bis auf Weiteres nicht diensttauglich.«

Den Satz mit der Katz hat der Sandner auch im Repertoire. Hoffentlich hat den der Chingachgook ebenso verinnerlicht.

»Was ist mit Brauners Mutter? Wie nah seid ihr schon dran?«, will sein Vorgesetzter wissen.

»Wir glauben, das hängt alles zusammen. Nah ist relativ.«

»Am Montag gibt's die Großfahndung nach den Entführern und Pressekonferenz und BKA und Pipapo. Der ganze Apparat wird eingeschaltet. Ich kann's nicht länger zurückhalten. Sonst kommt mir wer zuvor und sei es, die Staatsanwaltschaft schießt quer. Wir müssen agieren, nicht reagieren, verstehst? Ihr habt noch das Wochenende. Und wenn ihr eine Theorie habt, wo die Frau sein könnte – keine Alleingänge! Und reite die Sandra in nix rein, verstehst? Die ist so blöd und vertraut dir. Viel Glück.«

»Beim Rumflacken?«

Beiden gelingt ein zögerliches Grinsen, bevor sich der Hauptkommissar schleicht.

Draußen vor dem Gebäudekomplex schnauft der Sandner tief durch. Er blickt hoch zur Fensterfront. Hinter den Scheiben sitzen sie jetzt, die Beamten von K11, sehen sich Bilder an den Monitoren an, vielleicht den Autopsiebericht, falls der Doktor Aschenbrenner zügig gemetzgert hat. Die Wiesner wird die Leute einweisen. Alles Routine, wie er es schon hundertmal erlebt hat. Aber diesmal ist er die Persona non grata. Ausgeschlossen aus dem Kreis, der Aussätzige, der sich verkriechen soll. Und dabei hängt seine jetzige Stellung noch stark von der Aussage von Chingachgook ab. Sollte der sich entschließen, über »Schnee von gestern« zu reden, wäre es eng um Sandners Hals.

Der Polizist will in die Lohstraße. Archaischer Reflex. »My home is my castle«. Die Tür abschließen und in Sicherheit durchschnaufen – zumindest für eine Stunde. Gehetzt kommt er sich vor, wie der letzte Karpatenwolf. Automatisch lenkt er seine Schritte zur U-Bahn Station am Heimeranplatz.

Samstag um halb neun sind die Menschen spärlich gesät, manche schon oder immer noch unterwegs. Das frühe Vogerl ist unbeliebt. Wurm hin oder her. Der Namenspate vom Heimeranplatz, der Sankt Emmeram ist als Wandermönch unterwegs gewesen. Umhergezogen, um die wahre Lehre zu verbreiten. Um eine werdende Mutter vor Strafe zu schützen, hat er sich sogar als Vater des ungeborenen Kindes ausgegeben. Edle Tat. Tragischerweise hat die Geschichte einen schlechten Ausgang genommen. An eine Leiter gefesselt sollen ihm alle Gliedmaßen abgeschnitten worden sein. So weit sollte es beim Sandner nicht kommen. Als Umherziehender könnte er sich allerdings betrachten. Gemeiner Wanderpolizist.

Immerhin ist der Emmeram mittels kreativer Todesart zum Märtyrer und Heiligen aufgestiegen. Mehr Stufen auf der Karriereleiter kannst du als profaner Sterblicher nach dem Ableben kaum erklimmen. Über die eigenen Karriereoptionen möchte der Sandner sich nicht den Kopf zerbrechen. Vielleicht wäre es an der Zeit umzusatteln. Vielleicht ist die Kripo für ihn ein totes Pferd. Auf denen solltest du nicht reiten, haben schon die Dakota-Indianer gewusst. Oder das tote Pferd heißt Sandner – auch eine Möglichkeit.

In der U5 fängt der Sandner den Blick einer älteren Dame auf. Seine zerknirschte Miene hat wohl ihre Fürsorge heraufbeschworen. Nur einen Wimpernschlag lang darf sie verweilen. Kaum ist sein zaghaftes Lächeln bei der Frau angelangt, schaut diese zur Seite. Lächeln wird in der bayrischen Metropole mit Argwohn aufgenommen. Du könntest ein Triebtäter sein, ein Gefühlsfetischist, aus dem Bezirkskrankenhaus Haar entsprungen, oder du willst dir zwei Euro erbetteln.

Kurz vor dem Hauptbahnhof gelingt es dem Sandner, seine mäandernden Gedankenfäden zu bündeln.

Zum Emeran fällt ihm Fuhrers Junge ein. Der Fuhrer ist vermutlich kein Märtyrer. Was würde es für die Zahnarztfamilie bedeuten, wenn der Gruber der eigentliche Vater wäre? Auch ein Tauschhandel. Inlays gegen Baby. Mit einem unberechenbaren Wessold als Erpresser an der Backe schießen dir bestimmt schräge Gedanken ein. Für schlappe zehntausend Euro bist du im oberen Qualitätssegment beim Auftragskiller. Allerdings war der Wessold nicht der Einzige, der davon gewusst hat – aber der Einzige, der Kapital daraus schlagen wollte. Der Sandner wird später seinen Thekenkumpan Vinzent aufsuchen. Die Ratschn ist bestimmt für die eine oder andere Information gut. Den Yilmaz-Fall weiß er in fähigen Händen.

Die Wiesner schlägt die Autotür neben sich zu. Allein. Zeit zum Aufschnaufen. Sie hatte es durchgezogen. Kühl, sachlich, Wiesner-Style. Von der leitenden Ermittelnden sind die Weichen gestellt worden in der Sache: Tötungsdelikt B. Yilmaz. Lagebesprechung der besonderen Art. Mickrige sieben Beamte, darunter zwei Frischlinge, und zwei übermüdete, unrasierte Gestalten vom Kriminaldauerdienst. Eigentlich hat sie erwartet, dass sie Eintrittskarten verkaufen könnte, sobald die Gerüchte die Runde machten. Aber die Büros sind schlicht und ergreifend entseelt gewesen. Irgendwann hast du am Wochenende auch die Überstunden über.

Die Nervosität ist zum Greifen gewesen. Von den Fragen waren die unausgesprochenen in der Überzahl. Niemand hat an die Mär von Sandners Dienstunfähigkeit geglaubt. Grobe Fahrlässigkeit! Aber die ofizielle Version hat keiner infrage gestellt. Nur der Hartinger und der Jonny wurden vermisst. Sie hat die Truppe mit deren sofortigen Ermittlungen bezüglich der Tatwaffe abgespeist. Selbstverständlich würden die sich für ihren Chef die Haxn ausreißen. Fast jeder im Raum. Die Crew von Inspektion 47 hat sich zurückgehalten mit Hypothesen. Grimmiges Schweigen hat das Trüppchen geerntet. Paria. Links und rechts von ihnen sind die Stühle frei geblieben. Nur keinen Kontakt, kein Ansteckungsrisiko. Selbst der Wenzel hat ihren Ausführungen stumm gelauscht. Vielleicht hat er sich im Gedenken an die Sandnersche Niederlage gewälzt wie die Sau in der Suhle. Nur den Appell bezüglich vorschriftsmäßiger Ermittlungsarbeit hat er sich nicht verkneifen können. Der bräuchte auch fürs Scheißhauspapier die vorschriftsmäßige Origamianleitung, bevor er sich damit den Oasch abputzten könnte. Es gibt keinen unter den Beamten vom K11, der nicht einmal haarscharf am schlammigen Loch vorbeigeschrammt wäre. Und gute Laune des Schicksals oder des Polizeirats hat dafür gesorgt, dass man nicht eingetaucht ist bis über den Schopf. Die Wiesner inklusive. Allerdings ist ihr Gewissen von der raugegerbten, wetterfesten Art. Ein empfindlicheres hätte längst hässliche Flecken abbekommen.

Letztendlich ist Delegieren das Tagesmotto gewesen.

Nicht einmal ihren Milchkaffee hat sie sich selbst holen müssen.

Die leitende Ermittlerin hat routiniert den Aufgabenkuchen angeschnitten und jedem seine Brösel zugeworfen. Merkwürdiges Gefühl. Als wär sie als gespaltene Persönlichkeit oder Doppelagentin unterwegs. In Obermenzing wartete das »Schatten-Team« auf Neuigkeiten. Ihren Laptop hat sie schließlich gemästet, mit jedem Fitzel über den Fall Yilmaz. Ohne Gruß an die Kollegen der Inspektion 47 war sie danach aus dem Besprechungsraum geeilt. Ihr positives Urteil über den Sheriff hatte sie längst revidiert. Von wegen fähig und einfühlsam. Der war so brauchbar wie Senf ohne Wurscht.

Sie wird den Sandner abholen, um zu Brauner nach Obermenzing zu fahren. Leitende Ermittlerin zu geben ist nur die eine Seite der Medaille. Sie haben siebzehn Stunden, die alte Frau aus irgendeinem Verließ zu kratzen. Sie ist nicht sicher, ob Großfahndung und BKA als lebensverlängernde Maßnahme dafür taugen. Ganz im Gegenteil. Da kann sie dem Brauner nur beipflichten.

Vom provisorischen Sitz der Dienststelle in der Hansastraße bis nach Untergiesing bleiben zwanzig Minuten, um Gedanken nachzuhängen. Falls man welche dabei hat. Die Wiesner schiebt sich den Leonhard Cohen in den Player. »Live in London«. Ein Geburtstagsgeschenk vom Sandner.

Der Verkehr durch Sendling in Richtung Sandners Behausung fließt tatsächlich dahin und erinnert nicht an stehendes Gewässer. Selbst das Nadelöhr Brudermühlstraße ist wunderbarerweise eine Schnellstraße. Die hastenden Massen sind längst festgeleimt in den Shopping-Meilen oder beim Brunch im »Siehst du mich, seh ich dich«.

Die gestrige Nacht schiebt sie in ein entferntes Kammerl. Aber die drückt gegen die Tür. Manchmal fällt dich die Gier nach der Lebendigkeit und dem Greifbaren urplötzlich an wie ein Viech. Archaisches Unterbewusstsein nennen es die Schamanen. Da hilft keine Pizza vor der Glotze, kein In-den-Arm-nehmen, keine Zärtlichkeit und kein verständnisvolles Geschau. Dich spüren willst du, dir das Hirn aus dem Schädel vögeln, bis du brennst, dass es dir die Haut verglüht. Und danach bist du leer und blechern, wie die zerbeulte Red-Bull-Dose, die jetzt auf dem Beifahrersitz hin- und herrollt. Die umschmeichelt dich, diese gefühllose Leere, dieses Nichts. Mehr verlangt sie nicht.

Schluss mit dem existenziellen Schmu, Sandra. Psychofirlefanz. Es ist, wie es ist – und dafür war es ordentlich. Banale Beziehungsstörung. Nur Grippe, kein Krebsgeschwür. Da schnäuzt sich halb München. Und dann drängeln sie in den Clubs, Anbahnungsschuppen und Bierzapfstellen und ersehnen den Messias, der sie aus der Gleichgültigkeit, dem Alleinfühlen und der Tristesse hinaus ins Nirwana führt. Und am nächsten Morgen sinkt das Fieber wieder, und du hörst ihn gurgeln und röcheln beim Zähneputzen, und dir wird speiübel.

Die Wiesner beginnt laut zu Cohens Stimme zu grölen: »Dance me to the end of love.«

Der Sandner hat auf sie gewartet. Er bittet sie nicht herein. Nur eine Jacke schnappt er sich vom Haken, bevor er die Wohnungstür hinter sich schließt. Sie kennen sich lang genug, um keine Worte zu verschwenden. Sie wechselt die Beschallung. Mick Harvey darf die Liebe auf seine Art besingen. Melancholisch, zögernd, ohne Pathos.

Schweigsam fahren sie Richtung Obermenzing. Der Hauptkommissar kommentiert nicht einmal ihren rustikalen Fahrstil. Vielleicht ist es der aktuellen Hierarchie geschuldet. Hier die leitende Ermittlerin, daneben der abgehalfterte, ausgemusterte Anachronismus. Nur mehr Wallach anstatt Hengst, ab damit in die Lasagne. In Obermenzing werden sie die beiden jung-dynamischen Mitglieder des Teams vorfinden.

Der Hartinger ist auf dem Weg. Jonny darf immer noch die Nanny für den Oberstaatsanwalt geben.

Wie sie ankommen, hat der Bursch Frühstück bereitet. Es gibt Kaffee und Butterbrezn. Dem Kellner fehlt nur noch die Schürze. Mit einer anderen Ausgangslage wäre es gemütlich, wie die Fünf zusammenhocken. »Fünf Freunde« und das Rätsel der verschwundenen Mutter.

Die Wiesner legt das Notebook auf den Tisch, misstrauisch beäugt vom Ex-Staatsanwalt. Der ist ein Schatten seiner selbst. Optisch und geistig.

Es käme kein Frühling mehr ins wunde Herz eines alten Mannes, hat Jean Paul einst aufgeschrieben. Im Moment ist das Herz vom Oberstaatsanwalt a.D. tief verschneit. Der Schlafentzug ist ihm anzusehen. Die Augen schwarz umschattet, die Wangen hohl. Mit beiden Händen hält er das Kaffeehaferl umklammert, als wäre es ein Rettungsseil. Die Mundwinkel zucken nervös. Die Brezn verschmäht er. Dafür verschwindet eine nach der anderen in Jonnys Schlund.

»So wie ich das versteh, geht's ihr einen Schritt vor und zwei zurück, wie bei der Echternacher Springprozession. Jetzt bringts ihr noch eine Leich daher, bravo«, resümiert der Ruheständler, »und bald haben wir noch eine, wenn ihr so weiterwurschtelts.«

»Ich glaub, das gehört alles zusammen«, sagt die Wiesner.

»Glauben«, braust der Brauner auf. »Vom Glauben kann ich nicht abbeißen.«

Der Sandner schweigt. Statt am Glauben knabbert er an einer Brezn – das ist schon immer nahrhafter gewesen.

»Ihr müsst euch was anhören«, sagt die Wiesner, »wenn wir schon alle so schön beinandersitzen.« Sie beugt sich über den Laptop.

»Ja hallo, Sie, hier ist einer abgeknallt worden«, ertönt eine Jungmännerstimme. Noch nicht weit nach dem Stimmbruch.

»Wo sind Sie denn? Geben Sie bitte Ihren Namen und Standort …«

»Da bei der Mauer hinter …«

Kurzes Rascheln.

Eine neue Stimme, weiblich: »Schau mal. Krass!! Bist du blöd, Mala…«

Ein letztes »Hallo, sind Sie noch dran?« von der Telefonistin.

»Schluss, das war's«, verkündet die Wiesner.

»Was war das denn?«, fragt der Hartinger. Seine Brezn ist kurz vor dem Mund in der Warteschleife. Die Wiesner seufzt auf. »Heut Nacht hat jemand in der Notrufzentrale angerufen. Zeitgleich, als der Mord vom Yilmaz passiert sein muss. Wir wissen nicht, wer es ist, wir wissen nicht, was sie gesehen haben – eigentlich wissen wir gar nix. Die angezeigte Nummer kannst du vergessen. Prepaid-Karte, lausige Anmeldung. Das Handy ist seitdem nicht mehr aktiviert worden. Und jetzt kommts ihr. Idee dazu?«

Der Sandner setzt sich gerade im Sessel auf. Irgendetwas am Tonfall der Stimme weckt einen Gedanken in ihm.

»Spiel es noch mal vor.«

»Noch mal?«

»Ja.«

Die Ermittlercombo hängt an seiner Miene. Die ist nachdenklich. Er versucht, die Erinnerungsfetzen zusammenzubinden. Die Stimme. Wie war die Stimme? Er sieht sich vor Chingachgooks Haus stehen, das braunhaarige Madl kommt auf ihn zu, er gibt ihr sein Handy …

»Noch mal.«

Die Stimme dringt in höchster Lautstärke durch den Raum. Etwas rauchig, belegt.

»Noch mal.«

Den Brauner hält es nicht mehr im Wohnzimmer. Er braucht Bewegung. Hinter ihm fällt mit einem Knall die Tür ins Schloss.

»Malaka«, murmelt der Hauptkommissar.

»Das Kaff in Spanien?«, will der Jonny ungläubig wissen, »da waren meine Eltern vor zwei Jahren im Urlaub.«

»Arschloch«, sagt die Wiesner trocken.

Der Sandner nickt bestätigend.

»Ehrlich gesagt wär's mir lieber, wir blieben bei Jonny«, sagt der Jonny und wirft der Wiesner einen skeptischen Blick zu.

»Stimmen wir ab«, lässt sich der Hartinger vernehmen.

»Malaka heißt Arschloch auf Griechisch«, bequemt sich der Sandner, die Burschen aufzuklären. »Ihr habt keinerlei humanistische Bildung. Könnte sein, die Stimme kenn ich«, meint er abschließend. »Ich bin nicht sicher, möglich wär's. Arschloch wirft dir heutzutag jeder zweite zur Begrüßung an den Kopf.«

»Damit hättest du weltweit eine hohe Trefferquote«, meint der Jonny.

»Es wär gut, wenn jemand fix in Erfahrung bringen könnte, ob das Madl, an das ich denk, in der Nacht nach Hause gekommen ist«, sagt der Sandner. »Und wenn ja, sollte man sie befragen.« Er zieht seine Namensliste der Harthofer Hausbewohner hervor. »Könntest du das … veranlassen, Sandra?« Der letzte Satz kommt sperrig daher, wie ein Pflasterstein. Er hat sich von den Lippen nicht leicht formen lassen. Dass seine Kollegin das Zepter in Händen hält, daran hat er zu beißen.

Die Frau nickt.

»Wer immer den Mord beobachtet hat, den sollten wir schleunigst auftreiben. Besser wir zuerst ...«

Der Halbsatz genügt. Sie hängt sich ans Handy. Sandners Vermutung gibt sie an die Dienststelle weiter. Eine Streife soll sich sofort auf den Weg in den Harthof machen. Der Sandner betet, dass sie die Kleine bei der Mama daheim beim Frühstücken vorfinden. Am besten beide Anrufer. Aber der Zweifel hat sich bereits eingenistet. Warum hätten sie der Polizei nicht sagen wollen, was sie gesehen hatten? Angst. Ja, er hatte Angst herausgehört, aus diesen kurzen Satzfetzen. Kein Wunder. Jetzt ist er sich sicher, dass es die Stimme des Madls gewesen ist. Vielleicht waren die beiden Jugendlichen in Panik untergetaucht? Er schüttelt seinen Schädel, als könne er damit die Spekulationen aus dem Hirn schleudern. In einer halben Stunde wüssten sie spätestens Bescheid.

Nichts verschwindet gänzlich, es ändert höchstens seinen Zustand, sagen die Buddhisten. Der sollte im Falle der Jugendlichen unverändert bleiben.

Die Wiesner klappt energisch den Laptop zu. Sie hat keinen Trumpf im Ärmel, aber zumindest eine passables Blatt zum Mitgehen. Sie erzählt ihren Mitstreitern, dass der Yilmaz vor zwei Jahren angezeigt worden war, wegen Körperverletzung. Die Anzeige ist zurückgezogen worden – just als der Yilmaz wegen seiner Vorstrafen in Untersuchungshaft gesessen ist. Und zusammen mit dem Jonny wird sie jetzt das ehemalige Opfer, einen gewissen Perisic, aufsuchen. Vielleicht gäbe es da einen Hintermann, der dem Yilmaz geholfen hat.

Der Jonny nickt begeistert und scharrt mit den Hufen. Beim Brauner ist es nicht wie in Stadelheim, aber gewisse Analogien wird der Jonny gefühlt haben.

Der Ruheständler schaut wieder zur Tür herein. Kopfschüttelnd lässt er sich in seinem Lesesessel nieder. Seiner Haltung ist zu entnehmen, dass er mit sich ringt, ruhig zu bleiben. Die knorrigen Hände sind zu Fäusten geballt, seine Lippen ein schmaler Strich.

»Horch amal, Sandner, warum geierst du dich rein bei dem Yilmaz?«, knurrt er. »Gibt's da niemand anderen in eurem Laden, der das machen könnt? Wieso bist du für alles und jeden zuständig? Wer bist du, Batman?«

Die Frage hätte ihm der Sandner beantworten können. Weil der Yilmaz mutmaßlich mit dessen gestohlener Dienstpistole erschossen worden ist, er deswegen suspendiert wurde und zum illustren Kreis der Verdächtigen zählt. Und zwei Jugendliche schwebten mutmaßlich in Lebensgefahr. Ganz nebenbei glaubt der Polizist, den Stein ins Rollen gebracht zu haben. Dass er seine Gedankengänge mit dem Brauner nicht teilen will, ist ein Glücksfall für den Alten. Wahrscheinlich hätte er sich zerrissen und den Sandner dito.

Wie Robin, respektive Hartinger ihm glaubhaft verkündet, dass er essenzielle Spuren rund ums Altenheim verfolgen würde, entspannen sich die Züge des Pensionärs. Der Enthusiasmus des Burschen versöhnt ihn. Er klopft ihm auf die Schulter. Ritterschlag. Kein Dampfplauderer. Ein verschämtes Lächeln zaubert Brauners Klaps beim jungen Polizisten hervor.

Alle rucken gleichzeitig hoch.

»Sollen wir dich mitnehmen?«, will die Wiesner vom Sandner wissen. Der nickt ihr zu. Dass er noch ein paar Leut im Harthof besuchen will, lässt er verlauten. Mehr nicht. Er bleibt im Ungewissen. Wenn es einen Schlüssel gibt, der ans Schloss des Verlieses der alten Brauner passt, wäre er dort zu finden, verkündet er deren Sohn. Ob sie dahinter die Frau putzmunter antreffen werden, ist hoffentlich mehr als ein Wunsch. Viel Zeit ist vergangen, seit die alte Dame aus dem Altenheim verschwunden ist. Vielleicht zu viel.

Pünktlich zum Zwölfuhrläuten der Sankt Gertrudkirche ist der Sandner wieder im Harthof. Hoffentlich hat es den Vinzent aufgeweckt, falls die Glockentöne genügend Durchschlagkraft besäßen.

Diesmal wird ihm gleich die Tür aufgemacht. Der Mann ist offensichtlich nüchtern und hellwach. In Trainingshose und weißem Feinripp-Unterhemd steht er im Türrahmen. Zum Bad scheint ihn sein Weg noch nicht geführt zu haben. Die Haare zerzaust, die fahlen Wangen bartstoppelig, schaut er dem Sandner fragend ins Antlitz.

»Servus, Vinzent, erinnerst dich an mich?«, fragt der seinen Zechbruder.

»Freilich, was machst denn du hier?« Viel Besuch scheint er nicht zu bekommen.

»Darf ich reinkommen?«

Der Mann gibt die Tür frei und schlappt dem Sandner voran durch einen holzgetäfelten Flur in die Stube. Das Erste, was dem Polizisten auffällt, sind die Plastiküberzüge. Beinahe alle Möbelstücke sind umhüllt oder verpackt wie eine Installation vom Künstler Christo. Ein Sessel ist frei. Auf dem lässt sich sein Gastgeber nieder. Er beschreibt mit ausgestrecktem Arm einen Halbkreis.

»Des Häuserl hab ich vor fünfundzwanzig Jahren von meinen Eltern geerbt. Und wenn du mit den Sachen ordentlich umgehst, halten dir die ewig. In das neue Glump bauen sie immer Fehler ein, dass es schneller kaputtgeht. Hast du das gewusst?«

Der Sandner ist auf Zeitreise. Zurück in die Achtziger. Eine große, walnussfurnierte Wohnwand, ein glänzend polierter Tisch nebst Kurbel, um ihn automatisch zu verbreitern, und die Couchgarnitur, braun mit orangen Querstreifen. Der Polizist setzt sich auf einen folierten Sessel und beginnt automatisch, die Plastikfalten glatt zu streichen.

»Auch a Halbe?«, will sein Gastgeber wissen und springt wieder auf. Kein Sitzfleisch. So nutzt du die Möbel nicht ab, höchstens die weinrot gemusterte Auslegware. Der Sandner verneint mit Hinweis auf die Leber. Während der Vinzent sich trollt um sein Bier, vertieft sich sein Gast in die Bilder an der Wand. Das wird der kleine Vinzent sein, vor dem Haus mit der Mutter. Schwarze Turmfrisur trägt sie zum Dirndl und er Lederhosn und Haferlschuh. Daneben noch einmal der Zwerg in geblümter Badehose mit den Eltern am Bootssteg an irgendeinem mutmaßlich bayrischen Gewässer. Im Hintergrund das Bergmassiv als steinerner Wächter über das Familienglück.

Wie der Vinzent samt Bierflasche wieder erscheint, schildert ihm der Sandner den Verlust seiner Jacke. »Ich hab gedacht, vielleicht hast du was gesehen.«

Der Mann schüttelt den Kopf und nimmt erst einmal einen tiefen Schluck. »Da geht's zu, des ist nimmer feierlich. Lauter Baraber. Umbracht ist einer worden, der Yilmaz – hast du des scho gehört?«

Der Sandner nickt. »Der Yilmaz soll doch ein Spezl vom Wessold gewesen sein, hat mir wer gesagt.«

»Schad ist es um den jedenfalls ned. Gestern is der noch beim Ansi gehockt.«

Beide versinken kurz in Schweigen. Die Bierflasche verliert rapide an Inhalt.

»Wenn du da aufwachsen darfst, das ist nicht immer leicht, für jeden«, sagt der Sandner schließlich. Aufwachsen ist noch nie leicht für jeden gewesen. Besonders für die »Geldigen« nicht.

»Ich möcht ned noch amal jung sein«, bestätigt ihm der Vinzent.

»Nein – ich auch nicht.« Gemeinsames Kopfschütteln über die Unbill der Jugend.

»Ich denk grad an den Kleinen vom Fuhrer. Und dann noch ohne Vater. Könntest fast drauf warten, dass der ...«

»Na, der kommt ned unter die Räder. Da schauen der Ansi und sei Oide, die Rita, drauf.«

»Ah so?«

»Seit dem Fuhrer sei Frau wieder arbeitet, ist der oft bei der Rita, wie so a Findelkind. Die kümmert sich, weil die Fuhrerin auch am Wochenende schafft. Im Billardcafé, glaub ich. Und der Ansi ist meistens allein in seim Laden. Sein Weib is zwar der schönere Anblick, verstehst scho, fürs Auge«, kurzes Zwinkern vom Vinzent, »aber des Bier schmeckt genauso. Das ist ein edler Zug, wo es der Kloane so schwer hat.«

»Die Schwangerschaft wird ein Fressen für den Wessold gewesen sein.«

»Kannst du dir vorstellen. Ob denn der Fuhrer der Vater wär – bei so einer Hur. Vielleicht hat es ihn auch gestört, dass er gar nicht landen konnte bei der Fuhrerin.«

»Hat er des probiert?«

»Bei jeder hat er den Stenz rausgekehrt, der Weiberer, der windige. Der Vater vom Bene junior is auf jeden Fall der Fuhrer. Wie aus dem Gsicht gschnittn schaut der Kloa aus.«

Das Gespräch gleitet wieder ins ultimative »Ja, so is« ab. Der Sandner wartet, bis der Vinzent seine Flasche leer getrunken hat. Gemeinsam erheben sie sich und schütteln sich die Hände. »Kannst gern amal wieder vorbeischauen, Seppe.«

Der Hauptkommissar nickt ihm lächelnd zu. Vinzents Händedruck ist fest und ehrlich.

Mit Lächeln werden der Jonny und die Wiesner nicht weiterkommen. Berg am Laim. Nicht weit vom Ostbahnhof entfernt biegen sie gerade in eine kleine Nebenstraße. Häuserzeilen aus den Sechzigern, Flachdächer, gelbbraune Fassadenfarbe. Ab und zu Tags und Kritzeleien irgendwelcher Möchtegerngangster an den Mauern, die Berg am Laim mit der Bronx verwechseln. Mit einem Unterschied: In der Bronx wäre das große Mundwerk nebst Besitzer längst zurechtgehauen worden, und hier schmiert die Mutter jeden Morgen dem Hascherl das Marmeladenbrot und spart sich vierteljährig das neueste iPhone für ihn vom Mund ab. Alles andere wäre ja bitterste Armut.

»Was erwartest du von diesem Perisic genau?«, will der Jonny wissen. »Wollen wir den einsacken?«

»Nein – pass auf. Der Yilmaz hat den Perisic zamfallen lassen, vor zwei Jahren. Ziemlich heftig, der Perisic musste ins Krankenhaus. Dafür ist er verhaftet worden, weil der Perisic ihn angezeigt hat. Aber flugs hat er die Anzeige zurückgezogen. Einfach so? Ich will wissen, warum, oder besser gesagt, wer ihn dazu gebracht hat. Verstehst? Weil, dann hätten wir vielleicht einen Namen. Jemand, dem das Wohl des Yilmaz am Herzen lag.«

»Und der vielleicht jetzt umdisponiert hat mit dem Wohl?«

»Schon möglich.«

Die Wiesner parkt in zweiter Reihe. Als sie an der Haustür angekommen sind, wird sie gerade aufgestoßen. Eine ältere Dame erscheint samt struppiger Promenadenmischung. Die Polizistin drängt sich an ihr vorbei. Der Jonny hat weniger Glück.

»Sie brauchen gar nicht daherkommen mit Ihrem Bibelschmarrn«, herrscht sie ihn an. »Fromm daherreden und dann die kleinen Buben … na, seids doch alle dieselben.« Der Hund beginnt zu kläffen, und sein Pelz sträubt sich, als wäre er eine verkleidete Katze. Der Jonny arbeitet sich schweigend an ihr vorbei. Die Stunden bei Brauner scheinen ihm eine alternative Sicht auf betagte Menschen gegeben zu haben – zumindest eine rücksichtsvolle Haltung.

»Zu wem wollen'S denn überhaupt?«, keift sie den Ermittlern hinterher. Die sind bereits fündig geworden. Es ist eine Erdgeschosswohnung. Perisic. Auf das Läuten der Wiesner wird sofort die Tür aufgerissen. Ein Bub mit verschmiertem Schokoladenmaul steht vor ihr.

»Ist dein Papa da«, schnurrt die Wiesner, »wir sind von der Polizei.«

Der Kleine reißt die Augen auf. Schlüsselreiz. Brüllend verschwindet er blitzschnell in den Eingeweiden der Wohnung.

Die beiden Beamten schauen sich an. Dann wagt der Jonny einen Schritt nach vorn, und die Hölle bricht über ihn herein. Eine kunstrotmähnige Frau springt aus einem Eck und schmeißt sich ihm entgegen. Sie fährt die Krallen aus und schlägt sie in sein

Hemd. Beim Versuch, ihre Hände zu lösen, reißt sie ihm das gute Stück in Fetzen. Knöpfe fliegen umher. Sie keucht und faucht, als gälte es, den Jonny hier und jetzt zu zerfleischen und auszuweiden. Einen Moment starrt die Wiesner fassungslos auf die verknoteten, kämpfenden Leiber. Sie müsste dem Jonny helfen, irgendwo reinpacken in das Knäuel. Sie zögert, in die Arena zu steigen.

Im Hintergrund öffnet sich eine Tür, und ein Kopf schiebt sich heraus. Dann hetzt die ganze Gestalt über den Flur. Der Hausherr. Offenbar war er gerade auf der Kloschüssel gesessen, weil er sich beim Laufen die Hose hochzieht. Mehr ein Hoppeln ist es. Hoffentlich Hände gewaschen. Er reißt sich eine Jacke vom Haken und verschwindet flugs in einem Zimmer. Der Wiesner schießen die Fluchtwege durch den Kopf. Die Haustür scheidet aus. Erdgeschoss – er kann nur eine Möglichkeit haben! Vor ihr versucht der Jonny, die Bestie zu bändigen und in die Wohnung zu schieben.

»Polizei!«, plärrt er. »Loslassen!«

Seine Gegnerin denkt nicht dran – im Gegenteil. Sie steigert ihr Engagement. Es schaut aus wie verbissenes Freistilringen. Ausgang offen. Vielleicht sollte er sie schlicht niederschlagen. Vollendete Notwehr.

Die Wiesner überlässt den Kämpfer seinem Schicksal und hastet zur Haustür. Draußen wäre sie fast über das Zamperl der Alten geflogen, aber sie heißt nicht Hartinger. Der ist nach so einem Hundeunfall wochenlang an Krücken gegangen. Mit einem eleganten Sprung setzt sie über die tierische Hürde. Das pausenlose Kläffen des Viecherls hört sich an wie ein rachitischer Igel auf Helium.

»Sind'S narrisch!«, krächzt ihr die Alte hinterher. »Ich ruf die Polizei!«

Kaum um die Hausecke, sieht sie einen Mann über das Rasengrundstück flitzen. Drei-Streifen-Jogginghose, schwarze Bomberjacke, Halbglatze – Klassiker. Er muss vom Balkon gesprungen sein, wie sie es vorhergesehen hatte. Trotz ihrer schnellen

Reaktion ist er unerreichbar weit weg. Die Wiesner keucht. Laufsport ist nichts für sie.

»Halt, Polizei!«, schreit sie, bevor ihr ein Hustenanfall dazwischenkäme.

Der Mann jagt unbeirrt weiter. Bei einem verhauten, alten Polo angekommen, stoppt er ab. Ein Autoschlüssel fällt zu Boden. Er sieht sich mit gehetztem Ausdruck nach seiner Verfolgerin um, bevor er sich bückt.

Die Ermittlerin ist stehen geblieben. Die Distanz ist zu groß. Sie wird nicht verhindern können, dass ihre Beute sich davonmacht.

Perisic steigt seelenruhig in seine Schrottkarre.

Sie dreht sich um und sprintet zurück zu ihrem Auto. Vom Jonny ist noch nichts zu sehen. Entweder er hat die Frau überwältigt oder sie saugt bereits das Mark aus seinen Knochen. Dann eben allein.

Mit quietschenden Reifen schießt der Peugeot von seinem Standplatz. Eine Minute später hat die Fahrerin den Flüchtenden in einer Querstraße in Sicht. Warum ist der Perisic getürmt? Er ist nur ein kleiner Hehler. Schmalspurganove. Vielleicht hat er in der Wohnung etwas gebunkert, das vom Lastwagen gefallen ist. Große Gangster kommen anders daher. Kein Stil. Sieht man schon an der Rostlaube, mit der er meint, abhauen zu müssen. Die pure Panik, ohne Sinn und Verstand. Sie gibt die Einzelheiten und ihren Standort über Handy durch. Vier Wagen vor ihr fährt er. Sogar den Blinker setzt er ordnungsgemäß, wie er sich in den Verkehr einreiht. Es geht Richtung Ostbahnhof. In der Münchener Innenstadt kannst du dir keine Verfolgungsjagd leisten, inklusive Crash und Pipapo. Schon das Berichtsbrimborium würde sie eine Woche an den Schreibtisch fesseln. Ist ja kein Hollywoodfilm.

Sie zuckeln dahin. Selbst wenn er es eilig hätte, wäre er im Münchner Verkehr gefangen, wie der Aal in der Reuse. Da verzichtet niemand freiwillig auf Recht und Vorfahrt, nur weil du ein flüchtiger Verbrecher bist. Das wäre ja noch schöner! Nicht einmal den Weg freischießen könntest du dir, weil die massigen SUVs gewiss alle radl-, kind- und kugelfest daherkommen. Minutenlang geht es so dahin, ohne dass sie dem Flüchtenden näher kommt. Die Wiesner haut mit der Faust aufs Lenkrad. Sie muss etwas unternehmen, sonst würde sie platzen. Ihr wütendes Hupen hat keinen Effekt. Vielleicht müssten sie durch die Münchner Straßen rollen, bis der Tank leer wäre oder Perisics Rostlaube auseinanderfiele. Herrgott im Himmel!

Endlich hört sie ein Martinshorn. Sie hat schon nicht mehr daran geglaubt. So muss es sein. Im Rückspiegel sieht sie einen Streifenwagen, der schnell aufholt. Sie erkennt am Steuer den Harthofer Sheriff. Allüberall zur Stelle um Schäfchen einzufangen. Dabei ist das gar nicht sein Weidegrund. Was hatte er hier zu schaffen? Auf jeden Fall ist er diensteifrig. Ihr soll es recht sein. Hauptsache Manpower.

Von Manpower kann beim Hauptkommissar kaum die Rede sein. Er ist allein in der Siedlung unterwegs. Seine Sachen will er holen bei Chingachgook. Verschlafen kommt der Ort ihm heute Mittag vor. Wie nach einer durchzechten Nacht oder als müsste er sich erholen von den blutigen Geschehnissen der Nacht. Kein Mensch auf der Straße. Stille. Zeit für ein Resümee. Ein aufgeschlitzter Hund, ein toter Dealer, ein messerschwingender Bodybuilder, der Chingachgook im Gefängnis, ein verschwundenes Madl in Todesgefahr und keine Spur von Brauners Mutter. Wenn das nicht ein zählbares Ergebnis ist. Er sollte sich die Haare raufen oder eine Selbstgeißelung im Hof vornehmen. Wie die zehn Plagen ist er über den Harthof gekommen. Ihr habt die Wahl. Viehpest, Frösche, schwarze Blattern, Heuschrecken oder Sandner.

Die SMS vom Jonny passt akkurat dazu. Das junge Madl wäre spurlos verschwunden. Heute Nacht nicht nach Hause gekommen. Weg. Der Sandner ist sich sicher. Das Madl und ihr Begleiter hatten den Mörder des Yilmaz gesehen.

»Verreckter Scheißdreck!« Kaum hat er den Fluch herausgestoßen, überholt ihn ein Radler, bremst ab und wendet sich um.
»Was is?«, faucht ihn der Sandner an.

Der bärtige Mann reißt die Augen auf, springt wieder aufs Stahlross und tritt heftig in die Pedale. Bloß weg von der wandelnden Plage, bevor sie Unglück über ihn brächte. Ja, Un-Glück. Seit er in der Lohstraße seine Sachen zusammengepackt hatte, hat es keinen Moment gegeben, in dem ihn nicht das Geschehen mit der Peitsche vor sich her getrieben hatte, als wäre er ein störrischer Ochs. Und er ist nicht zum Luftholen gekommen. Die Frage stellt sich: Saftige Weide oder Schlachthof?

Er muss sich Zeit lassen. Zeit, den Hirnstadel auszumisten und sich den Dreck aus den Augen zu wischen, um wieder klar sehen zu können. Bedächtig schreitet der Polizist den Weg zu Fuhrers Domizil entlang. Vertraut kommt er ihm vor. Vor der Haustür verharrt er kurz und schnauft durch, bevor er anläutet. Drei Croissants hat er unterwegs besorgt. Es dauert eine Weile, bevor Frau Fuhrer ihm öffnet. Sie scheint wenig überrascht. Interessant wäre gewesen, wenn sich ein Mann im Hintergrund aufgehalten hätte. Das ist nicht der Fall. Der Sandner spürt, wie er sich entspannt. Irreal. Dem Fuhrer im Knast würde sie damit nicht wehtun. Was der nicht weiß … Und lebendig wird er wohl nach aktueller Lage der Dinge nicht herauskommen. Vielleicht hat es den Sandner auch beruhigt, weil er selbst ein Mann ist. Besser nicht darüber nachdenken.

»Ich wollt mich revanchieren für den Kaffee«, sagt er und hält ihr die Tüte entgegen.

»Mittagessen?« Sie mustert das Backwerk. Frisch geschminkt und mit Sneakers ausgestattet ist sie offenbar zum Weggehen vorbereitet. Ihre glänzend bestrichenen Lippen formulieren ein angedeutetes Lächeln. Sie nimmt die Croissants entgegen. Beide stehen sich einen Moment stumm gegenüber. Im Kino immer ein Moment der Magie. Diese Sekunde der Verlegenheit als erstes

Vorzeichen wahrscheinlicher hemmungsloser Kopulation eine halbe Filmstunde später. Auch der Sandner ist ein Schauspieler hier im Harthof. Erste Anzeichen einer gespaltenen Persönlichkeit unterdrückt er standhaft. Ein kleines »Was wäre, wenn?« schwebt vorbei und zerplatzt.

»Ja«, sagt er schlicht.

»Für einen Kaffee reicht es vielleicht noch«, sagt sie mit einem Blick auf die Uhr.

Sie macht ihm die Tür frei, bleibt aber an den Rahmen gelehnt stehen. Er muss sie mit dem Arm streifen, wie er in den Flur tritt. Auch ihre Blicke verhaken sich dabei. Nur kurz. Kein unangenehmes Gefühl. In der Küche sitzt ein Bub unter dem Tisch und spielt mit einem Polizeiauto.

»Servus«, sagt der Sandner, und »Hallo«, kommt es schüchtern zurück.

»Fängt sie grad Räuber, die Polizei?«

»Nö, Unfall.« Der Junge stößt das Auto gegen das Tischbein.

»Hoffentlich Airbag«, meint der Sandner und bekommt einen verständnislosen Blick zugeworfen.

»Das ist der Benedikt junior«, stellt die Fuhrer ihn vor. »Und Polizei haben wir gerade genug hier, haben'S ja mitbekommen, gestern Nacht, oder? Bei mir war auch schon einer, ob ich was wüsste. Die kommen mir grad recht, die Bullen.«

»Die Bullen«, echot Benedikt junior und beschert seinem Auto einen neuerlichen Crash.

»Mhm.« Mehr sagt der Sandner nicht. Er nippt vom Kaffee. Die braunen Haare könnte der Junge vom Fuhrer senior haben.

Die Fuhrer dreht ihm kurz den Rücken zu, um Milch aus dem Kühlschrank zu holen. Der Sandner kann ihren Mann verstehen. Theresa scheint eine Frau zu sein, für die sich das Kämpfen lohnt. Da ist nichts Falsches an ihr, eher eine Kraft, eine Energie, die du brauchst, um jeden Stein aus dem Weg zu räumen. Der Wessold war vielleicht so ein Stein. Die Fuhrers hätten bestimmt alles füreinander getan – vor fünf Jahren.

Die Frau wendet sich ihm zu.

»Auch Milch?«

Er betrachtet ihre Hände. Schmale, silberberingte Finger. Sehnig und kraftvoll sehen sie aus, bereit, überall anzupacken, wo es nötig scheint.

Bevor er noch etwas antworten kann, läutet es an der Tür.

»Zieh dir die Jacke an, das ist die Rita«, ruft die Fuhrer ihrem Sohn zu. Der folgt freudig, ohne den Sandner zu beachten.

Fast wäre die Wiesner vorbeigerauscht. Ein Transporter vor ihr hat ihr die Sicht versperrt. Sie sind Richtung Haidhausen im Stop-and-go-Verkehr gezuckelt, bis die Streifenwagenbesatzung ihre Chance gesehen hatte. In vollem Tempo sind sie an ihr vorbeigezogen. Jetzt sieht sie deren Auto schräg an der Bushaltestelle vom Max-Weber-Platz stehen. Knapp dahinter der Polo des Perisic. Sie wird bald auf gleicher Höhe sein.

Scheiße, das wird knapp. Gnadenlos steigt sie auf die Bremse und schert rechts aus, was ihr wütendes Hupen ihres Hintermannes einbringt. Im Vorbeifahren zeigt er ihr den Mittelfinger. Ein uraltes Männlein mit Trachtenhut, das Gesicht fünf Zentimeter hinter der Windschutzscheibe. Rechthaberei und schlechtes Benehmen kennen keine Altersbegrenzung. Der Kasperl sollte froh sein, dass der Finger noch so beweglich ist.

Die Polizisten haben den Flüchtigen derweil aus der Schrottkarre gezerrt und zu Boden geworfen. Der massige Sheriff kniet auf seinem Kreuz, während er ihn mit Handschellen fesselt. Der zweite Uniformierte sichert mit der Hand am Pistolengriff. Nur keinen Unsinn jetzt. Sie will ihren Zeugen nicht vom Pflaster kratzen. Wobei das Klinikum rechts der Isar fußläufig erreichbar wäre. Von Perisic kommt glücklicherweise keine Gegenwehr. Er wird ohne Befund abgetastet. Alles gemäß Handbuch.

Die Wiesner bringt das Auto hinter ihnen zum Stehen. Sie reißt die Tür auf und sprintet zum Geschehen.

»Ein alter Bekannter«, schnauft der Sheriff. Die beiden Uniformierten wuchten den Mann in die Höhe und reißen ihm die Jacke über die Arme nach hinten. Als verschnürtes Päckchen wird er ihr übergeben. Die Wiesner hält ihm ihren Ausweis vor das Gesicht.

»Hab ich doch nicht gewusst«, schreit der Perisic, »hab gedacht, ein Überfall!«

Das bringt ihm von den Polizisten ein wütendes Schnauben ein. Sie rütteln an seinen Schultern.

»Schon klar«, meint die Ermittlerin. Passanten äugen vom Gehsteig neugierig zu ihnen herüber. Ein Manschgerl mit brauner Cordhose und Nickelbrille fängt an, mit seinem Handy zu filmen. Vielleicht ein Aktivist gegen Polizeiwillkür. Die Wiesner schenkt ihm ein Grinsen. Den juckenden Mittelfinger ignoriert sie mit Mühe. Eine Frau mit zwei vorwärtszerrenden Sprösslingen an der Hand tritt näher hinzu. Alternative zum Tierpark. Immer und überall sollten die Schrazen einen lebenspraktischen Input erfahren. Jede Pädagogik-Koryphäe würde jubilieren. Die Mutter hatte ein Recht darauf, dass ihren Kindern die Situation anschaulich kindgerecht geschildert wird – und bitte keine Gewalt. Einer der Kleinen bohrt sich gelangweilt in der Nase und schmiert sich das schleimige Ergebnis an den Esprit-Pulli. Klassischer Rotzlöffel. Keine Action mehr.

Die Wiesner nimmt ihr menschliches Paket zur Seite.

»Herr Perisic, ich bin von der Mordkommission. Wir beide setzen uns jetzt in mein Auto und unterhalten uns. Ich werde Sie nicht auf der Dienststelle vernehmen müssen, wenn Sie mitspielen.« Der Mann wirft den Uniformierten einen zweifelnden Blick zu. Dann nickt er. Wahl hat er keine.

»Ich werde Sie auch nicht verhaften müssen. Das hängt von Ihnen ab. Aber Ihre Eier können Sie fürs Erste vergessen, wenn Sie in meinem Wagen randalieren – soweit klar?«

Die drei Männer schauen überrascht. Ein anerkennendes Nicken kommt vom Sheriff. »Du machst keine Schwierigkeiten, hörst du?«, fügt er an, seine wulstigen Lippen dicht am Ohr des Mannes.

Auf den Beifahrersitz hat sie den Mann platziert. Er darf die Handschellen weiterhin tragen. Sicher ist sicher.

Die beiden Uniformierten schnüren um das Auto wie die Füchse um den Hühnerstall.

»Herr Perisic, mich interessiert nicht, was Sie grad treiben. Mich interessiert nicht, warum Sie abgehauen sind oder ob Sie Dreck am Stecken haben. Ich will etwas anderes wissen.«

Der Mann starrt durch die Windschutzscheibe. Unbewegliche Miene. Er kann sie nicht täuschen. Jede Faser in ihm ist angespannt bis zum Zerreißen. Seine Beine sind in stetiger Bewegung. Im Auto breitet sich ein Gemisch aus Schweiß und Tabak aus.

»Vor zwei Jahren haben Sie eine Anzeige wegen Körperverletzung gegen einen Bülent Yilmaz gestellt und die nach drei Tagen wieder zurückgezogen. Warum?«

Der Mann legt die Stirn in Falten. Einen Moment braucht er, um sich zu konzentrieren. »Lange her, weiß nicht mehr.«

Mit seinem Mangel an Erinnerungsvermögen ist er nicht allein. Scheint ein generelles Phänomen zu sein, besonders bei Entscheidungsträgern. Die bräuchten einen Vormund, wenn das Hirn dermaßen löchrig daherkommt. Aber ob wichtige Machtkreatur oder Schmalspurganove: Das Motiv ist immer das gleiche. Auch beim Perisic – Hauptsache, keine Scherereien. Oder hat die Angst in seinem Nacken schon die Klauen ausgefahren?

»Falsche Antwort. Null Punkte«, stellt die Wiesner fest.

Wenn der Mann weiter so vehement den Schädel schüttelt, bekäme er ein Schleudertrauma. Schweißtropfen zeigen sich auf der Stirn. Der Kehlkopf hüpft auf und ab.

»War nicht so schlimm«, beteuert Perisic. »Ich war selber schuld – war betrunken.«

»Ein doppelter Kieferbruch und diverse andere Verletzungen – nicht so schlimm, aha. Der hat Sie ins Krankenhaus geprügelt, der Yilmaz. Was wär schlimm? Durchschnittene Kehle?«

»Da ist Polizei gewesen im Lokal – die haben gesagt, ich muss Anzeige erstatten.«

»Sie haben sich am Hauptbahnhof in der Asam-Stube geprügelt. Die Polizei und der Wirt haben ausgesagt, der Yilmaz hat Sie einfach zusammengeschlagen.«

»Ich habe angefangen. Provoziert. Keine Anzeige, alles gut.« Er starrt an ihr vorbei aus dem Fenster zu den beiden Uniformierten. Sie lehnen am Kofferraum des Steifenwagens, haben sich Zigaretten angezündet und harren der Dinge. Der Sheriff kratzt sich kurz im Schritt und nickt ihnen zu.

»Haben Sie den Yilmaz geschäftlich gekannt?«, will die Wiesner wissen.

»Nein, nicht gekannt. Zufall. Ich war betrunken. Streit. Kann passieren. Das ist alles. Kann ich wieder gehen?«

Die Wiesner schaut ihn an. »Sie sind ein Lügner, Herr Perisic.«

»Nein, nein«, ruft er aufgeregt. »Bitte, Sie müssen mir glauben! Ich schwör beim Augenlicht meiner Mutter, alles wahr!«

Die Wiesner steigt aus und öffnet die Beifahrertür. Sie sollte sich erkundigen, ob Perisics Mutter schon erblindet ist. Hohe Wahrscheinlichkeit.

»Lasst ihn weiterfahren«, weist sie die Beamten an. Sie schauen überrascht. Mit leichtem Unwillen werden ihm die Handschellen entfernt. Sie sollten froh sein, dass der Mann ihnen nicht den Tag verhagelt. Festnahmeprotokoll nebst begleitendem Firlefanz.

Die Wiesner steckt ihm ihr Kärtchen in die Brusttasche seiner Jacke und patscht mit der flachen Hand darauf.

»Bald anrufen«, mahnt sie bloß, bevor sie wieder in den Wagen steigt. Sie greift zum iPhone. Der Jonny geht sofort ran. Ein gutes Zeichen.

»Jonny, wo bist du?«

»Vor dem Haus bei Perisic. Wo bist du hinverschwunden? Hast du den Kasperl erwischt?«

»Egal – hör zu. Verhafte die Frau Perisic. Widerstand et cetera. Nimm sie mit.«

Sie hört ein lautes Aufschnaufen. Dann Funkstille.

»Jonny? Noch da?«

»Da muss ich ja wieder rein.«

»Macht Sinn, ja – hast ein Problem?«

»Nein, kein Problem. Ich mein ja – soll ich sie mit der U-Bahn mitnehmen, oder was?«

»Denk halt selber mit! Ruf dir eine Trachtlergruppe zur Unterstützung. Die Frau muss in Untersuchungshaft – jetzt sofort.«

Wieder das Seufzen.

»Da brauch ich einen Fachmann, der Viecher einfängt mit Netz und Schlinge. Schau dir mein Hemd an. Runtergerissen, wie nix. Hab ich erst letzte Woche gekauft. Nicht billig. Das ist eine Harpyie.«

»Ja, du hast es nicht leicht. Frauen wollen dir halt immer gleich an die Wäsche. Ist doch für dich eh Routine.«

»Schon klar, Chefin. Hab's verstanden. Und was mach ich mit dem Bub – der kann doch nicht alleine bleiben?«

Die Wiesner beobachtet, wie der Perisic seinen Polo weitertreibt.

»Der Vater ist schon auf dem Weg. Ein Beamter soll warten. Beeilst dich, ja?«

Delegieren hat Vorteile. Außerdem kann der Jonny so einem möglichen Trauma vorbeugen. Er bekommt das Heft in die Hand.

»Und du?«, will er zögerlich wissen. An der Hand von Mama wäre es einfacher. Aber er ist leider ein ausgewachsener Kommissar. Außerdem hat sie schlicht keine Lust auf die keifende Frau Perisic. Privilegium einer leitenden Ermittlerin.

»Hab was anderes vor.«

Was seine Kollegin vorhaben könnte, darüber denkt der Sandner im Moment nicht nach. Er reitet gerade von Augenblick zu Augenblick und hofft, dass der ihn nicht abschmeißt. Wenn die Wirtsfrau vom Ansi überrascht ist, ihn hier vorzufinden, kann sie das gekonnt überspielen. Nur ihren Kopf drängt es kurz zwischen die Schultern, als wär es kalt in der Stube oder sie müsste sich in eine Nische ducken.

»Ja, da schau her. Haben'S Ihre Jacke wiedergefunden?«

»Gibt Wichtigeres im Leben«, sagt er, beißt vom Croissant ab und spült mit Kaffee nach.

Die beiden Frauen schauen zu, wie der Kleine sich mit dem Reißverschluss seiner Jacke müht, bis die Wirtin zugreift.

»Ich muss los«, verkündet ihm die Frau Fuhrer. Einen festen Blick bekommt er gesandt. So, als ob sie ihm sagen würde, dich kenn ich, du bist ein aufgeschlagenes Buch. Eine Sekunde lang zweifelt der Sandner an seiner Tarnung, aber es ist der Kerl in ihm, den sie meint.

»Bestimmt hab ich ein andermal mehr Zeit«, sagt sie. »Sie wissen ja, wo Sie mich finden. Würd mich freuen.«

»Ja«, sagt der Sandner. Mit den Dreien geht er ins Treppenhaus.

»Dauert nimmer lang, dann kann der Benedikt beim Ausschenken helfen«, meint er. Das Zwergerl hüpft munter singend die Stufen hinunter.

»Wenn ich die Rita nicht hätte, wäre es schwer«, sagt die Fuhrer.

Die Angesprochene geht nicht darauf ein.

»Also bis um sechs«, meint sie nur. »Und Sie dürfen sich schon wieder reintrauen. Das ist kein Alltag, dass bei uns gestohlen wird. Alles nette Leut. Werden'S sehn.« Sie hat umgeschaltet in den Plaudermodus.

»Da bin ich ganz sicher.« Sandner sieht den beiden Frauen zu, wie sie sich in unterschiedlicher Richtung entfernen. Nur ganz zaghaft hat der Benedikt seiner Mutter zugewunken. Die hastet Richtung Bushaltestelle.

Ein paar Meter weiter steht die Bezopfte mit einer älteren Frau ins Gespräch vertieft. Sie raucht mit hastigen Zügen. Langsam geht der Sandner an den beiden vorbei. Dann bleibt er stehen und dreht sich um.

»Die haben gesagt, sie finden sie bestimmt«, hört er die Frau sagen.

»Unlängst wollt sie noch mein Handy«, sagt der Sandner. »Ich hab gehört, dass sie verschwunden wär. Vielleicht weiß ihr Freund was, den sie angerufen hat?«

Die Frau zuckt schweigend mit den Schultern. Sie starrt ins Leere.

»Die Polizei war da«, plaudert die andere sofort los. »Sie haben geschimpft, weil sie keine Vermisstenanzeige gemacht hat. Aber das hat sie schon oft, und sie ist ja immer wiedergekommen. Und die Polizei macht ja immer Meldung beim Jugendamt.«

»Versteh schon«, sagt der Sandner.

»Die Polizei hat gesagt, kann sein, sie hätte was gesehen, sie wäre eine Zeugin.«

»Vielleicht kommt sie ja wieder heim.«

»Kommt nicht heim!«, ruft die Mutter des Mädchens. Tränen quellen ihr aus den Augen. »Ich versteh nicht, warum sie nicht kommt! Egal was ist los. Sie kann nach Hause kommen. Ist immer gekommen. Wenn ihr was passiert ist?«

»Das glaub ich nicht. Vielleicht hat sie irgendwo einen Platz zum …«

»Ah Sie! Was wissen Sie, hä? Dummes Reden! Polizei hat auch gefragt. Hab Kopfschmerzen, ist ganz leer da oben drin. Woher weiß ich, wo sie sich rumtreibt? War ja immer, wo sie wollt.« Schluchzend wirft sie sich der Älteren an den Hals. Die schaut den Sandner an und schüttelt den Kopf. Der Ermittler trollt sich. Es ist ja schon unter normalen Umständen ein vergebliches Unterfangen, heranwachsende Töchter verstehen zu wollen, das kennt der Sandner aus eigenen leidvollen Erfahrungen. Nicht mal wenn sie ausgewachsen sind, gibt's darauf eine Garantie. Die Liaison seiner Sanne mit dem Wiener Flötisten und ihren plötzlichen Umzug muss er als Vater nicht begreifen. Da ist er qua Chromosomenausstattung voller Vorurteile, Misstrauen und Verlustängsten. Das haben ihm Sanne und ihre Mutter oft genug aufs Butterbrot geschmiert. Aber er ist sich sicher, in einer Extremsituation wäre seine Tochter nach Hause gekommen. Warum dieses Madl nicht? Angst? Vor was oder wem? Falls sie in München ist, und ohne Geld, wird sie nicht weit kommen. Da wird sie der Polizeiapparat über kurz oder lang aufspüren. Hoffentlich. Jede vertane Stunde ermöglicht es auch dem Mörder, sie zu finden – falls er von ihr weiß oder sie gesehen hat. Und was ist mit ihrem Begleiter, dem Anrufer? Die Uhr tickt für die Brauner und diese beiden Jugendlichen. Es ist zum Verrücktwerden. Man kann nicht sagen, dass der Sandner in einem exzellenten Zustand ist. Fiebrig und schlapp fühlt er sich, als wäre eine Erkältung im Anzug. Aber eine Krankheit ist es nicht, was er da auf sich zukommen spürt.

Der Hartinger fühlt sich bestens. Auch ihn hat ein Fieber gepackt. Um genau zu sein, schwankt sein Zustand zwischen Hormonschub und Jagdfieber. Beide nicht unangenehm, ersterer weckt ungewohnte Euphorie in Leib und Seele.

»Wie geht's dir? Gruß, I.«

Er muss die SMS immer wieder lesen. Er hat bisher nicht geantwortet. Ja, wie geht es ihm? Er ist gerade auf den Weg zum Friseurstudio »Arabella«.

Die haarige Branche boomt in München. Du wirst dir bald an zweihundert Orten das Fell restaurieren und kupieren lassen können. Ganz nach Geschmack und Geldbeutel. Der Hartinger zahlt immer fünfzehn Euro bei »Erkan«. Der Schnitt ist sieben fünfzig wert, dafür bekommt er einen wässrigen Kaffee dazu.

Natürlich kommt im Altenheim der Coiffeur ins Haus. Frau Brauner hat es allerdings vorgezogen, einen Salon in der Nähe zu besuchen. Nur zwei Querstraßen vom Pasinger Heim entfernt ist der Hartinger am Ziel. Wie der Mann den plüschigen Laden betritt, wird er von der frisch eingefärbten Damenrunde kritisch unter die Lupe genommen. Er ist einziger Mann im Raum. Kein Maestro trippelt im Spitzentanz mit der Schere jonglierend durch die Manege. Eine stämmige Frau mittleren Alters ist gerade mit dem Kamm beschäftigt, sieht nach solidem Handwerk aus. Ein Kaugummi kauendes Madl kehrt die spärliche Wolle unter einem Stuhl zusammen. Ihre winzige Jeans ermöglicht einen Blick auf ihre fleischige Hüftpolsterung und den weinroten Spitzentanga. Weiß hier keiner recht zu würdigen. Dazu ertönt die Sangesstimme von Helene Fischer, die gerade mitten ins Herz getroffen wird. Einige Kundinnen summen den Refrain mit.

Der Hartinger fühlt sich, als wäre er mit Smoking im Westbad. Er hätte sich die Friseurin auf die Dienststelle laden sollen.

Jetzt hat sie ihn bemerkt und nickt ihm zu.

»Einen Moment, junger Mann, dann hab ich für Sie Zeit!« Die Aufmerksamkeit aller ist ihm sicher. Minuten später steht er der Chefin an der Theke gegenüber. Er wedelt mit dem Dienstausweis und erkundigt sich nach Brauners Mutter. Nur keine falschen Schlüsse zulassen.

»Ja, die Frau Brauner kommt schon lange. Sie wird gebracht und abgeholt. Nette Dame, nicht unproblematisch, aber nett.«

»Nicht unproblematisch?«

»Na ja – sie hätt das Haar gern, wie sie sich vor dreißig Jahren gefallen hat. Das geht halt nicht. Das will sie nicht immer verstehen. Ein bisserl verwirrt. Da braucht es einen Kompromiss, ned?«

Der Hartinger hat der Eindruck, als würde der Blick der Haarbändigerin immer wieder zu seinem Haupt wandern. Da gäbe es wenig Aufschlussreiches zu sehen. Er legt keinen gesteigerten Wert auf Haarschnitt. Unkompliziert halt.

»Sie arbeiten hier zu zweit?«, will er wissen.

»Zu dritt. Und auf modische Männerhaarschnitte verstehen wir uns auch.«

»Keine Praktikantin oder so was?«

»Doch – ab und zu. Warum?«

Diese Frage hat der Hartinger erwartet.

»Schauen Sie, über unsere Ermittlungen darf ich natürlich keine Auskunft geben. Vorläufige Recherche. Es gab im Umfeld des Altenheims gewisse Schwierigkeiten, in deren Folge wir natürlich tätig sein müssen.«

»Natürlich.« Die Frau mustert ihn wie einen Außerirdischen mit mindestens drei Köpfen. Alle schlecht frisiert.

»Wann war die Frau Brauner das letzte Mal da?«, fragt er, um ihr keine Zeit zu lassen, sich über den fehlenden Inhalt seiner Erklärung Gedanken zu machen.

Die Frau greift nach einem Heft auf der Theke und vertieft sich darin. Es dauert eine Weile, bis sie die richtige Seite findet. Offenbar will sie vermitteln, dass der Laden brummt. Immer wieder schleckt sie vor dem Umblättern an ihren Fingern.

»Genau vor drei Wochen«, verkündet sie schließlich.

»Ist Ihnen da etwas aufgefallen? War die Frau Brauner anders als sonst? Hat sie irgendwas erzählt, bei dem Sie gedacht haben – ist ja komisch.«

»Komisch? Denkt man das nicht bei vielen Leuten? Wie ist das bei Ihnen?«

»Äh – hat sie von ihrem Sohn erzählt?«

»Dem Oberstaatsanwalt – natürlich – immer und ausdauernd. Auf den ist sie sehr stolz, ned?«

Der Hartinger ist froh, mit einer Namensliste der Angestellten den Laden wieder zu verlassen. Die Chefin hat ihm noch mit auf den Weg gegeben, dass ein sportlich-flotter Schnitt dem Herren mehr Ausstrahlung verleiht. Charisma zum erschwinglichen Preis. Das solle er sich durch den Kopf gehen lassen. Um den ginge es schließlich, den sollte man verwöhnen. Das würde auch die Damenwelt bemerken – sonst wäre er ja ein attraktiver Mann, bis auf seinen schlampigen Schopf.

Es wirkt gehetzt, wie er auf die Straße stolpert, als hätte er den Salon ausgeraubt. Die Namen trägt er in sein Filofax ein. Er hat alle beisammen. Jetzt gilt es, sie mit den Bewohnern der Siedlung und Fuhrers Kontakten abzugleichen. Jede Hilfskraft, jedes Thekenmädel hat er akribisch vermerkt. Kaum sitzt er im Wagen, läutet die Wiesner bei ihm durch. Ob er alles klarmachen könnte für ihren Stadelheimbesuch bei dem jungen Freund vom Wessold. Informationen soll er beschaffen, Besucherlisten und Strafregister, sowie die Gefängnisleitung informieren. Der Jonny wäre gerade im Außendienst.

Der Hartinger seufzt. Er macht sich auf den Weg in die Hansastraße, nicht ohne der Isabella zurückzuschreiben:

»Hast du Zeit für einen Kaffee?«

»Bei mir?«, kommt die prompte Antwort.

Alles hat seine Zeit. Dass er im Friseursalon »Arabella« auf eine Goldader gestoßen sein könnte, ist ihm noch nicht klar. Den Glanz hast du ja nicht immer gleich vor Augen. Im Moment schaut alles noch aus wie Dreck – selbst die notierten Namen in seinem Filofax.

Der Sandner ruft in der Tierklinik an und erkundigt sich nach Ayasha. Sie wäre auf dem Weg der Besserung. Wenigstens dem Viech ginge es passabel. Und seinem Besitzer? Schon bevor er die Wohnung des Indianers erreicht hat, hört er Geräusche aus dem Inneren. Die Tür ist noch nicht repariert. Jeder könnte hier ein und aus spazieren. Jemand auf der Suche nach dem Koks? Der Sandner glaubt nicht an einfache Lösungen. Trotzdem geht er mit Vorsicht an die Sache heran. Behutsam öffnet er die Tür einen Spalt. Er hält den Atem an. Waffe hat er keine. Zur Not muss die dreckige Straßenkampfkunst genügen. Wer immer sich hier aufhielte …

»Komm schon rein, Josef«, ruft ihm Chingachgooks Stimme entgegen. Der Sandner drückt die Türe ganz auf und betritt so unbeeindruckt wie möglich die Wohnung. Er schiebt die Hände in die Taschen. Der Mann sitzt in der Küche auf einem Schemel, in einer Hand eine Teetasse, in der anderen einen Joint. Er nickt dem Sandner zu und grinst. Die Augen sind glasig.

»Woher hast du gewusst, dass ich es bin?«, fragt der Sandner und zieht sich einen Stuhl heran.

»Die Schritte auf der Treppe klangen nach dir.«

»Sie haben dich also gehen lassen.«
»Ja.«
»Ja, und?«
»Was willst du?«
»Das Koks war nicht bei Yilmaz.«
»Ich hab es abgeliefert, wie du gesagt hast. Befehl ausgeführt. Der Rest ist Schweigen. Deine Sache.« Er zieht lange vom Räucherwerk.
»Mhm«, brummt der Sandner.
»Glaubst du das nicht?«
»Doch.«
»Alles okay – oder?«
»Jaja.«
»Think positive.«
»Der Ayasha geht's gut.«
»Ich weiß, ich komm gerade aus der Klinik. Morgen kann ich sie abholen. Übrigens, das mit dem Koks war Zufall.«
Ein Lächeln huscht über sein Gesicht. Beinahe verlegen.
»Zufall?«
»Aus dem Schlafzimmer kam ein Geräusch. Da hab ich mir schnell gepackt, was gerade in der Nähe war.«
»Von wegen – ich nahm ihm etwas, das ihm wichtig war. Aha.«
»Klang besser, oder?«
»Ja – traditioneller. Von mir aus bleiben wir bei der Version.«
Der Sandner grinst. Er weiß nicht, was es noch zu sagen gäbe. Er erhebt sich, geht in sein Kammerl und packt seine Sachen zusammen.
Der Indianer kommt ihm nach. Lehnt sich an den Türrahmen und beobachtet ihn. »Was hast du jetzt vor?«, will er wissen.
Der Sandner richtet sich auf.
»Sollte ich dir nicht sagen.«
»Mach keine Unterschiede, Josef. Jeder kann gut sein, und jeder böse.«
»Wie meinst du das?«

»So, wie ich es gesagt habe.«

»Dank schön. Ich werde dran denken, roter Mann.« Der Sandner schultert seine Tasche.

»Mani wastete yo«, sagt der Indianer feierlich.

»Wollt ich auch gerade sagen.«

Draußen ist er. Denn an sich ist nichts weder gut noch böse; das Denken macht es erst dazu, lässt Shakespeare seinen Hamlet feststellen.

An der U-Bahn Haltestelle Harthof greift die Wiesner den Hauptkommissar auf. Mit quietschenden Reifen schießt der Wagen aus der Bushaltebucht, noch ehe der Sandner den Gurt in der Hand hat. Er schüttelt bloß den Kopf. Es gilt, die Rennfahrerin nicht abzulenken.

»Here we go«, verkündet die ihm. Während sie dem Peugeot die Sporen gibt, schildert die Polizistin ihm ihr Zusammentreffen mit Perisic, nebst Jonnys Catchernummer mit dessen Eheweib. Und dass der Hehler sich bei ihr melden wird. Schließlich hätten sie die Frau verhaftet. Ein kleiner Anreiz, um aus dem Perisic die Wahrheit herauszukitzeln – so er seine Gattin schnell wiederhaben wollte.

Sie sind auf dem Weg nach Stadelheim. Langsam kommt sich die Wiesner schon wie ein Stammgast vor. Der Sohn vom Gestreiften fristet dort seinen Alltag. Noch neun Monate, dann wäre er wieder in Freiheit. Beeindruckende Karriere für einen Vierundzwanzigjährigen. Besser gesagt, mangelndes Talent. Es wird wohl kein Verbrechen gegeben haben, bei dessen Begehung er nicht erwischt worden ist. Wahrscheinlich hat er nicht einmal unentdeckt ein Stoppschild überfahren können. Ein armes Schwein, genau wie sein Vater, der jeden Tag beim Ansi hockt und sein Selbstmitleid im Schnaps ertränkt. Eine Mutter hat es auch gegeben. Brustkrebs. Dem Sandner fällt auf, dass wie beim Wessold auch beim Hofer Peter die Mutter weggestorben ist. Ob jenen leichter das Herz auseinandergeflogen ist als den Vätern, die sich immer noch an die Flasche klammern können? Vielleicht schaffst du dich auch auf, wirst immer weniger, wie ein Stückerl Kernseife, an der sich jeder den Schmutz abreibt, bis außer Brösel nichts mehr übrig ist.

Zum Gefängnis kommst du in einer halben Stunde. Im Auto geht es die Fahrt über hoch her. Theorien, Hypothesen, der Zeitdruck nagt an den Nerven. Von »den Scheißdreck hinwerfen« bis »jeden verhaften« ist alles im Gepäck. Die Eingangskontrolle lassen die beiden routiniert über sich ergehen, die Wiesner hat die passenden Papiere dabei. Es ist derselbe Raum. Die gleiche Enge, das gleiche Gefühl beschleicht die Polizistin. Sie hat es schon gespürt, als die Mauer in Sicht kam – sie hat es erwartet. Aber sie hat sich gewappnet.

Der junge Mann, der ihnen gegenübersitzt, wirkt fast noch wie ein Kind. Der könnte sich mit dem Frotteehandtuch rasieren. Das rotblonde Haar ergänzt den zarten Eindruck. Nur Stirnrunzeln und schattige Augenränder zeigen, dass er nicht im Kinderzimmer haust. Das Futter scheint kalorienreich, jedenfalls ist der Bursche massig wie ein Sumoringer. Nur die Muskeln nicht entsprechend, das Hauptgewicht trägt der Bauch spazieren. Klassisches Hendlgrab.

»Grüß Gott«, sagt er höflich.

»Guten Tag«, sagt die Wiesner. Der Sandner nickt nur.

»Wir sind hier, weil wir ein paar Fragen haben zum Thema Wessold.«

»Wessold?« Seine Schnute wird trotzig. Der Bub macht auf Ganovenehre. Als wäre er bei der Cosa Nostra. Dem Sandner kommt ein Schmunzeln aus.

»Wollen wir ein bisserl über die Mama reden?«

Der Junge reißt kurz die Glubscher auf, dann verschränkt er die Arme über der Wampe. Er zuckt mit den Schultern. Der Trotz in den Augen weicht der Unsicherheit. Die Pupillen tanzen Boogie.

»Von mir aus.«

»Also gestorben ist sie vor einem halben Jahr. Waren Sie auf der Beerdigung?«

Wortloses Nicken.

»War es eine schöne Leich?«

»Schön? Wie so was halt so ist. Pfarrer und blabla. Was wollen Sie?«

»Ihrem Vater geht's nicht so gut, seit Ihre Mutter tot ist – und Sie hier.«

»Kann sein.« Die Arme pressen sich noch enger an den Körper. Als hätte er eine unsichtbare Zwangsjacke verpasst bekommen.

»Ihre Mutter – was hat sie gesagt, nach Ihrem Urteil? Hat sie geweint?«

Der Junge fährt hoch. »Was soll der Scheiß!«

»Ihre Mutter war eine Freundin von Frau Fuhrer?«

Er stützt den Kopf in die Hände. »Kann sein.«

»Schauen'S mich an – Frau Fuhrer hat viel mit ihr besprochen.«

Er ruckt wieder hoch. »Was weiß ich, was Weiber halt so reden. Ja, die waren fast jeden Tag zusammengehockt, und?«

»Und Sie haben viel mit dem Wessold besprochen.«

Schweigen.

»Aber über den Zahnarzt hätte der besser die Goschen gehalten – wäre gesünder gewesen.«

»Ach was, so dramatisch war das auch nicht. War ja wahr. Kann ja keiner ahnen, dass der Fuhrer so austickt. Mann!«

»Sie haben die Geschicht mit den Zähnen zu Hause gehört, von Ihrer Mutter. Oder ein Gespräch belauscht.«

»Ach was, gelauscht. Gelabert haben die beiden darüber, immer wieder. Na und? Was soll's? War kein Verbrechen.«

»Es geht um kein Verbrechen – nur um unsere Neugier. Die Frau Fuhrer ist nach dem Mord auch bei Ihrer Mutter gewesen, so wie früher.«

»Anfangs nicht, dann schon wieder. Ist das jetzt alles?«

Die Wiesner mischt sich ein. »Ihre Freundin, was macht die?«

Der Sandner wirft ihr einen schnellen Seitenblick zu, dann

wird seine Miene unbeweglich. Worauf seine Kollegin hinauswill, ist ihm ein Rätsel.

Die Wiesner hat den Goldklumpen vom Hartinger dabei. Der muss nur noch poliert werden, bis er glänzt. Ganz alleine sein Verdienst. Wie der Rotschopf die Stadelheimer Besucherliste des Peter Hofer erhalten hat, ist ihm ein Name sofort ins Auge gesprungen. Der ist längst in seinem Filofax gestanden. Zufälle schreibst du anders.

»Meine Freundin?«, fragt der Inhaftierte ungläubig nach.

»Ja, die Tamara, die laut Liste erst vorgestern zu Besuch war. Die ist ziemlich oft hier bei Ihnen. Das ist doch Ihre Freundin?«

»Fragen'S sie doch selber.«

»Werden wir, keine Sorge. Wird gerade erledigt. Aber ich weiß, was sie vor zwei Monaten gemacht hat. Zwei Wochen Friseurpraktikum beim Friseurstudio ›Arabella‹ in Pasing.«

»Tolle Info. Ihr Bullen seit schon megaschlau, was?«

»Und Ihr Vater hat Sie laut Liste vor fünf Wochen besucht.«

»Äh ja, und?«

»Wir kommen zur entscheidenden Frage des Tages. Gut überlegen – haben Sie Ihrem Vater gesagt, dass im Friseursalon die Mutter vom Oberstaatsanwalt Brauner gewesen ist – und in welchem Heim die wohnt? Die Tamara hat das vielleicht erzählt. Und im Weitertratschen sind Sie ja Spezialist.«

Der Junge schaut verständnislos von einem zum anderen. »Was?«

»Das war ein zu langer Text, Frau Kollegin«, meint der Sandner. »Das begreift der nie.«

»Doch«, sagt die Wiesner, »er fragt sich bloß, ob sein Vater oder die Tamara Ärger bekommen könnte.«

»Er könnt sich auch fragen, ob wir ihm Ärger machen können.«

»Können wir?«

»Und wie.« Der Sandner wirft einen Blick auf den Uniformierten, der mit unbeweglichem Gesichtsausdruck in der Ecke harrt.

Hat sich die Haltung von den Royal Guards geborgt. Denkt wahrscheinlich gerade an den Schweinebraten oder den Unterhalt an die Ex.

Der Junge wird zappelig. »Was soll der Scheiß, wer wem was gesagt hat?«

»Ja oder nein?«, fragen die beiden Ermittler unisono.

»Ich brauch Bedenkzeit.«

»Was meint er?«, fragt die Wiesner den Sandner.

»Keine Ahnung«, brummt der zurück. »Telefonjoker? Publikum? Es geht um Ja oder Nein, das ist ja keine Quizfrage. Yes or no?«

»Ja, kann sein.« Der Bursche ist verwirrt. »Wir haben über alles Mögliche geredet oder gestritten, wie immer. Ja, okay, kann sein.«

»Ist er nicht äußerst kooperativ?«, will die Wiesner vom Sandner wissen.

»Ja, er gibt sich Mühe, das gibt ein Fleißbuidl.« Die beiden stehen auf und lassen den Burschen ratlos sitzen.

»Das nächste Mal will ich die besseren Nachrichten bitt schön gleich wissen«, meint der Sandner, wie sich die schwere Eisentür hinter ihnen schließt.

»Ich hab mich so auf dein verdattertes Gesicht gefreut, Sandner.«

»Du bist a arg schräge Matz.«

»Das fällt dir früh auf.«

Jetzt ist klar geworden, wie der ermordete Wessold von der Zahnbehandlung der Fuhrer Wind bekommen hatte und dass der Gestreifte gewusst hat, in welchem Heim die alte Brauner zu finden wäre. Wem und wann immer er das im Suff verzapft haben mochte, wird sich auch noch finden. So sind die Geschichten herumgeflattert im Harthof, wie die Fledermäuse in der Nacht. Ein kleiner Lichtstreif am Horizont. Dass die Wiesner den Sandner abklatscht, ist ein seltener Moment. Aber ein bisserl Zuversicht kann nicht schaden.

Der Hartinger muss Zuversicht erst zähmen, bevor sie zu ihm kommt und sich streicheln lässt. So einfach lässt sich die nicht mit ihm ein. Er ist kein Mann für eine Nacht. Während seine Kollegen aus Stadelheim zurückfahren, mit einem Puzzleteil mehr im Reisegepäck, steht er in Sendling vor einer bekannten Haustür und schaut nach oben. Er hat zwei Mohnschnitten dabei. Kurze Verschnaufpause. Er muss die Isabella sehen. Sein Verstand muss überprüfen, ob ihm seine Erinnerung keinen Streich gespielt hat. Ob es diese Finger, diese Haut, dieses »Erste Mal« in seiner Unfassbarkeit wirklich gegeben hat oder nur seiner Phantasie entsprungen ist. Er muss wissen, wie die Isabella ihn anschaut. Nur eine Minute. Ob da ein Funken dieses Feuers drinsteckt, das in ihm zu brennen angefangen hat. Ein Sexualtherapeut würde schließen, der Hartinger wäre entwöhnt. Nach zölibatärer Entsagung gleich mit hundert Prozent einzusteigen lässt den Schädel heiß laufen. Und nicht nur den. Die Maschine steht unter Dampf. Die Urteilsfähigkeit ist längst eingeschürt worden, als Nächstes liegt die Vernunft auf der Schaufel.

Nach einem tiefen Atemzug läutet er.

Die Isabella öffnet ihm. Steckt Belustigung im Ausdruck ihrer Augen oder ein Fragezeichen?

Etwas hilflos steht er im Türrahmen, den Arm mit der Tüte stramm hingestreckt. Passende Wörter wollen ihm nicht einschießen.

»Magst nicht reinkommen?«, hört er sie fragen. Die Stimme klingt wie gestern. Kein Unterton.

»Eigentlich hab ich keine Zeit«, sagt er. Eigentlich will er etwas anderes sagen. Überhaupt ist »eigentlich« ein Unwort. Mit Leichen kann er definitiv besser umgehen. Die erwarten keine Bonmots, und ihre Ansprüche bescheren dir im Allgemeinen keine mentale Herausforderung. Alles liegt vor dir – meistens.

»Musst du wissen«, bekommt er zu hören.

Ja, müsste er. Natürlich mag er reinkommen. Zeit oder nicht.

»Magst du Mohnschnitten?«

Ihr kommt ein Lachen aus, wie sie die Tür freigibt. Nur ganz kurz.

»Willst du mich bestechen?«

»Wofür?«

»Wie viel Zeit opferst du denn?«

Der staksige Rotschopf aus Altusried folgt dem Madl nach. Im Flur lehnt sie sich mit den Schultern an die Wand und schaut ihn an. Sie schafft es, dabei die Lider halb zu schließen. »Keinen Hunger«, haucht sie.

Er bückt sich und legt die Schnitten auf dem Boden ab. Unbändig lebendig fühlt er sich, wild wie ein Viech im Wald, das nichts denken muss, nur für den Augenblick sorgen. Er hat Witterung aufgenommen. Der Sandner und der Fall, der Anruf seiner Mutter, das Bremslicht, das er reparieren muss, die Mahnung von der Stadtbibliothek – alles fällt von ihm ab. Die Isabella fragt nichts. Sie will ihn jetzt. Ihn. Einfach so. Als wäre es das Selbstverständlichste der Welt. Vielleicht ist es das. Vielleicht kann man sich daran gewöhnen. Vielleicht sollte man sich nie daran gewöhnen.

Der Sandner hätte die Mohnschnitten nicht verschmäht. Das schnell hinuntergewürgte Croissant bei der Frau Fuhrer ist eine Weile her. Seitdem nichts. Er beschließt, im Harthof eine Gastwirtschaft zu suchen. Die Wiesner setzt ihn wieder an der U-Bahn ab. Mitkommen will sie nicht.

Nach der üblichen Strecke, vorbei am Fundort von Yilmaz' Leiche, hat er eine passable Mittagskneipe ausgespäht. Nichts für zarte Gemüter, die es vorziehen, drei Arten Silberbesteck samt gestärktem Tüchlein neben dem Tellerstapel vorzufinden. Das Nötigste ist vorhanden. Stabile Eichentische, gewohnt, dass Biergläser und Humpen auf sie niederfahren wie Thors Hammer. Fleckig und speckig, gleich der Schürze des Kochs, der die Fritteuse mit verbundenen Augen in sieben Sekunden zerlegen und wieder zusammenbauen könnte.

Der Sandner setzt sich an einen freien Tisch mit Blickrichtung

Eingang. Er wird vom freundlichen Bedienungsmadl mit einer Karte und dem gewünschten Radler versorgt. Ruhig geht es zu. Drei Männer in weißen Overalls haben sich, die Rücken gebeugt, über Wiener Schnitzel von dekadenter Größe hergemacht. Sehen nach Malergesellen aus.

Der Sandner bestellt sich eine gebratene Forelle mit Salzkartoffeln. Lange muss er nicht warten. Kaum dass er sich zurückgelehnt hat und die wimmelnden Gedanken eingefangen – Kneipenmeditation –, wieselt die Kellnerin mit seiner Mahlzeit herbei.

Wie sein Fisch aufgetischt wird, weiß der Sandner in selber Sekunde, dass er ihn nicht genießen wird. Ihre Augen treffen sich. Milchig weiß herausgequollen die einen, zusammengekniffen die anderen. Er lupft das hauchdünne Zitronenscheibchen vom gebratenen Leib und hält es unschlüssig fest.

In der Tür steht die Frau Yilmaz, samt Sohn und einigen Begleitern, mit finsteren Mienen bestückt. Einen Moment lang beugt er sich tief über seinen Teller, aber sie hat ihn erspäht. Der Fisch bietet keinen Schutz.

Ihre Finger deuten auf ihn. Als würde eine Kräuterhexe ihn beschwören.

Du!

Der Verfluchte lässt das Zitronenscheibchen fallen und tastet nach seiner Brieftasche mit dem Polizeiausweis. Umsonst! Der liegt gewiss noch auf dem Schreibtisch vom Polizeirat. Er kann sich nicht erinnern, ihn wieder eingeschoben zu haben. Seine eigene Unbeherrschtheit hat ihm eine Linke verpasst. Den Rest würde die Begleitung von Frau Yilmaz spielend erledigen. Er fegt das Messer vom Tisch. Was herumliegt, bringt die Leut auf falsche Gedanken. Seine Gabel lässt er im Ärmel des Sweatshirts verschwinden. Eine tödliche Waffe, so du ein Shaolin-Mönch bist. In Sandners Händen ein Witz mit vier Zinken. Genauso gut hätte er die Forelle einschieben können. Die gleiche Waffengattung.

Es sind anscheinend keine Geschäftspartner des Dealers. So

weit, so gut. Sieht eher nach Verwandtschaft aus. Kinder sind dabei und Frauen. Für Standing Ovations wäre also gesorgt im Kolosseum. Die Schwarzhaarige redet aufgeregt auf ihre Begleitung ein, gestikuliert in seine Richtung. Handys werden gezückt. Für ihn ist es zu spät zu telefonieren.

Drei der Männer nähern sich ihm zielstrebig, Entschlossenheit im Blick. Sie stapfen durchs Lokal, als gehöre es ihnen. Keiner sagt einen Ton. Stummfilm der besonderen Art. Die Luft knistert. Ein Gewitter steht an, und der Sandner darf den Blitzableiter geben.

Die Weißgewandeten sehen überrascht von der Fleischarbeit auf. Ihre Kiefer mahlen derweil stoisch weiter.

Vor seinem Tisch bauen sich die drei auf. In ihren Begräbnisanzügen wirken sie wie eine Prophezeiung. Sie scheinen in Sandners Alter. Keine versierten Knochenbrecher nebst sadistischen Neigungen.

»Steh auf und komm mit«, herrscht einer der Dunkelmänner den Sandner an.

Der Polizist deutet auf seinen vollen Teller. »Später – vielleicht.«

»Jetzt.«

Langsam wird es ungemütlich im Lokal. Das Trio ist auf Krawall gebürstet. Das kann er nachvollziehen. Schließlich gehen sie davon aus, dass er ihrem Anverwandten Yilmaz eine Kugel in den Kopf gejagt hat. Über das richtige Verhalten in so einer Situation findest du im »Knigge« kein Wort. Von daher müssten sie alle improvisieren. Trial and Error.

Ein bierbäuchiger Kerl mit schwarzem Haarkranz und grauer Schürze erscheint auf der Bühne. Die teigigen Oberarme verschränkt gibt er die tragende Säule des Hauses. Offenbar der Chef der Gaststätte. Gutes Gespür für entscheidende Momente. Ums Mobiliar braucht er nicht zu fürchten. Das hält viel aus. Deutlich mehr als ein banaler Knochen.

»Was is da los?«, will er wissen. »So a Remmidemmi mog i

ned.« Konträr zum kernigen Wortlaut ist seine Stimmlage eher Sopran.

Seine Aussage kann der Sandner unterstreichen. Er ist auch nicht Vorfreude pur.

»Kein Stress«, sagt einer der Männer und zeigt die Handflächen vor. »Wir haben den Herrn gebeten, uns woanders besprechen zu können.«

»Oiso, gemma«, bestimmt der Wirt allumfassend, »Remmidemmi gibt's bei mir herin ned.«

»So seh ich das auch«, sagt der Sandner, »und jetzt würde ich gern in Ruhe essen. Die Forelle schaut ausgesprochen gut aus. Perfekt. Kompliment dem Koch.«

Der Wirt kratzt sich am Schädel. Sein Repertoire ist erschöpft. Sekunden später ist er nur noch gastwirtschaftliche Dekoration.

Die Männer weichen nicht von der Stelle. »Ärger«, kann man auf ihrer Stirn lesen, wie eine blinkende Neonreklame. Anders als in der Lustbranche verspricht diese nicht zu viel. Wie die Monolithen haben sie sich vor dem Polizisten aufgepflanzt und versuchen, ihn niederzustarren. Die ganze Kneipe scheint den Atem anzuhalten, selbst die »Weißen« kauen geräuschlos am Nebentisch. Plötzlich ein Scheppern. Einer von ihnen hat die Gabel auf den Teller fallen lassen. Der erste Zug ist getan.

Als wäre der Bann gebrochen, das Startsignal ertönt.

Die Schwarzen stürzen nach vorn. Sandners Tisch wird von sechs Händen beiseitegeschleudert, als wäre es Pappmaschee.

Der Polizist fährt hoch. Seine Pumpe pocht ihm bis zum Schädeldach. Wie beim gehetzten Fuchs jagen die Augen umher, auf der Suche nach dem Schlupfloch. Umsonst. Er sieht schwarz.

Zwei der freundlichen Herren grapschen nach ihm.

Ihm bleibt nur dieser Moment zu reagieren. Nicht nachdenken! Eine Zehntelsekunde. Eine klitzekleine Chance, nicht gepackt und entgrätet zu werden. Mit ganzem Gewicht wirft er sich auf den nächststehenden, nutzt den Schwung und wuchtet ihn zur Seite. Während er ihm einen Kniestoß verpasst, treibt er ihm die Gabelzinken in den Hintern. Die sorgen für die nötige Beschleunigung.

Mit einem Quieken fliegt der Mann den Weißgewandeten ins Gedeck. An diesem Schnitzel werden sie zu beißen haben. Die Gläser werden ihnen vom Tisch gefegt. Kostbares Bier vergießt sich auf dem Boden. Vase nebst Plastikblume bekommt einer der »Weißen« in den Schoß. Sie spritzen auseinander. »Öha«, kommt es vom Ersten. Schneller als erhofft rucken sie hoch.

»Du, des lässt du bleiben, Früchterl.«

Bevor der Liegende sich berappeln kann, holt er sich eine kräftige Watschn ab. Dagegen geht der Gabelstich als Streicheleinheit durch. Der Sandner hat einen Stuhl bei Lehne und Sitzfläche gepackt und hält den beiden verbliebenen Anzugträgern abwehrbereit die Holzfüße entgegen.

Die wittern die neue Bedrohung und lassen von ihm ab.

Die Weißen sind massiv. Aus kernigem Holz geschnitzt. Bauen sich auf, gleich einer frisch gestrichenen Wand. Zwei von ihnen haben noch ihr Esswerkzeug in Händen. Vielleicht auf der Suche nach Ersatz für ihr Paniertes. Der Sandner hätte da was im Angebot. Müsste man nur aus den Anzügen schälen. Mahlzeit. Der König ist noch lange nicht matt, seine Bauern schützen ihn.

Der Wirt ist spurlos verschwunden. Läufer halt. Wahrscheinlich ist jede Minute ein Streifenwagen da.

Sandners Gabelopfer hat sich vom Tisch gerollt und versucht, seinen Hintern zu begutachten. Optisch schwierig. Auf seinem Bauch pappt Kartoffelsalat mit einem Tomatenscheibchen verziert.

»Kein Stress«, meint der Sprecher der schwarzen Kampftruppe und zeigt erneut die Handflächen. Gönnerhaftes Nicken vom Hauptkommissar. Von ihm aus kein Problem. Stress ist schlecht für die Verdauung. Er stellt den Stuhl auf den Boden.

Die schwarze Königin im Hintergrund keift in höchsten Tönen und versucht, ihre Figuren zu motivieren. Umsonst. Der Trupp zieht sich zurück, verschwindet aus dem Lokal.

»Wir sehen uns wieder«, wird dem Sandner der Standardsatz zugeschmissen. Zu oft gehört. Da müssten sie sich hinten anstellen in der Reihe.

»Es reicht nicht, ein guter Spieler zu sein, man muss auch gut spielen«, hat Schachmeister Tarrasch einst festgestellt. Ganz in der Nähe, auf dem Nordfriedhof liegt der. Für ein klassisches Remis hat es beim Sandner gereicht.

Der Wirt erscheint wieder aus der Versenkung. Aladins Lampengeist. Vielleicht ein unaufschiebbarer Termin im Vorratskeller. Bierfässer zählen. Eine Hand wird genügt haben.

»Kannst die Bullerei wieder abbestellen, Schorsch. Bring uns lieber drei Halbe und einen Hadern. Der damische Uhu hat alles ausgeschüttet.« Die drei setzen sich wieder und sortieren ungerührt ihr fleischernes Stillleben. Die Schnitzel haben den Angriff weitestgehend überlebt.

Der Sandner sollte zahlen und verschwinden. Seiner Forelle geht es blendend. Nicht eine Gräte ist geknickt. Er schiebt den Tisch wieder an seinen Platz und ordert ein unbenutztes Besteck. Er glaubt nicht, dass die Gruppe vor dem Lokal verharrt und auf das Eintreffen der Polizei wartet. Man sollte die kleinen Glücksmomente würdigen, auch wenn sie nur aus einer fragwürdigen Fischmahlzeit bestehen.

Glück ist auch das Stichwort für die Wiesner. Bald hätten sie die Harpyie wieder freilassen müssen, da kommt der Anruf ihres Gatten. Die Polizistin ist entzückt.

»Können wir sprechen?«, will der Perisic wissen.

»Wozu?«, fragt die Wiesner. Sie lümmelt in der Hansastraße an ihrem Schreibtisch. Die Füße hochgelegt, Müdigkeit macht ihr zu schaffen. Mit dem Kugelschreiber malt sie ein wutverzerrtes Gesicht nebst Vampierzähnen auf die Schreibtischunterlage. Ein gezacktes Loch bekommt es zwischen die Augen.

»Sie haben Frau verhaftet«, beklagt sich Perisic.

»Ja. Sie hat einen Polizisten tätlich angegriffen. Ernste Sache.«

»Können wir uns treffen?«

»Warum sagen Sie mir nicht jetzt, was Sie zu sagen haben?«

»Weil«, er schnauft auf, »lieber persönlich.«

»Kommen'S halt vorbei, kein Thema.«

»Nein!«, schreit der Mann. Das Schnauben wird heftiger. Als würde er durch den Englischen Garten joggen.

»Wo hätten Sie es denn gern?«

Der Perisic nennt ihr eine Adresse. Sie kritzelt auf einem herumliegenden Blatt Papier herum. Protokoll der Aussage von Frau Yilmaz über die Bedrohung durch den Sandner. Die Frau hatte sonst nichts Erhellendes beigetragen. Warum auch? In ihrem Fall ist Schweigen die beste Lösung. Sie hatten ja gegen den toten Göttergatten nichts in der Hand. Altpapier.

»Was ist nun?«, will der Perisic wissen.

»Und ich soll bestimmt allein kommen. Geht's noch?«

»Sie müssen allein kommen. Niemand, den ich nicht kenne!«

»Sie sind anspruchsvoll, wenn man bedenkt, dass Ihre Frau weggesperrt ist.«

»Den Yilmaz hat man abgeknallt.«

»Haben Sie Angst? Vor wem?«

»Sie sorgen dafür, dass Frau freikommt?«

»Vielleicht kann ich helfen. Kommt drauf an, was Sie erzählen.«

»Das ist verdammte Schweinerei.«

»Danke für die Blumen – Ihre Entscheidung.«

Schweigen in der Leitung.

»Herr Perisic – noch da?«

»In einer halben Stunde?«

Die Wiesner schwingt die Füße vom Tisch und wirft einen Blick auf die Uhr. Der Perisic scheint es eilig zu haben, seine Herzallerliebste wieder in die Arme schließen zu können. Ihr soll es recht sein. Die Zeit drängt. Der Mann ist nur ein kleiner Fisch, keine Killernatur. Und er ist ein Puzzleteil.

»Okay, einverstanden. Und – Perisic? Ihre Mutter ist seit sieben Jahren tot.«

»Meine Mutter? Was soll das?«

»Ich wollt nur sichergehen, dass Sie mir nicht wieder mit deren Augenlicht daherkommen.«

Er beendet das Gespräch. Die Frau betrachtet sinnend ihr verstummtes iPhone. Sie hat sich an den Pokertisch begeben, jetzt will sie auch das Blatt sehen. Vor wem fürchtet sich der Perisic? Dass der Hartinger sein Handy ausgeschaltet hat, ist ärgerlich. Beim Jonny geht der alte Brauner an den Apparat. Der Bursch wäre beim Duschen. Reinlichkeitsfanatiker. Am helllichten Tag. Wohl nicht ganz sauber. Geschlagene fünf Minuten grummelt und knaunzt der Oberstaatsanwalt vor sich hin, bezüglich Stillstands in den Ermittlungen. Was sie denn tun würde, wenn es ihre Mutter wäre? Nichts, ist die Wiesner versucht zu antworten. Und vielleicht wäre das die Wahrheit. Wer kann es wissen? Aber dafür hätte der Brauner kein Verständnis aufgebracht. Der ist in seinem eigenen Kino. Und der Film ist tragisch genug. Die Wiesner kann ihn verstehen, hat aber keinen Nerv fürs Gejammer.

Endlich Jonnys Stimme. Wahrscheinlich ist er in Brauners Frottee-Bademantel gehüllt. Kuschel-WG.

Sie bringt ihn bezüglich Perisic auf den neuesten Stand. Natürlich kommt die klassische Mahnung, nicht allein zu handeln. Schon in den Vorabend-Krimis immer ein Element, um Spannung zu erzeugen. Grundsätzlich wird man hinterrücks niedergeschlagen und liegt danach geknebelt im Kartoffelkeller. Und die Hexe Lilly unter den Kollegen eilt im letzten Moment herbei. Alles ist gut. Natürlich bietet der Jonny sich an, sie zu begleiten. Die Wiesner lehnt ab. Er wird ausharren müssen. Der Perisic kommt nicht als Hannibal Lecter daher. Sie will den Mann nicht verschrecken, ein Aufmarsch lohnte nicht. Soll sie für ein banales Gespräch etwa die Sturmhaubentruppe anfordern? Mit etwas Pech würden die Kapuzenhanseln ihren Zeugen wegblasen, falls der sich verbotenerweise am Hintern kratzt. Der Jonny soll den Hartinger und den Sandner verständigen – und gut. Während sie telefoniert, greift sie sich aus der Schublade ihre Heckler&Koch.

Bevor sie loszieht, holt sie sich ein paar Türen weiter alle eingegangenen Informationen ab. Die könntest du auf einen Bierdeckel schreiben – ohne die Rückseite zu benötigen. Bei der Suche nach dem untergetauchten Madl gab's noch keine Fortschritte. Die Ermittlerin kennt sich zwar, dank eines polizeieigenen Nerds, mit Ortungsversuch mittels »stillen SMS« aus, aber die beiden gesuchten Teenager haben ihr offensichtlich altes Handy schlicht und ergreifend ausgeschaltet. So einfach. Da können die kriminaltechnischen Freaks nackt am Stachus Tango tanzen und ihre »IMSI-Catcher« mit süßem Senf fressen. Funkstille. Beinarbeit ist gefragt. Treffpunkte abklappern, Freunde, Familie, das ganze Programm.

Sie hat dem schwabbeligen, leichenblassen Bürozombie acht Minuten ihr Ohr geschenkt. Die Zeit rennt. Auf seine Trefferquote ist er stolz gewesen. Wie ein Großwildjäger am Orinoko hat er dahergeschwafelt. Jeden und Jede würde er finden, sofern man nicht so unverschämt wäre, dem modernen Technikgraffel den Akku auszubauen.

Die Wiesner denkt darüber nach, ein altes Handy anzuschaffen.

Wahrscheinlich predigt der Mann immer noch, den fleischigen Zinken nah am Flatscreen und hat ihr Verschwinden gar nicht wahrgenommen. Wäre nicht wichtig. Mit realen Menschen aus Fleisch und Blut kennt er sich nicht aus. Dafür gibt's ja immer weniger Spezialisten. Aber die Leut sind grundsätzlich dankbar, wenn wer nickend zuhört. Der Inhalt ist nicht entscheidend.

Das Madl ist erst eine Nacht weg, aber die Wiesner hat ein ungutes Gefühl. Nicht, dass was passiert ist, sondern was noch passieren kann, darüber macht sie sich Sorgen. Jeden Beamten, den sie auftreiben konnte, hat sie auf die Suche beordert. Es sind weniger, als sie erhofft hatte. Am liebsten hätte sie noch all die Krankgeschriebenen und Siechen an die Arbeit getrieben. Die sind meistens in der Überzahl. Es bleibt ein merkwürdiger Geschmack, so als hätte sie etwas vergessen. Das Salz in der Suppe. Als sie sicher ist, dass alle Rädchen in Bewegung sind, verlässt sie das Gebäude. Hoffentlich drehen sie sich in die richtige Richtung.

Eines der Rädchen harrt noch immer über den Resten seiner Forelle aus. Nur die Kaumuskeln arbeiten.

Der Jonny hat telefoniert, die Wiesner dito, und der Hartinger lässt den Herrgott einen guten Mann sein. Mailbox.

Der Sandner hofft, dass die drei Spürhunde wenigstens ihre Nasen auf dem Boden und gescheit Witterung aufgenommen haben. Auch er hat das Madl im Kopf. Er schiebt die »Undercover«-SIMkarte ins Mobilteil und schickt eine SMS. »Brauchst du eine Zigarette? Lieben Gruß, der Nachbar.« Dann zappt er zum nächsten Kanal. Brauners Mutter. Die Entführer hatten sich nicht wieder gemeldet. Was alles bedeuten kann.

Man kann nur wissen, was drinnen ist, wenn man draußen war. Nicht leicht, die Vogelperspektive, wenn man dir die Flügel stutzt, wie es dem Hauptkommissar passiert ist. Zumindest den Fisch hat er sich ungestört einverleiben können. Gerade als er sich die letzte Salzkartoffel in den Mund schiebt, bekommt das Gasthaus die nächsten illustren Besucher. Der Sandner scheint begehrt zu sein wie Seltene Erden. Alle Welt will etwas von ihm abhaben.

Der Sheriff stapft auf ihn zu, seine uniformierte Begleitung, dünn und unscheinbar, verleiht ihm den passenden Rahmen.

Der Wirt tritt wieder in Erscheinung. Er buckelt hündisch, wie der Leibeigene vor dem Großwesir. Hören ist Gehorchen.

»Hätt ich mir denken können«, bellt der feiste Polizist und zieht sich einen Stuhl heran. Rittlings setzt er sich dem Hauptkommissar gegenüber und schenkt ihm einen strengen Blick. Den Auftritt hat er stilvoll hinbekommen. Sein Kollege gibt die Statue. Der Sandner kaut ruhig an seinem letzten Bissen. Hastiges Schlingen ist ungesund. Denken manchmal auch.

»Denken ist nie verkehrt«, sagt der Hauptkommissar konträr zu seiner Eingebung.

»So wie ich es verstanden habe, sind Sie nicht mehr zuständig. Raus aus der Ermittlungsarbeit. Scheiß gebaut. Also, was machen Sie hier?«

»Essen. Die Forelle hier ist hervorragend. Kann ich nur empfehlen.«

»Der Wirt sagt, Sie sorgen für Ärger.«

Der Sandner schaut zu den »Weißen«. Die sind fertig mit der Mahlzeit und machen sich zum Aufbruch bereit. Keiner sieht in seine Richtung. Kein Wort zu viel.

»Ärger? Nicht dass ich wüsste.«

Der Sheriff lässt die Finger Squaredance tanzen auf der Tischplatte.

»Ihre Kollegin hat die Frau vom Perisic verhaften lassen. Warum?«

»Keine Ahnung. Wir verhaften so viele Leut, da verschwimmt der Überblick. Raus und rein, rein und raus – der ewige Kreislauf.«

»Der Überblick? Ja, der ist schnell verloren, wenn man nicht aufpasst, und nicht nur der.«

»Manchmal reicht es, wenn man was spürt. Die wichtigen Sachen hat man ja nicht immer vor Augen, das ist wie beim Saint-Exupéry.«

»Haben Sie den auch verhaftet?«

»Der ist tot.«

»Mord?«

»Schwer zu sagen. Abgestürzt.«

»Manche Leute haben die Scheiße am Schuh kleben. Wenn man sich hier umschaut – wird halt nicht jeder als Prinz geboren.«

Der Sandner schaut an ihm herunter, bis auf die polierten Schuhe.

»Und nicht jeder Lump trägt Lumpen«, sagt er.

Der Sheriff rutscht mit seinem Stuhl nach vorn. Zwiebeln müssen seine Hauptmahlzeit sein. Er runzelt die Stirn, scheint über das Gesagte nachzugrübeln. Geht hurtig voran mit der Kopfarbeit.

»Passen Sie gut auf, Sandner. Wenn es in meinem Revier was gibt, weiß ich auch Bescheid, verstehen Sie? Und wenn hier jemand etwas Schräges macht, klopf ich ihm auf die Finger. Ich kenn meine Leute.«

»Ihr Revier, aha. So wie neulich bei der Frau vom Slatko. Haben Sie der auch auf die Finger geklopft?«

Der Uniformierte lehnt sich zurück und seufzt.

»Jetzt hören Sie mir mal zu«, sagt er wie zu einem Kind, »manchmal muss man ein bisserl nachhelfen, dass die Menschen verstehen. Zu ihrem Besten. Hier begreift das jeder. Und ich lasse bestimmt nicht zu, dass Sie herumkläffen, wie ein tollwütiges Viech, und alle verrückt machen, sonst ...«

»Sonst? Der Yilmaz und der Wessold, haben die Sie nicht verstehen wollen?«

»Sie sind ein Arschloch, Sandner.« Der Mann ruckt hoch. Der Stuhl fliegt zu Boden. Im Griff hat er sich nicht, der Companero. Sollte er lernen – zu seinem eigenen Besten. Er beugt sich nach vorn, bis sein Schädel nahe beim Sandner ist. Zu nahe für dessen Geschmack. Den Zwiebelatem wollte er nicht inhalieren. Zum Glück ist er mit der Mahlzeit fertig. Wenn er den Mann noch länger ertragen muss, wird sich die Forelle beschweren. Unwillkürlich wird sein Griff um die Gabel fester. Bei einem Hintern dieses Volumens wäre eine Heugabel das richtige Instrument. Verlockender Gedanke.

»Ich habe gedacht, wir können klarkommen«, knurrt der Kollege. »Von Mann zu Mann.« Er schüttelt betrübt den Kopf. »Ich werde einfach mit Ihrer Dienststelle sprechen und Meldung machen. Wie viel Ärger können Sie noch einstecken, hä? Sie sind doch jetzt schon erledigt. Sie können einpacken. Hasta la vista.«

Mit seiner stummen Kollegenmarionette macht er sich nach draußen. Den Wirt beschenkt er noch mit einem Kopfnicken. Zuckerstückchen fürs brave Informieren. Erledigt? Ist er das?

Den Sandner hat der Hafer gestochen. Er hat den Dicken provozieren wollen, und der ist aufgegangen wie ein Hefeteig. So weit, so gut, so wenig hilfreich. Vielleicht ist er wirklich ein Arschloch? Ihm schießt ein Gedanke ein. Der Sheriff säubert sein Revier, indem er die Verbrecherbagage ins Jenseits schickt. Alter Krimistoff. Selbstjustiz, weil die Gerichte zu zahm sind und der Frust zu groß. Aber der Ordnungshüter hätte andere Mittel und Methoden, um die bösen Buben vom schrägen Treiben abzuhalten. Außerdem ist der Yilmaz ja angeblich »sauber« gewesen, wie ein frisch geschleckter Kinderpopo. Und wie verträgt sich das mit missionarischem Gerechtigkeitssinn, wenn dafür Unschuldige in den Knast wanderten? Kollateralschaden? Jedenfalls wird er die Braunerin nicht entführt haben. Das bringt Sandners Überlegungen wieder zum Gestreiften. Das ist der Ansatzpunkt. Hier laufen die Informationen zusammen.

Auf Informationen ist die Wiesner auch aus. Sie ist auf den Weg in den Ostpark, um den Perisic zu treffen. Zum westlichen Teil, wo man den Hachinger Bach noch fröhlich fließen sehen kann. Der darf zur grünen Parkidylle seinen plätschernden Anteil beitragen. Das ist nicht überall so. Die halbe Stadt quert er durch eine unterirdische Röhre gezwängt, wie ein Abwasserkanal. Karriereknick. Im Norden wird er wieder herausgelassen.

Zwei rivalisierende Müllerbrüder sollen sich einst um den rechten Bachlauf gerauft haben, bis einer den Zank final beendet hätte. Seinen älteren Bruder soll er mit seiner Schaufel totgeschlagen haben. Die Sage kündet von unbändigem Blutrausch, der den Burschen erfasste. Hieb um Hieb soll er dem Rivalen verpasst haben, selbst als der schon zerhackt darniederlag. Man könnte auch einen archaischen Weg zur Gewinnmaximierung vermuten. Von wegen: Es klappert die Mühle … Erst hat der Spaten geklappert. Sogar der Teufel hat sich eingemengt und das Gewässer daraufhin an jener Stelle versiegen lassen. Heutzutage müsste der Bocksbeinige mit Burn-out rechnen, wenn er sich bei jedem Totschlag echauffieren würde. Da wär's vorbei mit den gemütlichen Grillabenden. Doch warum sollte es der Beelzebub besser haben als die Wiesner?

Gemütliche Abende kann sie einschüren. Stattdessen darf sie mit zwielichtigen Gestalten im Park lustwandeln. Zumindest die Sonne spitzt zwischen den Wolken hervor und taucht alles in freundlicheres Licht. Letztes Aufflackern vor Einbruch der Dämmerung.

Optimismus macht sich in ihr breit. Natürlich wird ihr der Perisic nicht den Sinn des Lebens offenbaren, aber zumindest ein wenig Erleuchtung könnte er ihr bescheren. Sie sollte auf dem Weg zum Flughafen sein und ihr Gspusi abholen. Erleichternd, dass ihr der dienstliche Kontext einen Aufschub für die Begegnung verschafft.

Keine Schuld verspürt sie, nur einen kleinen Rest dieser allzu bekannten Leere. Eine neue Haut wäre nicht verkehrt. Marktlücke. Sollte es dafür einstmals Händler geben, wäre die Nachfrage bestimmt enorm. Derweil gibt es Schneiderlein, die dir die alten Fetzen mit spirituellem oder psychologischem Garn zusammenflicken. Ein boomendes Geschäft. Jeder würde gern die abgeschabten oder abgegriffenen Stellen loswerden. Für die Wiesner kein Thema. Das übliche Verkehrsgedrängel im Münchner Osten verhagelt ihr die aufgeblühte Laune. Sie wird zu spät kommen. Hoffentlich wartet der Perisic. Schließlich hätte er gern seinen kampfeslustigen Augenstern zurück.

Endlich kann sie das Auto abstellen. »Am Bach«. Sie hastet den Durchgang Richtung »grüne Lunge« entlang. Auf einer Holzbrücke über den Bach und dann rechts halten. Etwas weiter vorn ist der Zugang zum großen Open-Air-Grillplatz, nebst Brunnen und Spielwiese. Manche Leut schaffen es im Sommer, ihre gesamte Küchenausstattung inklusive Stühlen ins Freie zu schaffen, ohne Möbelwagen. Kurz stoppt sie, wie ihr iPhone aufspielt. Zu ihrer Rechten haben einige Hundefreunde einen Parcours für ihre Lieblinge aufgebaut, nebst Tunnel und Röhren. Ihre Zamperl sollen wohl demnächst als Zirkusartisten auftreten. Eifrig bei der Sache ist Frauchen wie Herrchen, wobei die Viecherl einen eher gelangweilten Ausdruck zur Schau stellen.

Der Hartinger ist offenbar wieder aus der Versenkung aufgetaucht. Während sie langsam weitergeht, schildert er ihr, dass er die Friseurpraktikantin aufgesucht hätte. Wissensvermehrung im Minusbereich. Zuerst hatte sie das coole Gangsterliebchen gespielt, aber dem Hartinger in neuer Rolle als Womanizer doch nicht widerstehen können. Sie hätte ausgesagt, ihrem Gspusi, dem Hofer Peter, erzählt zu haben, dass eine Frau Brauner, Mutter eines Staatsanwaltes a. D., Kundin wäre. Zufälle gäbe es, hätte ihr Freund dazu bemerkt und Ende des Themas. Sie hätte sicher nicht bei einer Entführung mitgewirkt. Den Hartinger hätte sie letztendlich vollgetextet, bis der gemästet war mit Geschichten und Episoden aus der Friseurzunft und dem Schulalltag bis zum Platzen. Die Hälfte davon so glaubwürdig wie Münchhausens Kanonenkugelritt. Aufgeräumt klingt er, der Hartinger, als hätten sie gerade keinen kritischen Fall an der Backe, sondern würden sich auf einen Betriebsausflug im Grünen vorbereiten.

Nachdenklich schiebt die leitende Ermittelnde das Handy wieder in die Tasche. Von Grünzeug ist sie auch gerade umgeben. Hauptsächlich. Neben Busch und Strauch scheinen hier auch Zigarettenpackungen, Burgerschachteln und Gummibärchentüten prächtig zu gedeihen. Inzwischen sind das essenzielle Bestandteile, der Busen von Mutter Natur ist längst aus Silikon.

Da vorn sitzt er, der Perisic, wie er es versprochen hat, auf dem Holzbankerl, und er ist nicht allein. Ein zauseliges Männchen hat sich gerade zu ihm gesellt, nebst Bierflasche. Bei ihrem Näherkommen springt der Perisic auf. Er scheint hypernervös.

Diese Ecke vom Ostpark ist samstagabends so unbelebt wie ein Vogelbauer in der Tierhandlung. Selbst bei unbeständigem Wetter. Spielende Kinderhorden, Hundebesitzer, turtelnde Pärchen, Jogger, jedwede Spielart menschlicher Existenz scheint vorhanden. Warum der Perisic von »allein« gesprochen hat, ist der Polizistin ein Rätsel. Von dessen Banknachbar wird sie prompt angequatscht.

»Mademoiselle, hätten Sie vielleicht eine Zigarette für mich?«

Sie schüttelt stumm den Kopf und geht mit dem Perisic ein paar Schritte.

Der Mann steht auf und kommt ihnen mit unsicheren Schritten nachgeschlappt.

»Oder vielleicht eine kleine Spende, Mademoiselle?«

Ihr Begleiter sagt noch immer nichts. Sie kramt in ihren Jackentaschen, bis sie ein Eurostück ertastet. Irgendeine Münze ist immer vorhanden – den Einkaufswagen sei Dank. Sie drückt sie dem Mann in die rabenschwarze Pfote.

»Vergelt's Gott, Mademoiselle. Ein schönes Fleckerl ist das hier und ...«

»Halt endlich die Fresse und hau ab, du Penner«, giftet der Perisic.

Der Alte wirkt gekränkt.

»Penner sagst du? Ist das dein Park, hä? Scher dich doch zurück, wo du herkommst.«

Der Perisic dreht sich zu ihm um.

Die Wiesner zupft ihn am Ärmel. »Aufhören, lassen'S den doch.«

»Komm bloß her du ... du ... Stinkstiefel«, stänkert der Zausel. Er schüttelt den Arm mit der Bierflasche. Die Wiesner weiß, wie so etwas laufen kann. Aus dem Nichts und wegen nichts kann Blut fließen. Manchmal ist das Leben billiger als ein Tetrapack Fusel.

Der Perisic scheint sich mit seiner Frau das gleiche Temperament zu teilen.

»Wenn Sie dem Mann was tun, verhaft ich Sie sofort«, zischt sie ihm zu. »Los, gehen wir.«

Er reißt sich los und starrt den Bärtigen an. Die Kiefer mahlen – sichtbares Zeichen seines inneren Konflikts.

»Wir haben eine geschäftliche Verabredung. Hallo – erinnern

Sie sich? Sie wollten reden.« Sie hat das Gefühl, auf eine der weggeschmissenen Burgerschachteln einzutexten. Außen bunt, innen hohl.

Der Perisic wendet sich ihr langsam zu und zwingt sich zu nicken. »Ja, reden wir.«

»Kommen daher und führen sich auf, das Gschwerl«, kommentiert der Zausel abschließend. »Hier geht es nicht zu wie bei dir daheim in deiner Jurte, merk dir das, du Baraber, du windiger.« Mit dem Zeigefinger weißt er auf den Perisic. »Hey du – merk dir das!«

Falsche Ansage. Dem Angesprochenen brennen die Sicherungen durch. Schlagartig. Eine schnelle Bewegung – seine Faust fegt den Betrunkenen von den Beinen. Bier spritzt der Wiesner auf die Jeans.

»Scheiße!«, schreit die Polizistin und reißt ihn an der Schulter zurück. »Du Volldepp!«

»Loslassen«, plärrt der und schüttelt die Frau ab. Die Fäuste geballt, pumpt er sich auf. Maikäfer vor dem Flug. Nicht von dieser Welt. Der Fachmann würde auf mangelnde Impulskontrolle verweisen. Dieses Manko teilt er aktuell mit der Wiesner. Die könnte explodieren, Nitroglyzerin ist ein Dreck dagegen. Der mit Bier begossene Pudel ist nicht ihre Paraderolle. Sie faltet den Perisic zusammen – verbal. Wenn er keinen stählernen Armschmuck tragen wollte, sollte er jetzt das Mäuschen spielen. Aber der ist nicht aufnahmefähig. Sie kennt die Kategorie. Alles muss raus. Blutroter Schleier vor den Augen, das wutgetränkte Hirn kann sich nur eine Lösung ausdenken. Immer drauf. Wieder packt sie ihn am Arm. Nicht mit ihr. Da hat der Yilmaz keinen Falschen zusammenfallen lassen. Die beiden sind in der gleichen Werkstatt zusammengebaut worden. Montagsproduktion.

Leute laufen zusammen, ein Kreis Neugieriger bildet sich um die Kampfstätte. Der Zausel sitzt am Boden. Die Beine ausgestreckt, tastet er nach seiner Nase. Blut quillt zwischen seinen Händen hervor.

Die Wiesner reißt den Polizeiausweis aus der Tasche und reckt ihn in die Höhe. »Polizei«, ruft sie. »Alles okay.«

»Was ist da okay?«, will ein empörter Weißhaariger berechtigterweise wissen. »Der Mann ist schwer verletzt.«

Der Perisic reißt sich los und rennt. Das darf nicht wahr sein. Soll sie dem Deppen schon wieder hinterher? Hat wohl in der Kindheit zu wenig Fangermandl gespielt. Kaum hat sie ein paar halbherzige Schritte in seine Richtung gemacht, ist die Hatz vorbei. Ihr wird die körperliche Arbeit abgenommen. Wie sich der Flüchtende rüde den Weg zwischen zwei schnatternden alten Damen bahnen will, schlägt das Schicksal erbarmungslos zu. Es benützt eine der Seniorinnen dazu. Und die benützt ihre Handtasche – wuchtig und wirkungsvoll. Volltreffer. Die hat gewusst, wo Schmerz herauszukitzeln ist. Der Mann sinkt mit einem schrillen Maunzen in die Knie und presst sich die Hände zwischen die Beine. Hin und her wälzt er sich auf dem Kies.

Die Münchnerin darfst du per se nicht unterschätzen. Wehrhaft und reaktionsschnell in jeder Altersklasse. Wahrscheinlich aktive Judo-Kämpferin seit 1958, und für Notfälle wartet immer ein praktikabler Ziegelstein im Tascherl, gemeinsam mit Pfefferspray und Elektroschocker. Der Städter ist gewappnet gegen jedweden Peiniger.

Die Wiesner ist gefordert. Alles hält die Luft an und verharrt. Kein Vogelschrei, kein Hundebellen unterbricht ihre rituelle Handlung. Sie schreitet lässig auf Perisic zu, und es klicken die Handschellen. Der Mann ist kampfunfähig. Kaum, dass er aufstehen kann. Von Weitem hört sie eine Sirene näher kommen. Wahrscheinlich der Notarzt. Manch einer zieht sein Handy schneller als sein Schatten.

Der Zausel steht inzwischen wieder auf wackeligen Beinen und genießt die Aufmerksamkeit. Von allen Seiten werden ihm Taschentücher und nutzlose Ratschläge gereicht. Ein glatzköpfiger Hänfling, offenbar mit ärztlichen Kenntnissen ausgestattet, starrt ihm intensiv in die Augen und grapscht sich sein Handgelenk. Die Bierflasche ist unversehrt geblieben. Nur der Inhalt ist reduziert. Die Hälfte hat die Wiesner abbekommen. Das arme Prügelopfer nimmt einen Schluck auf den Schreck und einen aus alter Gewohnheit.

»Jetzt reden wir halt woanders.« Die Polizistin zerrt Perisic voran.

»Ich weiß nicht, was Sie wollen«, jammert der, ganz unverstandener Mann.

»Ich weiß aber, was Sie wollen«, bekommt er zur Antwort. »Sie betteln drum, dass ich Sie endlich wegsperr, Perisic. Ihr Wunsch ist mir Befehl.«

Die Handtasche der Seniorin sollte sie sich kurz borgen. Liebend gern hätte sie damit die Antworten aus ihm herausgeprügelt. Der Mann schabt mit grober Feile an ihrem Nervenkostüm.

Sie schafft den Perisic von dannen. Kleinlaut trabt er neben ihr her. Den Kopf gesenkt, keiner mehr von den wilden Kerlen.

»Ich schick die Kollegen«, verabschiedet sie sich vom Publikum. »Rühren Sie sich bitte nicht weg, wegen der Zeugenaussagen.« Wenigstens käme ihr so keiner nachgeschlichen.

Vor dem Parkeingang schafft sie den Perisic in ihr Auto. Ihre Hose stinkt nach Bier, als hätte die Wiesner im Brauereikeller genächtigt. »Was zum Kuckuck sollte das?«, poltert sie im Wagen los.

»Haben Sie gehört? Hat mich beschimpft, der Hurensohn und …«

Die Wiesner lässt einen Schrei, bis die Lungen komplett entleert sind. Das tut gut. Einmal zu oft gehört, das depperte Sprücherl. Muss als Entschuldigung für alles Denkbare herhalten. Vom Schubsen auf dem Schulhof bis zum Schädelspalten mittels Streitaxt.

Ihr Begleiter klappt den Mund zu. Ihm klingeln wohl die Ohren. Das Manschgerl verschenkt freigiebig ihre Zeit. Wenn er nicht aufpasst, wird er seine hinter Gittern fristen.

Und falls er kein Analphabet ist, kann er diesen Umstand in ihrem Gesicht lesen. Es steht da in knallroten Großbuchstaben.

»Wer hat Sie überzeugt, die Anzeige gegen Yilmaz zurückzunehmen?«

»Ich kann gehen und meine Frau auch?«

»Perisic – ich werfe Sie nicht aus dem fahrenden Wagen auf die Straße. Ist das ein Deal?«

»Wenn der erfährt, dass ich geredet habe – ist nicht lustig.«

»Wenn Sie nicht endlich den Mund aufmachen, haben Sie auch nix mehr zu lachen, das prophezeie ich Ihnen. Ich werde Ihr Albtraum.«

Der Perisic nickt. »Also gut. Aber wenn mich wer fragt, ich habe nie so gesagt.«

Auf Sandners Handydisplay stehen zwei Namen. Kastelmeyer und Perisic. Das hätte er gern vor zwei Minuten gelesen. Dann hätte er sein Handy vom Koch frittieren und vom Polizisten fressen lassen, seinetwegen mit Ketchup. Der Harthauser Sheriff hat also den Yilmaz vor gerechter Strafe geschützt und gleichzeitig dem Perisic gehörig Angst eingejagt. Sauber. Warum? Menschenfreund? Welches Interesse konnte er daran haben? Und was konnte man ihm beweisen? Nichts. Wurscht. Es gibt nur zwei Ziele. Die Brauner und die Jugendlichen müssen her. Lebend. Wenn der Kastelmeyer drin verwickelt ist, wird's kompliziert.

»Keine Nachrichten an die Dienststelle«, simst er zurück. Bis jetzt waren die Karten gleich verteilt. Alles, was sie erfuhren, konnte der Polizist auch wissen. Er hat sogar, dank dem Staatsanwalt Wenzel, gewusst, dass der Sandner undercover unterwegs gewesen ist. »Ich hol ihn mir«, kommt es prompt von der Wiesner. Schließlich ist sie, anders als der Sandner, Ermittelnde mit Befugnissen. So sei es. Er wird sich den Gestreiften holen. Ohne Wenn und Aber. Dazu braucht er einen Dienstausweis. Der Hartinger hat einen. Der muss her. Herbei, herbei!

Eine halbe Stunde später steht er mit dem rothaarigen Kollegen vor der Wohnungstür des Gestreiften. Der Hartinger ist ein wenig aus der Puste. Als wäre er den Weg von der Hansastraße hergejoggt. Tatsächlich hat er die letzten Meter vom Auto im Laufschritt bewältigt, Sandners Befehl nach höchster Geschwindigkeit im Ohr. Sie klingeln Sturm. Drinnen hören sie Geräusche und ein: »Bist narrisch? Jaja, ich komm gleich.« Minuten später wird die Tür geöffnet. Nur einen Spalt, die Kette bleibt davor. Der Hartinger zückt den Dienstausweis und hält ihn dem spähenden Mann entgegen. Lange studiert er ihn, dann fällt sein Blick auf den Sandner. Die Kette wird gelöst.

»Soso«, sagt er in Richtung des Hauptkommissars. »A falscher Fuchzger bist du also. Des is dreckig.«

»Kripo München«, sagt der Hauptkommissar knapp. »Wir müssen reden.«

Kopfschüttelnd weicht der Mann von der Tür und lässt die beiden Beamten in den Flur. Vor ihnen her geht er in die Küche. Geschirr stapelt sich in der Spüle, Bierflaschen haben jeden freien Platz auf den Ablagen und Regalen okkupiert. Auf dem Tisch stehen ein Teller mit blanken vertrockneten Bandnudeln und eine Ketchupflasche.

Mit seinem verwaschenen blauen Sweatshirt macht der Mann heute auf den Sandner einen abgekämpften, ärmlichen Eindruck. Für ihn bleibt er der Gestreifte. Am liebsten wäre es ihm, die alte Brauner säße am Esstisch und würde gerade eine Gemüsesuppe vertilgen. Natürlich vergebliche Hoffnung. Beides nicht zu finden hier.

Die beiden Polizisten bleiben neben der Tür stehen.

»Es geht um den Fuhrer.«

»Die alte Gschicht«, ächzt der Mann und zieht sich einen klappigen Hocker heran.

»Ja, die ist wieder frisch und munter«, meint der Sandner. »Ihr Sohn hat Ihnen erzählt, dass die Mutter vom damalig verantwortlichen Staatsanwalt im Altenheim lebt.«

»Des kann sein, was weiß ich.«

»Von wem war die Idee, die alte Frau zu entführen?«, will der Hartinger wissen. Jugendlicher Überschwang. Schuss ins Blaue.

»Zu entführen?«, kommt das Echo des Gestreiften. Die Stirn wirft Falten, wie die ergraute Gardine am Küchenfenster. Der Schuss ging ins Leere. Er versteht nicht, was im Busch ist. Mit Verzögerung bricht es aus ihm heraus.

»Seids ihr bled, ihr zwei Kasperln? Ich entführ niemanden! Sackrazement!« Mit der Faust haut er auf den Tisch, die Ketchupflasche kippt um. Das ist alles, was der Gestreifte bewirken kann, ahnt der Sandner. Eine umgekippte Ketchupflasche. Mehr Resonanz erzeugt er nicht mehr. Wenn sich niemand für dich interessiert, kannst du schlagen und plärren, wie du magst. Die Welt marschiert ungerührt weiter. Die interessiert keine Ketchupflecken. Wenn du Pech hast, vergisst sie dich, wie es dem Mann vor ihnen ergangen ist. Ähnlich wie Wessolds Vater hat das Leben ihn abgeworfen, und beim tiefen Fall ist ihm das Rückgrat zerstoßen worden. Zurück bleibst du als zusammengeschoppter Rest, der bloß noch zappelt, bis der Akku leer ist.

»Wer hat davon gewusst? Wem haben Sie das mit dem Altenheim gesagt?«, hakt der Hauptkommissar nach. Er will der alten Brauner das Leben retten, sonst lässt er keinen Gedanken ans Dasein eindringen. Das Sterben kann warten, auch wenn sie achtundneunzig ist.

»Der eine kommt daher in die Kneipe und fragt heimlich die Leut aus.« Er deutet auf den Sandner. »Verreckte Sauerei is des! Schämts euch. Wer glaubts ihr, das ihr seids? Ich ruf jetzt einen Rechtsanwalt, und dann ist Schluss. Bagage, windige.«

»Machen Sie das«, sagt der Sandner, »aber eine Frage bloß, dann sind wir wieder weg.«

Der Hartinger schaut ihn entgeistert an. Dafür soll er eine halbe Stunde durch die Stadt gerast sein?

»Woher wissen Sie so genau, dass der Fuhrer den Wessold nicht erstochen hat?«

Der Mann schnauft auf und stützt seinen Kopf auf die Hände.

»Wir müssen das wissen«, insistiert der Sandner, »wenn nicht hier, dann auf der Dienststelle. Wollen'S das? Was wissen Sie? Das muss raus jetzt, zefix noch amal!«

»Ach, des is a lange Gschicht.«

Der Sandner setzt sich schweigend auf einen wackligen Hocker und macht dem Hartinger ein Zeichen, es ihm gleichzutun. Ein freier Stuhl ist noch zu finden.

Der Hausherr greift zu einem Kaffeehaferl und nimmt einen Schluck der kalten Brühe. Er verzieht sein Gesicht. Sein Blick irrt umher, bevor er sich an Sandners Augen festsaugt.

»Meine Frau, die Katherina, is vor am halben Jahr gstorben.« Er weist mit müder Geste auf ein Bild, das neben der Tür hängt. Eine lächelnde Mittfünfzigerin, daneben der Gestreifte. Es scheint in der Gaststätte aufgenommen, in der Sandner die Forelle genossen hat. Das Paar festlich gewandet mit freundlichem Lächeln.

»Das Buidl is von unserer Silberhochzeit vor drei Jahr.«

»Sympathisch hats ausgeschaut, Ihre Frau«, sagt der Sandner.

»Fünfundzwanzig Jahre, verstehen'S? Fünfundzwanzig Jahre.« Der Mann schüttelt den Kopf. »Des trifft dich wie a Blitz.«

Der Sandner nickt. Sein Kollege schaut unauffällig auf die Uhr und wirft ihm einen Blick zu. Der Alte hat ihn aufgefangen.

»Aber des wollen'S ned wissen. Die Fuhrer, ja. Die is eine gute Freundin von meiner Frau gewesen – vielleicht die beste. Irgendwann, ich woas nimmer, wann des gewesen is, ham wir einmal über die Gschicht geredet. Kurz vor ihrem Tod. Was ma halt so sagt. Ich hab damals andere Sorgen ghabt, des können'S mir glauben. Und mei Frau hat gmeint, sie wüsst, dass es nicht der Fuhrer gwesen ist. Und wie ich gefragt hab, wie sie sich so sicher sein könnt, hats gsagt, weil sie weiß, wer es war. Ich kenn mei Frau. Die hat des ned so dahergesagt. Ich hab wissen wollen, warum sie des ned gsagt hätt, der Polizei oder weiß der Deifi wem. Da hat die Katherina gweint und mich beschworen, des für mich zu behalten. Oiso hab ich mir auf die Zunge bissen und nix gsagt. Des is ois.«

»Sie hat gewusst, wer es gewesen ist?«

»Hat mei Frau gsagt, ja.«

»Aber Ihnen nicht gesagt, wer das sein soll.«

»Na.«

»Und wem haben'S das schließlich doch erzählt?«

Er schüttelt den Kopf. »Ich weiß ned. Vielleicht war ich amal in einem schlechten Zustand – verstehen'S? Ich hab die Frau Fuhrer mal drauf angesprochen. Sie glaubt fest an die Unschuld von ihrem Mann, aber wer es gwesen sein könnt, da hätt sie auch koan blassen Schimmer. Sonst hätt sie es doch gesagt. Aber ich kenn doch mei Katherina, die hat mir keinen Schmarrn derzählt.«

»Überlegen'S noch mal, mit wem'S darüber gesprochen haben – Ihr Sohn?«

»Dem is des schnurzwurscht. Der is bei den Grattlern zu Hause – verstehens?«

»Es ist wichtig. Einem Freund?«

Der Mann zuckt mit den Schultern. »Wenn, dann wahrscheinlich beim Ansi in der Kneipe. Was is des für eine Entführung?«

Der Sandner steht auf. »Wir müssen weiter. Sie haben uns sehr geholfen.« Er streckt dem Mann die Hand hin. »Entschuldigung – für alles.«

Der Alte greift zu. »Sie ham an verreckten Beruf«, sagt er, und seine Augen blitzen kurz schelmisch auf. Reminiszenz an fröhlichere Tage.

»Des können'S laut sagen.« Auch für den Sandner waren die Tage schon bunter gefärbt.

Die Sonne hat Feierabend. Wie sie vors Haus treten, hat der Mond bereits die Geschäfte übernommen. Zu spät, um Entscheidendes zu vollbringen.

Der Sandner beschließt, zum Brauner zu fahren und Kriegsrat zu halten. Zusammen mit dem Hartinger macht er sich auf den

Weg. Der ist maulfaul wie eine frisch gebratene Forelle. Wahrscheinlich ist er beleidigt, weil der Sandner ihn als Chauffeur missbraucht. Alle zehn Sekunden glotzt er auf sein Mobilteil. Er hat es an einer Halterung am Armaturenbrett befestigt. Der Sandner lässt die übliche Ermahnung vom Stapel, ohne zu bemerken, dass der Rotschopf alles andere als halsbrecherisch unterwegs ist. Jeder Kilometer scheint ihn Überwindung zu kosten oder Lebensenergie abzusaugen. Alle hundert Meter kommt eine Stirnfalte hinzu. In Obermenzing wird er als Greis aus dem Wagen steigen, falls er ihn noch aus eigener Hilfe verlassen kann. »Es ist nicht zu wenig Zeit, die wir haben, sondern es ist zu viel Zeit, die wir nicht nutzen«, hat der Seneca festgestellt. In seiner Welt musste er nicht mit dem Auto dahinschleichen wie mit der Schneckenpost. Jeder Streitwagen wäre schneller unterwegs gewesen. Nutzlose Zeit, es sei denn, du wärst an den baulichen Highlights entlang des Georg-Brauchle-Rings interessiert. Beim Blick auf die höchsten Gebäude der Stadt könntest du dir den Hals verrenken. Vierkantbolzen wird das Uptown genannt. Hundertsechsundvierzig Meter erigierte Glasfassade, Arbeitsbeschaffung fürs Fensterputzergewerbe, ansonsten hat halt wieder einmal wer hoch hinaus wollen. Vielleicht ein Fressen für Freudianer, der Münchner Phallus. Geschenkt. Zum Glück schlägt ihn der Olympiaturm. Der Oldie hat Stil.

Hoch hinaus will der Sandner nur mit seinen Gedanken, manchmal sind sie in der Luft wie der Ikarus, Landungsdilemma inklusive.

»Hartinger, so wie wir unterwegs sind, könnte ich auf deinem Buckel schneller nach Obermenzing reiten.«

Der Rotschopf wirft ihm einen zerstreuten Blick zu und tritt den Gasfuß durch. Das Auto macht einen Satz nach vorn. Direkt hinter der Stoßstange des Vordermanns zieht der Polizist die Zügel wieder an. Das unmotivierte Manöver treibt dem Sandner den Puls in die Höhe. Er ächzt auf. Bevor er einen Ton sagen kann, schlägt Hartingers Handy an. Es gibt einen würgenden Ton von sich, als wäre es kurz vor dem Erbrechen. Kein Wunder. Er reißt es hektisch aus der Halterung. Eine SMS hat er bekommen. Für ihn offenbar ein Großereignis. Während er an dem Teil fummelt, verlangsamt sich der Wagen rapide. Bald werden Jogger in lockerem Trab vorbeiziehen. Die Augen wandern zwischen Windschutzscheibe und Display hin und her. Seine Miene hellt sich auf. Sieht nach Glückshormonen aus, die ihm einschießen. Seinem Beifahrer ist es schnurzegal, welche Tusnelda ihn bezirzt. Nach Feierabend könnte er das Handy abbusseln und streicheln, bis zur Klimax. Aber mit einer Motte im Liebestaumel will er nicht Obermenzing entgegentrudeln. Er wünscht sich eine Gerte, verzichtet aber auf jeglichen Kommentar. Der junge Kommissar wäre nicht erreichbar. Persönliches Funkloch. Hartingers Gedanken sind nicht mit auf der Reise. Sie kreisen um ein unscheinbares Haus in Sendling wie die Raben um den Burgturm.

Die Wiesner ist vor ihnen angekommen. Auf deren Fahrstil hat Amor noch nie Einfluss nehmen können. Er sollte in ihrer Nähe nicht unvorsichtig über die Straße hatschen. Sie sitzt bereits mit Jonny und Brauner im Wohnzimmer.

Der Entführer hatte sich erneut gemeldet. Die gleiche Frage. »Was Neues?« mit dem Zusatz: »Wird Zeit.« Diesmal offenbar ohne Amsel als Background-Gesang. Der Brauner hat ihm verkaufen wollen, dass der Yilmaz als Täter infrage komme und sie nahe an der Lösung wären. Der Unbekannte hat ihn kurz reden lassen und dann das Gespräch beendet. Kein Lebenszeichen von Mutter Brauner. Der Oberstaatsanwalt hat den Anrufer nicht aus der Reserve locken können. Der Entführer hat offenbar keinen Wissensvorsprung. Er wartet ab und nagt dem Brauner die Nervenstränge durch wie ein Biber den Baum.

Wie der Hartinger und der Sandner sich zum grübelnden Trio gesellen, erhöhen sie die Geburtenquote frischer Theorien. Deren Sterblichkeitsziffer ist bedenklich. Überleben können nur die Besten. Mittlerweile kennt der Sandner jede Furche in der Mahagoniplatte des Wohnzimmertisches. Dass sein Gestreifter gewusst hat, wo sich die alte Brauner aufgehalten hat, ist für den Sandner ein wesentlicher Fakt. Dass die Wirtsleut vom Ansi sich intensiv um den Filius kümmern, könnte auch ein Anhaltspunkt sein.

Perisics Eheweib ist wieder auf freiem Fuß, man hätte ihr auch Mordversuch am Jonny unterstellen können. Dessen Gefühlsleben würde den Straftatbestand unterstützen. Er beklagt noch immer das pfenniggute Hemd, welches er eingebüßt hat. Sie geben ihm eine Viertelstunde, um seine Harpyiegeschichte aufzuarbeiten. Er gefällt sich ein bisschen in der Rolle des Herakles. Am Schluss der Erzählung knallt der Sandner zwei Euro auf den Tisch, um zur Sammlung für ein neues Hemd anzuregen.

»Nicht drin bei meinem Gehalt«, verweigert sich der Hartinger. »Kauf halt secondhand.«

»Das kannst du nicht ertragen, wenn jemand blendend ausschaut«, bekommt er dafür vom Jonny serviert. Dass er sich dabei durch die wallende Mähne fährt, ist seine Version einer Parodie.

»Deinen Anblick ertrag ich locker, den schon. Man gewöhnt sich an alles ...«

»Hat der Fuchs gesagt, bevor sie ihm das Fell abgezogen haben«, beendet der Sandner das Geplänkel.

»Dir wär ich sehr verbunden, wenn du dein Fell ein bisserl weniger oft striegeln würdest, Jonny«, sagt die Wiesner, »telefonieren geht auch ohne Rouge.«

Der Sandner nickt beipflichtend.

»Verhaftets den Alten«, rammt der Brauner seinen Gedanken dazwischen. »Daumenschrauben!«

»Der stemmt so was nicht. Und erzählt kann er das jedem haben. Außerdem klang der grundehrlich. Seine Frau hat was gewusst oder gesehen. Vielleicht hat der Kastelmeyer sie erpresst, wegen ihrem Sohn. Der hat doch krumme Geschäfte gemacht mit dem Wessold.«

Die Wiesner seufzt auf und streckt sich. »Von den Jugendlichen – keine Neuigkeiten. Für einen passenden Jungen ist keine

Vermisstenanzeige eingegangen. Wir wissen auch sein Alter nicht. Handy ist tot. Nach dem Madl sucht alles, was Beine hat. Presse ist auch informiert.«

»Und die Polizei schaut zu«, murmelt der Sandner und nimmt einen Schluck vom Radler.

Die Wiesner wirft dem Jonny einen auffordernden Blick zu. Nicht schwer, ihre Gedanken zu lesen. Er soll den Nachschub an Getränken und eine Brotzeit herbeikellnern. Kennt sich mittlerweile aus in Brauners Küche. Schweigend machen sie sich darüber her. Der Sandner fühlt sich auf einer Expedition. Rucksack und los. Morgen ist der Gipfel fällig. Anders als bei der üblichen Arbeit in der Mordkommission sind sie auf sich gestellt – keine Gondel, kein Seil, keine Karte. Er blickt reihum in konzentrierte Gesichter. Selbst der übliche Zynismus kocht auf kleiner Flamme. Ganz kaltgestellt ist er nie. Morgen ist der Tag der Entscheidung. Sie haben nur diese eine Gelegenheit. Dann ist entweder alles glücklich vorbei. Oder sie sind nicht mehr im Geschäft.

Zwei Stunden halten sie sich beim Brauner auf, bevor sie sich wieder auf den Weg machen. Jeder darf in sein eigenes Bett – außer Jonny und Brauners Mutter. Ob der Hartinger darf oder muss, ist eine Frage, die nur er beantworten könnte.

Der Sandner jedenfalls ist erleichtert. Ein Mann, ein Bett.

»Und das Licht scheinet in der Finsternis, und die Finsternis hat's nicht begriffen«, Johannes 1,5.

Der Sandner öffnet die Vorhänge. Hell wird es. Zu hell. Eine Prise Finsternis wäre nicht zu verachten. Man könnte damit besser in den neuen Tag schlüpfen. Ganz allmählich. Geweckt durch das Gefiepe seines Handys ist das Erwachen für den Sandner ein Sprung in den Teich voller Piranhas. Zu viel Adrenalin.

Müde schlappt er in seine Küche und lässt die Espressomaschine an. Kühlschrank öffnen, Toaster bedienen, Bergkäse dazu, Ei in die Pfanne, alles im vollautomatischen Modus. Dazu darf Gil Scott-Heron sein »New York is killing me« zum Besten geben. Der Titel lässt sich aktuell für den Sandner durchaus auf München übertragen.

Geträumt hat er: Der Wenzel mit Cowboydress, Ledermantel und Lasso galoppiert auf einem schwarzen Hengst auf ihn zu. Aus den Mäulern und Nüstern von Reiter und Tier ergießt sich in hohem Bogen der Schlabber. Grün und klebrig. Und der Sandner? Er steckt bis über die Knöchel im Morast und kann sich nicht rühren. Zertrampelt wird er werden. Todesangst macht sich breit. Hufe erschüttern den Boden, lassen die Erde zittern. Das große baumelnde Geschlecht des Rappen hat er vor Augen wie unter dem Brennglas. Monströs, blau geädert und erigiert. Fast wie ein fünftes Bein. Hin- und herschlenkernd.

Wenzel schwingt das Lasso, das sich plötzlich in eine schwarze Bullenpeitsche verwandelt. Ganz gegen jede Physik weht es ihm seinen Cowboyhut vom Schädel und dem Sandner vor die Füße. Ein Gestrüpp wächst daraus, rankt sich gen Himmel, als wäre es eine Zauberbohne, und der Sandner versucht verzweifelt, sich daran zu klammern, in die Höhe zu ziehen, bevor Hufe oder Peitsche ihn zerhäckseln. Er kommt nicht vom Boden. Der Wenzel ist ganz nah. Nur noch einen Hufbreit. Ein hoher Ton erklingt. Die Trompete von Jericho.

Der Handy-Weckruf hat ihn erlöst. Statt einer Ranke hat er mit beiden Händen den Zipfel seines Kissens gepackt gehabt. Dass ihm der Staatsanwalt bereits die Träume vergällt, ist für den Sandner nicht verwunderlich. Die Assyrer behaupteten, du hast keinen Rivalen, wenn sich dein Phallus im Traum in XXL präsentiert. Zum Glück ist es der des Rappens gewesen, und er hatte nicht Wenzels Gemächt vor schreckgeweiteten Augen. Da wäre der graue Star ein barmherziger Vogel. Das macht dir den Morgenkaffee bitter. Bezüglich Phallus kommt dem Sandner wieder das Kind der Fuhrers in den Sinn. Assoziation zum Zeugungsakt. Das mag mit ein Grund sein, warum gerade jetzt die Brauner entführt worden ist. Schließlich ist der Papa schwer krank, und so wie es aussieht, wird er seinen Bub in Freiheit nicht mehr knuddeln können. Ein massiver Grund. Der ist bei der Arbeit der K11 nicht an der Tagesordnung. Erst letzte Woche haben zwei Burschen ein altes Waiberl vor dessen Haustür niedergemacht. Neben ihrem Schlüssel hat die Seniorin noch ein angebrochenes Packerl Taschentücher und ein paar Münzen eingesteckt gehabt. Schädelbruch. Kritischer Zustand. Die Täter haben sie gleich erwischt. Zum Speien, dass die armen Würschterl sich ein noch ärmeres Fell suchen zum Gerben, anstatt ...

»Rawhide«. Sein Handy. Gerade hat der Sandner sein müdes Hirn auf Betriebstemperatur gebracht, da plärrt ihm ein aufgeregter Jonny die Ohren voll. Es geht um den Brauner. Der hätte heute Morgen ein Plastiktütchen im Briefkasten gefunden. Darin wäre ein kreisrundes Fleischstückchen gewesen. Wie von einem Locher ausgestanzt oder von der Schusterahle. Sonst nichts. Kein Brief. Der Brauner wäre damit hereingekommen und dann umgefallen. Einfach so. Ohne Vorwarnung. Gerade noch ein Glas Milch und – peng! Der Notarzt hätte gleich dafür gesorgt, dass er ins Klinikum Dritter Orden eingeliefert wird – zur Beobachtung. Scheißdreck! Er hat es nicht mehr gepackt. Die Anspannung hat zugeschlagen und ihn niedergestreckt. Der Jonny ist im Haus geblieben. Schlimmstenfalls würden sich die Entführer erneut melden. Die Aufregung beutelt den jungen Polizisten gehörig durch.

Den Sandner steckt er damit an. Der ist aufgesprungen und hat die Kaffeetasse umgestoßen. Das passt. Hoffentlich hat Brauners Mutter eine bessere Konstitution. Frauen sind ja meistens stabiler. Vollverzinkte Karosserie.

»Schick mir ein Bild von dem Fleischstückerl!«, weist er den Jonny an. Der Appetit ist ihm vergangen. Vielleicht bekäme er doch die Ohren seiner Mutter in einem Packerl, der Brauner. Himmelherrgott!

Innerhalb Sekunden ist das Foto da. Der Sandner kann nichts Rechtes drauf erkennen. Kreisrund, kleiner als ein Centstück, weißlich-braune Färbung. Verreck, wollen die Entführer die Braunerin minischeibchenweise servieren? Er spürt ein Vibrieren in der Magengegend.

Der Jonny plappert immer weiter, Wörter stürzen auf den Sandner ein, verschütten ihn, gleich einem Bergrutsch. Er versucht, sich freizuwühlen, sein Hirn zu retten. Mit der gestrigen SZ bedeckt er die Kaffeelache. Das Papier saugt sich voll. Er schaut zu, wie sich der braune Fleck vergrößert.

Vorwürfe macht sich der Jonny, ob er hätte etwas merken sollen, ob er der Aufgabe gewachsen wäre, ob er überhaupt irgendetwas gewachsen wäre.

Der Sandner ist aktuell nicht in der Verfassung, Trost zu spenden. Höchstens Toast. Der schwimmt vor ihm auf dem Teller in brauner Brühe. Für Jonnys Geburt trügen andere die Verantwortung. Wäre nicht mehr zu ändern. Er sollte das Beste draus machen.

»Das Tüterl braucht der Poschner von der KTU – du gibst es ihm – keinem anderen! Sag, es kommt von mir. Aber zuerst fährst du beim Aschenbrenner vorbei. Ich geb dir gleich die Adresse. Sag ihm, ich muss sofort wissen, was das ist. Ob es vom Menschen ist, verstehst du. Und welcher … Körperteil. Lass dich nicht abwimmeln! Beeil dich!« Er hat den Jonny angeschrien, als ob er für die Distanz nach Obermenzing kein Handy bräuchte. Kein Wunder, dass der Brauner umgefallen ist. Nicht gegessen, nicht geschlafen, und dann steht ein Fetzen Fleisch von der Mama auf der Speisekarte. Aber so wie er den Oberstaatsanwalt kenne, würde der bald wieder aufschlagen. Der ließe sich nicht ins Gitterbett befördern, nebst Flügelhemdchen und Pfefferminztee, so er denn die Wahl hätte.

Natürlich wird sich der Sandner auf zum Klinikum machen. Er muss wissen, ob es dem Oberstaatsanwalt gut geht. Es ist nur ein Katzensprung von Brauners Behausung entfernt. Kurz tauscht er sich mit der Wiesner aus. Die klingt bedeutend ausgeschlafener, wenn auch mürrischer. Alles versteht er nicht, weil sie am Käsebrot kaut.

»Fahrst halt ins Krankenhaus«, ist ihr Kommentar gewesen, »selbst wenn wir wissen, ob der Fleischfetzen von der Brauner ist, können wir nur weitermachen wie bisher, oder?«

»Wie bisher? Ich weiß nicht. Ich hätt nicht geglaubt, dass sie der Alten wirklich was tun. So leicht schneidest du doch nicht an den Leuten herum. Viel wert scheint ihnen die Frau nicht zu sein.«

»Die hatten Brauners Adresse.«

»Vielleicht beobachten die auch sein Haus.«

»Wenn sie dich gesehen haben ...«

»... und auch im Harthof wissen sie Bescheid über mich.«

»Und was ändert sich damit?«

»Sandra, frag mich was Leichteres. Wenn ich das wüsste, würde ich als Wahrsager Geld scheffeln.«

»Alles sinnlos ohne Kristallkugel.«

»Das darfst du laut sagen.«

Wer genau hingehört hätte, könnte den genervten Unterton heraushören. Der Sandner hört genau hin. Seiner Kollegin sollte heute niemand schräg von hinten kommen. Höchstens gegen den Wind anschleichen. Es brodelt in ihr. Ob der Fall oder der falsche Fuß beim Aufstehen die Ursache ist, bleibt offen.

Er überlegt kurz, sich den Hartinger herbeizurufen. Nein – besser die U-Bahn. Besser für beide. Nicht überreizen.

Im Hausgang trifft er eine bunte Mischung seiner Nachbarn ins morgendliche Schwätzchen vertieft. Um das Wetter geht es. Die gemächliche Unbefangenheit rührt ihn. Anders als im Harthof, wo die Leute dich an eine Gruppe Erdmännchen erinnern. Immer auf der Hut vor dem Greifer, immer misstrauisch und bereit zur Flucht, sobald ein Schatten über das Land fällt oder ein ungewohntes Rascheln sie aufschreckt. Nur ein Tag – und angesteckt hat es ihn wie eine Influenza. Als wenn das Herz im schnelleren Takt schlagen muss, vom unerbittlichen Trommler angetrieben. Wobei – auch seine Mitbewohner können ihre Krallen zeigen, wenn sie es für nötig halten. Der Sandner kann ein Lied davon singen.

Wes Lied ich sing, des Brot ich ess. Im Moment würgt die Wiesner an den Brocken, die der Wenzel ihr in den Schlund stopft. Dass ihr Lieblingsplatz aktuell ihr Schreibtisch in der Hansastraße wäre, kann niemand behaupten. Im Gegenteil. Sie wünscht sich weit, weit fort. Mit Kapitän Nemos Nautilus auf Tauchfahrt in der Tiefsee zum Beispiel. Gerade hat sie aufgeschlagen im Büro, da ist der Staatsanwalt bereits hereingeplatzt und pflanzt sich vor ihr auf.

Der Perisic ist nur ein kleines Staubkörnchen, aber durch den aufkommenden Sturm ist er ihr direkt ins Auge gewirbelt worden. Schmerzhaft. Zu Wenzels Amüsement trägt es nicht bei.

Eine Streifenwagenbesatzung ist gestern in den Ostpark geordert worden – irgendein Gschaftlhuber hat es nicht lassen können, die Einseinsnull anzuläuten. Der verprügelte Zausel hatte sich längst vom Acker gemacht, um woanders zu saufen, aber einige wackere, unverwüstliche Zeugen haben noch am Ort des Geschehens ausgeharrt. Natürlich hat jemand Fotos von der Polizistin geschossen. Gestochen scharfe Nahaufnahme mit erhobenem Dienstausweis. Mittlerweile wirst du dir die Verbrechen bei YouTube anschauen können, bevor sie passieren. Zuerst haben die Uniformierten Amtsmissbrauch gewittert, aber einer der Beamten auf der Wache hat heute Morgen die Wiesner auf dem Schnappschuss erkannt. Ausgeschlafener Kollege. Von diesem Moment an ist nur wenig Zeit verstrichen bis zum Anruf bei der Staatsanwaltschaft.

Sie hat versucht, den Faustschlag des Perisic als harmlose Rangelei zu verkaufen. Zu allem Überfluss hat sich der Inspektionsleiter des Harthofer Sheriffs prompt beim Staatsanwalt und dem Polizeirat gemeldet und Sandners Harthof-Mahlzeit verpetzt, als sie noch arglos beim Frühstück gesessen ist.

Sein Untergebener hätte in bereitwilliger Pflichtschuldigkeit angegeben, dem Perisic geraten zu haben, er solle die Anzeige gegen Yilmaz zurückziehen. Schließlich wäre der Yilmaz ein geläuterter Familienvater gewesen, quasi vom Saulus zum Paulus, und sollte wegen einer harmlosen Rauferei nicht wieder ein Malheur haben. Der Perisic wäre demgegenüber ein unverbesserlicher Gesetzesbrecher, ein dissoziales Element, und nur auf Schmerzensgeld aus gewesen.

Der Sheriff ist halt selbstlos bemüht, sich um die Leute in seinem Viertel zu kümmern. The Big Daddy. Ihm daraus einen Strick zu drehen wäre eine Frechheit. Großartig! Soll keiner sagen, dass die Polizei nicht verständnisvoll und lebensnah handelt. Dass der Perisic das konträr geschildert und die Wiesner Zweifel an der Darstellung des Sheriffs hatte, war dem Staatsanwalt wurscht. Selbst die Aussagen der damalig anwesenden Zeugen sind für ihn ohne Belang gewesen. Er hat getobt und gekräht wie ein Kampfhahn in der Arena. Die Wiesner ist ordentlich gerupft worden. Das wäre bestimmt Sandners Idee gewesen, den Kastelmeyer zu diskreditieren. Erbärmlich wäre das, einem Polizeikollegen am Zeug flicken zu wollen, nur weil der menschlich gehandelt hatte. Dabei wäre der Sandner derjenige, der ein Vergehen, eine grobe Fahrlässigkeit, an die andere reiht. Und überhaupt hätte der sich qua Dienstanweisung fernzuhalten vom Geschehen. Er würde das dem Polizeirat noch einmal dringlich vermitteln – auch mit dem Hinweis auf dessen mangelnde Autorität.

Die Wiesner wäre keinen Deut besser. In die Privatfehde des Herrn Sandner würde sie sich hineinziehen lassen. Und ihr dubioser Perisic wäre nichts weiter als ein primitiver Schläger. Was sich ja gestern wieder bewiesen hätte. Dass sie seine Frau wegen Gewalttätigkeit verhaftet hätten, würde ins Bild passen. Schöne Familie. Der Sohn hehlte wahrscheinlich in der Kita mit geklauten Spielsachen.

»Und wo sind Ihre Ermittlungsergebnisse im Falle Yilmaz? Was ist mit den verschwundenen Zeugen? Was ist mit Brauners

Mutter? Irgendeine Spur?« Jetzt tanzt er um ihren Schreibtisch herum, wie der Irokese ums Lagerfeuer. Den Kopf vorgereckt, umkreist er sie langsam. Die Wiesner hört Trommeln schlagen.

Einige Kollegen, die ihre Nasen hereinstecken wollten, haben sich sofort wieder verzogen. Kein günstiger Moment. Als Beamter weißt du, wann du besser unsichtbar bleibst. Die Vorwitzigen werden schnell rasiert. In jeder Behörde findest du eine scharfe Klinge.

Sie überlegt kurz, den Fleischbatzen zu erwähnen, der den Brauner heut morgen zum Umkippen gebracht hat. Keine Option. Sie könnte es ihm nicht emotionslos schildern. Jeder Gedanke daran beschleunigt ihr den Puls. Bilder und Phantasien bekommst du in den Kopf, die du deinem ärgsten Feind nicht wünschst. Das fehlte noch, dass der Staatsanwalt einen hysterischen Moment bei ihr herauskitzeln könnte.

»Hören Sie zu, Herr Wenzel«, schnappt die Polizistin, »die Kollegen sind dran. Wenn wir unsere beiden Zeugen haben, wissen wir mehr.«

»Wenn ...«

»Und Zufall ist das ja keiner. Die Brauner wird gekidnappt und der Yilmaz erschossen. Ratzfatz. Wie beim Autoskooter, einer bumst in den anderen. Aber wir werden was finden. Die Spezln werden abgeklappert, die Umgebung, die Nachbarn befragt, die KTU-Ergebnisse und die Autopsie stehen ja noch aus.«

»Mag sein, es ist kein Zufall. Zugegeben. Aber immerhin hätten wir bei Yilmaz einen Tatverdächtigen. Dieser Chingachgook ist in seine Wohnung eingebrochen. Warum? Der schweigt sich aus, der Indianer. Und der Sandner hat bei ihm gehaust, quasi Lederstrumpf. Passt zusammen, wie die Faust aufs Auge. Das ist Ihnen völlig wurscht. In der Richtung wird nichts ermittelt. Null Komma nichts! Aber das lass ich Ihnen nicht durchgehen! Halten Sie mich für blöd? Mit Sandners Waffe ...«

»Ja Herrgott noch amal!« Die Wiesner ist aufgesprungen und schmeißt dabei ihren Kaffeebecher um. Scheint sich in Sandners

Team als morgendliches Ritual zu etablieren. Der Brühe brauchst du nicht nachzuweinen. Beide schauen einen Moment lag zu, wie sich die braune Flüssigkeit über herumliegenden Papieren verteilt. Die Wiesner macht keine Anstalten, sich einen Lappen zu greifen. Wozu die Mühe? Kerzengerade steht sie vor dem Wenzel.

»Jetzt lassen Sie mich meine Arbeit machen und schnaufen erst einmal durch. Kaspertheater!«

Ihre Stimme kommt als Kreissäge daher. Das hat noch gefehlt, dass sie wie ein Waschweib herumkeift. Sie spürt, wie ihr der Schädel heiß wird. Sie bräuchte ein Dampfventil. Ihre Stirnadern pochen. Dass sie ihren Kopf für den Sandner hinhalten darf, befeuert ihre Rage. Eine Watschn nach der anderen holt sie sich ab und hält noch die andere Wange hin. Es wäre charmant gewesen, erwähnen zu können, dass der Yilmaz ein Koksdealer ist. Aber nachdem der Sandner das Beweismittel vom Indianer illegalerweise zurückschaffen ließ und das Kokain aus der Wohnung des Ermordeten verschwunden ist – keine Option. Sie würde den Hauptkommissar zum Dasein als Streifenpolizisten verurteilen. Natürlich lässt sie trotzdem im Drogenmilieu recherchieren, Yilmaz' frühere Straftaten sind Rettungsanker, um diesen Ansatz zu rechtfertigen. Aber auch hier gilt: bisher keine Anhaltspunkte. Niemand der üblichen Verdächtigen will den Toten gekannt oder gar Gschäfterl mit ihm gemacht haben. Kann man nachvollziehen. Selbst die Verbindungsdaten seines Handys: Alles belangloser Firlefanz – außer natürlich Sandners Drohung auf der Mailbox. Bestimmt Wenzels Soundtrack zum Einschlafen. Der Yilmaz hatte mit Sicherheit diverse SIM-Karten, die wurden bei ihm aber nicht gefunden. Mochte sein, der Mörder hat sie längst in die Isar geschnipst.

Der Sandner wollte den Indianer nicht in die Scheiße reiten und hat darauf spekuliert, dass die Drogen in Yilmaz' Wohnung gefunden werden. Altruistischer Gedanke. Aber Bescherung ist halt nur einmal im Jahr. Der Hauptkommissar möchte immer das Christkind geben, und sie kriegt die Rolle des Esels im Stall.

Ihre Augen funkeln den Wenzel an. Wer genau hinsähe, könnte Flammen drin erkennen. Der Staatsanwalt steht nur stellvertretend für den ganzen Schlamassel. Deppertes Mannsbild halt. Wenn sie könnte, würde sie Blitze schleudern und hinterher das Wenzelsche Aschehäufchen in den Eimer kehren.

Ihr Gegenüber schnuppert kurz. Kein Schwefel. Das wäre heute das passende Parfum. Noch Fragen? Der Mann macht einen Schritt zurück. Eine Spur Unsicherheit im Blick. Scheint ein Gedankenleser zu sein. Er verschanzt sich hinter Sandners verwaistem Tisch. Beware of the dog! Der ist heute blond und bissig. Irgendwann ist Schicht im Schacht.

»Machen Sie Ihre Arbeit«, zischt er, »aber machen Sie die vorschriftsmäßig und bringen Sie endlich Ergebnisse.« Er dreht sich um und schreitet zur Tür. Dort wendet er noch einmal theatralisch auf den Hacken. »Und – wenn ich Ihnen einen guten Rat geben darf«, sagt er, mit dem Zeigefinger auf sie weisend. »Arbeiten Sie an Ihrer Beherrschung. Und wenn Sie mir noch einmal ans Bein pinkeln, wird das übel enden. Für Sie. Ich vertrete die Staatsanwaltschaft – vergessen Sie das nicht. Ich will, genau wie Sie, dass Brauners Mutter lebend wieder auftaucht. Das können Sie mir glauben. Ich kann nicht verstehen, dass der Polizeirat bis morgen warten will, um endlich vernünftige Schritte einzuleiten. Das ist ein Fehler! Wenn die Frau stirbt, ist das Ihre alleinige Verantwortung.« Diesmal verschwindet er nicht lautlos. Er schmeißt die Tür ins Schloss. Eine Neuerung im Verhaltensrepertoire.

Die Wiesner sinkt wieder auf ihren Schreibtischstuhl. Wenn die Frau stirbt! Der macht es sich einfach, der Wenzel. Wenn sie die Brauner befreien, schreibt er es sich auf die Fahnen. Wenn nicht, ist er auch fein raus. Er hätte es ja gleich gesagt. Wahrscheinlich schreibt er Aktennotizen, bis die Finger bluten.

Sie müsste jetzt Hof halten und das Zepter schwingen. Leitende Ermittelnde. Die Fäden in der Hand behalten, die Ermittlungsergebnisse sondieren, Aufträge erteilen. Schließlich ist sie dafür in die Hansastraße geeilt.

Im Moment hat der Wenzel die klaren Gedanken verjagt. Sie sind zur Tür hinaus und auf und davon. Sie wieder einzufangen fehlt ihr aktuell die Muße. Sie muss darauf vertrauen, dass die eingesetzten Beamten gründlich ihren Job machen. Sie muss darauf vertrauen, dass die beiden Jugendlichen lebendig wieder auftauchen. Und sie muss drauf vertrauen, dass der Sandner nicht abhaust im Harthof wie ein durchgeknallter Höhlentroll.

»Troll saß allein auf einem Stein«, lässt Tolkien seinem Sam im Trolllied singen. Der Sandner sitzt auf der Holzbank. Bei seinem Forellenwirt. Allein ist er auch nicht, nur seine Gedanken. Der Schluss des Liedes wäre nach seinem Geschmack: »Sein Rückenteil blieb leider ganz heil. Und den Knochen hat er behalten.« So in der Art stellt er sich das vor. Wobei es sich in seinem Fall um metaphorische Knochen handelt. Sein Rückenteil hat zumindest Chingachgooks Matratzenattrappe überlebt.

Der Hartinger ist auf der Hut. Die Wirtschaft im Harthof ist zwielichtig genug, und Sandners Einladung zum Brunch gibt ihm zu denken. Wenn der großzügig ist, führt er etwas im Schilde. Der Hauptkommissar scheint die Ruhe selbst zu sein. Noch bevor der Hartinger mit dem Essen begonnen hatte, hat der Jonny Entwarnung gegeben. Anruf vom Brauner. In fünf Minuten solle er ihn wieder abholen. Er wäre im Tal der Ahnungslosen gelandet. Die Scharlatane würden Schmarrn verzapfen, und das Pflegepersonal wäre nur dazu da, ihn zu drangsalieren. Wenn er kein Blutbad wolle, soll er sich beeilen. Sie hätten ihm bereits so viel Flüssigkeit abgezapft, dass er glaubte, sie würden den mittelalterlichen Spuk des »Zur-Ader-Lassens« praktizieren, die windigen Weißkittel. Und wenn das Fleischstückerl von seiner Mutter wäre, wolle er das gefälligst sofort wissen. Keine Schonung. So hat sich der Sandner das vorgestellt. Mittlerweile müsste der Alte längst wieder zu Hause sein. Es ist ein Warnschuss gewesen. Sie, insbesondere der Jonny, müssten mehr auf den Ruheständler achten. In Zukunft soll der junge Polizist die Post aus dem Briefkasten holen, solange keiner wüsste, ob die Entführer aus der alten Brauner ein 3D-Puzzle machen wollten. So eine Geschichte hat schon ganz andere Leute schachmatt gesetzt.

Der Hartinger ihm gegenüber blättert unmotiviert in der zweiseitigen Speisekarte.

Dass die Malercombo wieder ihren Stammtisch besetzt hat, wundert den Hauptkommissar nicht. Die gehörten wohl zur Ausstattung wie Stuhl und Tisch. Sogar am Sonntag. Schwarzarbeit in Weiß. Ihre Menüwahl ist unflexibel und von der Tageszeit unabhängig. Egal wie sich das Gericht nennt, Hauptsache paniert und vom Schwein.

Diesmal erscheint keine Bedienung am Tisch, sondern der Wirt himself. Möchte den Sandner in Augenschein nehmen, um abzulesen, ob das Wetter gut bleiben wird. Zumindest in seiner Gastwirtschaft. Draußen hat es sich derweil eingeregnet. Einen gehässigen Moment lang stellt sich der Sandner vor, wie er den Wirt eintauchen würde mit dem Rüssel in den Kartoffelsalat, bis der wieder nach seinem Lieblingspolizisten greinte. Vielleicht könnte er den Kastelmeyer nervös machen. Andererseits hat er Interesse daran, als zurechnungsfähig zu gelten.

Der Hartinger knabbert am kredenzten Hawaii-Toast. Der Sandner isst nichts. Er widmet sich ganz seinem Gegenüber.

»Schmeckt's dir?«

Der Rotschopf nickt ihm mit vollen Backen zu. Der Hauptkommissar lächelt. Zumindest die Mundwinkel.

»Das ist fein.«

Sandners Idee ist nicht innovativ. Nicht einmal besonders Erfolg versprechend. Aber es ist eine Idee. Nur bei der Umsetzung bedarf es etwas kreativer Leistungsbereitschaft. Leidensfähigkeit beim Untergebenen. Mit vier Sätzen ist das Wesentliche eingerahmt.

Der Hartinger ist schockiert. Da muss er durch. Der Sandner hat seine Verdächtigen sortiert. Bezüglich Frau Brauners Entführung kann er sie an einer Hand abzählen. Und die meisten bringt er mit Ansis Kaschemme in Verbindung. Schließlich findet der Gestreifte dort Abnehmer für seine Geschichten, wenn ihm der Schnaps die Zunge löst. Über die Frau Fuhrer macht er sich auch seine Gedanken. Aber der Zufall könnte dem Boandlkramer in die Hände spielen. Insbesondere will er nicht die ganze Bagage vorladen, wenn er dabei vielleicht ein Helferlein übersieht – vielleicht der eine oder andere Stammgast, den dann die Panik überkommt. Er wird sie in Sicherheit wiegen. Dazu kommt, dass irgendein Drecksack der alten Brauner vielleicht ein Loch ins Fell gestanzt hat. Daran hat er zu beißen. Was könnten sie ihr noch antun? Fakten will er haben. Sofort. Und dafür wird der Hartinger sorgen. Der Sandner will mit dem Rotschopf auf zur Kneipe. Diesmal wird es ein Besuch der anderen Art beim Ansi. Schnell muss es gehen, bevor die Polizei anrücken würde. Schnell und effektiv.

Gabel und Messer liegen neben den Resten des Toastes. Der Appetit ist dem jungen Ermittler vergangen.

Der Sandner ruft den Wirt herbei und gibt großzügig Trinkgeld. Das versüßt dem Dicken die Erinnerung. Sie machen sich auf den Weg.

Die Weißen unterbrechen kurz das Mahl und nicken ihm zu. Ein Höchstmaß an Ehrbezeugung.

»Warum ausgerechnet ich?«, lamentiert der Hartinger. Rhetorische Frage. Die passende Antwort lautet schlicht: weil.

»Weil du schneller bist als ich. Bist du beim Stadtmarathon mitgelaufen oder nicht? Du parkst das Auto ums Eck.«

Das kann man doch nicht vergleichen. Und wenn wer die Autonummer notiert?«

»Glaub ich nicht.«

»Das ist eine Straftat. Da gibt's bestimmt eine andere Möglichkeit.«

»Bestimmt – sag mir eine? Und es ist höchstens eine Ordnungswidrigkeit.«

Der Hartinger schluckt und schweigt. Nebeneinander schreiten sie den Weg entlang, der die Rasenflächen vor den Wohnblöcken in kleine Häppchen portioniert. Beide die Hände auf dem Rücken, als wären sie Philosophen bei der Frage nach dem Sinn des Universums. Ihre Blicke sind auf den Boden vor ihnen gerichtet. Der Asphalt ist porös, als hätte er die Pocken. Vom Schuhwerk jahrzehntelang zusammengetreten, von der Sonne gebacken, der Kälte tiefgefroren worden. Der hätte etwas zum Thema Sinn beitragen können. Wenn nicht der, wer sonst?

Ob er den Sandner für zurechnungsfähig hält, lässt sein Wegbegleiter offen. Bis jetzt hatte der immer den Anschein erweckt, er wüsste, was er tue. Bis heute. Der Sandner sieht seinem Kollegen an, dass es in ihm arbeitet. Die Wangen rotfleckig, nagt er an seiner Unterlippe. »Einem verzagten Arsch entfährt kein fröhlicher Furz«, hat der Martin Luther einst festgestellt. So wird Hartingers Mimik exakt seinen Gemütszustand widerspiegeln. Er fragt sich wohl gerade, ob ein suspendierter Hauptkommissar mit Neigung zu Dienstvergehen ein guter Kletterpartner auf der Karriereleiter wäre oder mit dem Fuchsschwanz an den Sprossen sägt. Vielleicht hat die Geschichte seinen Durchblick getrübt. Alles möglich. Soll er sich Löcher in den Bauch fragen, der Bursch. Hauptsache, er spurt. Nicht, dass der Hauptkommissar sicher wäre, er hätte den Masterplan. Aber der Uhrzeiger ist unerbittlich.

High Noon. Schlag zwölf Uhr. Zeit zu handeln. Er winkt dem Hartinger zum Abschied zu. Der salutiert halbherzig. Jeder ist jetzt auf eigener Mission. Auf sich allein gestellt. Den Kopf zwischen die Schultern gezogen, trabt sein Befehlsempfänger von dannen.

Der Sandner macht sich auf zu seinem Lieblingsplatz nahe der Kneipe. Den Geruch kennt er schon. Nur noch vereinzelte Tropfen fallen vom Himmel. Der hat ein Einsehen. Irgendwann ist es nicht mehr originell. Mehr als nass kann der Hauptkommissar nicht werden.

Vom Hartinger hat er sich dessen Kamera erklären lassen, besonders das Heranzoomen. Viel Zeit bleibt nicht. Er sieht den Rotschopf auftauchen.

Betont zielloses Herumschlendern, wobei sein Kopf hin- und herruckt wie beim hungrigen Gockel, um die Umgebung auszubaldowern. So wie der daherkommt, würde Sandner ihn vom Fleck weg verhaften. Präventiv. Die Hände tief in den Jackentaschen vergraben, der Schädel tomatenrot. Das schlechte Gewissen schwitzt er aus jeder Pore. Dabei sollte er noch gar keines haben. Noch nicht. Später darf er zum Beichten.

Ein jüngeres Pärchen steht an der Eingangstür zum Ansi und diskutiert. Beide ganz in verwaschenen Jeansstoff gehüllt, Stirnglatze, beziehungsweise Pferdeschwanz sorgen für die Unterscheidung. Sie teilen sich eine Zigarette, aber nicht die Meinung. Er hat die Hand schon nach der Türe ausgestreckt, zieht sie jetzt zurück. Sieht nach intensiven Verhandlungen aus. Der Polizist wird nervös. Schweißperlen bilden sich auf der Stirn, sein Hals wird trocken, wie die Sägemehlsemmel beim Discounter. An der Tränke beim Ansi wäre es gemütlicher. Vom Kauern schmerzen ihm Rücken und Knie. Er muss an die alte Brauner denken. Wo musste die gerade kauern? Und war sie noch vollständig? Ein weiter Weg, bis er die Neunzig überschritten hätte. Besonders für seine Knochen. Die sollte er die nächsten Jahre hätscheln. Schade, dass nicht jeder Körperteil vom gesteigerten Lebensalter des Menschen etwas wissen will. Einen gibt es immer, dem das nicht passt – oft das Hirn. Da geht wie eh und je zeitig das Licht aus. Vielleicht geplante Obsoleszenz vom Hersteller. Eingebauter Fehler. Aber das Licht flackert auch bei den Jüngeren manchmal bedenklich – siehe Wenzel.

Das Paar belagert immer noch den Eingang. Zum Wahnsinnigwerden! Herrschaftszeiten, schert euch weiter! Was gibt's da zum Diskutieren? Rein oder raus. Ja, nein, vielleicht, hab Angst?

Die beiden gestikulieren, als hätten sie extra für ihn einen pantomimischen Showteil einstudiert. Scheint ein finanzieller Engpass vorzuliegen, oder ist er ein Casanova? Wie allerweil: Geld, Liebe oder irgendetwas dazwischen.

Wenn es so weiterginge, würde er auffallen als gemeiner Strauchdieb oder der Hartinger verlöre die Beherrschung. Der Bursch sieht aktuell aus, als würde ihn seine schwache Blase drücken. Er ist stehen geblieben und presst die Knie aneinander. Klassischer Kniebiesler.

Der Streit scheint einvernehmlich gelöst. Der Mann betritt die Kneipe, seine Zaubermaus stapft in ihren blauen Cowboyboots von dannen. Blue suede shoes, Baby. Niemand zu sehen. Still ruht das Viertel. Um die Mittagszeit beginnt Reality-TV. Panem et circenses. Passendes Dosenfutter schmeißen sie dir beim Discounter hinterher. Kein Verkehr auf der Straße. Der Sandner wirft einen Blick umher. Ein Zeitfenster. Er verzieht sich tiefer in die Büsche, kniet sich auf die feuchte Erde. Die Nässe hat er ausgeblendet. Hinter dem Blätterverhau linst er hervor. Von der Kneipe dürfte er jetzt nicht mehr gesehen werden. Jetzt! Jetzt muss er zuschlagen. Zefix, wird's bald!

Der Sandner hat den Stein nicht fliegen sehen, nur seine Wirkung vernommen. Pling. Präzise in die Scheibe neben der Eingangstür. Guter Wurf. Aber eben nur »Pling« und nicht »Klirr!«. Arg schwach auf der Brust. Entweder bloß ein Kiesel oder den Hartinger hat die kriminelle Energie verlassen. Jeder Siebenjährige hätte mehr Power aufgewendet. Die Scheibe scheint heil geblieben. Vielleicht ein Sprung – mit etwas gutem Willen.

Der Sandner zielt mit dem Sucher auf die Eingangstür. Hoffentlich wurde im Ansi überhaupt etwas bemerkt. Wenn die Stimmungsmusik nicht sämtliche Nebengeräusche frisst. Aus den Augenwinkeln sieht er eine Bewegung. Der Hartinger sprintet um die Ecke. Unauffällig wie die neonrote Gazelle beim Schlittschuhlaufen. Ein »He!« wird ihm von einem offenen Fenster hinterhergeworfen. Der Schrei bringt ihn aus dem Tritt. Fast hätte er ihn zum Stolpern gebracht. Aber er schafft es mit aufrechter Haltung, um die Ecke zu verschwinden. Aufatmen beim Sandner.

Die Kneipentür springt auf. Menschen quellen ins Freie. Der Ermittler drückt auf den Auslöser, wieder und wieder. Höchstens fünf Sekunden gibt er sich. Aber er ist noch nicht befriedigt. Die Leute scharen sich um den Ort des Anschlages.

Wohl doch ein Wirkungstreffer. Wie die letzten Nachzügler vor das »Ansi« treten, ist er zufrieden. Schnatternd deuten sie auf die Scheibe. Jemand zückt sein Handy. Viele Gesichter kennt er noch vom vorgestrigen Kneipenbesuch. Der ein oder andere gönnt seinem Bierglas frische Luft. Vielleicht wäre der Inhalt unbeobachtet verdunstet – äußerst seltenes chemisches Phänomen. Findest du meistens als Reaktion beim Aufeinandertreffen derber Schluckspechte.

»Was machst du da?«

Wie aus dem Nichts sind die Kinder aufgetaucht. Drei an der Zahl. In einem erkennt er das neugierige Gör wieder, welches ihn nach dem verletzten Hund ausgefragt hat.

»Und was macht ihr da?«

Sie zucken mit den Schultern. Wer braucht als Kind schon einen Grund, um »da« zu sein. Da solltest du Heidegger und Platon studiert haben.

»Wir haben aber zuerst gefragt«, stellt eine der Gören fest.

Hastig richtet der Sandner sich auf und schiebt die Kamera ein, bevor er von der Kneipe aus entdeckt wird. Als Paparazzi ist er mäßig begabt. Ihm war kein Orgasmus beim Abdrücken vergönnt.

Die Kinder bleiben bei ihm stehen.

»Du hast was fotografiert«, stellt ein stupsnasiger Wichtigtuer fest.

»Blätter.«

»Wieso?«

»Und Ameisen.«

»Ameisen?«

»Ich mag Blätter mit Ameisen drauf.«

»Glaub ich nicht.«

»Der verarscht dich voll«, sekundiert ihn eine höchstens Fünfjährige. Die Aussprache ist perfekt, trotz Zahnlücken – da hat die Logopädie perfekt gearbeitet. Immerhin.

Der Junge wirft ihm einen skeptischen Blick zu.

»Spanner«, fasst er seine Erkenntnis zusammen.

Ernstes Nicken der Gruppe. Das Urteil ist gefällt. Einstimmig. Ob die Kurzen solche Begriffe bei »Logo« lernen? Wohl eher, wenn die Mama über den Nachbarn schimpft.

Die Kneipenbesatzung ist auf ihn aufmerksam geworden. Jemand deutet in seine Richtung. Kein vertrauenserweckendes Bild.

Er harrt in den Büschen, umgeben von Knirpsen. Schau mal an, der Harthofer Rattenfänger!

Höchste Zeit für den geschmeidigen Abgang. Die Blagen lässt er wortlos stehen. Hat ihnen wohl noch niemand beigebracht, dass man um Fremde, die im Gesträuch kauern, einen Bogen machen sollte. Der Rat gilt natürlich für alle Altersgruppen – besonders auf Rastplätzen und am Isarufer.

Um gemütliche Haltung bemüht, trollt er sich von dannen. Die Hände in den Taschen, fast hätte er ein Lied gepfiffen. Bohrende Blicke spürt er im Rücken. Sollen sie ihre Eltern löchern.

Weil Blätter nicht so spannend sind, zieht die Kinderschar johlend weiter.

Er blickt kurz über seine Schulter. Sie traben Richtung Ansi, die zukünftigen Stammgäste. Die Nachwuchsförderung funktioniert.

Der Sandner beschleunigt seine Schritte.

An der U-Bahn-Station will er den Hartinger treffen, falls der sich keine Verfolgungsjagd mit aufmerksamen Anwohnern liefern muss.

Fürs Erste ist er glücklich. Natürlich hätte er sich die Bilder auch anderswie besorgen können. Zum Beispiel quellen die sozialen Netzwerke über vor originellen Schnappschüssen aller Art. Alles eine Frage der Zeit und der Geduld. Beides Mangelware beim Ermittler. Das »Lebenszeichen« von Mutter Brauner hat ihn zusätzlich zur Eile getrieben. Nicht zuletzt muss er sich eingestehen, dass die Aktion ihm einen Nervenkitzel verschafft hat. Erinnert ihn an Kindertage. Die eine oder andere Scheibe hat dran glauben müssen. Ein Spezl hat sogar nachts beim Metzger Behringer in Obergiesing das Schaufenster eingeworfen, damit sie einen Schweinskopf aus Plastilin mitnehmen konnten. Mit einem Pflasterstein. Was für eine Trophäe! Er hat seinen Kinderfreund einmal zufällig im Wartezimmer vom Urologen getroffen. Der hat kundgetan, er wäre schon lange Veganer, das hielte gesund. Ein bisserl käsig hat er ausgesehen.

Eine Hupe bringt den Sandner ins Jetzt zurück. Der Hartinger wartet mit laufendem Motor an der Bushaltestelle, als müsste er nach dem Banküberfall den Komplizen aufnehmen. Wie unauffällig! Der Sandner reißt die Beifahrertür auf und setzt sich neben ihn. Im Display kontrolliert er seine Schnappschüsse.

Zweiter Teil der Übung. Sein Kollege wird von ihm angewiesen, zum Altenheim zu fahren und rundherum alles abzuklappern. Jeden Stall, jede Schenke, jedes Lädchen. Er muss wissen, wer von den verewigten Verdächtigen dort gesehen worden ist. Schließlich müsste jemand das Gelände erkundet oder Kontakt mit einer Pflegekraft aufgenommen haben. Irgendeine Fährte. Er sollte sich nicht ohne Ergebnis blicken lassen. Der Hartinger nickt schweigend. Er ist noch puterrot und außer Atem. Da zeigt sich eher sein Gemütszustand denn körperliche Anstrengung. Der hatte in der Kindheit gwies keine Sauköpfe erbeutet. Schlimmstenfalls hat er ein Limonadenglas fallen lassen.

Die Ungeduld zeichnet Falten auf Hartingers Nasenwurzel. Er kneift die Augen zusammen. Weg will er, weit weg vom »Tatort«, und das sofort. Vom Hauptkommissar bekommt er noch ein Schulterklopfen mit auf den Weg.

Gerade hat der Kriminaler sich aus dem Sitz geschält und die Tür hinter sich zugeschlagen, da bricht der BMW mit quietschenden Reifen los. Ein Hingucker für die Passanten. Der Sandner am Straßenrand wird angestarrt, als wäre er höchstpersönlich ein prahlender Depp mit PS-Boliden als Schwanzverlängerung. Dank schön, Hartinger. Dabei hat er eine Monatskarte für die öffentlichen Verkehrsbetriebe. Und genau die wird er jetzt nutzen, um nach Hause zu fahren. Vielleicht sollte er sie sich auf die Stirn pappen, als Beweis seiner Redlichkeit. Natürlich hätte er den Kommissar unterstützen können, aber er hat aktuell keine Lust, den Polizisten zu geben, der sich die Füße platt läuft. Schließlich muss Hierarchie auch zu etwas nutzen. In seinem Fall schöpft er sie vielleicht zum letzten Mal aus – wer weiß.

Der Anruf kommt später als erwartet. Er hat sich gerade auf den U-Bahn-Sitz gefläzt, da läutet der Gerichtsmediziner an. Bevor die Tür sich schließt, springt er wieder ins Freie und hastet die Treppen nach oben. Er braucht einen ruhigen Fleck, um frei reden zu können. Zwischen zwei Bäumen wird er fündig.

»Josef … hallo … bist du dran! Ich versteh ja das Wort Ermittlungsdruck, aber das macht ihr nicht noch mal mit mir!«, schreit der Aschenbrenner ihn an.

»Servus, Asche, es geht um …«

»Des is mir wurscht! Heut früh kommt dein Kasperl, der Winter Jonny, hereingeschneit, wir sitzen grad beim Frühstück. Ich Hirsch biet ihm noch ein Haferl Kaffee an, und was macht der? Holt der ein Fetzerl Fleisch im Plastiktüterl aus der Kühltasche und legt es neben mein Frühstücksbrettl, quasi zu meinem Obaztn dazu. Und dann fragt der Depp mich, ob das von einem Menschen sei. Ja, spinnts ihr komplett! Was geht euch im Hirn um? Die Heidrun hätt beinahe das Tofuwürschterl ausgespien. Ihren Schrei hab ich jetzt noch im Ohr. Noch dazu wo sie Vegetarierin ist und …«

»Asche, der Jonny ist ein wenig schräg, aber es pressiert und …«

»Du lässt mich jetzt ausreden! Den Burschen hab ich sauber zamputzt, am liebsten hätt ich's ihn fressen lassen, sein Präparat – aber der ist ja in deinem Auftrag gekommen, hat er gesagt. Ja, im Aufrag des Herrn unterwegs. Hosianna, preiset ihn! Josef – was läuft da? Du sagst mir das sofort, sonst schmeiß ich dein Fleischfetzerl in den Müll oder spar mir heut das Futter fürs Aquarium.«

Der Sandner seufzt. »Also gut, Asche. Kurzform. Dem Oberstaatsanwalt Brauner haben sie die Mutter entführt, und das Fleischstückerl war in seinem Briefkasten. Genügt dir das? Das soll nicht an die große Glocke. Könnte es von ihr sein?«

Einen Moment herrscht Schweigen in der Leitung. Nur das erregte Schnauben vom Aschenbrenner vernimmt der Hauptkommissar. Als würde der auf dem Hometrainer werkeln oder die Heidrun hätte sich seines Fleisches angenommen. Beides aktuell unwahrscheinlich.

»Ja, leck mich am Oasch«, kommt es schließlich vom Doktor. »Das kann ich dir ohne Genvergleich sagen. Falls der Brauner nicht als Ferkel dahergrunzt, wird's nicht von seiner Mutter sein.«

»Ein Schwein?«

»Stückerl vom Ohr, ausgestanzt. Ziemlich jung, vielleicht eineinhalb Jahre alt, weiblich. Den Unterschied erkennst du als Laie nicht zwingend. Das Schwein ist ein naher Verwandter, genetisch gesehen. Mit dem einen mehr, dem anderen weniger. So ein Ohrwaschl bekommst du bei jedem Fleischer, keine besonderen Kennzeichen. Sandner, wie oft soll ich dir noch sagen, dass ich nicht dein Privatmetzger bin.«

»Asche, du könntest Gottes Metzger sein.«

»Die Blasphemie hilft dir jetzt auch nix mehr. Überleg du dir, wie du das wieder gutmachst bei der Heidrun.«

»Ich schenk ihr ein Marzipanschweinderl.«

»Gesünder, du verlässt für eine Weile die Stadt.«

»Dank dir.«

Der Gerichtsmediziner hat aufgelegt. Also ein Stück von der Sau. Die Entführer wollten den Brauner ein bisserl erschrecken, Wind machen. Das hatten sie geschafft, ohne Frage. Der Sandner pustet durch und geht langsam die Stufen wieder hinunter ins U-Bahn-Geschoss. Das ist seit Tagen die erste halbwegs gute Nachricht gewesen. Per SMS schickt er sie an den Rest des Teams weiter. Schweinerei, dreckige.

Wer weiß, ob die Wiesner unter hundertsechzig Polizisten einen herausfindet, der ihr etwas über Sheriff Kastelmeyer erzählen kann. Stecknadel im Heuhaufen. Das Heu wird eingefahren in der Polizeiinspektion 47.

Von ihrem Büro in der Hansastraße hat die Wiesner erst noch einen kleinen Abstecher zu ihrer Wohnung in Schwabing gemacht, bevor sie weitergefahren ist zur Kastelmeyers Polizeiinspektion. Umgezogen hat sie sich für die Höhle des Löwen. Ein Überraschungsangriff. Schließlich würde sie sich mit offiziellen Anfragen die Zähne ausbeißen.

Mit der ersten Münchner Moschee und dem Stadion können sich die Beamten dort über mangelnde Unterhaltung nicht beschweren. Jeder huldigt seinem Gott. Und immer gibt es Lumpen, denen das nicht in den Kram passt. Es ist was geboten im Revier. Hunderttausend unterschiedliche Leute wohnen dort. Die wollen sicher sein, respektive – vor der Polizei sicher sein. Kommt auf die Vorlieben an. Fünf Minuten brauchst du von Fuhrers Wohnblock bis hierher. Ohne Warp-Antrieb in die fremde Galaxie. BMW-City. Vieleckige Klötze aus Stahl und Glas. Dynamische Menschen rackern fünfundzwanzig dynamische Stunden pro Tag an dynamischen Blechschachteln. Der Karossenbauer hat im Münchner Norden seine Gemeinde. Mittendrin die Wache. Das Milbersthofener Polizeirevier 47 kuschelt sich in der Knorrstraße an den klinkersteingemauerten Verfassungsschutzhorst samt Lauschantennenwald.

Die Wiesner ist mittels Dienstausweis in den Gebäudekomplex

gelangt und sucht sich die ersten greifbaren Uniformierten. Sie bibbert ein bisschen. Minikleid gehört sonst nicht zu ihrer Herbstgarderobe. Allerdings möchte sie auch nicht unnötig Zeit verlieren, bei der Kontaktaufnahme. Und nackte Haut statt Baumwolle ist ein Schlüsselreiz, der das männliche Sprachzentrum gleichzeitig stimuliert und verwirrt. Genau die Mischung, auf die sie Wert legt.

»Entschuldigung. Ich bräucht wen, der sich meinen Wagen anschaut. Der macht so komische Geräusche. Wo habts denn ihr einen Mechaniker?«, wendet sie sich gleich nach dem Eingang an einen Beamten. »Ich hab ihn draußen abgestellt. So trau ich mich nicht weiter.«

Der Mann verharrt auf der Stelle, als hätte sie ihn versteinert.

»Oberkommissarin Sandra Wiesner«, fügt sie lächelnd hinzu. »K11.«

Er schaut sich suchend um. »Ich weiß jetzt auch nicht. Ich müsst ... ich schau mal.« Ein Kollege gesellt sich zu ihnen. Noch einer. Alle drei wissen nichts, aber lungern um sie herum und glotzen. Kauft euch ein Aquarium.

Endlich erscheint jemand, dem sie den Wagenschlüssel in die Hand drücken kann. Eine Frau. »Mal schauen«, sagt die und mustert die Ermittlerin von oben bis unten.

Die Wiesner bekommt großen Drang, ihren Dresscode zu erklären. Ihr Gegenüber ist eine stämmige, kleine Braunhaarige mit lustigen Augen und zerzaustem Kurzhaarschnitt. Die Uniform umschmeichelt sie nicht. Was weniger an den Formen der Kollegin liegt, eher am originellen Schnitt. Der bayrische Beamte ist schließlich kein Laufsteg-Haserl. Der ist korrekt gekleidet. Im Notfall kann er sich allüberall als Kartoffelsack oder grüner Kleinstwagen tarnen. Praktisch im Alltag.

Die Wiesner verschränkt ihre Arme über der Jeansjacke. Darunter ist der rote Stoff sparsam bemessen. Knapp mehr als ein Brillenputztuch. Dafür ist der Lackgürtel breiter.

»Kriegen wir schon hin«, murmelt die Streifenbeamtin. Der

Blick ist mürrisch. Wenn sie sich von der Aufmerksamkeit ihrer drei Kollegen ernähren müsste, wäre ihr der Hungertod sicher. Die Wiesner erklärt ihr, wo der Wagen parkt.

Die Uniformierte macht sich auf den Weg. Was in deren Kopf vorgeht, hat man ihr ansehen können. Wenig schmeichelhaft.

»Die Astrid schraubt in der Freizeit«, erklärt einer der Umstehenden. »Kleiner Nebenverdienst. Die weiß Bescheid. Wollen Sie sich inzwischen irgendwo hinsetzen? Da hinten links wäre gleich ein äh … Raum. Bloß den Gang entlang. Ich komm geschwind mit. Einen Kaffee vielleicht?«

Zu viert machen sie sich auf den Weg.

Der Raum entpuppt sich als schlichtes Büro. Die Ausstattung ist eher museal. Die Tische aus den Siebzigern, eine einsame Topfpflanze. Sie setzt sich auf einen der Bürostühle und entledigt sich ihrer Jeansjacke, was die Männer blitzschnell mit den Augen kommunizieren lässt. Meinungsaustausch binnen einer Zehntelsekunde. Sie könnte ihnen die Antwort erleichtern: gepushte 75 C.

Auf den Stühlen rollen die Männer näher an sie heran, als wäre es eine Sportart. Ein Cappuccino wird ihr gereicht. Porzellantasse. Das wird sie ihren Kollegen in der Hansastraße aufs Brot schmieren. Bessere Kaffeemaschine, besserer Service. Fehlte nur noch das Schokostreuselherzchen. Sie schlägt die Beine übereinander.

»Wir kennen uns«, sagt einer. »Der Mordfall Yilmaz gestern – ich war den Tatort sichern.«

»Ah ja, klar«, sagt die Wiesner und nippt vom Milchschaum. »Lecker.«

»Ja«, sagen die drei unisono. Männerchor.

»Apropos Kennen. Wie geht's eigentlich dem Kastelmeyer Manni? Den kenn ich nämlich von früher. Ist der zufällig da?« Hoffentlich nicht.

»Das wundert mich, dass der eine Frau wie Sie kennt. Überhaupt eine Frau.«

»Nur dienstlich, wegen einem alten Fall. Steht er auf Männer oder was?«

Die Uniformierten sehen sich verblüfft an. Dann lachen sie verlegen auf.

»Nein – den interessiert nur seine Stute.«

»Ach so – glücklich verheiratet.«

Die Jungs hauen sich auf die Schenkel.

»Nein, Sportpferd – verstehen Sie. Echte Stute. Inzwischen hat er sogar zwei von den Viechern. Wenn er nicht im Dienst ist, treibt er sich in Riem irgendwo in der Pampa rum.«

»Das ist interessant. Nicht schlecht. Ich bin früher auch geritten, als Mädchen. Toll, aber teurer Spaß. Ein eigenes Pferd war nicht drin, obwohl ich immer eines gewollt hätt.«

»Hat geerbt, der Manni. Vor sieben Jahren ist seine Tante gestorben. In USA. Er war drüben auf der Beerdigung in Tucson, Arizona. Kurz drauf ist er mit den Pferdln dahergekommen. Wir könnten auch über was anderes reden als ausgerechnet über den Manni.«

»Klar, sowieso. Schlagen Sie was vor.« Sie lehnt sich zurück und bohrt die Zungenspitze in den Schaum.

Zwei der Männer verabschieden sich schweren Herzens. Die Pflicht. Wenn sie wüssten, wohin die Pflicht die Wiesner treibt, wären sie geplättet. Ihrem Kollegen hinterlassen sie mehrdeutige Blicke. Die Augenbrauen senden Morsezeichen.

Der Übriggebliebene schaut sie nachdenklich an. Ein Fescher. Muskulös gebaut, eher das amerikanische Modell mit den stämmigen Beinen und fleischigem Nacken. Die schwarzen Haare auf fünf Millimeter gestutzt. Die Stirn überziehen Längsfalten, wie Zeilen das Erstklassheft. Mal sehen, was er aufschreibt.

»Wieso hat es Sie zur Mordkommission gezogen, so eine Frau wie Sie? Einfach nur eine Frage – reine Neugier.« Er beugt sich ihr gespannt entgegen – Aufmerksamkeit pur. Die Finger im Schoß verschränkt, den Rumpf nach vorn gebogen.

Die übliche Frage. Vom Fleischer im Schlachthof willst du das nicht wissen, genauso wenig wie vom Gynäkologen. Ein Mann wie Sie? Der eine sticht Säue ab, der andere glotzt zwischen Schenkel – das willst du nicht hinterfragen. Möglicherweise Fetzengaudi. Aber Polizistin? Masochismus oder Machtgelüste.

Die Wiesner schaut ihm tief in die Äuglein. Ihre Miene wird ernst. Die Stimme zittert leicht.

»Eigentlich red ich da nicht gern mit jedem drüber.«

»Tschuldigung – klar. Vergessen Sie es. Wie gesagt – reine Neugier.«

»Nein, nein. Mein Therapeut sagt, ich soll das nicht verschweigen, kein Geheimnis draus machen – lieber offensiv. Wissen Sie, ich bin traumatisiert worden. Gruppenvergewaltigung. Inzwischen hab ich's beinahe überwunden – fast ohne Rückfälle. Die Polizeiarbeit hilft mir. Ich will natürlich verhindern, dass Frauen solchen Bestien ausgeliefert sind. Deswegen.«

»Natürlich – ach, ah so. Sie sind da sehr offen ... ich mein ... Ich schau mal, ob es mit dem Auto vorangeht.«

Der Uniformierte ergreift die Flucht. So ähnlich hatte sie das mal in einem Roman gelesen. Vielleicht hätte sie nicht Polizistin, sondern Schauspielerin werden sollen. Charakterrollen.

Sie schlürft den Rest Kaffee, steht auf und schlendert den Gang hinunter nach draußen. Ob ihr die Pferde vom Kastelmeier weiterhelfen, ist fraglich. Vielleicht hat sie sich vergaloppiert. Wobei sich feststellen ließe, ob die Erbtante existiert hat. Wenn nicht, besorgt er sich sein Geld wohl auf anderen Wegen. Eine Option. Ihr neugieriger Gesprächspartner hat zwei Kollegen um sich geschart und textet lebhaft auf sie ein. Muss wohl eine traumatische Begegnung verarbeiten.

Sie holt tief Luft und wirft einen Blick zu den grauen Wolkengebirgen. Scheiße. Dürftig. Aber was hatte sie erwartet? Dass ihr sofort jemand flüstert, der Kastelmeyer hätte Dreck am Stecken? Es ist ein Versuch gewesen. Der offizielle Weg wäre eine Sackgasse, seine Personalakte informativ wie die Bildzeitung von vorgestern – mit des Sheriffs Konterfei auf der dritten Seite. Da würdest du nicht einmal die Makrele einwickeln wollen. Sie sucht Geschichten zwischen den Zeilen.

An ihrem Wagen lehnt die junge Polizistin. Sie ist allein. Eine Zigarette hat sie sich angezündet.

»Schnurrt wie eine Katze, kein Problem«, sagt sie und zieht die Augenbrauen fragend in die Höhe.

»Sollte er auch«, meint die Wiesner und lehnt sich neben sie.

»Aha. Tschuldigung, ich hab gedacht, das gibt's bloß im Fernsehen.«

»Was?«

»Ihr ... Aufzug. Dass eine Kripobeamtin so rumläuft. Vielleicht eine saublöde Frage, aber hat das einen Grund? Warum der Quatsch mit dem kaputten Auto?«

Die Wiesner gibt einen unbestimmten Laut von sich. Irgendetwas zwischen Seufzen und Gähnen. Sie wendet sich der Frau zu.

»Wie heißen Sie?«

»Astrid Kernicke.«

»Also, Astrid, ich bin die Sandra Wiesner.«

Sie streckt ihr die Hand hin. Die Uniformierte greift zu. Sie trägt einen Ehering. Die Nägel sind zweifarbig lackiert.

»Wo sind Sie her?«

»Aus einem Kaff bei Dresden.«

»Aus einem Kaff komm ich auch. Schenkt sich nix.«

Die Frau grinst und hält ihr die Zigarettenschachtel entgegen. Die Wiesner schüttelt den Kopf. Das ist vorbei. Obwohl das jetzt ein schicker Moment dafür wäre. Sie nimmt sich nur zwei Sekunden Zeit zu entscheiden. Weiterkommen will sie. Jetzt oder never. Sie muss es versuchen mit der Astrid. Scheint eine schnelle Auffassungsgabe zu haben – und sie wird mehr wissen vom Cowboy aus dem Harthof. Sein Cowgirl wird sie nicht sein.

»Astrid, kennen Sie den Kastelmeyer?«

»Den Manne – klar. Wieso?«

»Ich frag mich grad, ob Sie so einen Corps-Identity pflegen, hier in der Inspektion oder ob ich mich aus dem Fenster lehnen soll.«

»Korb was? Was meinen Sie? Welches Fenster?«

»Hab nur laut gedacht.«

Die Streifenpolizistin wirft ihre Kippe auf den Boden und tritt sie aus. Sie betrachtet die Wiesner mit misstrauischer Miene. Vielleicht hält sie die für übergeschnappt. Vielleicht ist sie nahe dran. Zumindest überreizt.

»Ich muss wieder.«

»Hören Sie zu«, sagt die Wiesner, ihre Stimme im Dringlichkeitsmodus, »der Manfred Kastelmeyer interessiert mich. Wenn Sie etwas Seltsames bemerken, etwas, was Ihnen komisch vorkommt, meinetwegen verdächtig, rufen Sie mich an.«

Sie zückt eine Karte und streckt sie der Frau entgegen. Ihre Überrumplungstaktik ruft ein Stirnrunzeln hervor. Die junge Uniformierte beäugt die Karte, als wolle ihr die Wiesner eine verbotene Frucht schmackhaft machen. Ein innerer Kampf spielt sich ab. Ihre Hand greift zu. Die Dresdner Eva nimmt den Apfel, schaut sich schnell um und schiebt ihn in die Hosentasche. Niemand hat es gesehen. Keine Sünde. Ihr Arbeitsplatz ist sowieso weder Paradies noch Hölle – irgendwas dazwischen.

»Der Manni Kastelmeyer«, sagt sie nachdenklich. »Der war schon immer komisch. Eigentlich ein Vollpfosten. Das ist der mit den meisten Überstunden. Und spielt sich auf wie der Gott im Revier. Wissen Sie, wie man ihn hier nennt? Django. Kaum einer ist gern mit dem unterwegs. Ist immer seltsam, verstehen Sie? Er gibt einem das Gefühl, er hätte den Masterplan und man wäre der Hiwi. Kurz vor der Weltherrschaft, der Manni. Nur die Frischlinge, die finden den cool.«

»Gewalt? Lässt er es gern krachen?«

»Wissen Sie doch selber, da schmeißt man nicht den ersten Stein. Manchmal kotzt es einen halt an, brauch ich Ihnen doch nicht erzählen. Passiert halt. Ich sag mal so: Der Manne braust sehr leicht auf, wenn jemand keinen Respekt zeigt, verstehen Sie? Das gibt schon mal Ärger. Sieht nicht jeder so wie er.«

»Rufen Sie mich an? Egal, ob es eine Kleinigkeit ist. Und Sie behalten es für sich, bitte.«

»Sie sagen ihm nicht, von wem Sie es haben? Der kann echt unangenehm werden. Und verpetzen ist nicht so dolle.«

»Natürlich nicht. Sie sind keine Verräterin oder mein Spitzel. Ich führe keine internen Ermittlungen durch. Aber es ist wichtig, dass ich es erfahre. Jedes Detail. Das ist meine Nummer.«

»Soll ich versuchen, was rauszukriegen über ihn?«

»Na ja, wenn es was gibt – aber kein Risiko, okay? Kann ich Ihre Handynummer haben?«

»Okay. Was suchen Sie?«

»Jemanden, der zu allem fähig ist.«

Die Brünette schaut ihr Gegenüber prüfend an und nickt kurz. Was sie gesehen hat, scheint auszureichen. Die Wiesner ist nicht durchgefallen. Sie darf die diktierte Nummer in ihr iPhone tippen.

»Wenn ich noch was brauch, ruf ich Sie an, okay?«

»Wissen Sie was?«, meint die Streifenpolizistin. »Sie können solche Klamotten auch noch problemlos tragen. Da kriegt man voll den Neid.«

»Problemlos? Das glauben nur Sie.« Sie zwinkert der Frau zu, die mit einem Lächeln die Geste erwidert.

Die Wiesner steigt in ihren Peugeot. Im Rückspiegel sieht sie einen Streifenwagen herannahen. Der Kastelmeyer sitzt am Steuer. Keine Minute zu früh. Daneben ein blasser Jüngling. Er trägt seine Uniformmütze im Auto. Seltsam. Sie gibt dem Innenspiegel einen Stoß und bleibt ruhig sitzen. Der Wagen rollt vorbei zur Pforte. Die Schranke hebt sich. Sie parkt aus. Der Pulsschlag etwas erhöht. Keinen Blick schenkt sie dem Fahrzeug. Die beiden Insassen haben die Nasen nach vorn gerichtet. Ob der Kastelmeyer sie gesehen oder gar erkannt hat, weiß sie nicht. Kurz betrachtet sie sich im Rückspiegel, streckt ihrem geschminkten

Ebenbild die Zunge heraus. Sie sollte flugs nach Hause – umziehen.

Heimatlos ist der Sandner. Wo kann er hingehen? Chingachgooks Wigwam hat er den Rücken gekehrt, die Hansastraße bleibt ihm vorläufig verschlossen und in seiner eigenen Behausung käme er sich überflüssig vor. Alles, was er dort tun könnte, wäre nur eine Ersatzhandlung. Eine fade Entschuldigung für Untätigkeit. Er bräuchte neue Jagdgründe. Wo grasen die Büffel? Hat der Hartinger eine Fährte aufgenommen? Fleisch muss auf den Tisch. Seine Zähne will er in etwas schlagen, das nährt.

Behausung ist das Stichwort. Er ruft den Jonny an.

Der plappert sofort los: »Ich wollt Sie grad anrufen, Herr Sandner, ich …«

»Wart und hör mir zu.« Harsch stoppt er den Überschwang des Burschen. Er will den Faden nicht verlieren.

»Aber …«

»Kannst du rausfinden, weshalb dieser Slatko vom Kastelmeyer kassiert worden ist. Den Nachnamen hab ich nicht, aber der ist gestern verhaftet worden.«

»Weil er gegen Bewährungsauflagen verstoßen hat und ein Näherungsverbot gegenüber seiner Exfrau, aber …«

»Wart, lass mich nachdenken.«

»Ich muss …«

»Gewalt?«

»Ja, er hat wohl nicht kapiert, dass seine Ex nicht mehr sein Besitz ist, aber das …«

»Sapperlot, du bist fleißig gewesen. Ist des Madl seine leibliche Tochter?«

Der Jonny schnauft auf.

Was der Sandner hört, wird wohl kein Auflachen sein? Macht sich der Jungspund über ihn lustig? So weit ist es schon gekommen. Im Moment ist der Ermittler empfindlich gegenüber jugendlichem Hervorpreschen. Er liegt noch nicht in der Kiste, das

Requiem für Hauptkommissar Sandner ist noch nicht abgefiedelt worden. Schweigen in der Leitung. Exotischer Zustand beim jungen Kommissar. Fühlt sich nach angemessenem Respekt an.

»Bist noch da?«

»Ja.« Wieder dieses Aufschnaufen. Ein Seufzen. Als würde der Sandner ihn langweilen und er hätte Besseres zu tun. Eine Partie Halma mit dem Brauner? Das WG-Leben scheint den Kommissar zu verweichlichen.

»Hat der Mann einen festen Wohnsitz?«, insistiert der Sandner.

»Jaha.« Der gedehnte Tonfall erinnert ihn an heiteres Beruferaten. Die Stimme vom Jonny klingt entsprechend. Als würde er am Schluss eine Lösung präsentieren und den Preis überreichen. Warum er das alles bereits ermittelt hat, verblüfft den Hauptkommissar. Als könne der Bursche seine Gedanken lesen. Vorauseilender Gehorsam auf höchstem Niveau.

»Also, wenn das Madl seine Tochter ist und er eine Wohnung hat, sollte jemand vorbeischauen. Ich hoff, das ist längst passiert, oder?« In Wirklichkeit hofft er, seine Idee wäre jungfräulich und das Madl dort anzutreffen.

»Nicht schlecht, die Idee. Passiert gerade. Unsere Leute müssten sich schon auf die Füße steigen. Ist nur ein Wohnklo.«

»Wieso unsere Leut? Kruzifix, lass dir nicht alles aus der Nase ziehen. Bist du bei den Kartäusern eingetreten?«

»Ich wollte sagen, dass da grad ein Leichenfund gemeldet worden ist.«

»Sag amal, spinnst du?«, plärrt der Sandner ins Mobilteil. Auf der Straße drehen sich ein paar Fußgänger nach ihm um. Mehr Neugier, denn Überraschung. Vielleicht hat sein Gspusi das Geld verprasst oder ihm endlich die Sachen vor die Tür geschmissen. Kein Wunder, so aggressiv, wie der Mann daherkommt. Wird eine Wohltat sein für die Frau, den loszuwerden.

Der Sandner dämpft seine Stimme. »Jonny – wieso sagst du

nicht gleich, was Sache ist? Lässt mich hier rätseln. Kommst du als Glückskeks daher? Wo ist die gschissene Wohnung?«

Zum ersten Mal in seinem Leben fährt der Sandner mit der U-Bahn zu einem Tatort. Im Prinzip, als wenn die Feuerwehr mit dem Bobbycar samt Hänger beim Zimmerbrand auftauchte. Nicht stilvoll, nicht professionell – aber wenigstens rot.

Egal wie du dich abhetzt, den Tod überholst du nie. Der kommt immer pünktlich. Kein Wunder, er schreibt den Fahrplan selbst.

Vielleicht entspricht das Verkehrsmittel seinem neuen Status. Abgewirtschafteter Polizist ohne Auftragsgebiet.

Auf der Holz vortäuschenden Hartplastikschale im Waggon sitzt der Sandner wie auf Kohlen. Die Wiesner wird mit Blaulicht unterwegs sein, der Hartinger nicht erreichbar. Der gibt allmählich die Diva. Persönliche Interviews nur mit Voranmeldung. Das Junggemüse treibt es bunt. Wenn die so weiterwurschteln, werden sie geputzt, gedämpft und gefressen. Rein präventiv.

Er fragt sich, was ihn in Slatkos Wohnung erwarten wird. Jede Leiche hat auch eine Zuständigkeit, damit keine Verwirrung aufkommt. Der Kriminaldauerdienst wird am Tatort sein. Zwei Tote in zwei Tagen. Als wäre ein hungriger Menschenfresser unterwegs. Sie hasten hinterher, bis die Lungen stechen, aber er ist immer vor ihnen da – und vor ihnen wieder weg.

Der Sandner steigt am Heimeranplatz aus der U-Bahn. Nicht weit von der Hansastraße entfernt wohnt der Vater des Madls. Zwei Querstraßen weiter ist er am Ziel.

Ein schäbiger Mietblock, dessen ehemals weiße Fassade von der qualmenden Stadt in jahrzehntelanger Arbeit geschwärzt wurde.

Der Mann schreitet durch ein zweiflügeliges Tor über einen asphaltierten Innenhof zum Rückgebäude. Souterrain. Weiter als bis zum Treppenabsatz kommt er nicht. Ein buntes Völkchen, das ihm dort den Weg versperrt. Schwarzlederne Rücken sieht er vor sich, Spurenermittler in strahlend weißen Plastikanzügen,

Uniformierte jeder Form und Größe. Funkgeräte rauschen, knappe Anweisungen werden herausgebellt. Die umliegenden Fenster von Köpfen vollständig ausgefüllt. Vom Kind bis zum Greis ist alles versammelt. Familienprogramm. Die hallende Akustik verzerrt die Stimmen, als wäre das Geschehen eine Traumfrequenz. Albmahr.

Sonst ist der Hauptkommissar immer der Dompteur gewesen, der in der Manege die Peitsche schwingt. Im Moment ist er sich nicht sicher, ob er den Clown oder den Zuschauer gibt. Merkwürdiges Gefühl.

Er unterdrückt den Impuls, sich mit wichtiger Miene ins Gewühl zu stürzen. Möglicherweise wäre es wie ein Sprung vom Felsen. Er würde hart aufschlagen. Die eine oder andere Hyäne würde sich mit Freuden im angeschlagenen Tier verbeißen. Er hat einen Staatsanwalt vor Augen. Er wird ihm seine offene Flanke nicht präsentieren. Die Hände in den Taschen versucht er, einen möglichst souveränen Eindruck zu machen. Sein Blick wirkt entschlossen. Der Unberührbare bahnt sich seinen Weg.

Von seinem Standpunkt aus kann der Sandner die Wiesner ausmachen im Gemenge, sowie die vertrauten Gestalten vom Kriminaldauerdienst. Die Männer auf der Treppe zur Souterrainwohnung haben ihn bemerkt und machen ihm Platz. Seine mindere Stellung scheint sich noch nicht herumgesprochen zu haben. Ein bärtiger Jungspund der Spurensicherung reicht ihm wortlos Handschuhe. Nebensächliche Geste. Selbstverständliche Routine. Den Anzug lehnt er ab. Ganzkörperpräser benötigt er nicht. So tief will er die Örtlichkeit nicht penetrieren.

Mit unbeweglichem Gesichtsausdruck steigt er die fünf steinernen Stufen hinab und betritt die Wohnung. Ein, zwei Schritte nur, und er stoppt abrupt.

Ein kleiner Flur führt direkt in einen anschließenden Wohnraum. Ein aufgestellter Strahler ergänzt die staubige Glühbirne, welche am Kabel von der Decke baumelt. Frische bräunlich-rote

Spritzer an den Wänden. Ein Poster von Terence Hill im Western-Outfit. Der Blauäugige grinst ihn fröhlich an, die Arme über der Brust gekreuzt, Pistole lässig in der Hand. Seine Backe ist blutverschmiert. Nobody.

Auch den Tod wird er angegrinst haben, wie der durch die Tür kam. Und dann hat der kurz gepustet. Das Leben ist eine Feder, die bläst es gen Himmel oder in den Staub. Dazwischen mag nur eine Sekunde liegen.

Ein paar seiner Lebenssekunden nützt der Sandner, um einfach in den Raum zu starren. Ein Gefühl will er bekommen, die Atmosphäre wirken lassen. Er betrachtet eine Pinnwand. Ein Prospekt vom Pizzatandler, zwei farbenfrohe Ansichtskarten und eine Einkaufsquittung von einem DVD-Player sind angepickt. Mit Filzstift sind diverse Handynummern auf die Oberfläche gekritzelt. Der Mief lang getragener Wäsche mischt sich mit Zigarettenrauch und Chemikalien. Kein Geruch des Todes. Eher der blanken, abgeschälten Existenz, ungeschminkt, ohne Verkleidung.

Der Gerichtsmediziner kniet im Türrahmen. Es ist der Aschenbrenner. Der kreisrunde Haarausfall hat eine Lichtung in den Hinterkopfforst geschlagen. Bisweilen trägt der Doktor einen Schlapphut. Hier und heute ist jede Eitelkeit der Endlichkeit gewichen. Vor ihm, inmitten von Pizzaschachteln, Bierdosen und verlottertem Krimskrams, liegt das Objekt seiner Betrachtung hingestreckt auf dem Rücken.

Hingestreckt kommt sich auch der Hartinger vor. Mental. Er ist Richtung Süden gefahren zum Isarufer. Bis zur Schäftlarnstraße, was ihm ein grimmiges Lächeln ins Gesicht gezeichnet hat. Vielleicht sollte er dorthin pilgern, ins Schäftlarner Kloster. Kein weiter Weg. Tagestour. Er könnte um Aufnahme bitten. Immerhin hat die Benediktinerabtei auch eine Schnapsbrennerei, um fürs Vergessen zu sorgen. Für seine Mutter wahrscheinlich ein Grund, ins Wasser zu gehen oder ihn zu verstoßen. Vor der Uferbefestigung hat er seinen Wagen abgestellt und ist hinabgestiegen zum Fluss. Die Isar bietet Halt. Das Geräusch des fließenden Wassers in seiner Zeitlosigkeit. Es wird noch fließen, wenn der heutige Tag längst verblasst ist wie eine alte Handschrift auf Papyrus. Wenn längst niemand mehr sich die Mühe macht, die Bedeutung der Zeilen zu entschlüsseln. Wenn das Fetzerl zu Staub zerbröselt und vom Wind weggetragen wird. Ein Trost. Alles muss weiter, nichts bleibt stehen, nur weil dem Rotschopf der Schuh drückt. Er starrt auf den Fluss, doch vor seinen Augen taucht nichts auf – ausgenommen ein hungriger Erpel. Als der feststellt, dass vom Menschen am Ufer nichts zu erwarten ist, lässt er sich flussabwärts treiben.

Der Hartinger hat einen Ermittlungserfolg zu verbuchen. In einem Café schräg gegenüber vom Altenheim ist er fündig geworden. Fast zu einfach. Geradezu banal. Er hat der Serviererin eines von Sandners Bildern gezeigt, und die hat sofort genickt. Wäre nicht der typische Gast gewesen. Auf den verblichenen hellblauen Blümchenpolstern macht sich sonst eher die Seniorenfraktion breit. Die Leute können vom Fenster aus gleich einen Blick in die nahe Zukunft werfen. Vielleicht wartet die im zweiten Stock im Doppelzimmer. Die Gegenwart besteht aus einem Schwätzchen bei Schwarzwälder Kirschtorte.

Er müsste es sofort dem Team melden. Sie könnten sich auf den Weg machen. Die Kellnerin hatte ein formidables Gedächtnis. Und wie sie dem Hartinger beschrieben hat, in wessen Begleitung seine gesuchte Person gewesen ist, hat sie ihm damit eine Watschn verpasst, die du nicht so leicht wegsteckst.

Definitiv die Isabella. Seine Isabella.

Ein dummer Zufall mag es sein, wenn du des Morgens aus dem Haus trittst und triffst auf einen alten Bekannten, dem du noch hundert Euro schuldest. Zufällig kannst du einem hübschen Madl nachschauen und dabei mit der Designer-Sandale in den Hundehaufen latschen. Ein Zufall kann an jeder Hausecke herumlungern – oder wenn man lieber Voltaire glauben mag, ist nur ein Wort ohne Sinn. Aber so sehr er dieses Wort rupft und dehnt, in dieses Puzzle passt es nicht.

Und jetzt steht er hier. Eine Idee hat er nicht. Er kann sich nicht bewegen. Als hätte ihm jemand die Wirbelsäule herausgerissen und würde das Häuflein Hartinger damit auspeitschen. Er hat so etwas Dutzende Male in der Glotze gesehen. Der naive, liebeshungrige Bulle und die schöne, undurchschaubare Verdächtige. Immer denkst du dir, das hat mit dem Leben nichts zu tun. So stupide ist die Wirklichkeit nicht. Das ist so weit hergeholt, als würde dir Peter Pans »Tinker Bell« über den Weg fliegen und dich zur Schwarzwälder ins Rentner-Café einladen. Aushorchen hat ihn die Isabella wollen. Dafür ist sie weit gegangen. So weit hätte sie beim Hartinger gar nicht gehen müssen. Ihre Gesellschaft hätte ihm genügt. Ihr Plaudern, ihr Lächeln, ihr ...

Er hebt einen Stein auf und wirft ihn mit aller Kraft ins Wasser. In Gedanken geht er die Personen durch, denen er sich anvertrauen kann. Bei der Wiesner bleibt er hängen. Jonny würde ihm zwar größtes Verständnis entgegenbringen, aber wie das »Danach« zu regeln wäre, da wäre der junge Polizist blank. Der Sandner ist nicht einzuschätzen. Schwarzes Loch. Er könnte ihm den Kopf abreißen oder es als Lappalie abtun, je nach Stimmung.

Die Nummer der Oberkommissarin ist besetzt. Er sollte handeln. Zumindest seinen Treffer weitermelden – rudimentär. Beim Sandner meldet sich die Mailbox – was ihn erleichtert. Selbst Schuld. Er schnauft tief durch. Ein Aufschub. Das Mobilteil verschwindet wieder in der Jackentasche.

Vielleicht hätte der Hartinger im Westend in einem vermüllten Loch stehen und auf die Leiche eines Teenagers schauen sollen. Das relativiert vieles. Der Ermordete wird nie mehr die Gelegenheit haben, von einem Madl enttäuscht zu sein oder das Dasein zu verfluchen. Dazu bräuchte es Dasein. Damit ist der Kommissar gesegnet. Immerhin – auch wenn es auf ihn herunterscheißt, als gäbe er dessen Kloschüssel ab.

Der Sandner braucht niemanden anzusprechen. Keine Fragen. Er weiß Bescheid: Wer da in seinem Blut liegt, wird der anonyme Anrufer sein. Er musste hier in diesem Loch verrecken wie ein Viech im Schlachthof.

Nur kurz hat er ihn angesehen. Den Tod in seinen starren Augen wahrgenommen. Wie schon so oft. Wie immer wieder neu. Wenn du ihn nicht anschaust, kann er dir nichts anhaben. Die alte Mär.

Gründlich hat er gearbeitet. Der Junge hat nicht leiden müssen, kann man den fassungslosen Eltern aufs Brot schmieren. Jemand wird es ihnen sagen, der das Leid nicht geschmeckt hat. Nimm einen Bissen, und es zerreißt dir die Eingeweide. Schluck es hinunter und dein Herz zerbricht in Stücke.

Einfach weg. Jeder Gedanke, jeder Wunsch, all das, was diesen Jungen einmalig gemacht hat in dieser Welt. Gestorben, weil er etwas gesehen hatte, was er nicht hätte sehen sollen. Am falschen Ort zur falschen Zeit – so billig. Seine Hand hat ein angebissenes Stück Salamipizza gehalten. Henkersmahlzeit.

Braunes Gelhaar, pausbäckiges, pickliges Gesicht, blauer Nike-Hoodie. Niemand, der dir auf der Straße auffallen würde. Jetzt hat er die Schlagzeilen – für einen Tag. Was immer sein Traum gewesen ist, wo immer seine Schritte ihn hingeführt hätten – die Frage ist mit einer Pistolenkugel pulverisiert worden.

Der Hauptkommissar dümpelt nicht in Trauer und Entsetzen. Dafür ist nicht die Zeit. Der Anker ist geborgen. Weit hinaus ist er mitten in den Orkan der kalten Wut hineingesegelt. Durchhalten oder absaufen. Wer immer mit seiner Waffe durch die Gegend spazierte und tötete – er würde ihn aufspüren. Eine Gestalt manifestiert sich in seinem Kopf, feixend in seiner prallen Polizeiuniform.

Die schnarrende Stimme des Wenzels hallt über den Hof. Wie der Sandner ihn kommen hört, drängt er sich hinter den breiten Rücken einiger Beamter ins Freie. Er will ihm nicht begegnen.

Sonst ist er immer für eine solide Hakelei gut, aber der Polizeirat hatte ihm die Hände auf den Rücken verschnürt. Keine Möglichkeit, dem Hosenbiesler Paroli zu bieten.

Er schleicht sich tief gebeugt zum Müllcontainer, als würde er dem ölfleckigen Untergrund seine Aufmerksamkeit schenken. Hinter der grauen Metallbox macht er sich unsichtbar. Das geschäftige Treiben nimmt keine Notiz.

»So a arme Sau«, hört er einen der Uniformierten sagen. Offenbar steht der vor dem Container. Ein Feuerzeug klickt.

»Kommst heut mit zum Schafkopfen beim Patrick?«, will ein anderer wissen.

»Mal schauen, die Susi wollt unbedingt in die Sauna da im Prinzregentenstadion, wenn es ned zu spät wird. Wir sind hier hoffentlich bald durch. Die wird stinkig, wenn's wieder nicht hinhaut. Letzte Woche war's ja genauso.«

»Da fragt man sich, warum sich die Leut nicht am Montagmorgen massakrieren können?«

»Wieso? Dir kann's doch wurscht sein. Du bist doch Single.«

»Ja und? Gott sei's gepfiffen. Wenn ich so a damische Gretl zu Hause hätt, könnt's von mir aus jedes Wochenende Leichen runterhageln. Du bist doch bloß der Flaschengeist bei dir daheim. Dein Wunsch ist mir Befehl, Herzilein und Bussi aufs Bauchi, Schmatzischatzimausi. Ah geh, hör mir auf.«

»Der Flaschengeist bist scho selber, tust doch nix als wie saufen.«

»Wer ko, der ko. Hat das dir das Susilein verboten, sag?«

Die Antwort wird der Sandner nie erfahren, die Stimmen entfernen sich. Der Wenzel scheint im Hausinneren verschwunden zu sein. Vorsichtig späht der Kriminaler ins Rund, bevor er wieder in Gänze auftaucht. Die Uniformierten widmen sich den Nachbarn und führen Übermütige hinter die Absperrung.

Von zwei Augenpaaren wird der Hauptkommissar angestiert. Ohne einen Laut von sich zu geben, schlendern der Aschenbrenner und die Wiesner auf ihn zu. Sie müssen ihn in der Wohnung registriert haben. Siebter Sinn. Sein Eau de Toilette ist nicht so prägnant, um der Duftspur folgen zu können.

»Gehen wir zu meinem Wagen«, murmelt der Gerichtsmediziner und steckt die Hände in die Taschen. Konspirativer Habitus. Sein Blick ist gleichmütig, als wäre er auf dem Weg ins Theater. Zu dritt verlassen sie den Hof.

In seinem alten Volvo beginnt der Aschenbrenner mit den üblichen Auskünften.

»Das ist quasi eine Doublette von eurem Mord am Yilmaz. Ein Schuss – ein Treffer. In die Stirn. Vor höchstens einer halben Stunde. Nagel mich nicht fest, aber könnte die gleiche Waffe sein. Das Opfer weist keine Kampfspuren auf. Er ist im Flur gestanden und bumm.«

»Der Zeuge, der die Einseinsnull verständigt hat, wollte nachsehen, weil die Tür nur angelehnt war. Hat sich Sorgen gemacht – sagt er«, ergänzt die Wiesner. »Ich geh jetzt einfach davon aus, der Tote ist der Bursch, der den Mord am Yilmaz beobachtet hat.«

Der Sandner nickt. »Ja, das denk ich auch. Hat niemand den Schuss gehört oder den Mörder gesehen?«

»Den Schuss gehört, ja. Vor ungefähr dreißig Minuten. Ein paar Nachbarn wollen eine Gestalt im schwarzen Regenmantel gesehen haben. Kapuze tief ins Gesicht gezogen. Die Polizei gerufen hat keiner. Die wollten keine Unannehmlichkeiten. So ein Knall muss ja nichts bedeuten.«

»Nichts bedeuten? So sinds halt, die braven Leut.«

»Und bevor wir uns reingeiern, morgen um acht, hab ich einen Briefingtermin mit den Herren vom LKA. Ich soll über die Ermittlung referieren. Die Fakten darstellen. Ich denke, damit haben sie uns dann endgültig rausgekegelt. Der Dauerdienst sagt den Eltern vom Burschen Bescheid. Die kümmern sich auch hier um die Befragungen. Gott sei Dank. Ich sollte jetzt zum Staatsanwalt.«

»Morgen ist morgen«, stellt der Sandner fest. Einer von den zwei Tagen im Jahr, an denen man nichts tun kann. Der andere heißt: gestern. Seine Tochter, die Sanne, hat ihm diesen Spruch vom Dalai Lama einst aufgetischt.

»Sagt amal …«, beginnt der Aschenbrenner, wird aber vom Hauptkommissar mit einer Handbewegung gestoppt.

»Das würd jetzt zu lange dauern.«

Sein Freund schiebt die Unterlippe nach vorn. »Zu lange also, ich seh schon. Braucht ihr mich noch? Sagt es lieber gleich, bevor ihr mir wieder Ohrwaschlfetzen zum Frühstück kredenzt.«

»Jetzt gib nicht die Leberwurscht. Kannst du dich noch an den Fall Fuhrer erinnern?«

Der Aschenbrenner wirft der Wiesner einen Blick zu und nickt.

»Wie viel Zeit ist zwischen dem ersten Messerstich und dem zweiten vergangen? Könnte man das sagen?«

»Frau kann«, mischt sich die Wiesner ein. »Vom Eintrittswinkel und Stichkanal her kann man rekonstruieren, ob der Täter die Stellung gewechselt hat, in Abhängigkeit vom Verhalten des Opfers. Das rührt sich natürlich auch.«

»Natürlich.«

»Im Falle Fuhrer mindestens zwei und höchstens fünf Sekunden – ohne Gewähr.«

Aschenbrenners Nicken ist in der Endlosschleife. Wie der Lehrer vor der Einser-Kandidatin. Lange kann die Wiesner das noch nicht von ihm erfahren haben. Die beiden Ermittler hatten die gleiche Idee.

»Zwei Sekunden sind eine Menge Zeit«, murmelt der Sandner.

»Also wenn ihr was braucht, ich steh im Telefonbuch unter A.«

Der Gerichtsmediziner schält sich aus dem Sitz. Er wird gleich den Wenzel informieren. Der wird sich schon Gedanken machen. Die Wiesner bleibt noch sitzen. Plötzlich wird die Tür aufgerissen, und ein atemloser Jonny drängt sich ins Fahrzeug. »Ach, da seids ihr.«

»Wieso bist du nicht beim Brauner?«, fährt ihn der Sandner an.

»Ich hab gedacht, ich werd hier gebraucht«, murmelt er kleinlaut. »Der Beppo befragt grad seine Nachbarn, ob wer wen an seinem Briefkasterl gesehen hat. Er sagt ihnen, das müsse er wissen, weil jemand ein rohes Ei reingeschmissen hätte. Er hat gemeint, ich sollt euch ausrichten, ihr sollt seine Mutter nicht links liegen lassen. Er macht sich Sorgen, weil ständig was anderes ...«

»Schon gut«, fährt ihm der Sandner ungeduldig über den Mund. »Der soll sich zamreißen. Im Moment wird allerhand liegen gelassen. Braucht man sich nur hier umschauen. Und du, mach dich nützlich und komm uns nicht mit Brauners Sprüch daher. Glaubst du, wir haben seine Mutter vergessen?«

Der Jonny bläst die Backen auf und schweigt.

»Vom Madl keine Spuren?«, wendet sich der Hauptkommissar an die Wiesner.

»Nix. Ein Nachbar hat gerade ausgesagt, ein Mädchen, auf das die Beschreibung passt, hätte ihn in einer Straße ums Eck angebettelt, ob er seinen Ausweis in den Zigarettenautomat schieben könnte. Kippen wollte sie ziehen, just zur Tatzeit. Er hat ihr brav geholfen. Doppelt Schwein hat sie gehabt.«

»Ich hypothetisier jetzt. Der Kastelmeyer handelt mit Drogen. Seine Helferlein oder Verkäufer sind der Wessold und der Yilmaz. Ersterer hat das Maul zu weit aufgerissen oder wollt selber das große Geschäft machen. Sein Streit mit dem Fuhrer war die Gelegenheit für den Kastelmeyer, den wegzuräumen. Hinterher erscheint er als Erster am Tatort, klaut dem Toten den Hausschlüssel, schmeißt das Messer in Fuhrers Keller und räumt Wessolds Bude auf, falls da was rumliegt, was einen Zusammenhang zu ihm herstellt.«

»Dass der Kastelmeyer in der Nacht am Tatort gewesen ist, steht im Protokoll«, ergänzt die Wiesner. »Dazu würde passen, dass er große Geldsummen besitzt, über deren Ursprung er gelogen hat. Erbtante hat nie existiert, und seine Pferdln kosten einen Wahnsinnsunterhalt. Da reden wir von ein paar Tausendern im Monat.«

»Weiter im Text: Der Yilmaz muss sich mit ihm getroffen haben. Er erzählt also von dem zwielichtigen Typen in Ansis

Kneipe, über den er etwas herausfinden wollte. Der wird gedacht haben, ich bin von der Konkurrenz. Ich hab mich ja nach Wessolds Geschäften erkundigt, und er war fast daneben gesessen. Er gibt dem Kastelmeyer meine Dienstwaffe und beichtet, dass ihm der Chingachgook den Schnee gestohlen hat. Der Kastelmeyer reagiert sofort. Er weiß vom Wenzel, dass ein verdeckter Ermittler unterwegs ist. Er hat mich getroffen, auf dem Weg zum Chingachgook. Und wenn ich eins und eins zusammenzählen würde, wäre der Yilmaz fällig, als Koksdealer. Und ob der sein Maul halten würde, falls man ihn wegsperrte, wär arg zweifelhaft. Er würde sich wieder eine Gunst vom Kastelmeyer erwarten, wie beim Malheur mit Perisic. Der Yilmaz war eine tickende Zeitbombe. Und bum – schießt er ihn über den Haufen.«

Die Wiesner nickt ihm auffordernd zu.

»Dazu passt, dass alle Welt erzählt, die Polizei hätte nur zugeschaut bei dem, was der Yilmaz und der Wessold getrieben haben. Nein, die hat nicht nur zugeschaut. Die hat die Regeln bestimmt, abkassiert und war die Versicherung gegen Ärger.«

»Aber der Kastelmeyer müsste sich gewundert haben, dass der Stoff wieder beim Yilmaz in der Wohnung war, falls der ihm erzählt hat, den hätte der Indianer ihm geklaut.«

»Gewundert und gefreut. Vielleicht denkt er sich, der Yilmaz hat ihn belogen oder der Chingachgook hat es mit der Angst bekommen. Er ahnt nicht, dass ich davon weiß. Ich glaub nicht, dass er auf die Idee kommt, ich hätte es dem Indianer angeschafft. Für so deppert hält mich niemand. Immerhin haben sie den Chingachgook nicht wegen dem Koks verhaftet.«

»Wär der nicht in Gefahr, dein Chingachgook?«

»Nein. Er kann ja nichts vom Kastelmeyer wissen. Nur darum geht es dem. Aber alles bloß Theorien.« Der Sandner seufzt und streckt sich.

»Noch schlimmer – Ketzerei. Der Wenzel hat mir auf die Finger geklopft beim Kastelmeyer. Nix zu ernten. Das wäre unser Rachefeldzug. Und Beweise haben wir nicht – selbst das Kokain ist weg. Das könnte er sich geschnappt haben, als er die Frau Yilmaz nach Hause gebracht hat.«

»Wieso hat der Kastelmeyer gerochen, dass das Madl hier sein könnte? Wenn nicht einmal die Mutter geahnt hat, dass ihre Tochter einen Schlüssel hat.«

»Vielleicht hat er das Madl mal beim Slatko angetroffen, wie er den wieder mal abfieseln wollt. Keine Ahnung. Am Zeug flicken können wir ihm eh nicht. Der ist nicht dumm.«

»Scheißdreck. Soll der verreckte Hundling das Madl auch noch erwischen? Vorher sack ich ihn ein. Wurscht wie. Und wenn ich ihn ...«

»Dazu musst du wissen, wo er ist. Er ist nämlich weder auf seiner Inspektion noch im Einsatz.«

»Woher willst du das wissen?«

»Ich hab meine Quellen. Eine patente Kollegin von seiner Inspektion 47 hält mich auf dem Laufenden. Er ist vor einer Viertelstunde los. Schicht im Schacht.«

»Scheißdreck.« Der Sandner haut aufs Armaturenbrett. »Unsere Zeugin kennt den Kastelmeyer, und er weiß das. Wenn der das Madl vor uns findet ...«

»Sollte er nicht.«

»Gegenprobe. Haben wir sonst jemanden auf dem Zettel?«

»Was denkst du?«

»Nein – einzig die Frage, warum der Fuhrer den Kastelmeyer nicht erkannt haben will. Zwei Sekunden. Zeit genug müsste er gehabt haben.«

»Wenn es der Fuhrer nicht doch selbst gewesen ist. Auf jeden Fall ist mir jetzt klar, warum sich das Madl nicht meldet«, sagt die Wiesner, »die hat Angst.«

»Und zwar vor der Polizei. Deswegen nimmt sie auch keinen Kontakt mit ihrer Mutter auf. Da geht der Kastelmeyer ein und aus, wie er es braucht.«

»Scheißdreck«, bestätigt die Wiesner. »Aber immerhin hat er sie hier nicht erwischt. Bloß ein T-Shirt ist rumgelegen.«

Beim Sandner piepst es in der Hosentasche. Er zieht sein Handy aus der Tasche und schaut auf die eingetroffene Nachricht. Seine Augenbrauen wandern in die Höhe.

Nur ein Wort: »Wo?«, liest er auf dem Display.

»Zum Glück bin ich nicht bei der Polizei«, sagt der Hauptkommissar. »Zeit wird's, dass sie bald wieder nach Hause kann. Sehr bald.«

Der Jonny linst verblüfft auf die Schriftzeichen.

»Ist das von dem Madl?«, will er wissen. Keiner schenkt seiner Frage Beachtung.

»Verschrei es nicht«, wird der Sandner von seiner Kollegin ermahnt.

Die Wiesner bekommt vom Wenzel einen Blick, der wohl seine Version von Mitleid gepaart mit Vorwurf darstellt. Er hat die Hände in die Hüften gestemmt und lässt die Augen über den Schauplatz des Mordes wandern. Vor der Wohnung versuchen sich die ersten Presseleute durchzumogeln für den entscheidenden Schnappschuss. Es geht zu wie auf dem roten Teppich bei der Bambiverleihung. Zweitklassiger Rahmen, erstklassiges Tohuwabohu. Rufe werden laut.

»Herr Staatsanwalt! Können Sie uns schon etwas sagen? Wer ist das Opfer? War es ein Mord? Hey, Wenzel, hierher schauen!«

Dabei wissen die Burschen genau, dass die Sprecher der Staatsanwaltschaft erst bei der Pressekonferenz den Mund aufmachen. Dafür werden jetzt die Uniformierten in die Mangel genommen. Die schütteln im vereinten Schweigen die Köpfe. Noch hält die Absperrung.

Ein Leichenwagen bahnt sich seinen Weg in den Hof. Rückwärts rollt er nahe an das Gebäude heran. Die Gaffermeute spritzt auseinander. Wie die Viehhirten treiben Beamte die neugierige Herde zurück auf die Straße und schließen das Durchgangstor. Kameras halten jede ihrer Bewegungen fest. Ruhe tritt ein. Alle pusten durch.

»Jetzt haben wir den Schlamassel«, keift der Wenzel. »Wieso ist keiner auf die Idee gekommen, hier vorbeizuschauen?«

»Bin ich Jesus?«, mault ihn die Wiesner an. »Gestern Abend war eine Streife hier.« Schlamassel ist nicht das Wort, das sie gewählt hätte. Zwei Meter von ihnen entfernt wird gerade ein Sechzehnjähriger in einem Zinksarg verstaut. Sie hat kein Bedürfnis, sich mit dem Staatsanwalt zu duellieren. »Wenn« und »hätte« sind dabei so unbrauchbar wie eine Nagelfeile, um ein Schwein zu tranchieren. Und das würde sie gerne. Das Schwein in mundgerechte Stücke zerlegen, das hier am Werk gewesen ist.

»Ich erwarte nicht, dass Sie übers Wasser wandeln, Frau Oberkommissarin, oder Tote auferstehen lassen. Nur Ihren Job sollten Sie machen«, schnauzt der Wenzel sie an. »Und wie weiter?«

Sie atmet durch und beobachtet die Bestatter bei ihrer Arbeit. Ein Riese und ein Zwerg. Was der eine im Stehen erledigt, fordert vom anderen eine tiefe Verbeugung. Beim Anheben der Last beugt er die Knie, um den Rücken zu schonen. Der denkt an seine Gesundheit. Schweigend machen sich die beiden mit ihrem gefüllten Behältnis auf den Weg. In ihren Gesichtern ist nichts zu lesen, außer der antrainierten Pietät. Schrecken hat der Tod für sie keinen zu bieten.

»Ihre Mama war ahnungslos, dass das Madl einen Wohnungsschlüssel vom Vater hat, sonst hätt sie es ja sofort mitgeteilt. Die Frau ist vollkommen am Ende! Der Vater wäre befragt worden, sagen die Kollegen von der Inspektion 47. Sitzt aktuell ein wegen Körperverletzung. Der hat sich ausgeschwiegen. Wollte keine Scherereien. Begleiteten Umgang mit seiner Tochter hatte das Familiengericht erlaubt, falls er sich an die Spielregeln hielte. Seine Wohnung hat daraufhin niemand als heiße Spur eingeschätzt. Die Kollegen haben geläutet. Nichts hat sich gerührt. Sie haben sich wieder getrollt«, sagt die Ermittlerin. Ihre Augen folgen dem Leichentransport die Stufen hoch nach draußen.

Der Wenzel greift sich an die Stirn. »Na klar, seine Tochter sollt ihm bloß den Hibiskus gießen, während er einsitzt. Verdammt, Sie sind die leitende Ermittelnde!«

»Soll heißen?«, braust die Wiesner auf. Die Blicke der Umstehenden sind ihr sicher. »Ich hab nur grad mal eben die Meldung bekommen, da wäre niemand anzutreffen gewesen. Die Kollegen hätten die Wohnung aufbrechen müssen oder sich Schlüssel besorgen. Einen Hausmeister auftreiben, irgendwas. Logisch, aber soll ich ihnen den Kopf abreißen? Sie haben vor Ort entschieden. Punkt. Vielleicht ist der Dreckschlüssel auch einfach unter der Fußmatte gelegen? Soll ich bei jedem Kasperl Händchen halten? Was glauben Sie, wie mich das ankotzt.«

»Ja klar, es hat geregnet und war spät. Ich will ihre Namen auf meinem Schreibtisch.« Sie gibt dem Wenzel nicht oft recht. Diesmal schon. Sie hätten sich mehr Mühe geben können. Geben müssen! Sie hätte sie jetzt gerne hier. Einen Blick auf den Toten sollten sie werfen. Schauts her, vielleicht hättet ihr das verhindern können! Vielleicht könnte der noch leben, wenn ihr nicht so letschert dahergekommen wärt! War für sie eine Routineangelegenheit gewesen. Wahrscheinlich schon vom warmen Bett in den Armen ihrer Tusneldas geträumt, die beiden. Hinterher bist du immer schlauer. Vielleicht ist das Pärchen gestern nicht hier gewesen. Selbst der Sandner hatte den Geistesblitz erst vor einer halben Stunde gehabt, als der Junge längst tot war. Die Beamten suchten bereits die Umgebung ab. Das Mädel hat eine halbe Stunde Vorsprung. In einer halben Stunde kannst du weit kommen in der Stadt. Zu weit. Hoffentlich genug Distanz zum Mörder.

»Für mich soll's rote Rosen regnen«, hallt es durch den Flur. Es ist der polizeieigene Nerd. Er meldet ihr einen Treffer. Er klingt aufgeregt, wie vor dem ersten Date. Das Mädchen hätte das Handy aktiviert. Nur kurz, aber immerhin. Klar, die SMS an den Sandner. Alle verfügbaren Einsatzkräfte, wie es so hochtrabend heißt, werden sich bald um einen Handymast tummeln wie die Festgesellschaft um den Maibaum. Was ist schon verfügbar am

Sonntagnachmittag? Die Bayern haben heut Abend Heimspiel in der Fröttmaninger Arena. Schalke ist zu Gast. Das hat Priorität. Dabei wär's den Manschgerln eh lieber, sie könnten sich unbehelligt die Birne weichklopfen – respektive noch weicher. Dass der Homo sapiens ruckzuck zum Viech mutiert, sobald er einen bunten Schal um den Hals hat, ist faszinierend. Das klappt mit jeder Art Verkleidung – von der weißen Kapuze bis zur schicken Uniform.

Du hast Hundestaffeln, Hubschrauber, Wärmebildkameras, Polizisten hoch zu Ross, Firlefanz und Trallala – fehlen bloß noch Jedi-Ritter im Präsidium, aber du schaffst es nicht, eine verschwundene Dreizehnjährige in München aufzuspüren. Madre mia!

Auch der Hartinger will jemanden aufspüren, der verschwunden ist. In ihm ist es kalt. Er ist Tiefkühlkost, gefrorener Berg, ein Gletscher, ewiges Eis. Nicht ein wärmender Gedanke.

Er ist wieder in die Lindwurmstraße gefahren. Der Doktor Joseph von Lindwurm ist mit den Auswirkungen geschlechtlicher Verbindungen vertraut gewesen. Vor allem mit der Syphilis. Aber gegen das Leiden, das den Hartinger plagt, hätte er auch kein Pülverchen in der Tasche gehabt.

In der Wohngemeinschaft war dem Rotschopf kein Erfolg beschert. Ein verstrubbelter Student mit Discounterbrille hat ihm die Tür geöffnet und verkündet, die Isabella wäre nicht da. Keine Ahnung, wo sie wäre oder wann sie zurückkäme. Er wäre ja nicht das Kindermädchen. Auf ihrem Handy sollte er es doch versuchen.

Der Hartinger hat den Polizeiausweis in der Tasche gelassen. Aber seiner Miene war zu entnehmen, dass er nicht zum Kaffeetrinken gekommen war. Einen Moment mustern sie sich schweigend. Sie schätzen sich ab.

Der Hartinger versucht, an der Haltung des Gegenübers abzulesen, ob der ihm die Wahrheit sagt oder ihn nur abwimmeln will. Arglos kommt der Bärtige daher. Keiner, der eingeweiht ist in Isabellas Treiben als Verbrecherin. Was er in seinem Gegenüber sieht, will der Polizist nicht wissen. Vielleicht einen abgelegten Liebhaber. Den dummen Tanzbären, den sie am Nasenring spazieren geführt hatte. Froh wird der Typ gewesen sein, die Tür wieder schließen zu können. Ein bedauerndes Schulterzucken bekommt der Kommissar mit auf den Weg. Ja, Bedauern. Wie es der Hartinger bedauert, dass er die Isabella überhaupt kennengelernt hatte. Wie er es bedauert, was für ein ausgemachter Volldepp er gewesen ist. Wie er es bedauert, Polizist zu sein. Und wie er das Bedauern bedauert, das sich in ihm immer mehr aufpumpt. Falls es platzte, gäbe es Schutt und Asche.

Mit hängenden Schultern schlappt er zurück zu seinem Wagen. Kaum dass er die Füße hebt. In Sichtweite des Eingangs hatte er einen Parkplatz ergattern können. Er wirft sich auf den Fahrersitz und starrt aus dem Seitenfenster in den Regen. Vereinzelte Fußgänger hasten vorüber. Kaum auszumachen unter den Schirmen und Regenjacken. Niemand schenkt ihm seine Aufmerksamkeit.

Er wird auf die Isabella warten. Und wenn es Tage dauerte, er wird sich nicht von der Stelle rühren, bis er sie ... Ja, was? Wollte er sie verhaften? Wollte er von ihr hören, dass sie mit der ganzen Sache nichts zu tun hatte? Wollte er alles wieder gutmachen? Dafür ist es zu spät. Für sie beide. Er hätte die Kollegen informieren müssen. Stattdessen sitzt er in seinem Auto und wartet. Er kann nicht anders. Wie gelähmt fühlt er sich. Er kann jetzt mit niemandem sprechen. Er hat seine Entscheidung getroffen. Vor einer halben Stunde war er drauf und dran, alles der Wiesner oder dem Sandner zu beichten. Was würden die jetzt sagen?

Der Hartinger weiß, wer für die Entführung der Brauner verantwortlich ist, und schweigt. Nein, nur ein kleiner Aufschub. Nur eine Chance will er, es auf seine Art zu regeln. Er ist der Isabella nichts schuldig, nur sich selbst. Die Zeit vergeht viel zu langsam. Er verspricht sich, den Sandner und die Wiesner zu verständigen, sollte sie in einer Stunde nicht aufgetaucht sein. Oder eineinhalb. Ein Teil von ihm hofft, die Isabella bliebe verschwunden – für immer.

Der Sandner flucht. Der Hartinger bleibt verschwunden. Seine Kollegin wird sich vom Tatort nicht so einfach davonmachen können. Immerhin trägt sie noch die Krone. Leitende Ermittelnde. Morgen früh wird sie vom Thron gestoßen werden. Jedem ist klar gewesen, dass die beiden Morde zusammenhängen. Dass das Madl mit ihm Kontakt aufgenommen hatte, ist ein Segen. Er nimmt die U-Bahn nach Untergiesing. Eine Idee muss her. Die junge Frau, die ihm gegenübersitzt, starrt demonstrativ aus dem Fenster. Auch wenn es zwischen den U-Bahnhöfen nur die Schwärze zu betrachten gibt. Besser als diesen Mann mit dem grimmigen, starren Blick. Sie wird sich unwohl fühlen. Seine Augen ruhen unverwandt auf ihr. Braunhaarig ist sie, etwas füllig, Kurzhaarschnitt. Fast wie das vermisste Madl. Piercing über der Oberlippe. Er sieht sie nicht wirklich. Er schaut durch sie hindurch. Langsam setzt sich in seinem Hirn etwas zusammen. Kleine Bruchstücke werden zu größeren Teilen. Selbst wenn die Zeugin eine Aussage machte, wäre deren Substanz zweifelhaft. Angenommen, sie hätte den Sheriff beobachtet. Wie glaubwürdig wäre das nach den Ereignissen um die Verhaftung ihres Vaters. Vielleicht wollte sie ihm nur eins auswischen? Es gäbe keine Beweise, die auf ein Motiv hinweisen. Nichts. Er muss ihn festnageln. Ein Beweisstück muss her. Er wechselt die SIM-Karten. Hartingers Nummer erscheint. Auf der Mailbox ist kein Text. Er hört ihn nur schnaufen, zehn Sekunden lang. Wie ein Stalker. Der Rückruf führt zu dessen Mailbox. Herrschaftszeiten! Was treibt der Rotschopf? Er ist seine Hoffnung, eine Spur zu Braunes Mutter aufzutun.

»Meld dich gefälligst«, knurrt der Sandner, bevor er das einseitige Gespräch beendet.

Bei der Wiesner hat er mehr Glück. Zumindest ist sie erreichbar. Von seinem Geistesblitz ist sie nicht begeistert. Nicht mal im

Ansatz. Aber sie hat nichts Besseres zu bieten. Fast nichts. Nur eine Ergänzung, die den Sandner sprachlos macht. Wenn schon, denn schon. Sie haben nicht viel Zeit zu verplempern. Er sagt ihr, dass Gefahr sein zweiter Vorname wäre. Ein müder Witz. Dass hoffentlich seine Ideen besser wären als seine Sprüche, bekommt er dafür vorgesetzt. Und falls ihn jemand erschießen tät, müsste sie dem Wenzel das wieder erklären. Vielleicht sollte er den Bericht dazu prämortal verfassen.

Eine halbe Stunde gibt er ihr, die Vorbereitungen zu treffen. Genauso lange würde er mit den seinen brauchen.

Sie werden mit dem Feuer spielen, und entweder es wird ihnen den Arsch rösten oder sie könnten ihre Beute grillen. Hopp oder top. Es gilt, die Weichen zu stellen.

Der Wenzel ist hocherfreut. Natürlich zeigt er es nicht. Entrüstet gibt er sich. Der Jonny wiederum ist verlegen. Nicht einfach. Der Sandner ist sein Vorgesetzter. Sich zu offenbaren fällt ihm sichtlich schwer.

Ein bisschen atemlos ist er noch. Auf schnellstem Weg ist er zum Staatsanwalt gefahren. Persönlich hat er ihn sprechen wollen – nicht am Telefon. Der hat gemeint, er solle in die Hansastraße kommen, dort wäre er anzutreffen, da er noch eine Unterredung mit dem Polizeirat hätte. Jetzt stehen sie sich in der Dienststelle in einem kleinen Raum gegenüber. Mehr eine Gerümpelkammer. Beste Örtlichkeit für den Anlass. In der Ecke flackt ein defekter Kopierer neben diversen gestapelten Büromöbeln, auf denen eine ausrangierte Kaffeemaschine steht. Alles aus den Achtzigern übrig geblieben. Weggeschmissen wird nichts. Sieht aus wie beim Gebrauchtmöbeltandler.

Der Wenzel greift sich zwei Stühle bei der Lehne und mustert sie kritisch.

»Machen Sie sich keine Sorgen«, meint er und rückt dem Burschen einen der Stühle zurecht. In der Mitte der gepolsterten Sitzfläche ist ein großer dunkler Fleck. Der Polizist platziert seinen

Hintern auf die Kante. Der Wenzel tut es ihm gleich. Gegenüber. Zwischen ihre Knie passte nur ein Blatt Papier.

»Alles, was Sie sagen, bleibt unter uns. Ganz vertraulich«, schnurrt der Staatsanwalt.

»Ja ... ich weiß«, sagt der Jonny zögerlich. »Es ist nur ... es ist nicht in Ordnung, wie es läuft.«

»Was ist nicht in Ordnung?«

Der Jonny greift mit den Händen zum Kopf und fährt sich durch die Haare. Er seufzt, betrachtet kurz seine Schuhspitzen. Dann blickt er dem Wenzel unverwandt ins Gesicht.

»Also gut: Der Hauptkommissar Sandner hat Kontakt zu unserer Zeugin, per SMS.«

»Was?« Der Wenzel springt auf. »Und er behält es für sich?«

Jonny nickt und seufzt erneut. »Er wird seine Gründe haben, aber ich halte das für falsch, verstehen Sie. Es bringt sie in Gefahr. Ich meine, man müsste sie auf das Revier bringen und vernehmen oder mehr Beamte einschalten.«

»Da haben Sie richtig gehandelt, mich darüber zu informieren. Wissen Sie denn, was er vorhat?«

»So ungefähr.«

»Verdammt noch mal. Ich hab gewusst, dass er sein eigenes Süppchen kocht. Er kann nicht anders. Nicht teamfähig, der Mann!«

Der Wenzel haut mit der flachen Hand auf einen ausrangierten Schreibtisch. Eine Mischung aus Ärger und Triumph.

»Also, was hat er vor?«, will er wissen, während er seine graue Handfläche mustert.

»Ich hab es nicht richtig mitbekommen, aber ich glaube, er wird sich mit ihr treffen.«

»Allein? Ich weiß, das ist schwer, aber ist Ihnen schon einmal der Gedanke gekommen, sie könnte ihn gesehen haben, in der Nacht mit Yilmaz? Die Möglichkeit sollte man bedenken.«

»Absurd«, meint der Jonny und winkt ab. »Warum sollte sie sich dann mit ihm treffen wollen?«

»Weil er sie bequatscht, sie können sich arrangieren. Er spielt den guten Onkel.«

»Glaub ich nicht. Und wer hätte den Jungen erschossen? Das Madl ist doch nicht ganz verblödet. Also, wenn Sie den Sandner verdächtigen …«

»Ich wär mir da nicht so sicher. Wie auch immer. Das Madl ist in höchster Gefahr. Wo will er sie treffen?«

»Ich hab das mit der SMS mitbekommen. Ich war halt neugierig … na ja. So wie ich es verstanden habe, bei ihrer Mutter – wahrscheinlich. In einer halben Stunde. Und er hat ihr versprochen – keine Polizei. Niemanden.«

»Sehr gut recherchiert, Herr Winter. Keine Polizei? Das werden wir ja sehen.«

»Sie halten mich raus?«

»Ich sage Ihnen, was ich machen werde. Ich informiere die Beamten vor Ort. Sie, Herr Winter, werden Ihren Kollegen nichts sagen. Falsche Solidarität mit dem Sandner ist fehl am Platz, aber man weiß ja nie. Wir lassen die K11 gänzlich aus dem Spiel. Jemand könnte den Gedanken haben, den Sandner zu … informieren.«

»Man weiß nie«, echot der Jonny.

»Die Kollegen der Inspektion 47 sollen Beamte vorbeischicken und nachsehen. Wir hängen es nicht hoch auf. Ich werde sagen, dass es vage Hinweise gäbe, das Mädchen könnte bei ihrer Mutter auftauchen. Meine Anregung: Sie sollen auf jeden Fall zur Sicherheit eine Streife schicken. Und wenn das Madl und der Sandner auftauchen, sind die Beamten vor Ort. Falls der Sandner koscher ist, kann es nicht schaden. Falls nicht, hat er keine Chance.«

»Wie meinen Sie das, Herr Staatsanwalt? Keine Chance?«

»So, wie ich es gesagt habe. Wenn man den Sumpf trockenlegen will, darf man die Frösche nicht um Erlaubnis fragen. Und dieser Sumpf wird bald keiner mehr sein.«

»Frösche, aha.«

»Ja. Danke schön, Herr Winter. Das war eine weise Entscheidung von Ihnen. Ich wusste, dass ich Sie nicht überschätzt habe. Sie haben das Richtige getan, glauben Sie mir. Machen Sie sich keine Gedanken.«

»Ich hab das nur gesagt, weil ...«

»Ich verstehe Sie. Das ist schwer.«

Der Jonny taucht mit einer leichten Bewegung unter der Hand des Staatsanwalts hinweg, ohne berührt zu werden. Gerade wollte der zum Schulterklopfen ansetzen.

Einen Moment lässt er die Hand in der Luft stehen, bevor er sie in die Tasche schiebt.

»Sollte ich auch zum Harthof?«, fragt ihn der Kommissar. »Ich könnte die Wohnung observieren.«

»Nein, Sie fahren zurück zum Oberstaatsanwalt Brauner. Tun Sie alles so, wie der Sandner es von Ihnen erwartet. Gibt es übrigens Neuigkeiten bezüglich der Entführung?«

Kopfschütteln.

»Ja, tragisch. Hab ich mir gedacht. Tja – morgen schaut alles anders aus. Nicht wahr? Der Brauner wird noch merken, was wirklich hilfreich ist. Kein Gemauschel mehr.«

Der Jonny hätte fast salutiert. Er schafft es, den Wenzel imitierend auf den Absätzen zu wenden. Der Staatsdiener ist geizig mit den Silberlingen. Nicht einen hat er rausgerückt. Der Jonny hätte sie gebrauchen können, für dreißig hätte er ein neues, schickes Hemd bekommen.

Die schicken Klamotten hat die Wiesner im Schrank gelassen. Diesmal ist sie mit Sweatshirt, Jeans und Friesennerz unterwegs, obwohl die Inspektion 47 nicht weit weg ist von ihrem Ziel. Aber die Mannsbilder dort hätten ihr nichts mehr zu bieten – obwohl der Kaffee ganz nach ihrem Geschmack gewesen ist. In diesem Leben wird sie dort nicht mehr in fragwürdigem Outfit gesichtet werden. Das hat sie sich geschworen. Dort nicht. Den Treffpunkt hat der Wiesner die Astrid Kernicke, die findige Autobastlerin aus dem Osten, vorgeschlagen. Überrascht ist die junge Streifenbeamtin gewesen, dass die Mordermittlerin sich so bald wieder gemeldet hatte. Einen ruhigen Platz, wo sie ungestört reden könnten, hat die Oberkommissarin gesucht. Und schnell müsse es sein, um genau zu sein: sofort.

Sie stellt den Peugeot an der Schleißheimer Straße beim Burgertandler ab. Es ist der Parkplatz der Einkaufslandschaft. Angelockt werden die Leut hier durch quietschrote Fassaden, da haben die Werbefuzzis sich wohl aus der Natur bedient. Zu den farbenfrohesten Blüten fliegt das meiste Viechzeug. Manchmal sind es auch fleischfressende Todesfallen und schon klebst du fest und wirst einverleibt. Selbst in der Natur ist der Betrug zu Hause – dieses erfolgreiche Modell kupfern die Verkäufer gerne ab. Mimikry und Verkleidung. Nichts, was der Wiesner fremd ist. Gerade heute. Die Frage wird sein, wer die Beute ist, und wer sie anlockt.

Nicht weit weg ist sie vom Harthof, den Schauplätzen, an denen der Wessold und der Yilmaz haben sterben müssen. Um diese Zeit ist kaum eine Menschenseele zu sehen. Das Wetter lädt zum Couchen vor der Glotze ein. Für die Hyperaktiven könnt es auch eine Shisha sein oder die X-Box.

Dass der Kastelmeyer wieder auf seiner Inspektion aufgeschlagen wäre, erfährt sie noch am Handy. Ruhig an den Schreibtisch hätte er sich gerade gepflanzt, die Finger in eine Tüte mit fettig panierten Zwiebelringen getaucht, und würde mit einem Kollegen über einen verhinderten Ladendieb scherzen. Die meisten der diensthabenden Beamten wären ausgeflogen wegen der Fußballrowdys und Schnapsleichen, und weil am Sonntag die Langeweile das Jungvolk im Revier zu derben Faxen animiert. Da kannst du im Fünf-Minuten-Takt ausrücken wie die Messestadt-U-Bahn. Das nennt man exakte Beobachtung. Keine schlechte Nachricht. Die Frau Kernicke hat wohl das Observieren im Blut.

Die Wiesner sitzt in ihrem Wagen und wartet auf sie.

»Nobody loves me«, klingt es aus den Boxen. »Portishead«.

Wehmütig gehauchte Worte, die Gitarre plänkelt dazu Töne wie abgefallene Herbstblätter. Passt immer und überall.

Wiederholt schaut die Wiesner auf die Uhr. Die Zeit läuft, als wäre sie auf der Flucht. Endlich hält neben ihr auf dem Parkplatz ein alter blauer VW-Bus. Das muss die Polizistin sein. Die Wiesner drückt kurz auf die Hupe. Gleich darauf wird die Beifahrertür aufgerissen, und die junge Beamtin setzt sich zu ihr. Sie schnauft aufgeregt. Rote Bäckchen hat sie. Beste Bedingungen. Zum Bleichwerden gäbe es noch genug Gelegenheit.

»Hallo, gut, dass Sie gekommen sind«, sagt die Wiesner.

»Sie wollen nichts Illegales machen, oder?«, will die Frau sofort wissen. Der konspirative Treffpunkt hat sie stutzig werden lassen. Auf einsamen Parkplätzen trifft sich sonst höchstens ihre Amateurkundschaft zum Deal oder fürs kopulative Miteinander. Die Wiesner hat keine der beiden Varianten im Gepäck.

Ein Schauer prasselt gegen die Windschutzscheibe, hört sich nach Hagel an. Einen Moment lang zögert die Ermittlerin mit der Erwiderung. Hatten sie wirklich eine passable Idee? Hatten sie alle Risiken bedacht? Von Ausschließen konnte keine Rede sein. Sie schüttelt den Kopf und lässt mit einem Knopfdruck die Musik ersterben.

»Wird es lange dauern?«, will die junge Streifenbeamtin wissen, »weil eigentlich müsste ich ins Training, Taekwondo, in Obergiesing, Polizeisportverein. Man kommt eh selten dazu. Sonntag ist am besten.«

Die Wiesner wendet sich ihr zu. Sie ist bemüht um einen sanften Einstieg.

»Von mir aus können wir uns duzen. Ich bin die Sandra. Und ich brauch deine Hilfe. Du kannst Nein sagen und ins Training fahren, dann bin ich dir nicht böse. Ich kann dir ja nix befehlen. Vergiss es einfach wieder. Aber hör's dir erst mal an, Astrid.«

Schweigend lauscht die junge Frau der Erzählung der Oberkommissarin. Den Mund halb geöffnet, die Augen aufgerissen. Unruhig rutscht sie im Sitz umher. Sie stellt keine Fragen. Es gibt nichts zu fragen. Langsam spricht die Wiesner, Ruhe will sie ausstrahlen und Bedachtheit. Es nützt ihr nichts, wenn die Kollegin durchgeht wie ein junges Pony. Die fährt sich immer wieder durch den kurzen Schopf und stößt die Luft aus, als müsste sie Hanteln stemmen. Das Gewicht der Worte ist dementsprechend. Viel mehr darfst du ihr nicht auflegen, sonst knickt sie weg. Die Erregung ist ihr anzusehen. Sie fängt an, am Nagelbett ihres Daumens herumzuknabbern. Sein linker Bruder ist bereits abgenagt.

Wie die Wiesner fertig ist, deutet sie auf eine Sporttasche auf der Rückbank.

»Alles drin. – Und?«

»Wann?«

»Jetzt gleich.«

Die Polizistin holt tief Luft und zuckt mit den Schultern.

»Gut, ich mach's.«

Der Motor brüllt auf. Der Peugeot rollt an.

Die Wiesner muss auf den Sandner bauen. Sie ist dabei, ihm ein Leben anzuvertrauen. Und da gäbe es keine zweite Chance und kein Fangnetz. Diese Nacht würde jeder Ausrutscher mit dem Tod bestraft werden. Ohne Gnade.

Beim Ausparken wirft sie ihrer Beifahrerin einen aufmunternden Blick zu. Die Mienen der beiden bleiben ernst. Es mochte sein, sie teilten sich den gleichen Gedanken. Keinen, den du vor dem Einschlafen haben solltest, falls du keinen zuverlässigen Traumfänger besitzt.

Das Harthofviertel liegt im Zwielicht. Als könne sich der Himmel nicht entscheiden, ob er die Szene beleuchten solle, oder im Dunkel verhüllen. Wobei das eine sehr narzisstische Denkweise ist. Dem Himmel wird es wurscht sein, womit die Menschen unter ihm spielen – ob sie leben oder sterben werden.

Es bleibt nicht viel Zeit. Das Madl hastet auf das grünverputzte Haus zu. Ihre Baseballkappe hat sie tief ins Gesicht gezogen. Darüber die Kapuze ihres Sweatshirts. Schwer von der Nässe hängt es an ihr. Regen prasselt herab, als wäre wieder einmal eine Sündflut vonnöten. Könnte man darüber streiten. Kaum ausmachen kann man die gedrungene Gestalt. Ein starker Wind ist aufgekommen, weht Herbstblätter und kleine Äste über den Weg. Tropfen peitschen dem Madl ins Gesicht, als wollten sie ihre Schritte bremsen, sie aufhalten. Kurz bleibt sie stehen, um zu verschnaufen. Einen ängstlichen Blick wirft sie ins Rund. Es scheint, als suche sie etwas – jemanden, dem sie nicht begegnen darf. Doch niemand scheint sie zu verfolgen. Niemand, der plötzlich hervortritt hinter einem Baum. Alles bleibt ruhig. Sie rennt auf das Gebäude zu, sperrt hektisch die Haustüre auf und verschwindet im Flur.

Es dauert ein paar Minuten, bis sich eine dunkle Gestalt auf den Wohnblock zubewegt.

Der Sandner. Zügig schreitet er auf den Eingang zu. Die Schultern gerade, den Kopf erhoben. Gespannt wie ein Jäger. Auch er späht umher. Keinen Meter weit kann er sehen durch den Tropfenvorhang. Der ist heute sein Freund, auf ihn hat er gebaut. Er verharrt vor der Haustür. Zu beobachten ist nichts, was den Ermittler stutzen ließe. Das will nichts heißen.

Er läutet und wird eingelassen. Langsam steigt er die Treppe zum ersten Stock hinauf und klopft. Dreimal. Die Türe öffnet sich wie von Geisterhand. Im Flur ist kein Mensch. Er geht durch bis zur winzigen Küche. Dort setzt er sich an den Tisch. Das Madl sitzt ihm gegenüber. Sie hat den Kopf auf die Arme gestützt und atmet heftig. Niemand spricht ein Wort.

Er schaut sie bloß an. Jetzt zerpflückt sie mit fahriger Geste einen Möbeltandlerprospekt, der vor ihr auf dem Tisch liegt. Teppiche im Ausverkauf, Küchen zum halben Preis, der ganze Kruscht wie immer halb geschenkt und nachgeworfen. Gleich würde sich herausstellen, wie viel ein Leben wert wäre? Wenn es nach dem Sandner geht, wird nichts verramscht. Hochpreissegment. Er gewährt keinen Rabatt.

Ihre Hände zittern. Das ganze Madl schlottert wie die Bäume vor dem Fenster. Bei denen liegt's am Wind. Hier an den nassen Klamotten oder der Furcht. Wahrscheinlich zu gleichen Teilen. Sie wird nicht mehr lange durchhalten müssen. Bald wird es vorbei sein – auf die eine oder andere Weise.

Nur eine Minute, dann wird die Stille unterbrochen.

Jemand ist im Hausgang. Schwere Schritte auf den Holzstiegen. Sie steigen die Treppe hinauf. Verharren im ersten Stock. Ein Schlüssel dreht sich im Türschloss. Showtime. Leise wird die Türe geöffnet.

Der Sandner gibt dem Madl ein Zeichen. Sie verschwindet in der Abstellkammer nebenan und schließt die Tür.

Er bleibt sitzen. Er hört, wie die Wohnungstür von innen abgeschlossen wird, und lässt ein lautes Husten vom Stapel. Schließlich will er gefunden werden. Er ist kein Osternest, eher die Surprise.

Der Sheriff betritt die Küche. Misstrauisch wie eine Kanalratte, als könnte hinter jeder Ecke die Gefahr lauern. Außer dem Hauptkommissar ist der Raum leer. Das zaubert dem Uniformierten ein Lächeln in die Vollmondvisage. Er lässt die Tür offen und nähert sich dem Tisch.

Der Sandner schaut auf. Seine Miene signalisiert Überraschung.

»Ja, Kastelmeyer! Ich glaub's ja ned! Was machen Sie denn hier? Ach – ist der Wohnungsschlüssel an Slatkos Schlüsselbund gewesen? Der braucht ihn ja gerade nicht.«

»Ihr Staatsanwalt Wenzel ist auf zack. Wo ist sie hin?«, fragt der Kastelmeyer, sich umblickend. »Ich hab sie kommen sehen, also lügen Sie mich nicht an. Und wo ist die Mutter? Hat das Mädchen schon was gesagt?«

Der Sandner nickt und deutet Richtung Flur. »Sie ruht sich aus. Ist fix und fertig.«

»Keine Kollegen gerufen?« Der Kastelmeyer schüttelt tadelnd den Kopf. Seine Mundwinkel zucken. Er leckt sich kurz über die

Lippen. Keine Zeit mehr, sich im Uhrenkasten zu verstecken. Der Wolf ist da. Und er will das ganze Menü, mit Haut und Haaren.

»Das Madl hat eine Allergie – gegen Bullen«, sagt der Sandner, »kann man nix machen. Sonst wäre sie nicht gekommen.«

»Ich hab ihren Vater verhaften müssen – tragisch. Da ist es ein wenig rau zugegangen. Sie wird eine Stinkwut auf mich haben. Wer weiß, was die daherredet.«

»Kann sein. Vielleicht ist sie grantig, weil Sie ihren Freund erschossen haben. Könnte man verstehen, oder?«

»Was?«, schreit der Kastelmeyer. »Sind Sie wahnsinnig. Was fällt Ihnen ein?«

Der Sandner zieht die Mundwinkel in die Höhe. Man könnte es als Lächeln interpretieren. Er streckt die Hand aus.

»Meine Waffe hätte ich gern wieder. Die haben Sie doch sicher einstecken.«

Angestarrt wird er vom Kastelmeyer in einer Mischung aus Wut und Erkenntnis. Reden kann er, was er will. Das interessiert den Hauptkommissar nicht. Die Dienstpistole! Der Sandner will sein Blatt sehen. Kein Bluff mehr.

Der Feiste schließt für einen Moment die Augen. Als würde ihn der nächste Schritt Überwindung kosten. Dabei muss er sich darauf eingestellt haben. Aber sich vorzubereiten ist das Eine. Alle Hemmungen abzustreifen, wie die Schlange die alte Haut, dazu gehört schon einiges. Da braucht es den nötigen Killerinstinkt. Selbst der Kastelmeyer brächte niemanden um, als würde er sich eine Bierflasche aufmachen. Aber er wird wissen, dass er keine Wahl hat. Die Messe ist gesungen. Er muss weiter töten. Immer weiter. Eins führt zum anderen. Es geht ums Fell. Und das wird ihm keiner so einfach vom Leib schälen. Nicht mit Django. Nicht, solang er noch Stiefel an den Füßen hat.

Der Sandner greift nach einem Wasserglas vor ihm. Er trinkt einen Schluck. Kaum merklich zittert seine Hand. Er belässt seine Augen auf der massigen Gestalt gegenüber. Nicht schwer zu erraten, was im Sheriff vorgeht. Totes Fleisch sieht er vor sich.

Sandners Puls versucht sich am Highscore. Lange hält er das nicht durch. Aufspringen will er und brüllen. Handeln. Er platziert das Glas auf dem Tisch und verschränkt die Arme. Versucht, seinen Herzschlag einzubremsen. Vergeblich.

Sein Gegner trägt Uniform. Er hatte also dafür sorgen können, dass seine Inspektion ihn beauftragt hat, hierherzufahren. Schließlich kennt er die Leute. Big Daddy. Alles andere hätte den Sandner sehr verwundert. Ein Glücksfall. Der Kastelmeyer ist ein schlauer Fuchs. Den fängst du nicht mit der Mausefalle. Der hat eine gute Witterung. Sie hat ihn hierhergeführt. Der Sandner und das Madl sind die klassischen zwei Fliegen. Statt einer Klappe sollen zwei Kugeln das erledigen.

»Eigentlich hab ich gar keine Frage an Sie«, sagt der Ermittler. »Komisch – normalerweise hat man immer eine einstecken.« Er schaut auf die Uhr.

Der Kastelmeyer greift stumm in seine Jackentasche. Er zieht eine Pistole, visiert den Sandner einen Moment lang an. »Peng«, sagt er und grient. Eher eine Grimasse.

Nichts, was du in einem Leben zweimal brauchst. Wenn er hier lebend herauskommt, sollte sich der Sandner auch einen Traumfänger zulegen. Diese Fratze wird er so schnell nicht vergessen.

Das Grinsen bleibt in seinem Gesicht hängen wie eingefroren, als der Mann die Waffe auf den Tisch legt. Zwei Schritte tritt er zurück. Einen seiner Lederhandschuhe streift er ab. Er öffnet die Sicherungsschlaufe seines Holsters. Alles ist bereitet.

»Greif zu«, fordert er den Sandner auf. »Sie ist geladen und entsichert.«

»Aha. Und wenn nicht?«

Der Mann zuckt mit den Schultern. »Dann erschieß ich dich so, du feiger Hundling.«

»Sechs Schuss müssten noch drin sein«, sagt der Sandner und betrachtet die Pistole. Sie kommt ihm fremd vor, obwohl es seine ist. Das schwarze Metall glänzt ölig. Offenbar frisch gereinigt.

Zwei Menschen sind dadurch gestorben. Du musst nur auf jemanden zeigen damit und den Finger krümmen. Einfache Übung. Er mag Schusswaffen nicht. Ein halber Meter bis zur Tischmitte. Der Lauf zeigt auf den Kastelmeyer. Zu bezweifeln, dass er geschwind genug zupacken und den Dicken anvisieren konnte, ohne zuvor ein Loch in den Schädel zu bekommen. Scheint ein versierter Revolverheld zu sein, der Sheriff.

Ihm gegenüber lässt der seine Hand locker über dem Holster baumeln. Die Beine hat er gespreizt. Er bewegt die Finger, als würde er ein unsichtbares Klavier bespielen. Lockerungsübung. Sie starren sich in die Augen. Wer blinzelt, hat verloren. Ob die Augenlider zucken werden, wenn er zugreift? Ein schlechter Film. Ewig wird der Mann nicht warten. Ob er glaubt, damit davonzukommen? Optionen hat er keine. Der Sandner hat ihn in die Enge getrieben, und jetzt stellt er sich auf die Hinterbeine. Letztes Gefecht für die feiste Ratte.

Der Sekundenzeiger der Küchenuhr macht seine Runden. Unbeeindruckt trampelt die Zeit über alles hinweg. Auch wenn jeder für sich gerne eine Ausnahmeregelung hätte. Sie stampft dich in den Staub. Irgendwann. Aber nicht gerade heute. Heute hat der Sandner noch etwas vor. Zu sterben wäre ein großes Abenteuer, meint Peter Pan. Heute zu sterben wäre ein dummer Fehler, meint Josef Sandner. Aber Fehler macht jeder. Einer ist immer der Letzte in der Reihe.

»Immerhin lässt du mir eine Chance«, lässt er den Revolverhelden wissen. »Das ist fair. Alle Achtung. Kennt man gar nicht von dir, Schweinskopf. Der Wessold und der Yilmaz hatten keine. Der Junge auch nicht.«

»Was laberst du vom Wessold? Den hat der Fuhrer abgestochen, du Gscheithaferl. Damit hab ich nichts zu tun. Und der Yilmaz ist selbst schuld. Was muss er sich so aufführen und noch beklauen lassen? Jetzt glotzt du blöd aus der Wäsche! Na los, greif zu! Versuch's schon! Bringen wir es hinter uns.«

»Und was dann?«

»Du hast den Yilmaz gekillt und die Zeugen. Ich hab dich gestellt – Notwehr.«

»Dachte ich mir. Das wird dir kein normaler Mensch glauben – nicht mal der Wenzel, so gern er es möchte.«

»Abwarten. Wer soll denn das Gegenteil behaupten? Weißt du, was dein Problem ist, alter Mann? Du bist kein Teamplayer. Du bist allein, dein Pech – und du wirst nichts mehr sagen können. Jetzt mach endlich!«

Alt, allein, erledigt. Captain Hook lässt grüßen. Es funktioniert wirklich. In ein, zwei Sekunden kann dein ganzes Leben an dir vorbeiziehen. Zumindest Bruchstücke, wie Eisschollen am Schiffsbug vorbeitreiben. Ein Knirschen hört der Sandner. Der Ton kommt aus seinem Inneren. Ihn fröstelt. Seine Unterarme überzieht Gänsehaut.

Jetzt ist der Sekundenzeiger der Küchenuhr hängen geblieben. Fast auf der Zwölf. Wahrscheinlich ist die Batterie leer. Kein magisches Omen. Aber die Zeit ist gekommen. Howdy-Doody-Time.

Der Mann schaut am Sheriff vorbei.

»Erschieß ihn nicht, Sandra.«

»Wieso nicht?«, fragt eine Stimme aus dem Hintergrund. Die Wiesner steht an den Türrahmen gelehnt, lässige Attitüde, die Heckler&Koch beidhändig im Anschlag. Der Griffspannhebel klickt. Sie bevorzugt das P7-Upgrade-Modell. Mit dreizehn matt glänzenden 9-mm-Geschossen könnte sie den Kastelmeyer spicken, ohne nachzuladen. Da blieben kaum Fragen offen. Ihr Finger ist leicht gekrümmt. Sie kennt den Druckpunkt. Fehlt nicht mehr viel. Des Sheriffs Zugzwang bekommt einen schweren Dämpfer.

»Weil«, sagt der Sandner.

»Das ist kein Grund.«

»Lohnt nicht.«

»Philosophisch oder materiell?«

»Hey!«, schreit der Kastelmeyer und versucht, über seine Schulter zu spähen, ohne den Sandner aus den Augen zu lassen.

Er ist keine Eule, demnach ein aussichtsloses Unterfangen. Aber schließlich ist er noch da. Er ist die Bedrohung, die Hauptperson, leibhaftiges Armageddon! Er bestimmt die Regeln. Django zieht schnell. Man sollte ihn ernst nehmen. Aber leider hat er nichts Wertvolles beizutragen.

»Er bedroht dich mit einer Waffe«, beharrt die Wiesner.

»Okay, vielleicht in die Schulter, falls er zieht«, gibt der Sandner nach.

»Nein«, kommt ihre Antwort. »Wenn schon, denn schon.«

»Ich ...« Mehr bringt der Dicke nicht hervor. Dann fällt er einfach um, wie ein Sack Kartoffeln. Nicht einmal seine Waffe bringt er noch aus dem Holster.

»Hast du einen Schalldämpfer, oder war das Autosuggestion?« Der Sandner schaut verblüfft auf den Liegenden. Gerade noch als Großkotz mit der Waffe vor ihm aufgebaut, jetzt nur noch ein hilfloses Häuflein Mensch. Fällt schneller als sein Schatten. Memento mori. Ein besseres Beispiel kannst du lange suchen. Als hätte ihn die unsichtbare Hand der Rache niedergestreckt. In Wirklichkeit werden es der Schweinsbraten, Tabak, Schnaps und die helle Aufregung vollbracht haben. Perfektes Teamwork, einstimmige Entscheidung. Der Sheriff röchelt gotterbärmlich – aber welcher Gott mischt sich schon gerne ein? Lohnt nicht. Schaum bildet sich vor seinem Mund, seine Hände greifen ins Leere. Die Beine zucken, als bekäme er Stromschläge verpasst.

Einen Augenblick lang bleibt der Hauptkommissar einfach sitzen. Nur die Schweißperlen auf seiner Stirn zeugen von seiner Verfassung.

Als er in den Lauf seiner Dienstpistole blicken musste, hätte er auf seinen Nerven das Lied vom Tod zupfen können. Das wünscht du niemandem – fast niemandem. Ein Nahtoderlebnis.

Nah beim Tod scheint der Sheriff auch gerade seine Zelte aufzuschlagen.

Der Sandner löst sich aus seiner Erstarrung und kommt hinter dem Tisch hervor. Seine Kollegin hat ihre Stellung als Fachkraft für besondere Anlässe bereits verlassen. Neben dem Liegenden steht sie jetzt. Sie hat schon ihr Handy am Ohr und ruft den Notarzt.

Kastelmeyer hat offensichtlich einen Herzanfall.

Manchmal muss man das Schicksal um sein Timing bewundern. Wobei es kein Schaden gewesen wäre, wenn es zwei Tage früher das Rad gedreht hätte.

Nicht undankbar sein – du kannst nicht alles haben.

Der Jonny springt zur Tür herein, neben der er ausharren musste, sobald der Harthofer Sheriff erschienen war.

»Ihr seids komplett abgedreht. Ich mach mir vor der Tür fast in die Hosen. Ich hab gedacht, der schießt Sie zam.«

»Das lohnt sich noch weniger«, meint der Sandner.

»Nur müde, Jonny, verdammt müde sind wir«, meint die Wiesner und gähnt. »Da ist es auch schon wurscht.« Fast ein bisschen enttäuscht wirkt sie. Lara Croft hätte nichts gegen Pulverdampf einzuwenden gehabt.

Sie deutet mit dem Lauf ihrer Waffe auf den Sheriff. »Erste Hilfe, hopp-hopp.«

»Ungern«, meint der Jonny, bückt sich aber und macht sich am Sheriff zu schaffen. Sie hören bereits das Martinshorn. Aus dem Kammerl kommt die Astrid Kernicke und nimmt die Baseballkappe ab. Auch die Streifenpolizistin hält ihre Dienstpistole in zittrigen Händen. Sie schaut mit großen Augen auf den Röchelnden.

»Der Manni«, murmelt sie bloß und schüttelt das feuchte Haupt. »Fuck!«

Die Wiesner geht zu ihr und boxt sie leicht auf die Schulter. »Guter Job.«

»Sieht man sonst immer im Film«, sagt die junge Frau, »schon komisch, wenn man dann selber den Lockvogel macht. Wie im Tatort.«

Der Sandner beugt sich über den Kastelmeyer. Kein Teamplayer ist er also. Schon möglich.

Ihr polizeilicher Lockvogel macht sich auf die Suche nach Kastelmeyers Kollegen. Sie haben es ihr überlassen, mit ihm zu reden. Niemand sonst hat Nerven und Lust dazu. Er wird irgendwo in der Nähe im Dienstwagen ausharren. Einer von den Frischlingen. Wahrscheinlich hat ihm der Kastelmeyer einen dienstlich-triftigen Grund aufgetischt, die Gegend zu observieren. Seine Kollegin wird es ihm schonend beibringen. Gibt keine Belobigung in der Dienstakte. Nichts hören, nichts sehen, ist nur in der Politik und beim Nachrichtendienst beliebt – im wahren Leben bist du mit der Haltung angeschmiert.

Der Sandner ruft den Miran an.

»Wie geht's dem Madl?«, will er wissen.

»Sie ist beim zweiten Döner«, bekommt er zur Antwort. »Der Ömer ist begeistert. Am liebsten würde er sie adoptieren. Bei dir alles klar?«

»Sag dem Madl, der Kastelmeyer ist im Kastel. Und das ist vernagelt. Der Springteufel kommt nimmer raus. Sie hat es überstanden. Aber passt weiter auf sie auf.«

»Bist ein Großer, Sandner. Bullentitan.«

»Titan stimmt. Das nächste Mal im Ring wirst du das zu spüren kriegen.«

»Willst du mir vorher Handschellen anlegen, oder was?«

Der Sandner beendet grinsend das Gespräch.

Der Jonny lässt sich auf einen Stuhl fallen, wie die Sanitäter hereinkommen. Er hat sein Bestes gegeben. Das Prozedere dauert länger als bei der Ayasha. Der Kastelmeyer ist schwerer. Er rührt sich nicht mehr. Bewusstlos.

Die beiden Rettungssanitäter fuhrwerken samt Notarzt an seinem Leib herum. Sie wissen Bescheid. Kein Handgriff zu viel. Mörder oder nicht, jeder bekommt von ihnen das, was er verdient. Eine Chance, im Todeskampf den Sieger zu geben.

Der Sandner begleitet seine Kollegencombo ins Wohnzimmer, um nicht deppert im Weg herumzustehen. Die Küche ist eng genug. Beglotzen muss er das Geschehen nicht. Sieht er nicht zum ersten Mal. Es dauert eine ganze Weile, bevor sich der Trupp mit dem Sheriff auf der Trage auf den Weg macht. Sie hören die Sirene aufheulen. Keiner sagt ein Wort. Nur einen Moment das Schweigen genießen, bevor sie wieder funktionieren müssen.

»Wie am Schnürchen«, murmelt der Jonny endlich, »unglaublich.«

Er schaut den Sandner an, der an der Wand lehnt und sich den Schweiß von der Stirn wischt.

»Ich hab große Zweifel, ob das zwischen dir und Wenzel eine beständige Männerfreundschaft wird«, sagt sein Boss. »Das vergisst er dir nicht.«

Der Jonny zuckt mit den Schultern.

»Für eine Männerfreundschaft brauchst du mindestens zwei Mannsbilder. Wer wär denn der andere? Und überhaupt schieb ich alles auf meine Vorgesetzten. Ich bin ja bloß der kleine ahnungslose Lakai. Wie haben Sie eigentlich so sicher sein können, dass der Kastelmeyer daherkommen wird?«

»Sicher?« Der Sandner wirft der Wiesner einen verschmitzten Blick zu. »Gar nicht. Ich hab darum gebetet. Weil es seine letzte Chance war, sich elegant die Zeugin und vielleicht mich vom Hals zu schaffen. Ich hab gehofft, er wird es stemmen, dass er derjenige sein kann, der zum Harthof fährt. Und wenn andere Trachtenvögel gekommen wären, hätten sie halt uns vier hier angetroffen. Kein Problem. Vielleicht hätten wir Schafkopfkarten ausgepackt. Wäre arg schad gewesen wegen dem Aufwand mit der Falle, aber ein Versuch war's wert. Du hast es nicht in der Hand. Ich wollt ihn und die Waffe. Dass die Sandra den passenden Lockvogel aufgetrieben hat, das war großes Kino. Diese Kernicke hat das perfekt gemacht.«

»Sie sand a Hund. Ihr alle zwei.«

Der Sandner versinkt erneut in Schweigen. Ihre Hypothesen über den Kastelmeyer haben sich bewahrheitet. Fast alle. Er denkt darüber nach, was der Mörder von Yilmaz und dem jungen Burschen über Wessold gesagt hat. Wollte er diesen Mord nicht zugeben. Warum? Er ist davon ausgegangen, den Sandner zu erschießen. Du machst dir nicht die Mühe, einen Todgeweihten zu belügen. Sie hatten erst die halbe Ernte eingebracht, und es sieht ganz nach Hagel aus.

Die Wiesner ruft die Kriminaltechniker. Die Waffe auf dem Tisch ist ihr Trumpf. Keiner wird sie berühren. Korrektes Vorgehen aus dem Lehrbuch. Beweismittel erster Kategorie. So der Kastelmeyer seinen Anfall überlebte, wird er kaum behaupten können, er wäre auf der Straße darübergestolpert. Und wenn sie erst genügend wühlten und schürften, käme seine Kokain-Connection ans Licht. Der Mann war eingetütet. Und wenn keiner mehr Angst vor ihm haben musste, würden sich die Zeugen die Klinke in die Hand geben. Als würde man die Sektflasche vom Korken befreien. Es würde sprudeln.

Und irgendwo sitzt jetzt einer, der nur darauf wartet, endlich in die Bresche zu springen. Es gibt immer mindestens einen. Die wachsen nach wie das Unkraut.

Der Chingachgook erscheint mit der Mutter der Zeugin. Bei ihm hat sie abwarten müssen. Sie schluchzt auf, wie sie in ihre Wohnung kommt. Verwirrung mischt sich mit Sorge. Sie hat noch den Krankenwagen abfahren sehen. Fassungslos steht sie in ihrer Küche und starrt auf die Pistole auf dem Tisch. Die Wiesner legt ihr einen Arm um und führt sie ins Wohnzimmer zur Couch. Sie hatten improvisieren müssen. Es war keine Zeit geblieben, der Frau vorher alles haarklein zu erklären. Hauptsache, sie war verräumt und aus der Wohnung. Die Erzählung übernimmt der Jonny. Endlich offeriert sich ihm die Gelegenheit für einen längeren Monolog. Seine Lieblingsbeschäftigung. Er bietet ihr an, sie zu Ömers Dönerladen zu fahren. Ihre Tochter würde dort auf sie warten. Auf den Weg dorthin würde sie alle Einzelheiten erfahren können. Zumindest die, welche preisgegeben werden sollten.

Ihr polizeilicher Lockvogel erscheint wieder. Sie hat einen

untersetzten Kollegen im Schlepptau, die personifizierte Verwirrung. Blutjung, knallroter Schädel, die Hände wissen nicht wohin. Er ist nahe daran zu heulen, aber für den selbstmitleidigen Tanz findet er hier keinen Partner. Augen auf bei der Berufswahl! Natürlich war er nicht eingeweiht gewesen in das Spiel des Sheriffs. Auch der war kein Teamplayer. Das konnte man schon daran erkennen, dass seine Mannschaft mausetot war.

Es war an der Zeit, dem Uniformierten Verantwortung zu übergeben. Der würde alles korrekt erledigen, da ist sich der Sandner sicher. Im Nicken ist er Weltmeister. Er hängt an den Worten des Hauptkommissars, als verkünde der das Evangelium nach Sandner. Eine bessere Religion würde er so schnell nicht finden. Zusammen mit seiner Kollegin soll er ihren Inspektionsleiter informieren, auf das Eintreffen der Spurensicherung warten und denen die Sachlage schildern.

»Jetzt bist du eine große Nummer, Astrid«, gibt die Wiesner ihrer Kollegin mit auf den Weg. »Das Mindeste, was du erwarten kannst, ist, dass dir die Colegas täglich einen Milchkaffee kredenzen und den Bauch pinseln.«

»Und ich werde mich bestimmt nicht besonders anziehen dafür.«

Die Wiesner seufzt und verdreht die Augen in Erinnerung an ihre peinliche »Untat«. Sie zieht die Kollegin zu sich und drückt sie kurz. Dann verschwindet das Ermittlertrio aus der Wohnung hinaus ins wilde Leben.

Es galt, nach dem Madl den nächsten Verschwundenen aufzutreiben. Wo war der Hartinger abgeblieben, und was hatte er erfahren?

Lügen haben keine kurzen Beine. Sie haben schöne, lange mit einem Tattoo über dem Knöchel. Sternzeichensymbol Waage. Und sie münden in schmale Füße mit schwarz lackierten Zehennägeln. Der Hartinger hat jede Sekunde seiner Begegnungen mit der Isabella ablaufen lassen. Kopfkino in Slow Motion.

Jedes einzelne seiner Worte hat er geprüft und gewogen. Jede Regung nachvollzogen. Die Zeit verstreicht nicht. Sie bleibt stehen und schaut ihm verwundert dabei zu. Die Frau ist noch immer nicht gekommen. Der Nachmittag ist schnell vorübergezogen. Er kann nicht länger warten. Er darf es nicht. Er darf den Brauner nicht länger im Ungewissen lassen. Minutenlang betrachtet er sein Handy, bevor er es anschaltet. Natürlich hatten sie versucht, ihn zu erreichen. Alle. Selbst der Wenzel. Warum der Staatsanwalt sich die Mühe machte, kann er nicht nachvollziehen. Hatten sie auch ohne ihn die richtige Spur? Saß die Isabella bereits im Vernehmungsraum? Das konnte er sich kaum vorstellen.

Er ruft den Sandner an. Der ist sofort an der Strippe, sagt nur seinen Namen. Sonst nichts. Wartet ab. Kein: »Wo bist du gewesen?«

Und der Hartinger erzählt. Von den Fotos und von Isabella. Erst fallen die Worte nur verzögert, eines nach dem anderen wie Tropfen aus dem undichten Wasserhahn, doch mehr und mehr sprudelt es hervor. Er kann es nicht stoppen, und der Sandner unterbricht ihn nicht. Er weiß nicht einmal, wo sich der Hauptkommissar gerade befindet.

»So«, hört er ihn schließlich sagen, »dann holen wir uns jetzt die Mutter Brauner. Und dann schauen wir weiter.« Kein Vorwurf, kein Ärger, nur dieser Satz. Zum Harthof soll der Hartinger kommen, zum Ansi, wird er noch angewiesen, dann ist das Gespräch beendet.

Für die Wiesner ist die Kneipe Neuland. Nichts, wohin sie ihre Füße freiwillig setzen würde, vom Rest des Körpers ganz abgesehen. Für manche das Zuhause, für sie eine lausige Spelunke. Der Sandner kann es ihrem Blick entnehmen, den sie umherwirft. Er dagegen bekommt von der Kneipenbesatzung welche zugeworfen, die Anerkennung andeuten. Flotte Begleitung. Wie macht er das, der alte Sack?

Der Tresen ist besetzt. Vinzent ist im Gespräch mit dem bärtigen Riesen vertieft. Der führt immer noch das Batman-T-Shirt aus. Unangenehme Erinnerungen werden wach. Hinter der Bar agiert eine junge Frau, die der Sandner noch nie gesehen hat. Ihr Haar ist ein wild toupiertes, vielfarbiges Konstrukt, als wäre dafür ein Paradiesvogel seines Federschmucks beraubt worden. Den Kontrast dazu bildet ihr leichenblasses Gesicht. Hinter schwarz gerahmten Gläsern wirft sie ihm einen fragenden Blick zu.

Er drängt sich an den Tresen. Wo denn die Frau Wirtin wäre, will er wissen.

»Hast doch ein Weib dabei«, mischt sich der Vinzent ein, »langt dir die ned? Für mich wär die mehr als genug. Bist wohl ein Scheich.«

Der Bärtige lacht auf. Der Sandner nicht. Das Mädchen zuckt die Schultern. Die käme heute nicht. Sie wäre die Aushilfe. Einmal die Woche. Ende der Auskunft. Sie lässt ihn stehen und gießt eine Runde Schnaps ein. Dass es bei ihr genauso schmecken würde, wirft sie ihm noch zu. Wie er sich zur Wiesner umdreht, sieht er ihre Erwartungshaltung. Und?

Sie schüttelt genervt den Kopf und schiebt sich neben den Sandner. Wie das Mädel den Kopf hebt, hat sie einen Polizeiausweis vor der Nase.

»Wo sind die Wirtsleut? Ich krieg eine gescheite Antwort, oder ich mach schwuppdiwupp den Laden dicht.«

Die Umsitzenden klappen den Mund auf. Du könntest sie als Basketballkörbe benutzen.

»Tschuldigung, kann ich ja nicht wissen«, beeilt sich das Paradiesvögelchen zu schilpen. »Wahrscheinlich beim Vater vom Herrn Stemmer, ich mein den Ansi. Aber wozu wollen ...«

»Adresse?«

Das Mädchen schüttelt den Kopf. »Irgendwo hab ich seine Telefonnummer notiert. Ist in Daglfing.« Sie wühlt auf einem kleinen Tischchen herum, auf dem Notizzettel und Firlefanz sich ein Stelldichein geben. Noch immer sagt niemand ein Wort. Alle warten gespannt darauf, wie es weitergehen wird. So, wie die Leute glotzen, könntest du meinen, die Maria hätte sich just hier manifestiert zur Tabledance-Darbietung. Von einer Heiligen ist die Wiesner weit entfernt. Tanzen steht auch nicht auf dem Programm. Ihr Gesicht ist ausdruckslose Maske. Die Hand hat sie ausgestreckt. Sie schnippt mit den Fingern. Ihr wird ein Fetzen Papier gereicht.

»Merci vielmals«, sagt sie. »Wenn ich erfahre, dass Sie jemanden aus der Familie Stemmer angerufen haben, gibt es Ärger, capice?« Sie hebt die Stimme, ans Auditorium gewandt. »Großen Ärger, der noch seine Freunde mitbringt.«

Das Madl nickt und presst die Lippen zusammen. Die Polizisten wissen, dass sie es kaum verhindern können, falls jemand aus der Kneipe beim Ansi Alarm schlagen würde. Es ist zu erwarten. Nicht zu ändern. Sie werden sich beeilen müssen – und beten, dass die alte Brauner dort ist und wohlauf.

»Relax, Madl«, sagt Mister Batman. Dafür kann er sich den Blick der Wiesner als Alb mit nach Hause nehmen.

Sie schreitet Richtung Ausgang, den Sandner in ihrem Schlepptau.

»Was war denn das?«, fragt sie ihn draußen vor der Tür.

Er bläst die Backen auf, fährt sich durchs Haar. »Weißt, das ist komisch, aber irgendwie konnte ich da drin nicht die Axt auspacken. Wie wenn's das Wohnzimmer wäre – komisch.«

»Wohnzimmer, aha. Such dir schleunigst einen anderen Dekorateur.«

Der Hartinger kommt wie gerufen. Schuldbeladen, den Kopf zwischen den Schultern, die Miene verkniffen, steigt er aus seinem Wagen. Zögernd kommt er auf sie zu, um seine Buße zu empfangen.

»Locker bleiben«, begrüßt ihn der Sandner.

Die Wiesner gibt ihm einen Klaps auf den Hinterkopf.

»Depp, tragischer«, sag sie. Das muss genügen fürs Erste.

Der Sandner hat sie bereits ins Bild gesetzt.

»Immerhin der Einzige, der eine Gaudi am Fall hatte«, meint der Hauptkommissar.

»Das siehst du ein wenig eindimensional«, kritisiert seine Kollegin.

»Bei mehr als einer komm ich durcheinander.«

»Das ist das Alter. Die Jungen brauchen halt noch drei.«

»Bis die Jungen wissen, was sie brauchen, sinds längst nicht mehr jung.«

»Den Alten nützt ihr Wissen eh nix mehr, das ist höchstens verblichene Erinnerung.«

»Werd nicht persönlich, Sandra, vor den Untergebenen.«

»Merkst du was, Hartinger? Jetzt ist er neidisch.«

Ihr geplagter Kollege erträgt das Geplänkel mit duldsamem Gestus. Verstehen soll er durch den Dialog, dass sie ihm den Kopf nicht abreißen werden. Und Vertrauen sollte er haben, dass sie es richten werden. Was immer »richten« bedeuten mag. Erst einmal muss man das gelegte Ei in Händen halten, dann würde man sehn, ob nur das faul wäre oder man besser gleich die Henne abkragelt, den Hühnerstall abfackelt und den Bauernhof in die Luft jagt. Eins nach dem anderen.

Die passende Adresse zur Telefonnummer gibt es innerhalb Minuten. Arthur Stemmer wohnhaft in Daglfing. Oberstleutnant a.D. Arthur Stemmer, um genau zu sein. In Daglfing bewohnt er ein kleines Häuschen. Und der Sohn betreibt eine Kneipe im Harthof. Da wird sich der Vater nicht gefreut haben über den Filius, was die Fußstapfen betrifft. Der Job vom Sohnemann ist dem Sandner sympathischer. Bier trinken wollen die Menschen allerweil. Bei den ständigen Schlachtfesten in der ersten Reihe zappeln ist nur was für hirnlose Marionetten. Nichts für Leut aus Fleisch und Blut. Auf Letzteres sind Generäle scharf, sonst taugen sie nicht fürs Geschäft. Die Optik ist wichtig.

Den Brauner haben sie nicht vergessen. Der Jonny hat ihn nicht vergessen. Kaum hat er beim Ömer aufgeschlagen und die Mutter abgesetzt, ist er schon weitergerast Richtung Obermenzing. Unterwegs hat er noch dafür gesorgt, dass ein paar Beamte auch in den Genuss von Ömers Döner kommen. Schließlich ist das Madl eine kostbare Zeugin.

Nun hat er die frohe Kunde im Gepäck. Je früher, je besser. Auch wenn niemand sicher weiß, wo dessen Mutter verstaut ist, glauben sie, die richtige Idee zu haben. Die Wirtsfrau vom Ansi war mit der Altenpflegerin Isabella Weihrich im Café gesessen. Mindestens eine Stunde lang. Die werden nicht über das Münchner Wetter geplaudert haben. Das reicht für eine fette Hypothese – muss reichen. Mehr haben sie nicht in der Tasche. Plus einiger Mutmaßungen vom Sandner über das, was der Gestreifte weitergesagt hätte und einen Sohn, der seinen Vater braucht, solange der noch lebt. Der Ansi und seine Frau hatten sich für den kleinen Bene eingesetzt – quasi ihr Pflegekind. Was der Vinzent dem Sandner erzählt und der selbst bei Frau Fuhrer erlebt hatte, füttert die Annahme. Und der Gestreifte hatte dem Ansi bestimmt ausgeplaudert, was seine Frau ihm gebeichtet hatte. Eins führt zum anderen.

Den U-Bahnhof Harthof wird der Sandner noch länger vor Augen haben. Dort, bei der Bushaltestelle haben sie ihren Treffpunkt vereinbart. Schneller als erwartet stößt der Jonny zu ihnen. Das Blaulicht peppt auf seinem Wagen. Auf dem Beifahrersitz hat er den Ex-Oberstaatsanwalt sitzen.

»Wer braucht schon die Sondereinsatztruppe, wenn er euch sieht?«, begrüßt sie der Sandner. »Angst und Schrecken verbreitet ihr.«

»Besonders Schrecken«, ergänzt der Hartinger mit Blick auf den Jonny. Zumindest schießt langsam wieder Leben ein in den Rotschopf.

Dem Hauptkommissar war klar, dass der Jonny den Brauner an seinen Lesesessel hätte fesseln müssen, um ihn am Mitkommen zu hindern. Mindestens.

»Der Beppo wollt unbedingt mit«, versucht der junge Beamte sich zu erklären.

»Is gut, Jonny«, sagt der Brauner. »Der Sandner versteht das schon. Kannst nix dafür. Also auf geht's? Wo müssma hin?«

Der Sandner hat bezüglich Brauners Mutter ein mulmiges Gefühl. Natürlich kann die Situation eskalieren, gerade weil sie es nicht mit eiskalten Profis zu tun haben würden. Nichtsdestotrotz weiß er die Befreiung der Entführten in guten Händen. In seinen. Mit dem aufgeblasenen Sonderklimbim würdest du hier mit Kanonen auf Spatzen schießen. Die wären nicht bloß tot, sondern maximal pulverisiert. Er will niemanden mehr sterben sehen – zumindest nicht dieses Wochenende. Und er will es kontrollieren. Die Fahrt geht schweigend vonstatten. Die Dämmerung ist dem Einbruch der Nacht gewichen.

Daglfing also. Betagte Trabrennbahn, Kircherl und ein paar Häuser. Ein wenig aus der Zeit gefallen. Idyllisch, schläfrig, alle zwanzig Minuten schaut die S-Bahn vorbei und weckt den Ort aus seinem Nickerchen. Der Martin von Tours hat da einen Platz in der alten Kirche – aus Stein. Dessen Aufenthaltsort haben seinerzeit die Gänse verraten, als er sich vor der Bischofsbürde im Stall versteckt hatte. Das kannst du über die Aushilfe in Ansis Kneipe natürlich nicht sagen. Gans war das keine. Auch wenn sie gefedert ausgesehen hat.

In früherer Zeit war der Gottesbau vier Märtyrern geweiht. Auch sie haben an ihre Wahrheit geglaubt. Jetzt sitzen vielleicht im Haus vom Oberstleutnant a.D. vier Manschgerl, die überzeugt sind, sich für die Wahrheit einzusetzen. Märtyrer werden es hoffentlich keine werden – so der Sandner es verhindern kann. Ungewöhnlicherweise hat er sich selbst hinters Lenkrad geklemmt. Vielleicht will er den Tod nicht unnötig herausfordern.

Mit zwei Wagen sind sie unterwegs. Die Wiesner mit dem Hartinger im Peugeot, Jonny, Sandner und Brauner im Dienst-BMW.

»Also, Jonny, was haben wir über die Gesellschaft?«, will der Sandner wissen.

Der Jonny zückt seinen Tablet-PC.

»Da wäre als Erstes Arthur Stemmer, Oberstleutnant a. D., Elitekämpfer, Afghanistan-Veteran, Sondereinheit, Fallschirmspringer. Hoch dekorierter Ledernacken, der Mann. Hat nix ausgelassen. Immer vorneweg rein ins Getümmel, das Viech.«

»Was?« Der Sandner starrt ihn entgeistert an. »Sag das noch mal.«

»War nur a Spaß.« Der Jonny grinst. »Der Mann ist fünfundsiebzig, verwitwet, zuletzt in Kempten stationiert.«

»Ich lach dann morgen drüber, damischer Uhu.«

»Weiter im Text. Der Hans-Maria Stemmer, genannt Ansi. Hätt sich auch Marei nennen können, der Bursch. Hat Zivildienst gemacht. Zweimal Sachbeschädigung, einmal Widerstand, dreimal unbefugtes Betreten und Landfriedensbruch. War wohl fleißiger Demonstrant.«

»Der hat sich sauber abgenabelt vom Papa.«

»Die Rita Stemmer. Einmal Dokumentenfälschung, zweimal Ladendiebstahl, alles von siebzehnhundertdreiundneunzig.«

»Richtig kriminelle Energie, die Bagage. Die Cosa Nostra ist ein Dreck dagegen.«

»Fehlt noch die Isabella Weihrich, fast nix.«

»Was heißt fast nix?«

»Das Jugendstrafregister ist doch gelöscht worden.«

»Und was steht drin?«

»Das Übliche. Ein paar Mal Betäubungsmittelgesetzverstoß und Ladendiebstahl. Sonstige Personen haben wir ja nicht auf dem Zetterl.«

»Könnten sich dort aber aufhalten. Jemand einen Waffenschein und registrierte Waffen?«

»Yes, Sir! Der Oberstleutnant. Sir! Eine Smith & Wesson, Modell 28, 357 Magnum und eine Glock 26, 9 mm.«

»Scheißdreck. Wieso hat der das Zeug? Glaubt der noch, die Russen marschieren ein?«

»Wenn wer einmarschiert, dann sind's die Chinesen. Die Vorhut siehst du jeden Herbst auf der Wiesn. Eh man es merkt, sind sie in der Überzahl.«

»Dann leg ich mir auch eine Glock zu.«

»Wie ist der Plan?«, mengt sich der Brauner ein. Das Gespräch wird ihm zu munter. Er beugt sich von hinten zwischen die Vordersitze. »Wie gehst du vor? Willst du das Gebäude stürmen?«

»Wir wissen gar nicht, ob deine Mutter drin ist.«

»Aber du bist dir ziemlich sicher?«

»Ehrlich gesagt: Ich hab keine andere Idee dabei. Könnt aber auch sein, sie haben deine Mutter weggeschafft. Sie haben ... äh, ich mein, sie könnten glauben, wir sind nahe dran an ihnen.« Besser gesagt, dank Hartinger wissen sie, dass es eng wird. Wobei die Isabella mit der Friseur-Info wenig anfangen konnte. Umgeben von Dilettanten. Selbst die altenpflegende Topspionin. Das macht die Sache nicht unkomplizierter. Im Gegenteil.

»Brauchen wir da keine Sturmhaubenkasperln? Kugelsichere Westen? Oder das Zeug zum Türaufsprengen?«

Der Brauner ist definitiv der zähe Ledernacken.

»Nein«, sagt der Sandner bestimmt. »Drohnen hab ich auch nicht angefordert.«

Wobei er sich alles andere als sicher ist, was ihn erwartet. Nur ein Gefühl hat er, ein unbestimmtes. Und seine Leut wird er nicht ins offene Messer laufen lassen.

»Habe ich im Kofferraum«, meint der Jonny. »Sturmhauben. Vier Stück. Eine normale Tür schieß ich auf in nullkommanix.«

»Wieso Sturmhauben?«, wundert sich der Sandner. »Glaubst du, dass die Leute der Schlag trifft, wenn sie deine Visage sehen?«

»Wieso? Ist halt martialisch. Beeindruckend. Macht man so. Der Beppo hat gemeint ...«

»Macht man so? Okay. Du wirst sie aufsetzen, Rambo. Stellvertretend. Dienstanweisung. Ich setz große Hoffnung auf die Türklingel«, sagt der Sandner. Plötzlich kommt ihm ein Gedanke. »Brauner, gib dem Jonny deinen Schießprügel.«

Der junge Polizist macht große Augen und wendet sich um.

»Sandner, ich ...«, beginnt der Alte.

»Du gibst ihm die Pistole, Brauner, oder ich fahr nicht weiter mit dir. Ich schmeiß dich hier raus, mein Wort drauf.«

»Du bist der Boss, Sandner«, knurrt der Brauner. Er greift in die Jackentasche und reicht dem Jonny die Waffe. Es ist eine alte Glock.

»Gibt's Chinesen in Daglfing?«, fragt der Jonny. Er starrt die Waffe an und schüttelt den Kopf.

Der Sandner deutet aufs Handschuhfach. Dort wird sie verstaut. Er will den Brauner nicht fragen, ob er noch ein Taschenmesser einstecken hat oder eine Nagelschere. Die verhinderte Kampfmaschine auf der Rückbank schweigt und schaut mit vorgerecktem Kinn aus dem Fenster. Zur Not hätte er den Stock.

Es ist Sandners erste Befreiungsaktion einer Entführten, wenn man davon absieht, wie er seiner Maria in Bad Kohlgrub hinterhergehetzt ist. Hoffentlich auch seine Letzte. Die lebenden Opfer sind zerbrechlich. Bei seinen üblichen Fällen kann nicht viel kaputtgehen. Da hast du schon den Scherbenhaufen zu Füßen. Es geht ums Zusammenfummeln.

Der Hartinger hat letztes Jahr die Wiesner befreien dürfen. Fuchsteufelswilde Aktion. Der hat Erfahrungswerte. Aber der ist out of order.

Die Wiesner fährt mit ihm hinter dem Sandner her. Eine Geduldsübung. Trotz Blaulicht ist der Hauptkommissar die Mutter der Vorsicht. Übung in Contenance. Wenigstens kann sie sich dem Hartinger zuwenden. Der kaut an der Unterlippe, als wäre sie eine Leberkässemmel, und schüttelt immer wieder den Kopf.

»Du musst nicht mit«, meint die Polizistin. Sie will nicht sagen, du darfst nicht mit. Der Sandner wird sich etwas dabei gedacht haben. Vielleicht Abhärtung, wie im Eiswasser schwimmen oder nackt auf dem Petersplatz tanzen. Den passenden Gesichtsausdruck hat der Hartinger im Gepäck.

»Ich hock mich doch nicht inzwischen ins Büro«, knurrt er.

»Ich weiß.«

Mehr brauchst du nicht zu sagen. Kein warum und wieso. Kein Theater. Er wird tun, was von ihm verlangt wird. Nicht mehr und nicht weniger. Sie wird sich auf ihn verlassen können – hoffentlich.

Sie drückt eine Taste am Player. »Got to let it go«, hallt es aus den Boxen. »Cat Empire«. Das, was sie jetzt benötigt. Oder sie beide. Sie haben noch eine Viertelstunde Zeit.

Das Haus liegt am Ende der Straße, umgeben von einem winzigen Grundstück. Sackgasse. Nicht gut. Sie können nicht vorbeifahren, um das Grundstück genauer zu erkunden. Per Google Earth haben sie sich das Gebäude angeschaut. Kein erkennbarer Hinterausgang. Eine Treppe führt von außen offenbar zum Keller.

Hundert Meter entfernt stoppen sie die Wagen. Im Haus brennt Licht. Hinter dem Grundstück verlaufen die S-Bahn-Geleise. Wenigstens etwas. Von hinten käme man unbemerkt über die Böschung an das Gebäude heran. Dafür sind der Jonny und der Hartinger zuständig. Mit oder ohne Sturmhauben. Hauptsache effektiv.

Der Sandner setzt ihnen seinen Plan auseinander. Fünf Sätze genügen. Ausgefeilte Reden verschleiern bloß, dass deine Idee auf wackligen Beinen steht.

Die beiden machen sich auf den Weg. Große Hoffnung setzt er auf sie.

Zeit, dem Brauner den nächsten Schlag zu verpassen.

»Du wartest im Wagen.«

Wider Erwarten nickt der Alte. Er ist Fachmann genug. Der Sandner schaut ihm prüfend ins Gesicht, dann greift er sich die Glock aus dem Handschuhfach und steckt sie ein. Mit der Wiesner schleicht er sich auf das Haus zu. Sie halten sich im Dunkeln. Der Ort scheint zu schlummern. Putzige Häuschen, die sich wie aufgezogene Perlen entlang der schmalen Straße reihen. Nur ab und zu fällt ein Lichtschein aus einem der Fenster.

Eine SMS teilt ihnen mit, dass die beiden Jungspunde in Stellung gegangen sind. »Null problemo«, kommt es vom Jonny. »Alles roger!«

Der Sandner löst sich aus dem Dunkel. Er geht auf das Haus des Oberstleutnants zu. Noch zwanzig Meter. Jeder Schritt erhöht ihm den Herzschlag. Das kleine Gartentürchen ist nicht abgesperrt. Wie unvorsichtig! Sein Knarren schießt dem Sandner wie ein Pfeil ins Ohr. Wahre Profis hätten ein Ölkännchen in der Tasche gehabt. Er bleibt kurz stehen, lauscht auf ein Geräusch aus dem Haus. Nichts. Auf schiefernen Steinplatten schreitet er zur Eingangstür. Massives Eichenholz. Fast ein Burgtor. Sicherheitsschloss. Von wegen aufschießen. Für dieses Trumm bräuchtest du pyrotechnisches Know-how.

Er baut sich seitlich neben der Tür auf. In der Jackentasche fühlt er das kalte Metall der Glock. Er umfasst kurz den Griff, dann zieht er die Hand kopfschüttelnd zurück. Keine Option. Er sieht noch einmal zurück. Seine Kollegin wartet im Dunkeln. Sie hat ihre Waffe gezogen und geht in Stellung. Ihr Blick ist entschlossen. Jetzt ist er bereit.

Er klingelt.

Nichts.

Noch einmal.

Im Haus bleibt es still.

Mit der Faust hämmert er gegen die Tür.

»Aufmachen!«

Im Gebäude schräg gegenüber geht das Licht an. Eine Tür wird geöffnet. Eine Gestalt im Jogginganzug steht im Türrahmen und starrt zu ihm hinüber. Die Gartenbeleuchtung springt an. Sieben rot bemützte Gestalten aus Ton bewachen das Grün.

Als Schneewittchen geht die alte Brauner nicht durch. Von der Prinzenrolle ganz zu schweigen.

Vor dem Sandner bewegt sich die Tür.

Sie öffnet sich einen Spalt.

»Sie«, stellt der Ansi fest. »Was wollens um die Zeit hier?«

Er lässt nicht erkennen, ob er überrascht ist.
»Reinkommen.«
»Wieso?«
»Weil ich Polizist bin.«
»Haben Sie einen Hausdurchsuchungsbefehl?«
Der Sandner lacht auf.
»Hören'S doch auf mit dem Schmarrn.«
»Lass den Mann herein, Hans«, hört er eine Stimme aus dem Hintergrund schnarren. Das wird der Soldat sein. Befehlsgewohnte Stimme. Jetzt! Jetzt müssten die beiden jungen Beamten schon im Haus sein. Alles bleibt ruhig. Kein Geräusch. Was machen die Burschen bloß?
Der Sandner wird nicht ins Haus treten, solange er nicht weiß, ob der alte Stemmer eine Waffe auf ihn gerichtet hält. Einmal am Tag in einen Lauf zu blicken reicht ihm vollauf.
Die Tür wird ganz geöffnet. Der Flur ist hell erleuchtet. Vom Ruheständler nichts zu sehen. Er wird wohl nicht hinter der alten Truhe in Stellung gegangen sein?
Eine engagierte Dame mit Pistole und Dienstausweis zerrt den verblüfften Ansi am Hemdkragen nach draußen. Lara Croft in Aktion. Der Kerl wird an die Mauer gelehnt und versorgt. Zwei Sekunden dauert das. Gerade noch »Verdammt« kann er blöken.
»Bringen wir das zivilisiert hin?«, ruft der Sandner in den Flur.
»Freilich«, hört er Jonnys Stimme, »wenn's unbedingt sein muss.«
Die Kellertür war für die jungen Wilden offenbar kein Problem gewesen. Spaziergang. Der Sandner schnauft durch. So hat er sich das vorgestellt.
»Ruft einen Arzt, schnell!«, kreischt eine Frauenstimme.
Scheißdreck! Die Wiesner dicht auf den Fersen, springt der Hauptkommissar in den Flur. Der Lärm kommt aus dem Wohnzimmer. Wenn die alte Brauner nur jetzt nicht schlappmachte. Das hätte gerade noch gefehlt. Er will keine Toten mehr. Dieses

Mal will er vor dem Sensenmann da sein. Dieses Mal muss es gelingen!

Die Stimme ist aus einem Raum linker Hand gekommen. Offenbar das Wohnzimmer. Sie platzen atemlos in den Raum. Der Jonny steht herum und weiß nicht wohin mit seinen Gerätschaften. Plastikarmbänder und Pistole hat er in Händen. Er trägt noch die Sturmmaske. Martialisch schaut es nicht aus, eher nach alemannischer Fastnacht. Geisteraustreibung.

Im Sessel hängt eine Gestalt. Ein alter Mann, der nach Atem ringt. Er trägt Anzug mit Krawatte und Einstecktuch. Seine Haare haben die militärische fünf Millimeter Länge.

»Der ist herzkrank! Der hat zwei Bypässe hinter sich«, schreit Frau Wirtin den Jonny an. Sie hat sich zum Alten gekauert, die Hand an seiner Schulter. »Spinnt ihr komplett! Den so zu erschrecken!«

Offenbar fallen die Leute heut bei Sandners Auftritt um wie die Fliegen. Scheint am Wetter zu liegen. Erst der Kastelmeyer und jetzt der militärische Arm der Stemmerfamilie. Aber der hat gottlob nur einen vorübergehenden Schwächeanfall.

»Geht schon«, schnauft der Alte und winkt ab. Sein Atem rasselt. Er wischt sich über die Stirn. Sein Blick richtet sich fragend auf den Sandner. Ganz alter Soldat hat er gerochen, wer die Befehlsgewalt in Händen hat.

»Wo ist die Frau Brauner?«, will der von Frau Wirtin wissen. Hoffentlich hat er sich nicht getäuscht. Sie muss hier sein!

»Wo ist der Hartinger?«, fragt die Wiesner, an Jonny gewandt. Von dem kommt nur ein Schulterzucken.

»Die Frau Brauner ist oben, die schläft längst. Was haben sie mit meinem Mann gemacht?«, will die Wirtin wissen.

Den hat die Wiesner draußen abgestellt. Mit Handschellen gefesselt hängt er an der Gartentür. Vielleicht sollte man ihn reinholen, bevor er sich die Nieren verkühlt, der Arme.

Sie hören eine Sirene. Der aufmerksame Nachbar hat prompt reagiert. Ein Fall von Zivilcourage. Nicht wegschauen.

Die Polizei scheint schnell näher zu kommen.

»Steck die Waffe ein«, mahnt der Sandner den Jonny, »bevor was passiert.«

Der tritt nervös von einem Fuß auf den anderen und wartet auf Action. Schließlich hat er das Equipment mitgeschleppt. Eine zünftige Entführung verlangt nach vollem Programm.

Der Sandner bräuchte einen Schnaps. »Oben« klingt besser, als wenn die Braunerin im Kellerloch verräumt wäre. Zumindest Luft und Licht.

»Geht's ihr gut?«, will er wissen. Wenn nicht, hätte sich der Hartinger bestimmt bemerkbar gemacht. Er ist sich sicher, dass der Rotschopf sie gefunden hatte – und nicht nur sie.

»Natürlich geht's ihr gut. Was denken Sie denn, wer wir sind?«, faucht ihn die Wirtin an. Sie krallt sich die Hände in die Löckchen und schüttelt den Kopf.

Motorengeräusch ist zu hören. Das wird die Streife sein. Die Sirene haben sie ausgeschaltet. Umsichtig.

»Kruzifix, die Bullen!«, ruft der Sandner der Wiesner zu. »Hol den Kerl rein!«

Die Wirtin reißt die Augen auf. »Und was bist du dann, hä?«

Ja, was ist er? In Erklärungsnot. Zuerst einmal geistig an der Grenze, vom Szenario überrollt.

Kaum hat die Wiesner den Ansi in den Raum gebracht, hören sie, wie mit quietschenden Reifen ein Fahrzeug vor dem Haus bremst. Draußen gibt es offenbar Streit. Brauners Stimme ist unverkennbar.

»Ihr könnts da ned einfach reintrampeln«, hören sie ihn schreien, »ihr depperten Kasperln!«

Der Sandner wirft der Wiesner einen Blick zu. Die schaut sich im Wohnzimmer um und schüttelt den Kopf. Mach, was du willst, signalisiert ihm ihr Blick. Händels Wassermusik plätschert leise durch den Raum.

Das Schulterzucken seiner Kollegin ist das Signal.

»Ansi, du tust jetzt, was ich dir sag und nix anders!«

Der Mann nickt verblüfft und reibt sich die Handgelenke.

Der Sandner schiebt ihn in den Gang. »Gemma«, zischt er ihm zu. »Mach keinen Fehler, sonst hast du ausgespielt. Improvisieren!«

Seite an Seite treten die beiden Männer vor das Haus.

Zwei Uniformierte haben alle Hände voll zu tun, Brauner unter Kontrolle zu bekommen. Er versucht, sich aus ihrem Polizeigriff zu winden, und krallt sich mit den Händen an einem steinernen Tempelwächter fest. Die Polizisten versuchen vergeblich, ihn loszueisen. Alle drei keuchen und ächzen. Vielleicht hätten sie sich Verstärkung rufen sollen. »Ihr Malefizbuam«, schreit der Brauner, »nehmts eure Drecksbratzen weg.«

Der Sandner geht auf das Knäuel zu.

»Schon gut, schon gut, er hat ein bisserl zu viel«, ruft er. »Brauner, hör auf!«

Der Widerstand des Alten erlischt. Augenblicklich. Er starrt den Sandner an, presst die Lippen zusammen.

Die Polizisten lassen locker. Mit äußerster Vorsicht, die Hände griffbereit. Ihre Mützen liegen neben Brauners Stock. Im Asternbeet.

»Und wer sind Sie?«, fragt der Größere von beiden. Sein Schnauzbart wirkt wie vom Seehund geliehen. Dafür scheint sein Kollege überall dieselbe Haarlänge zu bevorzugen. Auf dem Kopf und im Gesicht, zwei Millimeter. Authentischer Igelschnitt. Von der Natur abgeschaut.

»Sandner, Gast des Hauses«, stellt sich der Hauptkommissar vor.

»Es ist ein bisserl wilder bei uns zugegangen«, bringt der Ansi heraus und schiebt sich ins Licht. »Tschuldigung, Geburtstagsparty.« Er hat sich gut im Griff. Muss er auch. Es spielt um seine Freiheit.

»Ach Sie sind es, Herr Stemmer«, stellt der Seehund fest.

»Aber beschimpfen als Deppen lassen wir uns nicht«, beschwert sich der Igel. »Auch nicht mit dem Stock schlagen. Tut mir leid. Der führt sich auf wie ein Berserker. Der kommt mit. Da gibt's keine Diskussion.«

Der Brauner ist ruhig geworden. Ruhe vor dem Sturm. In ihren Streifenwagen könnten sie ihn nur als Leiche verfrachten, da ist der Sandner sicher. Und die würde noch ihre Starre ausnützen.

Er wirft ihm einen beschwörenden Blick zu. Der wird prompt aufgefangen. Kurzes Mienenspiel vom Alten. Die Brauen zieht er in die Höhe. Er versteht den Sandner nicht, aber muss darauf setzen, dass der das Richtige tut.

»Ihren Ausweis«, verlangt der Stoppelkopf.

Sein Kollege bückt sich nach den Mützen und reicht ihm die Seine. So schaut er schicker aus. Nach Autorität.

Der Sandner tritt noch näher. Auf Flüsterreichweite.

»Passen'S auf, das ist der pensionierte Oberstaatsanwalt Brauner. Es wäre nett, wenn ...«

»Und Sie sind?«, fragen die Uniformierten unisono.

Der Brauner zückt derweil seinen Ausweis. Sein Gesicht ist schweißüberströmt. Er hat sein Bestes gegeben. Etwas aus der Übung im Nahkampf. Fragend schaut er den Kriminaler an. Der nickt ihm lächelnd zu, greift nach seiner Schulter, legt die Hand massierend darauf ab.

Die Uniformierten schauen sich an. Es arbeitet unter den Mützen.

Auch der Sandner zückt seinen Ausweis. Den wollen sie nicht sehen. Haben nur Augen für den Oberstaatsanwalt. Sie treten einen Schritt von ihm zurück.

»Kann passieren«, sagt der Ansi und zeigt ein verlegenes Grinsen vor. Als hätte er es gelernt. Er schnauft durch, wischt sich den Schweiß von der Stirn.

Die Beamten lächeln jetzt auch.

»Wenn ich mal so alt bin und es so krachen lassen kann ...«, meint der Igel.

»Gehen Sie ins Bett«, rät der Schnauzer dem Brauner, »und zwar flugs.«

Der Alte schweigt und will sich nach seinem Stock bücken. Der Igel greift zu und reicht ihm seinen Knüppel aus dem Sack.

»Dank schön«, presst der Ruheständler hervor.

»Aber jetzt sind'S leise. Der Nachbar hat geglaubt, es wär ein Überfall oder so. Er will jemanden mit einer Maske rumgeistern gesehen haben.« Er lacht.

Der Sandner und der Ansi lachen mit. Ja, haha. Überfall, wie lustig. Der Nachbar wär schon ein rechter Spaßvogel. Hier gäb's ja keinen Maskenball. »Vielleicht haben sie so was unlängst bei XY ungelöst gebracht. Das bringt einen schon auf komische Gedanken.«

»Aber nicht in Daglfing«, wird ihm verkündet. »Hier nicht.«

»Logisch, hier passen Sie ja auf«, meint der Ansi. Nicht übertreiben, Bursch.

Die Beamten machen sich auf den Rückweg. »Keine Sorge. Wir melden falschen Alarm. Unter einer Bedingung: Sie bringen den Oberstaatsanwalt bittschön ins Bett. Ein Angeklagter hätte ich bei dem nicht sein wollen.«

»Ich auch nicht«, sagt der Ansi. »Wiederschauen.«

An der Gartentür dreht sich der Seehund noch einmal um.

Zuckersüßes Lächeln bekommt er kredenzt.

»Richten Sie bitt schön Ihrem Vater aus, wenn er den Thomas wieder bräuchte zum Rasenmähen – jederzeit. Er braucht nur anzurufen. Der Bub ist froh, wenn er sich sein Taschengeld aufbessern kann.« Der Polizist macht wieder ein paar Schritte auf sie zu. »Der spart grad auf so ein Computerspiel. Ich hab ihm gesagt, ich kauf ihm das Glump nicht. Das muss er ...«

»Ich richt es ihm aus«, plärrt ihm der Ansi entgegen. Zu laut. Die Nerven werden ihm gleich durchgehen. Der Mann ist fertig mit der Welt. Noch eine Minute und er würde schreiend vor die S-Bahn springen.

Der Polizist stutzt kurz, nimmt die Mütze ab und kratzt sich am Schädel. Sein Kollege zündet sich eine Zigarette an und winkt zum Nachbarhaus. Es ist niemand mehr erkennbar. Hinter den

Gardinen werden sie hervorspähen, wie die Eulen beim Mäuselauern. Herrgott, eilig hatten es die beiden Streifenbeamten nicht. Als wären sie froh um die kleine Abwechslung. Macht, dass ihr weiterkommt!

»Das Computergraffl ist ein Fluch, aber da bist du als Eltern machtlos«, meint der Sandner und stellt sich vor den Ansi.

Eifriges Nicken des Beamten. »Ja, das können'S laut sagen. Wenn der Thomas nur bei den Hausaufgaben auch so begeistert dabei wäre«, seufzt er.

»Ja, das kenn ich gut, so sands.« Der Sandner lacht kurz auf. Väter unter sich.

»Also auf Wiederschauen«, sagt er und dreht sich zur Tür. Den Wirt hat er an der Schulter genommen und schiebt ihn voran.

Alles ist gesagt.

Der Beamte wendet sich endgültig zum Gehen.

Sie trollen sich zu ihrem Dienstwagen.

Das Männertrio tritt in den Flur. Der Sandner schließt die Tür. Respekt, der Brauner ist ein Profi. Nicht zu erschüttern.

»Also, wo ist meine Mutter?«, will er bloß wissen.

»Die ist oben und schläft«, sagt der Ansi, »der geht's bestens.«

»Bestens, aha«, knurrt der Alte.

Der Sandner deutet mit dem Kinn zur Treppe.

Der Mann macht sich an die Stufen. Allein.

Der Hartinger hatte keine Sturmmaske aufgesetzt. Ähnlich wie der Sandner war er überzeugt davon, dass hier nicht die Gewalt zu Hause ist. Trotzdem ist er nach oben gestürmt wie das SEK in Person, als sie durch die Kellertür ins Haus gelangt sind. Der Jonny hatte im Wohnzimmer alles im Griff gehabt. Schockstarre bei der gesamten Entführerfamilie.

Im ersten Stock hat er sie gefunden. Am Bett der Frau Brauner ist sie gesessen, die Isabella. Erschrocken aufgesprungen. Keiner wollte das erste Wort für sich beanspruchen. Was hätte er auch sagen können? Polizei, du bist verhaftet? Er hat routiniert und professionell aussehen wollen. Undurchdringliche Miene, zynisches Lächeln. Wir hatten dich sofort in Verdacht, Isabella, und ich wollte dich aushorchen. Hat funktioniert, Baby.

Alles Schmarrn, wenn du dann real vor ihr stehst. Er heißt nicht James Bond – zum Glück. Alles in ihm vibriert. Der erste Satz will nicht heraus.

»Wie geht's ihr?«, fragt er schließlich nach einigen Schweigeminuten und deutet mit dem Kinn auf die Brauner. »Braucht sie einen Krankenwagen?«

Unter geblümter Biberbettwäsche liegt die Seniorin. Nur der Kopf schaut heraus. Sie hat den Mund leicht geöffnet und schnarcht.

»Quatsch. Wie soll's ihr schon gehen? Gut natürlich«, flüstert die Isabella.

Und jetzt?

»Du willst sicher wissen, warum«, sagt sie.

Warum? Warum sie mitgemacht hatte, die Frau zu entführen, oder warum sie mit ihm in die Kiste gehupft war? Letzteres will er von ihr nicht erfahren. Seine Vermutungen reichen ihm vollauf. Er ist kein Masochist.

»Warum hast du mitgemacht?«, grenzt er die Fragestellung ein.

Sie zuckt mit den Schultern und setzt sich wieder auf die Bettkante.

»Als die Rita mich angesprochen hat, meinte sie, ich wäre jemand, dem man vertrauen kann, und ich hätte sicher ein Gerechtigkeitsempfinden.« Sie schaut zu ihm hoch und zeigt ein zaghaftes Lächeln. »Und Gründe? Ja, erstens wegen zweitausend Euro, geb ich zu. Zweitens, weil die Rita gesagt hat, sie würden es so oder so machen, aber wenn ich helfe, könnte ich mich um sie kümmern. So könnte ihr garantiert nix passieren. Und drittens, weil es nicht schlimm war für die Frau Brauner. Im Gegenteil. Morgen hätten wir sie zurückgebracht, weil uns die Sache zu heiß geworden ist. Es sollte nur ganz kurz sein, damit sich die Polizei

Gedanken macht – und wenn wirklich ein Unschuldiger im Knast verreckt – das ist doch Scheiße.«

»Du hättest zur Polizei gehen können, als sie dich angesprochen hat.«

»Vielleicht ja. Bin ich aber nicht. Und einen Beweis hatte ich auch nicht für das, was sie vorhaben. Labern kann ja jeder.«

»Da haben sie ja die Richtige gefragt.«

»Ja, du bist ja so was von edel und gut. Sitzt es sich bequem da oben?«

»Apropos Sitzen«, schießt er sie an. »Hat sich die Brauner gewehrt, wie ihr sie ...«

»Hast du sie noch alle? Ich tu doch der Frau Brauner nix. Glaubst du das wirklich von mir? Blödmann! Ich hab ihr gesagt, wir machen jetzt den kleinen Ausflug, den wir besprochen hatten. Ihr Sohn würde nachkommen. Dann hab ich geschaut, dass niemand in der Nähe ist, und hab sie zum Auto geführt. Sie ist eingestiegen, und das war alles – und die ganze Zeit hab ich nach ihr geschaut, dass ihr nix fehlt.«

»Okay«, sagt der Hartinger. »Gehen wir runter.«

Tränen laufen der Isabella über die Wangen. »Ach Scheiße, klar hab ich wissen wollen, wie eure Ermittlungen laufen, aber ...«

»Komm mit runter«, wiederholt der Polizist. Seine Stimme hat er aus dem Eisfach geholt. Diesen Teil will er sich ersparen.

»Erst hörst du mir zu«, sagt sie bestimmt und steht auf. Tief holt sie Luft, als hätte sie Angst, zwischen den Wörtern Atem holen zu müssen.

Er schaut an die gegenüberliegende Wand. Weg von diesen Augen, diesem Mund. Irgendetwas brennt in ihm, und er kann es nicht löschen. Nicht mit Gleichgültigkeit, Enttäuschung oder Wut. Es knistert und flackert und schmerzt.

»Du kannst mich für eine dumme Schlampe halten, meinetwegen, aber das zwischen uns ist passiert ohne Plan. Vielleicht nicht das Pizzaessen, okay, aber das danach. Es ist einfach passiert, verstehst du. Und für mich war es schön.«

»Gehen wir endlich runter«, hört sich der Hartinger flehen. Er klammert sich an diesen Satz. Sein Mantra, sein Rettungsseil. Sonst würde er es nicht mehr aushalten mit ihr in einem Raum oder ohne sie. Er kann sich alleine nicht bewegen.

»Ich hab das niemandem gesagt – und ich sag's auch nicht.«

Er hatte über »das« geredet. Der Sandner wusste es, die Wiesner – egal, ob die Isabella schwieg oder nicht – es machte keinen Unterschied.

»Komm jetzt«, wiederholt der Hartinger.

»Wer sind Sie?«, ertönt die Stimme der Brauner. Sie hat sich im Bett aufgerichtet und starrt ihn an. »Was machen Sie hier in meinem Zimmer?«

Die Isabella geht zu ihr ans Bett. Vom Nachtkästchen reicht sie ihr eine Brille. Bestückt mit ihr, mustert sie den Polizisten durchdringend. Frisch schaut sie aus, wie der junge Morgen, obwohl es mitten in der Nacht ist. Misstrauen liegt in ihrem Blick, den sie dem Hartinger zuwirft. Ruhig und klar kommt ihre Stimme, gewohnt, sich durchzusetzen.

»Ist das dein Gspusi, Isabella? Feuerrote Haar, wie der Pumuckl. Früher hat man gesagt, die Fuchshaarigen sind ganz hinterlistige Gesellen.«

Die Isabella sagt nichts. Sie nimmt die Hand der alten Brauner. »Ich geh kurz runter. Schlafen'S doch noch ein bisschen.«

»Ich bin aber nicht müde. Stell mir den jungen Mann doch vor.«

Die Tür fliegt auf, und der Brauner erscheint. Er wirft der Isabella einen finsteren Blick zu. Sie kennen sich. Er hat die Lage sofort erfasst. Kein Wort hat er für sie übrig. Seine Augen wandern im Raum umher. Auf dem Nachtkästchen liegen Tablettenschachteln. Daneben, auf dem Stuhl, die zusammengelegte Kleidung. Der Raum ist eingerichtet, als wäre es das Schlafzimmer einer alten Dame.

»Da schau her, der Beppo. Kommst du auch endlich daher. Wo warst denn so lang? Immer die Arbeit. Irgendwann fällst du tot um.«

Er geht zum Bett und nimmt seine Mutter in die Arme. Schwer schluckt er an seinen Tränen. Die will er nicht aufsteigen lassen. Er drückt die alte Frau.

Die Braunerin streicht ihm über den Rücken, als wär er ein kleiner Bub.

»Is ja gut, Beppo«, murmelt sie. »Nicht so fest. Kann ich ja nicht mehr schnaufen. Was hast du denn?«

Er richtet sich wieder auf und nickt ihr zu. »Nix, passt schon.«

»Das ist ja eine Versammlung hier.« Die Braunerin kichert.

»Schau, Beppo, die Isabella hat ihren Freund mitgebracht.«

Der Beppo ist nicht sehr angetan davon.

»So«, sagt er, »ihr Gspusi, da schau her. Der geht jetzt runter, der Freund, mitsamt der Isabella, damit du schlafen kannst.«

»Ah geh, ich bin doch nicht müd.«

»Wiederschaun, Frau Brauner«, sagt der Hartinger und schlappt zur Tür. Er muss jetzt da raus, sonst haute er um sich oder finge zu plärren an.

»Dass Sie mir die Isabella ja anständig behandeln«, ermahnt die Brauner ihn. »Ohne die wär es nicht zum Aushalten im Heim. Die ist meine Sonne. Ihr Mannsbilder, ich weiß schon, was ihr von ihr wollts. Ausgerechnet ein Fuchshaariger ...«

»Bis später«, sagt die Isabella. Mit ihr verlässt der Hartinger den Raum. Vor ihm geht Frau Brauners Sonne die Treppe hinunter ins Wohnzimmer.

Der Sandner steht neben seiner Kollegin und mustert der Reihe nach die Entführercombo. Die haben sich um den alten Soldaten im Sessel gruppiert. Es sieht nach Familienporträt aus, oder nach »The Last Stand«. Fehlte noch die zerfledderte Fahne.

»Ich kann's nicht begreifen«, sagt der Sandner zum zweiten oder dritten Mal.

»Entführung. Dafür brummt man acht Jahr in Stadelheim.«

Sie erzählen ihm, was er schon weiß. Immer wieder fällt der eine dem anderen ins Wort, ergänzt oder widerspricht. Dass der

Fuhrer im Knast verrecken würde, obwohl er es nicht getan hätte. Sein Kind würde ihn nicht mehr in Freiheit sehen. Und dass sie nie vorgehabt hatten, der alten Brauner ein Haar zu krümmen. Nur ein paar Tage sollte sie hier leben, es sollte nur ein Anstoß sein, in der Sache Fuhrer zu ermitteln. Den Stein ins Rollen bringen wollten sie.

»Schauen Sie, mein Sohn und ich, wir haben nicht viel Gemeinsames«, sagt der Oberstleutnant, »aber als er mir von diesem armen Menschen erzählt hatte und seinem Plan, fand ich es in Ordnung. Seine Entscheidung hat mich stolz gemacht. Zum ersten Mal hab ich ihn verstanden. Die Gerechtigkeit ...«

»Rührend. Kommen'S mir nicht mit Ihrer geschissenen Gerechtigkeit daher«, unterbricht ihn der Sandner barsch, »ein jeder meint, er könnte sich die eigene zambasteln. Wer glauben Sie, dass Sie sind? Sie und Ihr Sohn können eine Doppelzelle befüllen. Da kommt man sich bestimmt noch näher. Was sagen Sie dann? Und Sie waren doch beim Militär, Kruzifix. Wie kann man so dilettantisch, so naiv planen?«

»Sie haben am Telefon gesagt, die Frau muss sterben, wenn die Polizei Ihnen zu nahe kommt«, mischt sich der Jonny ein, »ned witzig.«

Mittlerweile hat er die Sturmhaube samt den Plastikbändern auf dem Wohnzimmertisch abgelegt. Das Zeug liegt da, als wären es Scherzartikel. Es gibt keinen Grund, die illustre Gesellschaft zu verschnüren. Die fügten sich in ihr Schicksal.

»Was hast du gesagt?«, will Frau Wirtin empört von ihrem Gatten wissen und baut sich vor ihm auf. »Sag amal, spinnst du?« Sie stemmt die Arme in die Seiten, bereit, ihn runterzuputzen.

»Das sagt man halt so bei einer Entführung«, verteidigt er sich. »Das ist üblicher Slang.«

»Sagt man das so? Woher weißt du, was üblicher Slang ist?«

»Na ja, die im Fernsehen machen das so.«

Die Frau schüttelt den Kopf. »Stell dir vor, mich würden sie entführen und jemand droht dir mit so etwas. Du Hirsch!«

»Mein Gott, was hätte ich denn sonst sagen sollen? Wenn Sie nicht tun, was wir sagen, ist es auch egal?«

Das Argument ist schlüssig. Frau Wirtin ist ruhiggestellt.

»Und wer von euch hat ihm das schweinerne Ohrwaschl in den Briefkasten getütet, ha?« Jetzt will es der Jonny genau wissen.

Schulterzucken allüberall.

»Was für ein Schwein soll das sein?«, fragt der Ansi, »davon weiß ich nix.«

Auch Frau Wirtin wirkt ratlos.

Den Sandner trifft die Erkenntnis wie ein Blitz. »Lass gut sein, Jonny«, sagt er und wirft einen Blick gen Decke. Er ahnt, wie das Fleischfetzerl zum Brauner gekommen ist. Er wird es selbst herbeigeschafft haben. Und dann ist er umgefallen wie der sterbende Schwan, das alte Schlitzohr. Sie haben sich wohl zu wenig ums Mütterlein gekümmert, und er hat nachhelfen wollen. Der Sandner kann es ihm nicht einmal übel nehmen.

Der Jonny braucht einen Moment, bis der Groschen gefallen ist. Er presst die Lippen zusammen, die Wiesner grinst sich eins und greift sich an den Kopf.

Die Isabella schweigt sowieso und starrt den Hartinger mit tränengefüllten Rehaugen an. Lang wird er diesem Blick nicht standhalten. Selbst die Gartenzwerge draußen bekämen feuchte Glubscher. Fehlten noch die Geigen.

Der kriminelle Rest fällt in sich zusammen. Als würde die ganze Bagage von Solarzellen betrieben, und man hat sie in der Dunkelheit ausgesetzt. Kein Muh und kein Mäh mehr.

Wie der Brauner wieder herunterkommt, ist sein harter Ausdruck aus dem Gesicht gewichen. Verwirrt schaut er drein. Wo soll er jetzt die ganze aufgestaute Wut deponieren? Bei diesen armen Würschterln kann er sie schlecht lassen. Er wird sie wieder mit nach Hause nehmen müssen.

»Sie ist aufgewacht«, meint er zum Sandner, »und hat sich beschwert, warum ich erst jetzt daherkomm. Ich tät einfach zu viel arbeiten, hat sie gesagt. Das wäre eine ganz andere Luft in dem

Zimmer wie im Altenheim. Durchschnaufen könnte man hier – und vor allem ausschlafen ohne Remmidemmi. Ihr tät's hier bestens gefallen, meint sie. Und diese Isabella sollt sich weiter um sie kümmern. Sie ging nimmer zurück. Nur über ihre Leiche, hat sie gesagt. Theatralisch war sie schon immer.«

»Mit dem Sterben muss sie es nicht so brisant haben«, sagt der Sandner, wobei er auf die große Wanduhr linst. Hier hat es keiner eilig.

Er schaut von der Wiesner zum Brauner und wieder zurück.

»Wieso lebt Ihre Mutter überhaupt in einer Anstalt?«, will der Ex-Oberstleutnant vom Ex-Oberstaatsanwalt wissen. Endlich ein Ton.

»Das ist keine Anstalt, sondern ein Altenheim, zefix. Ihre Kaserne war auch kein Männerwohnheim, oder?«

»Für mich hört sich das trotzdem nach Anstalt an. Schauen'S in meinem Alter geht es um die Resultate. Das, was unter dem Strich steht. Wissen Sie, wer diesen Menschen umgebracht hat? Der Herr Fuhrer war es offensichtlich nicht, sagt mein Sohn.«

»Wir haben eine Vermutung«, sagt der Sandner, »aber es sind noch zwei Menschen gestorben. Und Ihrem Sohn und seiner Frau? Geht's denen auch um das, was unter dem Strich steht? Da steht Gefängnis – sonst nix. Ist es das wert gewesen?«

»Es ging ihnen um Wahrheit und darum, dass ein Sohn seinen todkranken Vater bekommt. Ich kenne das Kind. Der kleine Bene war öfter hier zu Besuch. Soll der damit aufwachsen, dass er seinen Vater für einen Mörder hält? Dass jemand stirbt, war nicht unsere Absicht. Sie machen uns doch nicht für den Tod zweier Menschen verantwortlich?«

»Nein, den Mörder.« Wenn es um die Verantwortung geht, hat wohl jeder sein Päckchen. Angefangen bei Adam und Eva.

»Und wie hätte das weitergehen sollen?«, will die Wiesner von der Wirtin wissen, obwohl sie es sich schon denken kann.

»Wir haben abgesprochen, eine Woche.«

»Und dann?«

»Hätten wir Frau Brauner zurückgebracht – was denn sonst?«

»Das ist …«, sie greift sich an den Kopf, »das ist einfach bescheuert.«

»Kann schon sein«, sagt der Ansi. »Aber bescheuert ist es auch, wenn man immer zuschauen muss und nix macht. Da kannst du doch auch nicht in den Spiegel sehen.«

»Es bleibt eine Entführung!«, beharrt der Jonny und haut auf den Tisch. Seine Plastikbänder fliegen auf das Parkett. Ein Zeichen. Alle im Raum richten ihre Blicke darauf. Das Thema ist durch. Nichts ist ungesagt geblieben. Fehlt noch das Machtwort. Alle verhaften. Aufräumen. Subito.

Doch der Hauptkommissar schaut aus dem Fenster in die Dunkelheit und kratzt sich am Schädel. Ein Aufstöhnen ist von ihm zu hören. Wie wenn er sich gerade die zu engen Schuhe ausziehen würde. Eine Minute lang passiert nichts. Als hätte der Raum die Luft angehalten. Dann dreht sich der Mann wieder um. Ganz langsam.

»Fahren wir?«, fragt er die Wiesner unvermittelt.

»Wir zwei?« Belustigung macht sich in ihren Augen breit.

»Freilich, ich weiß Bescheid, das reicht.«

»Von mir aus können wir fahren.«

Er schaut den Jonny an. »Weisungsbefugt ist ab jetzt der Brauner. Was er entscheidet, wird ausgeführt. Ich verlass mich drauf – wir verlassen uns drauf. Ihr bleibst da. Wir müssen jetzt weg.«

»Sie müssen was?« Der Jonny ringt um Fassung. Er wirft einen Blick auf seine Utensilien. Nicht, dass er ein Kampfschwein wäre, aber etwas dramatischer hatte er sich seine erste Geiselbefreiung wahrscheinlich vorgestellt.

»Weg«, sagt die Wiesner. »W-E-G.«

Der Hartinger begreift es schneller. Er wird die verschiedenen Herzen in seiner Brust kaum koordinieren können. Hauptsache, sie schlagen.

»Alles klar!«, ruft er, bevor es sich jemand anders überlegen kann. Er wirft der Isabella einen schnellen Blick zu. Die übrige

Gesellschaft weiß mit der Botschaft wenig anzufangen. Keiner sagt etwas. Offenbar können sie ihre Rolle gut einschätzen. Ihre Meinung ist nicht gefragt.

»Ihr hört es, Leut«, meint der Ex-Oberstaatsanwalt schließlich und klopft mit dem Stock auf den Boden. Dann lässt er sich ächzend auf das Sofa fallen. Fast eine Kopie des eigenen Möbelstücks. Selbst im Bücherregal sind der Seneca und Golo Mann vertreten. Unter anderen Umständen könnte man sagen, der Ex-Soldat wäre ein Bruder im Geiste. Nur Hackbrett ist keines vertreten. Ein Harmonium besetzt eine Ecke. Im Notenständer liegt ein Blatt. Ein Orgelstück von Camille Saint-Saëns. An der Wand hängt ein Druck von Egon Schieles »Agonie«. Thematisch lässt sich das aufs Entführerquartett übertragen.

»Jetzt hätt ich gern an Schnaps«, verkündet der Brauner. Er packt die silberne Schnupftabaksdose aus. Unternehmungslustig funkeln seine Augen. Farbe schießt ihm ins Gesicht. Eine Aufgabe erwartet ihn. Entscheidungen gibt es zu fällen. Seit Jahren zum ersten Mal. »Alles hört auf mein Kommando«, bellt er in Richtung des Ex-Soldaten.

Der Brauner zeigt nicht sofort anklagend mit dem Finger auf dich. Er ist nie einer gewesen, dem der erste Blick ausgereicht hatte. Du musst immer auch in den Keller schauen. Manchmal liegt da eine Leiche, manchmal eine Schatztruhe. Es könnte eine lange Nacht werden.

»Setzt euch halt hin«, bestimmt er. Die Macht ist mit ihm, und die Energie kuschelt mit ihr. Kein Wunder, die Mama ist in perfektem Erhaltungszustand. Verwandelt schaut er aus. Als wäre gerade der Heilige Geist über ihn gekommen, oder – für das Vorstellungsvermögen der Atheisten: mindestens eine neue Erkenntnis. Der ist in einem Alter, wo er sich über nichts mehr wundert, außer über sich. Dass seine Wut und seine Angst so schnell verraucht sind. Dass sich die Erleichterung mit Verständnis paart. Besser noch, er hätte sich seine alte Robe eingepackt. Der maßgeschneiderte Fetzen flackt bei ihm im Keller, in einer Tüte vom

Discounter, und wartet auf die Motten. Schade drum. Jetzt wäre er passend.

Die Anwesenden leisten seinem Befehl widerspruchslos Folge.

»Sandner has just left the building.« Zusammen mit seiner Kollegin schlendert er langsam den Weg entlang zu ihrem Wagen. Ein Gefühl, wie wenn du den halbwüchsigen Schranzen sturmfreie Bude bescherst und dir allein einen entspannten Abend gönnst. Auf dem Tisch werden sie nicht tanzen.

»Wir sind komplett plemplem«, meint die Polizistin.

»Jemand muss es ja sein.«

»Was glaubst du, was der Brauner entscheidet?«

»Das Richtige, so wie ich ihn kenn.«

»Aha – da gibt es auch ein Richtig?«

»Für uns? Nein. Aber für den Brauner.«

Sie sitzen beim Ömer. Eigentlich hätte der den Laden schon längst zumachen sollen. Gähnend linst er hinter der Theke hervor und reibt sich das Kinn. Es gibt Fenerbahce auf dem Großbildschirm nebst adäquaten Flüchen zur Untermalung. Ömers Verwandtschaft will auch noch nicht nach Hause, obwohl jeder das Spielergebnis kennt. Es ist eine Wiederholung. In der zweiundneunzigsten Minute fällt das Siegtor.

Das Ambiente ist mehr nach dem Geschmack der Wiesner. Weißwein wohltemperiert. Respektvolle Blicke.

Der Sandner legt sein Handy zur Seite.

»News vom Hartinger. Zwischenstand. Der Brauner will eine Nacht drüber schlafen – aber die Entführung ist erst einmal abgesagt. Nicht genügend Teilnehmer«, sagt er.

»Wie hat er geklungen?«, will die Wiesner wissen und beugt sich gespannt nach vorn.

»Der Hartinger? Du wieder mit deinem zwischenmenschlichen Schmarrn.«

»Sag schon.«

»Diese Isabella wird ihn bestimmt heftig …«

»Du wieder mit deiner einzigen Dimension.«

»… herausfordern in der Zukunft. Eine spaßige Kombination ist das.«

Die Wiesner lehnt sich zurück. Zufrieden nippt sie vom Wein.

»Und ich soll mich um acht mit dem LKA treffen.«

»Wir haben den Mord am Yilmaz und dem Jungen aufgeklärt.«

»Red nicht drum rum.«

»Dann war Mutter Brauner also im Urlaub.«

»Ist schön in Daglfing. Da fahr ich vielleicht im Sommer mal hin – statt immer Griechenland.«

»Daglfing besitzt auch ein fein renoviertes Kircherl. Die Akropolis gehört eh bald den Chinesen. Die verschiffens dann nach Peking, samt den Göttern. Und Athen bekommt eine Kopie. Wirst sehn.«

»Lenk nicht ab. Du bist arg übermütig.«

»Fatalistisch.«

»Hast keine Lust mehr?«

Was machen wir mit unserem Lieblingsstaatsanwalt?«

»Keine Ahnung.«

»Dem Wenzel sagen wir das morgen um Viertel vor acht. Was meinst du?«

»Nicht dein Ernst.«

»Doch. Die Braunerin ist wieder da. Ois easy. Und er hätte es beinahe an die Wand gefahren. Fast unsere Zeugin umgebracht.«

»Wie du meinst, oh unser Gebieter. Und der Wessold?«

»Ich werde morgen früh den Fuhrer Bene besuchen. Ich möchte, dass du mitkommst.«

»Wenn mein Termin ausfällt – ich geh stark davon aus.«

Die Wiesner hebt ihr Weinglas.

»Auf …«

»Auf freundliche Tage.«

»Gleich so? Was träumst du nachts?«

Über die Lohstraße hat die Nacht ihren schwarzen Mantel geworfen, wie der Sandner nach Hause kommt. Besser so, für heute hatte er genug gesehen. Zumindest die Augen bekommen, was sie sich verdient haben. Das ist die Zeit, in der die Toten lebendig werden wollen, um in deinem Hirn skurrile Feste zu feiern. Wenn du es nicht schaffst, sie auszutreiben, musst du mittrinken und das Tanzbein schwingen.

»Bist noch wach?«

»Na – aber egal.«

»Ich wollt bloß deine Stimme hören.«

»Wo bist du?«

»Ich flack daheim in meinem Bett, aber wo ich bin, weiß ich ned.«

»Und wie kriegst du des raus?«

»Eine lange Gschicht.«

»Willst du, dass ich dir zuhör?«

»Na – erzähl mir eine Gute-Nacht-Geschichte.«

»Lalelu«, singt die Maria.

Der Sandner seufzt auf.

»Mach weiter, genau, was ich brauch.«

»Du spinnst aweng.«

»Zum Glück.«

»Find ich auch.«

»Schlaf gut, Maria.«

»Du auch, Josef.«

Der Sandner hat geschlafen wie ein Engel. Der Mann im Mond geht ihm im Kopf herum. Er summt die Melodie. Hoffentlich muss der arme Kerl nicht überall zuschauen. Kein reines Vergnügen in München, es sei denn, er wäre ein notorischer Spanner. Die Frage der Wiesner hat er nicht beantworten können. Er kann sich nicht an einen Traum erinnern. Gutes Zeichen. Hätte er sich nicht gedacht. Um halb acht wollte die Kollegin ihn abholen. Er hat beschlossen, mit auf die Dienststelle zu kommen. Er wird von niemandem erwartet. Er ist der »Special Guest«. Natürlich wird der Wenzel Bescheid wissen über die Aktion im Harthof und dass der Kastelmeyer Sandners Dienstwaffe spazieren getragen hat. Eine klitzekleine Überraschung haben sie noch für ihn. Die freudige Botschaft werden sie ihm nicht verkünden. Eher eine ganz persönliche. Der Sandner schlappt im Slip in die Küche und lässt sich einen Espresso aus der Maschine. Die Sonne scheint. Nach drei Tagen beständigem Regen wird sie wieder mal nach dem Rechten sehen wollen. Während der Mann sich in seinem Wohnzimmersessel fläzt, lässt er die Geschichte Revue passieren. Er denkt an den Yilmaz und den jungen Burschen, die haben sterben müssen. Du kannst sagen, was du willst, aber sobald du dich aufs Schicksal verlässt, schmiert es dich aus. Es kann halt nicht aus seiner Haut, wie der Skorpion aus der Fabel. Der Frosch hat dessen Natur nicht begriffen und sterben müssen.

Der Sandner schlürft sein pechschwarzes Lebenselixier, bevor er nach seiner Gitarre langt. Neben dem Sessel im Ständer hat die blonde Hoyer geduldig auf seine Hände gewartet. Ganz automatisch greift er G-Dur. Leise beginnt er zu singen. Mehr ein Brummen ist es. »Knockin' on heavens' door«. Dylans schlichte Weise. Passend, um dem Morgen ein paar düstere Klänge zu widmen. »I can't shoot them anymore«. Nein, er will sie nicht mehr drankriegen. Nicht mehr um sich schlagen. Heute nicht. Der Tag fängt zu sanft an. Aber es gilt noch einen Mord aufzuklären.

Widerwillig schlappt er unter die Dusche, macht sich fertig.

Die Wiesner ist pünktlich. Sie haben kein Skript. Sie werden improvisieren. In ihrem Peugeot läuft Edith Piaf. In einer Lautstärke, dass der Sandner dagegen anbrüllen müsste. Besser schweigen und sich dem Gesang aussetzen. »Je ne regrette rien«. Die Wiesner kennt den Text auswendig. Manchmal liegt sie einen halben Ton daneben, ihr Enthusiasmus macht das locker wett. »C'est payé, balayé, oublié«. Ab und an nimmt sie die Hände vom Lenkrad und ballt die Fäuste. Bezahlt, weggefegt, vergessen.

Heute kann der Sandner damit umgehen. Er achtet nicht auf den Verkehr. Sein Blick ist nach innen gewandt.

Sie haben den Jonny ausschlafen lassen, die erste Nacht im eigenen Bett. Er könnte den Brauner vermissen. Dem Burschen wird es nicht schwerfallen, ihn durch etwas »Adäquates« zu ersetzen – ohne Gehstock und Schnarchen im Sessel. Vielleicht wär es ja eine nette Wohngemeinschaft mit den beiden geworden. Man sollte den Jonny qua Dienstanweisung beim Brauner einquartieren.

Wo sich der Hartinger herumtreibt, können sie nur vermuten. Vielleicht noch im Haus des Ex-Oberstleutnants. Er hat nicht ausgesehen, als ob er der Seelsorge bedürftig wäre. Ein bisserl Ausnahmezustand hat noch niemandem geschadet. Besonders wenn du in Sandners Team werkelst, ist jede Grenzerfahrung ein praktisches Tool im Werkzeugkasten. Fehler darfst du machen, so viel du willst, bloß müssen sie variieren.

Direkt vor dem Eingang der Dienststelle stellt die Wiesner den Wagen ab. Zweite Reihe. Who cares? Gemeinsam betreten sie das Gebäude. Viertel vor acht. Der Gang der beiden Polizisten hat einen federnden, leichten Touch. Vielleicht der Edith Piaf geschuldet. Wo sie recht hat, hat sie recht.

Sie machen sich sofort auf zum Polizeirat. Aber sie schaffen es nicht bis zum Büro. Der Wenzel tritt ihnen entgegen. Hoffentlich hat der auch eine gute Nacht gehabt. Wie aus dem Ei gepellt kommt er daher. Präpariert für glanzvolle Momente, ganz nach Vorschrift. Seinen braunen Anzug scheint er jeden Tag aufzubügeln. Aus irgendeiner staubigen Kammer entsprungen, hat er sich auf dem Gang materialisiert.

»Guten Morgen, Herr Staatsanwalt«, wird er vom Sandner angemessen begrüßt.

Wenzels Blick fällt unter die Rubrik: Haben wir uns schon mal gesehen? Offenbar unter seiner Würde zu fragen, was einen emeritierten Hauptkommissar hierher verschlagen haben könnte.

Er wendet sich an die Wiesner und öffnet den Mund. Der Sandner kommt ihm zuvor.

»Tja«, sagt er, »die Freunderl vom LKA können Sie wieder abbestellen. Das große Fressen fällt aus. Ist peinlich, wenn nichts auf den Tisch kommt, weil es keinen Fall gibt. Nur ein Tipp unter uns Klosterschwestern.«

»Wie meinen Sie das?«, schnauzt der Wenzel. »Die Entführung ist …«

»Welche Entführung?«, fragt der Sandner. »Es gibt keine Entführung, hat nie eine gegeben.«

»Halten Sie mich für ganz blöd?«

Interessante Frage. Eindeutig zu beantworten für den Sandner. Aber irgendetwas sollte schon an ihm dran sein, sonst hätte seine Exfrau ihn nicht auserwählt. Muss ja nicht an seiner Intelligenz und Ausstrahlung gelegen haben. Oder an seiner Physiognomie. Oder … irgendetwas gut Verborgenes halt. Holte er wohl nur an hohen Feiertagen hervor.

Mit einer legeren Geste weist der Hauptkommissar in Richtung seines Büros.

Der Wenzel schaut an seinem ausgestreckten Arm entlang. Ungläubig wäre jetzt ein verharmlosendes Adjektiv. Auch ihm kann Grenzerfahrung nicht schaden. Wird wohl eher eine staatsanwaltliche Nahtoderfahrung.

Der Sandner geht voran. Er dreht sich nicht um. Braucht er auch nicht, er hört das Schnaufen direkt hinter sich.

Der Wenzel macht sich bereit für den Ausbruch.

Ein höflicher Hauptkommissar öffnet die Tür und lässt der Staatsgewalt den Vortritt, bevor er sie hinter sich schließt.

Der Wenzel bleibt bei der Tür stehen, trotzig die Arme vor der Brust verschränkt. Er wippt auf den Zehenspitzen, beäugt seinen blitzenden Schweizer Chronometer. Die Ungeduld präsentiert sich nackt, wie Gott sie schuf.

Der Sandner setzt sich hinter seinen Schreibtisch. Der Stuhl fühlt sich ungewohnt an. Hat den wer verstellt? Er mustert den

Papierstapel, das zugeklappte Laptop und die ungespitzten Bleistifte. Alles so, wie er es verlassen hatte. Niemand hat sich hier breitgemacht. Sogar der Staub ist an seinem Platz geblieben.

Er schaut hoch zum Staatsanwalt.

»Und?«, schnarrt dessen Stimme durch den Raum. »Was haben Sie zu sagen?«

Der Sandner lehnt sich zurück und wirft einen Blick zum Fenster.

»Frau Brauner ist wieder aufgetaucht. Ein Missverständnis. Alles paletti.«

Der Wenzel greift sich beidhändig an den Kopf. Ohne Fassung könnte ihm die Birne herunterkippen.

»Sind Sie übergeschnappt?«, brüllt er. »Wen, glauben Sie, wen Sie vor sich haben!«

»Ich weiß, wen ich vor mir hab, keine Sorge. Das ist die offizielle Version, Herr Staatsanwalt.«

Der Wenzel lacht höhnisch auf.

»Offenbar vollkommen größenwahnsinnig. So weit kommt es noch. Sie können sich nicht über Recht und Gesetz hinwegsetzen, Sandner, wie es Ihnen grad in den Kram passt. Sie nicht! Entführung ist ein Kapitalverbrechen! Die Täter ...«

»Hören'S gut zu, Herr Wenzel. Weil Sie geplaudert haben über meine verdeckte Tätigkeit, hat der Yilmaz sterben müssen und ...«

»Sind Sie ...«

»Warten'S – das Beste kommt noch. Weil Sie nämlich noch mal die Ratschn gegeben haben, hätte das Madl auch beinahe dran glauben müssen. Sie haben mir den Kastelmeyer auf den Hals gehetzt, der alle Welt mit meiner Dienstpistole zamschießen wollt. Fast hätte es geklappt. Das sieht nicht schick aus in den Akten. Da werden Sie sich den ›Ober‹ abschminken können. Nix als Fehler, Fehler, Fehler.«

Der Sandner klappt den Laptop auf. »Das wird mein erstes Wort im Ermittlungsbericht. Mit zwei Ausrufezeichen!«

Natürlich geht dem Wenzel ein Licht auf. Er braucht nur ein

paar Sekunden. Kaum brennt die Fackel im Hirnstüberl, kann er sich getrost umschauen. Dantes Inferno wartet auf ihn. Das Westentaschenformat für übereifrige Staatsanwälte. »Die, die ihr eintretet, lasst alle Hoffnung fahren.«

»Sie haben mich missbraucht für Ihre miesen Spielchen und wollen mich jetzt auch noch erpressen?«, zischt er. »Das lass ich nicht zu!«

Mit drei Schritten hat er den Raum durchquert und steht vor Sandners Schreibtisch. Wenn er Empörung zu Gold verwandeln könnte, wie Rumpelstilzchen das Stroh, der Wenzel hätte ausgesorgt. Hier verwandelt sich bloß sein Kopf in eine rote Rübe. Sein Adamsapfel ist ein Jo-Jo. Wenn er nur nicht umfällt wie der Kastelmeyer. Aber dafür ist er zu gut konstituiert. Jeden Morgen vier Kilometer Joggen an der Isar. Jetzt kann der Mann davon zehren. Es wäre wünschenswert, ist aber nicht die Regel, dass der gesunde Körper gesunden Geist beinhaltet.

Der Sandner räuspert sich. Angestarrt wird er vom Wenzel, als wäre er ein widerliches, giftiges Insekt. Damit kommt er klar. Im Gegenteil wäre es angenehm, nicht der gleichen Spezies anzugehören wie ein gemeiner Wenzel.

»Ja«, sagt er pragmatisch. »Keine Entführung – keine Erwähnung Ihrer groben Fahrlässigkeiten in der Ermittlungsakte zum Fall Yilmaz. So schaut's aus.«

»Das können Sie nicht ernst meinen!«

»Todernst, oder hören'S mich lachen?«

»Wer nicht kann, was er will, muss wollen, was er kann«, meint der Dalai Lama. In dieser Hinsicht werden dem Wenzel nicht viele Wünsche übrig bleiben.

Der Sandner springt auf und lüftet einen imaginären Hut.

»Ich sollt jetzt zum Polizeirat. Empfehle mich. Denken'S in Ruhe nach. Sie haben noch zehn Minuten, bis die Kollegen vom LKA aufschlagen. Viel Spaß. Die Oberkommissarin Wiesner ist ja noch im Haus, wenn Sie sie bräuchten. Und der Oberstaatsanwalt Brauner erwartet Ihren Anruf.«

In Zukunft sollte er dem Wenzel nicht mehr den Rücken zudrehen, wenn er eine solche haben wollte. Möglicherweise hätte es der Staatsanwalt eine Nummer fairer haben können, aber der Sandner spielt nicht den Franziskus, nachdem der Wenzel ihn zum Mordverdächtigen deklariert hatte. Selbst die Wiesner hat ihn nicht mäßigend einbremsen wollen, wie es sonst ihre Art ist. Er spürt keine Genugtuung. Vier Familien, die zerrissen worden sind, geschreddert wie Altpapier. Da kannst du nichts mehr zusammenfuzzeln. Auch nicht mit der geschissenen Gerechtigkeit. Aus. Vorbei.

Draußen vor der Tür steht der Polizeirat. Über das Wesentliche wird ihn seine Kollegin ins Bild gesetzt haben. Er mag auch den tobenden Wenzel gehört haben. Die Wände hier sind bessere Spanplatte.

Entspannt wirkt er. Beinahe fröhlich. Natürlich mit erstem Anstrich übertüncht. Du kannst nicht gut jodelnd über den Flur steppen, wenn deine Mannschaft auf sämtliche Regeln scheißt, als wäre die Dienststelle ein Dixiklo.

Er wendet sich dem Sandner zu und streckt ihm den Arm entgegen. In der Hand hält er Sandners Dienstausweis.

»Den hast du bei mir vergessen.«

Der Mann greift nicht zu. Er schaut dem Polizeirat ins Gesicht, zwinkert ihm zu.

»Weißt«, sagt er, »das ist gar kein so schlechtes Gefühl. Der Tag fängt freundlicher an ohne den Lappen, verstehst du?«

Einen letzten verblüfften Blick fängt er noch auf, bevor er sich umdreht.

Als er nach draußen hatscht, ist die Wiesner an seiner Seite.

Die Sonne kramt ein paar kümmerliche Strahlen hervor, und sie haben noch einen Job zu erledigen.

Der Fuhrer liegt auf der Stadelheimer Krankenstation. Vom Vierbettzimmer ist er auf Veranlassung der Wiesner in einen leeren Raum gerollt worden. Nur ein Bett hat Platz im fensterlosen

Kabuff. Eine Abstellkammer. In der Luft der typische Krankenhausgeruch. Mischung aus Urin, Salben und Putzmittel. An den Wänden Spritzer und Flecken verschiedener Konsistenz. Braun dominiert. Man sollte sich nicht näher damit befassen.

Der Mann sieht nicht gut aus. Der Sandner hat schon Leichen in besserem Zustand gesehen. Die Wangen eingefallen, als wäre ihm das Fleisch um die Knochen weggeschmolzen.

Links und rechts auf der Bettkante lassen sich die beiden Ermittler nieder.

»Könnt ihr mich nicht in Ruhe lassen?«, werden sie begrüßt.

»Seien Sie ein wenig freundlicher. Sonst besuchen wir Sie nicht mehr«, sagt der Sandner. Er sieht den Häftling zum ersten Mal. Der kleine Bene hat denselben Zug um den Mund. Eindeutig seiner.

»Was wollts?«, will der Fuhrer wissen.

Der Hauptkommissar schnauft aus. Er betrachtet die Apparate, die um den Fuhrer herum aufgebaut sind. Ein Schlauch verschwindet von einer Infusionsflasche ausgehend unter der Bettdecke. Auf einem kleinen Tischchen stehen eine Teetasse und ein Nierenschalenstapel aus Altpappe.

»Wir haben uns gefragt, warum Sie den schwarzen Mann nicht erkannt haben wollen. Genug Zeit wäre gewesen. Und wir haben uns gefragt, warum Sie nicht zugegeben haben, dass Sie es gewesen sind.«

»Geht das schon wieder los. Dazu hab ich alles gesagt. Mehr gibt es nicht. Kapierts das endlich!«

»Wissen Sie, Fuhrer, wir glauben nicht, dass Sie es waren. Wir wissen, wer es war.«

Der Mann ruckt hoch. Aus gelblichen Augen wird der Hauptkommissar angestarrt.

»Und wenn schon?«, keucht der Mann. »Wem bringt des was?«

»Soll der kleine Bene seinen Vater für einen Mörder halten?«

»Der wird schon klarkommen.«

»Vielleicht gut so.«

»Ja.«

»Besser, als wenn er seine Mutter für eine Mörderin halten muss.«

Der Fuhrer sagt nichts. Er schüttelt nur den Kopf und presst die Augenlider zusammen. Als wäre er ein kleines Kind. Ich seh dich nicht, also siehst du mich auch nicht.

»Wir haben uns auch gefragt, warum Sie nicht einfach gesagt haben, dass Sie es gewesen sind«, fährt der Sandner fort. »Aus Angst. Aus Angst, jemand könnte nachweisen, dass Sie nicht der Täter sind. Jemand könnte zwei Personen gesehen haben, oder das ganze kriminaltechnische Brimborium schließt Sie aus. Da kann man nie sicher sein. Und dann hätte jeder sich gefragt, warum gesteht der Fuhrer einen Mord, den er nicht begangen haben kann? Und darauf hätte es nur eine Antwort gegeben. Ruckzuck wäre man bei Ihrer hochschwangeren Frau gelandet. Das war nicht dumm. Die Staatsanwaltschaft hat sich nur damit beschäftigt, andere Täter auszuschließen.«

»Die haben es mir nachgewiesen. Was wollen Sie noch?«, keucht der Fuhrer.

»Wie Ihre Frau Ihnen geholfen hat und den Wessold erstochen hat, war Ihnen klar, dass Sie eine Lösung brauchten. Sie haben sich schon gedacht, dass die Staatsanwaltschaft alles tun wird, um Sie zu verurteilen. Der Unbekannte? Ein schwarzer Mann? Schönes Märchen.«

»Wem bringt des was?«, wiederholt der Fuhrer.

Dieselbe Frage stellt der Ermittler sich auch. Er wirft der Wiesner einen Blick zu. Die hat ihren Blick auf Fuhrers fleckige Bettdecke gerichtet und die Hände gefaltet, als würde sie beten.

Der Sandner wendet sich wieder dem Bettlägerigen zu.

»Auf Wessolds Jacke gibt's Genmaterial von einer Frau. Ein Haar. Von der Jacke hatte er noch eine Quittung im Geldbeutel. Er hat sie erst am Nachmittag gekauft. Danach war er bei seinen Eltern. Eine Flasche Cognac vorbeibringen. Später in der Kneipe ist er Ihrer Frau auch nicht begegnet. Wo also sonst? Wir beide wissen, wo. Das wurde damals alles nicht beachtet. Wenn wir bei ihr eine Genprobe entnehmen würden, und es wäre ihr Haar …«

Wenn es nicht ein Haar von Bad Kemals Augenstern aus dem Hasenbergl oder einer unbeteiligten Verkäuferin ist. Es gäbe noch mehr Kandidatinnen. Haarspalterei. Es kommt nicht drauf an. Er hat den Fuhrer nur weichkochen wollen. Und das ist er jetzt. Das Menü wäre zubereitet.

Schweigen. Der Mann starrt zur Decke.

»Und jemand hat Sie beide beobachtet. Die Zeugin hat geschwiegen bis zu ihrem Tod. Nur ihrem Mann hat sie Andeutungen gemacht. Warum sie nie gesagt hat, wer es gewesen ist? Weil sie eine Freundin Ihrer Frau war. Sie hat es sich nicht leicht gemacht. Die gleichen Gedanken wie Sie wird sie gehabt haben, über das ungeborene Kind. Und ihr Gewissen wird sie gequält haben.«

»Ja, verdammt!«, schreit der Fuhrer und bäumt sich auf, bevor er wieder aufs Kissen zurückfällt. Er hustet anhaltend. Falls es der Krebs nicht schaffte, könnte die Lunge ihn erledigen.

Der Sandner bekommt eine Vorstellung davon, was in dem Mann vorgehen muss. Als hätte der sein Hirn auf die Bettkante geschmissen. Er hatte sich geopfert. Für seine Frau, für seinen Sohn. Nichts hat er behalten, die Taschen geleert, die Brust aufgerissen. Seine Freiheit, sein Leben hingeschmissen. Seine Theresa hat ihm einen Fetzen blauen Himmels gezeigt, und das war seine Antwort gewesen. So einfach. Und dann kommen sie dahergetrampelt mit ihrer Gerechtigkeit und Wahrheit im Gepäck und reißen ihm alles weg. Sie schmusen mit Justitia, dem launischen Luder. Wie hatte er zum Hartinger noch gemeint? Die Wahrheit kommt nie in der Einzahl daher. Vorgestern ist das nur ein Spruch gewesen. Ist der Fuhrer ein Held oder ein heimtückischer Mordgeselle? Bloß weil du dir keine Antwort herausklauben musst, löst sich die Frage noch lange nicht in Luft auf. Sie versteckt sich nur.

»Ich möchte wissen, wie es sich abgespielt hat«, sagt der Polizist leise.

Der Fuhrer schließt wieder die Augen. So, als müsste er sich die Bilder zusammensuchen und sortieren. Dabei wird er sie präsent haben. Jeden verfluchten Tag in der Zelle werden sie an seine Leinwand im Hirn geworfen. Und er hätte sie gern rückwärts abgespult bis zu ihrem Anfang. Und dann Stopp! Das drehen wir noch einmal, das könnt ihr besser. Aber die Zeit ist eine Einbahnstraße.

»Gut – ich hab mit dem Wessold gerauft«, sagt er. »Er hat mich zamfallen lassen, der Drecksack. Eingetreten hat er auf mich. Da ist plötzlich die Theresa gekommen. Sie wollte schauen, wo ich bleib. Sie hat sich Sorgen gemacht, ich würde wieder zum Saufen anfangen und irgendwo rumflacken. Sie hat das Messer eingesteckt gehabt in ihrer Tasche, weil ihr der Wessold und der Yilmaz am Tag zuvor aufgelauert haben und sie ... ah, die Drecksäu. Das wär denen wurscht gewesen, dass sie schwanger ist. Sie haben geglaubt, die Theresa wär so eine Hur, die jeden lässt. Aber das ist gelogen!

Sie hat nicht vorgehabt, jemanden umzubringen mit dem Messer. Sie hat nur Angst gehabt, wollt sich schützen in der Nacht. Und wie ich auf dem Boden flack, ist sie dazugekommen. Ich hab gar nicht so schnell schauen können. Zack und zack. Schon ist der Wessold dagelegen und hat keinen Schnaufer mehr gemacht. Das Blut ist aus ihm rausgeschossen, als wär der ein Springbrunnen. Scheiße, hab ich gedacht, verreckte Scheiße. Das darf nicht sein! Was hat sie bloß gemacht? Die Theresa wollt mir helfen. Der Wessold, dieses Schwein, der hat des verdient. Sie ist davongerannt, und ich hab noch gewartet, bis mich wer sieht. Dann bin ich abgehauen, hab das Messer sauber gemacht und in den Keller geschmissen. So ungefähr, weil ich war schon besoffen, und einen klaren Gedanken hab ich nicht gehabt. Aber die Theresa. Den Rest wissen sie eh. Sie wollte es zugeben. Sie hat mich angefleht. Aber du bringst doch eine Schwangere nicht ins Gefängnis!

Mein Sohn wär da geboren worden, und dann hätten sie mir den weggenommen und ins Heim gesteckt – sind Sie jetzt zufrieden? Macht es Sie glücklich, Herr Polizist? Wem, frag ich Sie – wem bringt das was? Ich verreck eh bald. Und was soll aus dem kleinen Bene werden, hä?«

»Die Wahrheit ist …«, beginnt der Sandner.

»Erstick doch an deiner verlausten Wahrheit!«

Den Fuhrer schüttelt ein Hustenanfall, als würde der Fluch sofort auf ihn zurückfallen.

Die Läuse in der Wahrheit wuseln dem Sandner im Schädel umher.

Die Wiesner fährt Richtung Harthof. Langsam, als säße auf dem Beifahrersitz ein rohes Ei.

»Ist dein Beichtstuhl noch in Reparatur?«, fragt der Sandner sie.

»Der ist längst abgefackelt.«

»Sauber.« Mehr sagt er nicht.

»Fragen wir uns dasselbe, sag?«

Der Sandner brummt nur. Kann ja, nein oder irgendetwas dazwischen bedeuten.

Seine Kollegin fummelt am CD-Player. Sie lässt Zaz ihren Kommentar dazu abgeben. »Déterre«. Das Lied packt zu. Mit »Ausgraben« sind sie auch beschäftigt.

»Und wenn wir eine Nacht drüber schlafen?«, sagt sie nach einer Weile.

»Schon wieder? Da könnt ich schlafen, bis der Fuhrerbub längst Großvater wird, eine gescheite Antwort wüsste ich nicht. Du etwa?«

Der Wagen fährt am Haus vom Vinzent vorbei, der wird sich gerade die erste Halbe zum Frühstück gönnen. Entlang der stacheldrahtbehangenen Mauer, an deren Ende auch das Ende für den Yilmaz gekommen ist.

Ein Bus kommt ihnen entgegen. Kaum besetzt.

Dann biegt der Wagen links ab in das kleine Sträßchen zu den Wohnblöcken. Eine Frau hat ihren Teppich über die Stange geworfen und bearbeitet ihn mit einem geflochtenen Klopfer. Ein Blick in die Vergangenheit. Wie besessen prügelt sie auf das Stück ein. Ein guter Stellvertreter. Staubsauger werden überschätzt, die taugen nicht fürs Ritual.

Die beiden Mädchen lungern wieder vor dem Eingang zu Chingachgooks Wigwam herum. Neugierig starren sie zu ihnen herüber, Zigaretten in den Fingern. Wieder keine Schule?

Die ersten Gäste werden sich bereits fertig machen, um zum Ansi zu pilgern, und enttäuscht feststellen, dass heute ein spontaner Ruhetag ist. Weiter vorn, bei Sandners Forellenwirt, werden drei Maler sich mental auf ihr Schnitzel vorbereiten. Alles wie immer.

Der Wagen hält vor einem der Wohngebäude. Die Fuhrer wohnt hier und ihr kleiner Bene. Nebenan auf dem Rasenfleck ist vor fünf Jahren der Wessold gelegen. Minutenlang steht das Auto da, als würde es auf jemanden warten. Der Motor läuft weiter. Oben am Fenster wird ein Vorhang zurückgezogen. Sie werden beobachtet.

Die Türen bleiben zu. Niemand steigt aus. Der Peugeot setzt sich wieder in Bewegung, biegt um die Ecke, rollt langsam eine Anwohnerstraße entlang und fädelt sich dann wieder in den Verkehr ein.

Es geht zurück in die Hansastraße. Es gibt Berichte zu verfassen und Ermittlungen abzuschließen. Die lausige Wahrheit könnte jemanden gebrauchen, der sich um die Nissen kümmert. Der Kastelmeyer ist gerade im Klinikum rechts der Isar verstorben, und ein Bub bräuchte Mutter und Vater, so dessen Tod noch etwas warten kann.

Powwow

Die Wiesner schlürft von ihrem Latte und betrachtet dabei ihr Gegenüber. Das Blümchenkleid hat die Madlen Gruber gottlob zu Hause gelassen. Eine schwarze Bluse trägt sie. Passend zur Schwabinger Coffee Lounge. Der Dresscode ist hier leicht zu lesen. Erstes Gebot: Zwischen düster und flippig solltest du dich bewegen, dann wandelst du auf sicherem Pfad. Annähernd nackt ging zur Not auch, falls der Kleiderschrank klemmt. Nur nicht zu aufgeputzt, sonst siehst du aus, als ob das Hirn nur aufgemalt wäre, mit den grellen Farben vom Drogeriediscounter. Zur Strafe würden dir stretchbedresste Sixpack-Pomadenies ihre glitschigen Spruchblasen in den Gehörgang ejakulieren.

Ebenso wie die Zahnarztgattin ist die Wiesner in Schwarz gehüllt. Passender Rahmen.

Ruhig nippt die Gruber von ihrem Tee. Kontrollierte Bewegung. Nicht zu erahnen, was in ihrem Köpfchen vorgeht. Blumenwiese oder Abgrund?

Die Polizistin hat ihr reinen Wein eingeschenkt. Die ganze Karaffe. Da kann man sich leicht verschlucken. Von wegen offener Ehe – nur der Hosenstall vom Doktor ist immer geöffnet gewesen, wie die Kiefer seiner Patienten im Liegestuhl. Die Wolken im Blick seiner Frau sind dunkel geworden. Die Lippen zusammengepresst, betrachtet sie ihre manikürten Fingernägel. Ihre Stirn hat sich leicht gekräuselt, sonst wirkt sie äußerlich kaum berührt vom neuen Wissen. Mit weniger Selbstdisziplin und Gleichmut hältst du wohl das Leben an der Seite des Doktor Baltus Gruber nicht aus. Das Madl hatte diese Eigenschaften wahrscheinlich mit der Muttermilch aufgesogen. In ihr mag es eine Kammer geben, in die sie sich heimlich schleicht, wenn keiner hersieht.

Vielleicht sind da die Tränen versteckt, vielleicht ist sie auch kalt und leer gefegt.

Die Wiesner rührt mit dem Löffel in ihrem Latte macchiato herum, die Augen auf den Schaum gerichtet.

»Was haben Sie jetzt vor?«, richtet Grubers Gattin das Wort an sie, die Stimme eine Nuance rauer als zuvor. Dem Blümchen wachsen Dornen.

Die Polizistin zuckt mit den Schultern und legt den Löffel beiseite. »Was immer ich unternähme, die Patientinnen lägen auf dem Präsentierteller. Das würd ich denen gern ersparen.«

»Ersparen, ja.« Zustimmendes Nicken der Gruber, während sie sich wieder der Nagelbeschau hingibt.

»Kleine notgeile, verfickte Drecksau«, glaubt die Wiesner aus ihrem beiläufigen Gemurmel herausgehört zu haben. Oder waren das ihre eigenen Gedanken?

Einen intensiven Blick bekommt sie von der Frau jetzt geschenkt. Wie in der Villa, als sie ihr das Kärtchen reichte.

»Die Familie schwimmt im Geld.«

»Kann ich mir denken.«

»Große Summen – und nicht hier in Deutschland geparkt. Keine Peanuts. Beiseitegeschafft, verstehen Sie?«

»Wollen Sie damit auf und davon?«

Die Bemerkung sorgt für glockenhelles Auflachen.

»Verlockender Gedanke. Aber nein, das vertrocknete, alte Miststück hat die Finger drauf. Sie denken wohl, ich bin eh nur wegen dem Geld und der Villa ...«

»Nein, weil Sie einen Göttergatten haben, der Sie wie Prinzessin Lillifee behandelt. Oder wegen der kostenlosen Zahnbehandlung.«

»Sie sind zynisch.«

»Stimmt.«

»Ich frag mich gerade, warum ich mit Ihnen hier sitze.«

»Sie haben mich angerufen – schon vergessen?«

»Was würden Sie an meiner Stelle tun?«

»Ich habe eine Dienstwaffe – das kommt für Sie nicht infrage. Aber zurück zu den großen Summen. Warum erzählen Sie mir das? Was stellen Sie sich vor?«

»Sie sind doch Polizistin. Kennen Sie nicht jemanden von der Steuerfahndung?«

»Könnten Sie liefern?«

»Ja.«

»Sicher?«

»Ja, sicher. Alles. Ich weiß, wo ich es finde.«

»Dann kenn ich jemanden, der sich liebend gerne damit befassen würde.«

»Keiner, der einknickt?«

»Keine Sorge, der ist ... zuverlässig. Harter Hund.« Sie denkt an einen interessanten Burschen von der Steuerfahndung, der mit dem nötigen Biss, dem Killerinstinkt und einer Portion Illusionen ausgestattet ist. Der könnte den Gruber hinter Gitter bringen. Nebenbei hat er feingliedrige, sehnige Hände, viel zu schade, um damit nur Aktenordner und CDs anzupacken. Seine Nummer hat sie gespeichert.

Beiden Frauen genügt ein Blick in die Augen der anderen. Erledigt. Sie sind sich einig. Das Fallbeil ist herabgesaust. Doktor Baltus Gruber wird seinen Kopf verlieren, er weiß es nur noch nicht.

»Was machen Sie jetzt?«

»Nach Hause fahren – später. Was sonst? Unauffällig blieben und in Vorfreude schwelgen über die dummen Gesichter. Ich werde liefern. Verlassen Sie sich darauf. Und dann – in ein schickes Fünf-Sterne-Hotel oder vielleicht zu einem guten Freund.«

Für die Wiesner bleibt die Zahnarztgattin ein Überraschungsei. Du weißt nicht, was hinter der zuckersüßen Hülle zum Vorschein kommt. Im selben Ton, wie sie einen Tee bestellt hatte, stellt sie Überlegungen über ihre weitere Existenz an.

»Wie konnten Sie die Alte bloß ertragen?«, will die Ermittlerin von ihr wissen.

»Die meiste Zeit war sie bei Ärzten gewesen, bei sogenannten Freunden oder hatte Gymnastik im Fitnessraum gemacht. Zenga.«

Die Vergangenheitsform geht ihr leicht von der Zunge. Als wäre das Ganze ein Besuch im Kino gewesen und der Film jetzt aus.

Die Wiesner bestellt zwei Hugos. Für den Anfang.

»Wie wär's, wenn wir uns betrinken? Das ändert gar nichts, aber der Ernst geht flöten.«

Die Madlen öffnet den zweiten Knopf ihrer Bluse, atmet durch und schaut in die Runde, um Blicke zu fangen. Der eine oder andere beißt bereits.

»Bin dabei.«

»Ich bin die Sandra.«

»Ich heiß Madlen, aber Lillifee klingt auch schick«, sagt die junge Frau und zeigt strahlend weiße Zahnreihen. Versehen scheint das Lächeln mit einem Schuss Wehmut. Sagt nicht bloß viel, sondern alles. Die Dunkelheit huscht aus den Augen. Mochte sein, ihr ist gerade der Adonis unter ihren Gärtnern eingefallen. Wie sie auf seinem Bauchmuskelxylofon geklöppelt hat. Um im Blümchenkleid fachmännisch gepflückt zu werden, müsste sie sich eine neue Spielwiese suchen. Sie greift zum Smartphone. Ihre Finger huschen über das Display. Einfache Übung, die Wehmut wegzukippen. Auch die Wiesner zückt ihr iPhone. Nägel mit Köpfen liegen schon bereit, nun gilt es, ordentlich draufzuschlagen. Die Drinks werden serviert. Gutes Timing.

Ömers Dönerladen brummt. Zusammen mit dem Chingachgook und Miran sitzt der Sandner am überladenen Tisch. Tafel für Fürsten. So müssen Tage aussehen, wenn du mit ihnen ins Bett willst. Gedankenlos, leichtsinnig und üppig. Fehlte noch »die Magd im Putz«, wie Goethe seine Bedürfnisse einst umrissen hatte. Aber nach Bad Kohlgrub zur Maria wird der Sandner erst morgen reisen. Manchmal könntest du alles haben – die richtige Reihenfolge ist das Mysterium.

Unter dem Tisch liegt eine zufrieden kauende Ayasha mit Verband um den Leib. Döner ist ganz nach ihrem Geschmack.

Miran hat gerade zum x-ten Male seine Boxclub-Anekdote zum Besten gegeben. Sein Hieb wird von Mal zu Mal gewaltiger. Letzten Endes hätte seine Pranke einen Ochsen augenblicklich sediert. Purer Zufall, dass der Sandner am Leben geblieben ist. Er trägt es mit Gelassenheit. Lassen kann der Sandner. Sogar Ahmet Özhans Schmusegesang, der aus den Boxen tönt, kümmert ihn nicht. Wie zerlaufene Butter fließt der durch den Gehörgang und fettet dir das Hirn ein. Die Gedanken rutschen ab und purzeln lustig übereinander. Rituelle Töne. Den Ömer reißt es mit. Er schwingt den Leib im Takt, als hätte Shakira ihn angelernt.

»Bei den Chinesen haben sie unlängst Rattenfleisch verwurstet«, sagt der Chingachgook nachdenklich, während seine Augen auf dem hüftwackelnden Wirt ruhen. »Ich weiß gar nicht, warum sich die Leute aufregen. Ratte oder Pferd. Ist doch nicht verkehrt. Gibt's bei uns auch genug von den Viechern.«

Der Sandner und Miran mustern ihre halb vollen Teller.

Die Tanzdarbietung wird augenblicklich unterbrochen.

Ömer baut sich hinter den beiden auf.

»Ist es nicht gut?«, will er misstrauisch wissen.

»Doch doch, alles ist bestens. Alles gut.«

Die Handlung, alle Personen und Institutionen sowie sämtliche Schankstuben sind aus der Phantasie gegriffen.

Und zum Schluss:

»Der Umgang mit Büchern bringt die Leute um den Verstand«, hat schon Erasmus von Rotterdam gewusst.